Collection « ORBI-XXI »
dirigée par Julien Béliveau

*Croque-Dead inc.*
de Julien Béliveau
est le deuxième titre
de cette collection.

D1513219

René dos
Mai 2002

# Croque-Dead inc.

*Avis aux chercheurs (professionnels et amateurs) de poux :* Non, ce livre ne s'accroche pas à la queue de chemise de M^me Kathy Reichs (quoique la chose fût fort agréable !). Bien au contraire ! Ici, plutôt que de cadavres, on parle de ceux qui finalement s'en occupent, les braves croque-morts, et de leur plus célèbre querelle. Dans ce roman, comme au Parlement fédéral, on s'engueule dans les deux langues officielles, d'où la duplicité du titre. Mais on le fait aussi pour une autre raison, plus macabre, que vous découvrirez bientôt...

Julien Béliveau

# Croque-Dead inc.

L'histoire fantaisiste et irrévérencieuse
du plus percutant procès de croque-morts
du XX<sup>e</sup> siècle

ÉDITIONS TRAIT D'UNION
284, square Saint-Louis
Montréal (Québec)
H2X 1A4
Tél. : (514) 985-0136
Téléc. : (514) 985-0344
Courriel : editions@traitdunion.net

Mise en pages : Édiscript enr.
Révision : Michel Therrien
Illustration de la couverture : Marco Gervasio
Photos intérieures : collection privée de l'auteur et de l'éditeur
Maquette de la couverture : Olivier Lasser

Données de catalogage avant publication (Canada)

Béliveau, Julien

    Croque-Dead inc !

    (ORBI-XXI)

    ISBN 2-922572-89-7

    I. Titre. II. Collection.

PS8553.E454C76 2002        C843'.6        C2002-940526-2
PS9553.E454C76 2002
PQ3919.2.B44C76 2002

DISTRIBUTEURS EXCLUSIFS

POUR LE QUÉBEC ET LE CANADA
Édipresse inc.
945, avenue Beaumont
Montréal (Québec)
H3N 1W3
Tél. : (514) 273-6141
Téléc. : (514) 273-7021

POUR LA FRANCE ET LA BELGIQUE
D.E.Q.
30, rue Gay-Lussac
75005 Paris
Tél. : 01 43 54 49 02
Téléc. : 01 43 54 39 15

Nous remercions le Conseil des Arts du Canada de l'aide accordée à notre programme de publication.

Nous bénéficions d'une subvention d'aide à l'édition de la SODEC.

THE CANADA COUNCIL | LE CONSEIL DES ARTS
FOR THE ARTS | DU CANADA

SODEC
Québec

Pour en savoir davantage sur nos publications,
visitez notre site : www.traitdunion.net

*Il arrive parfois que le bruit de la mer
empêche les poissons de dormir*[1].

SAN-ANTONIO

*L'Auteur a le mordant d'un serpent à sornettes...
je suis fier de l'avoir influencé!*

LÉON BLOY, *La Femme riche*[2].

1. Inutile de chercher un rapport avec l'histoire qui suit! Il n'y en a pas. Je la trouve tout simplement « porteuse » comme dirait un gogue de ma connaissance...
2. *La Femme pauvre* est devenue *riche* car, vers la fin du XIXᵉ siècle, elle avait acheté pour quelques fractions de centimes une forte quantité d'actions de Nortel. Flairant la débâcle, ses héritiers vendirent le paquet à 124 $CAN l'unité, forçant ainsi les ayants droit de Bloy à modifier le titre de son hilarant ouvrage. On raconte en effet que cette femme serait la seule non-initiée à avoir fait autant d'argent que John Roth, P.D.G. de Nortel à l'époque. Une Française qui avait du nez, n'est-ce pas?

# Prologue [1]

Sauf pour le ton des témoignages et des plaidoiries, ainsi que la décision du jury [2] dans ce procès, ce livre est un ouvrage fictif. Il se situe vers la toute fin du siècle dernier, en partie à Montréal et en partie dans les environs de la petite ville d'Abbeville, en Louisiane. À un endroit imaginaire que j'ai appelé « Bayou Vermillon ». Les personnages sont tous inventés, à la seule exception d'Ali-Baba-au-Rhum, un chat abyssin pure race au caractère fort teigneux qui trône au square Saint-Louis.

Empreint de surréalité, le roman, guidé par le caprice de l'auteur, vogue au hasard du temps et souvent au mépris des faits, le tout pour le plaisir du lecteur. Par exemple, l'histoire aurait dû se passer durant le mandat de Bill Clinton, mais j'ai préféré ceux de Bush père et fils, afin de vous offrir deux présidents pour le prix d'un.

L'ouvrage est certes la caricature de plusieurs secteurs de notre société, où sévissent le trafic d'influence et l'appât du gain. Par contre, il est précis dans son explication des principaux rouages de la (supposée) haute finance.

Ce livre se veut aussi un hommage aux Cadiens [3] de la Louisiane. À l'instar des Gaulois du légendaire petit village, ils résistent depuis 1755 à l'anéantissement de leur culture, malgré les mesures draconiennes prises par cet État au début du siècle dernier pour éradiquer le français, telle l'interdiction de parler leur langue à l'école.

---

1. Seule partie vraiment sérieuse de ce roman.
2. Vous la révéler en ce moment nuirait au suspense… il vous faudra continuer pour le savoir.
3. Ceux que les Québécois et les Français appellent « Cajuns » ou « Cadjins » préfèrent être désignés, en français, par le mot « Cadiens ».

Grâce aux Poirier, Breaux, Perrin, Thibodeaux, Cormier, Richard et à combien d'autres familles, le français a survécu. Ces Cadiens ont même désormais l'impudence de demander à Sa Très Gracieuse Majesté la reine Élisabeth II de rescinder l'ordre de déportation des Acadiens et de présenter ses excuses pour ce bel exemple de nettoyage ethnique. Et, comme l'indique si bien leur cri de ralliement, ils ne lâcheront pas : « La bataille continue et ensemble on est capables ! » La ténacité, c'est leur potion magique.

JULIEN BÉLIVEAU
Lakefield, Québec
Janvier 2002

# 1

# Le crime [1]

Novembre 1970. L'atmosphère de la pièce était funèbre, sans jeu de mots ! Deux hommes se faisaient face, de part et d'autre d'un bureau qui en avait vu bien d'autres. De toute évidence, la discussion tournait mal. Très mal !

Effectivement, l'ambiance allait bien avec le décor. Malgré que l'entreprise de frais funéraires fût une des plus prospères du pays, le bureau « présidentiel » était loin de l'indiquer. Pour Robert Poirier, Québécois de descendance acadienne, on ne dépense pas de sous pour embellir son lieu de travail. Son interlocuteur, Fredrik McMurtry, détestait le piètre aménagement du local, mais s'était toujours bien gardé de le laisser paraître.

De fait, Poirier avait deux bureaux. Le premier, où se côtoyaient granit et bois semi-précieux, ne servait qu'à accueillir la « famille éplorée ». Sur la table de travail en bois de rose, on ne voyait qu'un porte-plume et un carnet… de commandes ! Style « chic mais respectueux de votre chagrin et de vos sous » ! Ce premier bureau se trouvait tout près de l'entrée du salon funéraire « amiral » de la Poirier's Funeral Home à Mont-Royal.

Le deuxième (et vrai) bureau « présidentiel » se situait à l'arrière de l'édifice et on y avait accès par une modeste porte, marquée « Administration », qui donnait sur le stationnement des fournisseurs. C'est dans cette pièce d'à peine cent pieds carrés que Poirier recevait fournisseurs et employés, et dirigeait sa compagnie. Le mobilier était

---

1. Le châtiment ne viendra que plus tard… d'où ce titre emprunté et amputé.

d'époque, c'est-à-dire de l'époque de la fondation de l'entreprise, à la fin des années quarante. L'armée se débarrassait alors de son surplus de meubles et Poirier avait sauté sur l'aubaine.

Lorsque McMurtry était devenu son adjoint immédiat, il avait cru qu'on lui fournirait un bureau convenable. Manque de pot, Poirier lui avait donné le « bureau » de sa secrétaire et cette dernière, mortifiée [2], avait été replacée près de la salle d'exposition des cercueils. Pas très jojo comme atmosphère de travail, mais efficace.

C'est dans ce cadre plutôt miteux que les deux hommes s'affrontaient. Poirier, le plus vieux des deux, demeurait, malgré ses soixante ans, un adversaire redoutable : deux cent cinquante livres, six pieds deux pouces, le tout animé d'un caractère de cochon pure race. Son visage, habituellement d'un beau rouge « congestion » classique, était cramoisi carabiné. La vivacité de la teinte du visage, assortie aux trente livres en trop de la carrosserie, laissait présager un accident cardiovasculaire imminent. Même le médecin le plus débile s'en serait rendu compte.

McMurtry, au contraire, manquait tout simplement de rembourrage. Aussi grand que son patron, il n'avait que la peau et les os. Ajoutez à cela des cheveux rouge carotte, quelques grains de son au visage, des yeux bruns fuyants et vous avez le portrait d'un avorton de première classe. Face au Vieux, il ne faisait tout simplement pas le poids.

Le Vieux se leva brusquement, repoussa d'un coup de pied son fauteuil à bascule tout usé et s'élança vers son interlocuteur. Terrorisé, McMurtry se leva lui aussi, mais pour battre en retraite vers le fond de la pièce.

– Calme-toi, Robert ! Rien ne sert de hurler, lui cria-t-il en reculant, les mains déjà placées devant le visage pour se protéger.

– Hurler, mon cul ! Toi, mon écœurant !... que j'ai mis au monde !... traité comme un fils ! Tu as le culot de vouloir me mettre à la porte ? Mais je vais te la casser, ta maudite gueule ! Personne ne dira qu'un trou de cul comme toi aura roulé Robert Poirier sans en avoir mangé toute une !

Maintenant violet de rage, Robert Poirier ramassa son interlocuteur par les revers du veston et le projeta comme un fétu sur le mur de la pièce.

Quoique McMurtry fût un habitué des montées de lait du bonhomme, cette fois-ci, il s'en rendait compte, l'homme était déchaîné

_____

2. Comme il sied à une employée de salon mortuaire ; eût-elle travaillé dans un hôpital, je l'eusse déclarée ulcérée, histoire de ne pas être hors contexte.

comme jamais il ne l'avait vu. McMurtry n'était pas sans se rappeler la raclée que Poirier avait infligée à un cambrioleur qu'il avait lui-même surpris en flagrant délit un soir dans son établissement. Ce Lupin du pauvre s'était retrouvé à l'hôpital en plus que piteux état et peu ne s'en était fallu que le Vieux ne se retrouvât devant les tribunaux pour tentative de meurtre.

– Bob, calme-toi ; tu sais que ton médecin t'a dit de rester calme… je vais t'expliquer [3].

Ce dernier mot fit bondir le vieillard, qui le souleva et le secoua contre le mur comme s'il cherchait un clou pour l'y accrocher.

– Je les connais toutes, tes explications. Tu n'es qu'un sale voleur. Ma femme avait bien raison de se méfier de toi. Crachat malade, va ! Mais tu ne t'en tireras pas comme ça…

Soudain, l'homme sembla pris de vertige ; il chancela, s'accrochant désormais aux basques de son adversaire. Puis il recula, titubant, pour se prendre ensuite la tête entre les mains ; sa respiration se fit subitement rauque.

– C'que j'ai mal… c'que j'ai mal…

Il essayait de reculer vers son fauteuil qui gisait cul par-dessus tête derrière le bureau. D'une main puis de l'autre, il s'appuya sur son bureau qui craqua sous le poids.

– Fredrik, appelle mon médecin, vite ! haleta-t-il en tendant son autre main vers le combiné crasseux, avant de perdre conscience et de s'affaisser tête première sur le plancher.

Le premier mouvement de McMurtry fut d'enjamber le corps inerte et de se précipiter vers le téléphone. L'index sur le cadran rotatif de l'appareil, avant d'avoir composé un seul chiffre, il resta là à réfléchir.

---

3. Cette phrase est prononcée en anglais, comme plusieurs autres de ce texte, d'ailleurs. Même que des sections complètes se passent dans cette langue. Comme je ne suis pas membre du Syndicat professionnel des traducteurs, j'ai proposé à l'Éditeur de faire ici le premier ouvrage vraiment bilingue, pour lequel Sheila Copps me subventionnerait certainement. Il a refusé, alléguant que seuls les lecteurs bilingues achèteraient l'ouvrage. Il m'a proposé par contre d'utiliser un logiciel de traduction de son invention, qu'il a baptisé du nom prédestiné de « T-Radote ». Vous verrez ci-après ce que la chose a donné. Plaignez-vous à lui si l'idiome en arrache dans le processus de traduction.

**Note de l'Éditeur :** Cet outrecuidant personnage m'a effectivement proposé de faire un ouvrage mi-français, mi-anglais. Je l'ai envoyé prestement paître. Et mon logiciel ne s'appelle pas T-Radote, il s'appelle TRA-DOT-COM !

Le Vieux, indubitablement, se mourait. Son visage commençait à bleuir. McMurtry regarda sa montre : il était 16 h 15, le 11 novembre. Jour du Souvenir. Une bonne journée pour mourir.

McMurtry se dit qu'il valait mieux le laisser crever. De toute façon, les dommages au cerveau du bonhomme étaient probablement rendus irréversibles. Peut-être était-ce même mieux ainsi. À bien y penser, certainement mieux. De la façon dont ses fusibles avaient sauté, il ne représentait plus désormais pour McMurtry qu'une source de problèmes. Et Dieu sait comment l'histoire pourrait se terminer. Alors que mort... le corps d'un homme fait rarement des histoires.

Une année plus tôt, McMurtry avait bien possédé le bonhomme. Sachant combien il était devenu indispensable au Vieux, il avait joué finement ses cartes. Un matin, sans prévenir, il lui avait remis une lettre de démission, alléguant que le principal concurrent de Poirier lui avait fait une offre qu'il ne pouvait refuser : le poste de directeur général, un salaire royal et, en prime, la possession éventuelle de cinquante pour cent des actions de l'entreprise. Une offre inventée de toutes pièces, évidemment !

Bien sûr qu'il était peiné de quitter Poirier, avait-il roucoulé, mais, comme on le dit si bien, charité bien ordonnée commence par soi-même. Et puis, on peut être concurrent en affaires et continuer à se fréquenter, après tout. On dit même qu'il ne faut jamais mélanger amitié et affaires.

Son patron s'était alors littéralement effondré. Non, il ne laisserait jamais McMurtry partir. D'ailleurs, il songeait déjà à lui vendre l'entreprise. Une vente que son adjoint pourrait financer à même sa part des profits futurs de l'entreprise.

La mort récente de sa fille Stéphanie et de son gendre dans un accident d'auto le laissait sans relève au salon funéraire. Et sa petite-fille, Amélia, n'avait que sept ans. Advenant le décès de ses grands-parents, il valait mieux lui laisser de l'argent plutôt qu'une entreprise, si florissante fût-elle.

Entre laisser cinquante pour cent des actions de son entreprise et perdre quelqu'un qu'il considérait presque comme son fils, le choix était facile. D'ailleurs, n'était-ce pas ce que son beau-père, le père d'Annette, avait fait le jour de leur mariage ? Si McMurtry avait été le choix de sa fille et qu'ils s'étaient mariés, il aurait volontiers posé le même geste en guise de cadeau de noces.

Mais Stéphanie, pour des raisons que son père n'avait jamais pu comprendre, ne pouvait absolument pas sentir McMurtry, à l'instar de sa mère d'ailleurs. Les deux lui reprochaient son lèche-culisme[4] envers Poirier à telle enseigne qu'elles ne lui reconnaissaient absolument aucune qualité. Alors de là à ce que Stéphanie ait même songé à l'épouser !

Elle avait plutôt fini par marier un collègue professeur à l'université de Montréal. Puis il y avait eu la naissance de la petite et ensuite le terrible accident d'auto où les deux parents avaient laissé la vie... et une orpheline, Amélia.

– Fredrik, tu sais que je compte sur toi pour reprendre l'entreprise. Je sais combien c'est frustrant pour toi d'attendre. Si tu me promets de rester, je te donne immédiatement cinquante pour cent des actions de la société. Si tu quittes au cours des cinq prochaines années, tu devras me les remettre. Entre-temps, s'il y a des dividendes, je serai le seul à les encaisser.

Après avoir ergoté pour la forme, McMurtry avait sauté sur les certificats d'actions. La Poirier's Funeral Home valait au bas mot cinq millions de dollars et voilà qu'il en détenait la moitié. À vingt-cinq ans, vice-président et coactionnaire de la plus florissante entreprise de frais funéraires du Québec ! Quel tremplin en perspective pour un homme parti du fin fond de la Gaspésie sans un dollar en poche.

Durant ses études à la faculté de droit de l'université de Montréal, McMurtry avait postulé et obtenu un emploi à temps partiel comme apprenti embaumeur. La chose avait fini par filtrer au sein de la Faculté et ses confrères ne cessaient pas d'en faire des gorges chaudes.

Après seulement une journée ou deux de formation, McMurtry manipulait les cadavres comme s'il avait fait ça toute sa vie. Le job payait bien, les heures de travail étaient fixées en fonction de son horaire universitaire, il apprenait à parler un français passablement correct[5] : le tout valait bien les ricanements de confrères aussi prétentieux qu'imbéciles.

Sa période de cléricature au sein du grand cabinet montréalais Siscoman, Antidott l'avait convaincu qu'entre être durant de longues années la chose[6] d'un avocat chevronné et devenir le bras droit de

---

4. Non, vous ne le trouverez ni dans *Le Petit Robert* ni dans *Le Petit Larousse illustré*. Quoique, illustré, ce nouveau mot soit encore plus descriptif, plus long en bouche comme dirait l'autre. Je vous encourage à l'utiliser. Surtout si vous êtes patron... les occasions ne manqueront pas !

5. C'est-à-dire de calibre supérieur à celui de notre ministre numéro 2 de la Santé !

6. Dans son sens autre que sexuel, bien sûr ! Jamais un Maître (ou une Maître)* n'oserait se laisser aller à de tels dérèglements, hommes (et femmes surtout) de règles qu'ils (elles) sont.

   * Et dire que de mauvais claviers soutiennent que je suis *politically incorrect* !

15

Robert Poirier, le choix était facile. Il avait vu juste. Le Vieux le traitait maintenant comme un fils. À preuve.

Ne restait plus qu'à mettre la patte sur l'autre part d'actions et hop, le tour serait joué. McMurtry avait en tête un objectif fort ambitieux qui se résumait simplement : devenir le roi des services funéraires en Amérique et le devenir vite ! Et une stratégie bien précise pour y arriver.

Une chose de sûre, il comptait bien ne pas attendre le décès du bonhomme pour mettre son plan à exécution. L'ambition, faut pas que ça refroidisse, sinon ça vous fige son propriétaire.

Depuis cette première manœuvre particulièrement bien réussie, sous un extérieur affectueux et presque filial à l'égard de Poirier, McMurtry mijotait son coup final. D'autant que le Vieux, depuis quelque temps, avait (enfin !) commencé à parler de retraite, du temps qu'il voulait passer avec Amélia, sa petite-fille, et Annette, sa femme. En Floride, peut-être.

Malin, McMurtry rétorquait qu'on ne prend pas sa retraite quand on est vert comme Poirier, qu'il s'ennuierait en Floride, et autres commentaires tout aussi oiseux ! Sans insister trop toutefois, car son instinct lui disait que l'occasion était sur le point de se présenter.

Enfin, elle se montra. Un matin, au volant de son corbillard favori, le Vieux lui confia qu'Annette souhaitait fonder une fiducie pour Amélia. À leur âge, disait-elle, mieux valait prévenir que guérir. S'ils devaient mourir en même temps, il fallait que la petite soit totalement à l'abri du besoin. Bien sûr, continuait Poirier, il pourrait se payer des dividendes et les verser à la fiducie. Mais l'idée de payer encore des impôts sur de l'argent déjà imposé le révoltait tout simplement [7].

Comme Annette parlait d'un « coussin » nécessaire d'au moins un million, il lui faudrait sortir au bas mot un million et demi de dollars de la compagnie. Et en payer un demi-million en impôts ! Quelle horreur.

Après avoir inhumé un client, Poirier et McMurtry, fidèles à leur habitude, se rendirent en corbillard chez Moishe's. Comme disait le bonhomme : « Rien comme un bon steak pour faire passer un cadavre ! »

Presque en face du restaurant, boulevard Saint-Laurent, se trouvait le commerce du vieux Slibovice, vendeur de monuments funéraires et principal fournisseur de Poirier. Le Juif et l'Acadien s'étaient lancés en

---

7. Il avait bien raison : tout État qui impose ce qui a déjà été imposé devrait être mis à jamais au ban des nations et envahi par les armées de Bosquet Père & Fils inc. C'est un peu, vous voyez, l'équivalent de l'inceste sur le plan fiscal.

affaires presque en même temps et les deux avaient spontanément conclu une entente tacite de collaboration. Une même passion les unissait au-delà des races et des religions : la haine du percepteur d'impôts[8].

Selon cette entente assortie de commissions mutuelles, le Gentil refilait les familles éplorées au Juif, tandis que celui-ci faisait des pieds et des mains pour aiguillonner ses propres clients vers la Poirier's Funeral Home.

En outre (et avantage non négligeable), on pouvait facilement stationner un corbillard chez Slibovice sans choquer le voisinage. Alors que le propriétaire de Moishe's, lui, était moins qu'enthousiaste à l'idée que l'on étale devant sa boutique un gigantesque corbillard à la face de clients affamés. Ça risquait de leur rappeler qu'en entrant là ils creusaient peut-être leur fosse avec leurs dents ou, pire encore, que l'un des plantureux biftecks dont s'enorgueillissait l'établissement venait de conduire un client outre-tombe ! Bref, un corbillard ne pouvait que couper l'appétit, l'impensable pour un restaurateur.

Somme toute, l'arrangement était commode pour toutes les parties, le croque-mort, le tailleur de monuments et le restaurateur.

Une fois chez Moishe's, McMurtry laissa le Vieux se bien ramollir le cerveau avec ses deux martinis habituels. Mine de rien, il fit glisser la conversation sur l'avenir financier d'Amélia. Comme il s'y attendait, Poirier reprit immédiatement son refrain favori contre le fisc. Une fois la tirade terminée, McMurtry lui proposa une solution définitive à son problème. Très simple. La Poirier's Funeral Home se porterait acquéreur de la plus importante entreprise funéraire des Bahamas. Elle payerait comptant, donc pas de dette à supporter. Chaque année, les profits de la nouvelle maison seraient versés dans un compte là-bas aux Bahamas, mais *libres d'impôts*.

Quand Poirier aurait besoin de sous, il n'aurait qu'à prétendre qu'il se rend là-bas jouer au Casino et, presto, il reviendrait avec une cagnotte. Éventuellement, il pourrait même se porter acquéreur d'une maison dans ce pays, y passer l'hiver avec sa femme et la petite. Et les Bahamas, c'est moins quétaine que la Floride. De cette façon, il pourrait toucher au bas mot un million par an et le fisc n'en saurait rien[9].

---

8. N'est-ce pas là un noble sentiment propre à unir tous les honnêtes gens en ces temps troubles ?

9. **Note de l'Éditeur :** Je ne comprends pas ce passage. Existe-t-il des gens qui ne paient pas d'impôts ?
**Réponse de l'Auteur :** Niaiseux !

Un seul hic : pour ce faire, il était préférable que Poirier remît à McMurtry l'autre moitié des actions de la compagnie. Histoire d'éviter les soupçons de Revenu Canada. Évidemment, le Vieux demeurerait le patron pour toujours, à tout le moins, tant qu'il le désirerait.

Poirier ne comprenait pas très bien le pourquoi de ce transfert d'actions qu'il ne pouvait plus ou ne devait plus détenir pour ne pas alerter le fisc. Le tout était fort complexe, surtout pour un cerveau embrumé du tiers d'une bouteille de gin !

Par contre l'idée de ne pas payer d'impôts lui réchauffait le cœur ! Mais, grand garçon qu'il était, il trouverait bien le moyen de ne pas se faire rouler dans cette transaction. Au pousse-café, le bonhomme faisait sienne la stratégie de McMurtry et l'après-midi même, devant notaire, le transfert des actions se faisait. À vingt-six ans, McMurtry détenait désormais toutes les actions de la Poirier's Funeral Home. Ne restait plus qu'à se débarrasser du Vieux.

# 2

# La mort du croque-mort

Presque une année s'était écoulée depuis la visite chez le notaire. Étrangement, songeait McMurtry, le Vieux ne parlait plus du tout de retraite. Peut-être qu'à la vue du pécule qui s'accumulait chaque mois aux Bahamas, hors des griffes du fisc, Poirier reprenait-il de la vigueur ? Qui sait. Les allusions répétées de McMurtry aux charmes de l'île enchanteresse n'y faisaient rien.

Et puis, subitement, en revenant du cimetière, ce 11 novembre 1970, de but en blanc, Poirier avait annoncé à McMurtry qu'il avait pris une décision concernant sa retraite.

– Fredrik, tu sais que je viens d'avoir soixante et un ans. Annette m'a forcé à admettre qu'on ne peut continuer indéfiniment…

Le cœur de McMurtry se mit à sauter dans sa poitrine. « Enfin, il va décamper et pas un jour trop tôt ! » pensait-il.

– … la chose la plus importante, me disait-elle, c'est de savoir quand partir, quand tourner la page. Je connais trop de gens qui ne se doutent pas qu'ils sont devenus complètement gâteux. Ils ruinent leur entreprise, ne jouissent aucunement de ce qu'ils ont gagné. Quels imbéciles ! Pour ma part, la décision est prise…

« Accouche, accouche ! » se disait McMurtry.

– … la décision a été terriblement difficile, mais elle est prise et c'est définitif…

Le Vieux reprit son souffle.

– … Le jour de mon soixante-dixième anniversaire, je quitte et n'essaie surtout pas de m'en dissuader. À ce moment-là, tu seras fin prêt à prendre le gouvernail et j'aurai plus de quinze millions en banque aux Bahamas.

McMurtry faillit emboutir un autobus. Ses doigts serraient le volant à le briser. Il se retenait de toutes ses forces pour ne pas hurler et cogner sur la gueule du vieux fou.

« Quoi ? Neuf autres années à supporter ce vieil imbécile ? Neuf autres années à ronger mon frein, à répéter des laïus hypocrites devant des cadavres ? À me promener avec des habits et un masque de croquemort ? À remplacer au pied levé un embaumeur trop paresseux pour entrer au travail ? Impossible. Tout simplement impossible. Il n'était pas un croque-mort, lui, mais un *tycoon* ! Non merci, il ne passerait pas sa vie à marcher devant un cercueil avec des larmes de copulant crocodile [1] ! »

À ce moment même, sa décision était prise. Comme seul actionnaire, il avait le droit et le pouvoir de foutre le Vieux à la retraite et, *by God* [2], il le ferait. Avec un effort inouï, il réussit à se mettre l'ombre d'un sourire aux lèvres et à dire ce qu'il lui fallait dire.

– Merci de ta confiance, Robert, tu sais combien j'apprécie tout ce que tu as fait pour moi.

– Ne dis rien, Fredrik, allons plutôt luncher ensemble.

– Je ne peux malheureusement pas, ce midi ; je dois me rendre chez mon médecin pour mon bilan de santé annuel. On peut difficilement remettre ce genre de rendez-vous, et tu ne voudrais certainement pas que ton successeur tombe malade…

Son « médecin », il pratiquait le droit et s'appelait Me Robert Desbiens, associé de Siscoman, Antidott. Mieux valait s'assurer que son plan de match était correct. Foutre le Vieux à la porte semblait simple, mais McMurtry, fin renard, avait appris que bien mal avisé est celui qui consulte un avocat après avoir posé un geste, plutôt qu'avant [3].

Et c'est exactement ce qu'il venait de faire, foutre le Vieux à la porte. Au moins quatre bonnes minutes s'étaient écoulées depuis l'effondrement du bonhomme. Ses vieux plombs avaient sauté, au propre et au figuré et maintenant, aucun doute possible, il gisait mort dans son propre bureau.

---

1. **Note de l'Éditeur :** Je doute que l'Auteur ait voulu faire référence à un crocodile se livrant à l'œuvre de chair… Je le lui demanderai lorsqu'il viendra porter son prochain chapitre. Je crains qu'il ne s'agisse tout simplement d'une vulgarité, chose qui répugne habituellement à notre Maison.
2. En français : Depardieu.
3. Autrement, il se le fera répéter, à trois cent cinquante dollars de l'heure, jusqu'à la fin du procès.

Pas nécessaire de lui tâter le pouls. McMurtry s'y connaissait en cadavres. Il enjamba le corps, ouvrit brusquement la porte et se mit à crier.

– Vite, appelez un médecin, le Vieux a subi une attaque !

Il arracha un téléphone des mains d'un employé qui n'allait pas assez vite à son goût et composa prestement « 0 ».

– Urgent, mademoiselle, un homme se meurt, au bureau de la Poirier's Funeral Home… Oui, oui, à Mont-Royal… Faites vite, de grâce !

Quelques minutes plus tard, précédée du bruit d'une sirène, une ambulance s'immobilisait devant l'entrée principale de la Poirier's Funeral Home et le chauffeur en débarquait en toute hâte.

La réceptionniste, complètement ahurie par les événements, avait de toute évidence perdu le peu de moyens qui lui restait ; l'ambulancier n'étant ni un client ni un fournisseur, elle ne savait plus vers lequel des deux bureaux « présidentiels » elle devait le diriger, l'exhortant quand même à faire vite, très vite. McMurtry, qui arrivait en trombe, repoussa la fille vers sa chaise, ramassa le sauveteur par le coude et le propulsa vers l'endroit où gisait le Vieux.

Une fois dans le bureau, le technicien s'agenouilla près du corps et lui prit le poignet.

– Trop tard, il est mort, probablement d'une attaque foudroyante. Il n'y a rien que nous puissions faire, avoua-t-il. Au moins, ici, vous savez quoi faire avec un corps.

Il se releva. Alertés par le raffut, plusieurs employés avaient déjà envahi la pièce. Le technicien-chef, un grand maigrichon, habituellement taciturne, dit tout haut ce que tous semblaient penser :

– J'aurais jamais cru qu'un jour on enterrerait le patron !

Telle fut la véritable oraison funèbre de Robert Poirier, ex-Acadien, embaumeur et homme d'affaires de grand talent.

Effectivement, on savait ce qu'on ferait avec le corps du Vieux. Malgré ses assertions de sens contraire (pour plaire aux clients), Poirier s'était bien juré que ses employés n'auraient jamais à le « traiter ». Conformément à la tradition de son milieu professionnel, il avait demandé à un confrère de la maison Magnus Poirier (sans lien de parenté) de s'occuper de son corps, le « cas échéant ».

Il avait toujours refusé même l'idée de passer par les bons soins de sa maison : le corps étendu, nu, sur la table d'acier inoxydable, les deux incisions, la pompe qui pousse l'affreux mélange de formol dans ses artères, les entrailles qu'on vide, le sang et autres déjections qui vont à l'égout…

Ensuite le maquillage funèbre, alors qu'un technicien tente d'effacer « des ans l'irréparable outrage ». Non, valait mieux que la chose fût faite au sein d'une autre entreprise de soins funéraires.

Ses dernières volontés avaient été catégoriques : sitôt le décès constaté, son premier assistant (et cousin de surcroît) devait s'assurer que son corps était déposé dans le cercueil choisi par testament et amené directement à l'incinérateur de son concurrent.

Mieux valait un « traitement » rapide à mille deux cent cinquante degrés Celsius, les quelques restes au broyeur, quelques cendres dans une boîte, que l'indignité de se faire tripoter la viande, même par des étrangers.

Alertée par un McMurtry soi-disant trop anéanti par le chagrin pour s'occuper du défunt, Annette arriva rapidement sur les lieux. La veuve était une très belle femme et peu de gens lui auraient donné son âge, cinquante-trois ans. Les kilos que son mari avait accumulés au fil des ans, cela ne la concernait pas. Mince, les yeux bleus, une épaisse chevelure blonde tournant à l'argent, elle attirait encore l'attention. En prime, organisée et énergique.

— Fredrik, t'occupe pas de cela et va plutôt te reposer, lui dit-elle du ton dont on use pour écarter un enfant casse-pieds. Avant de partir, organise une réunion de tous les employés pour dix-sept heures et demande au contremaître de la morgue de venir ici tout de suite. Laisse-moi un numéro de téléphone où je peux te joindre ce soir.

Plus vite qu'un racontar de lendemain de party de Noël, la nouvelle avait fait le tour de la compagnie et le contremaître en question arrivait déjà, poussant une civière. Il était le plus vieil employé de Poirier et la désolation se lisait sur son visage. Annette repoussa doucement les autres employés à l'extérieur du bureau, restant seule avec le contremaître. Quelques minutes plus tard, les deux sortaient de la pièce, poussant la civière recouverte d'un linceul sous lequel gisait le corps.

Chamboulé par les événements qu'il avait lui même provoqués, McMurtry n'avait qu'un désir : quitter les lieux le plus tôt possible et rentrer chez lui. En présence des employés, Annette avait été encore plus froide que d'habitude à son égard, ce qui n'était pas sans le tracasser. Quand il s'était joint à la Poirier's Funeral Home, Annette y travaillait, un peu comme l'assistante du Vieux. Un rôle qu'il s'était peu à peu approprié. Peut-être était-ce pour cela qu'elle lui en avait toujours voulu. Pourtant, le regard glacial qu'elle lui avait lancé, son ton impératif… Se pouvait-il qu'elle se doutât de quelque chose ? Impossible.

Même s'il ne désirait aucunement se trouver à ses côtés, à titre d'actionnaire et de vice-président, il lui fallait absolument présider la réunion des employés. Le temps était venu de passer le message aux employés qu'un nouveau chapitre commençait et qu'ils n'avaient qu'à bien se tenir.

Mais, avant de tourner finalement la page, il lui faudrait assister aux funérailles et, plus difficile encore, prononcer l'éloge funèbre du Vieux. Et toujours cette pensée qu'il n'arrivait pas à chasser, qu'il avait probablement commis un meurtre. Mais non, tentait-il de se rassurer, il n'avait fait rien de tel. Le Vieux avait été sévèrement prévenu par son médecin : diète rigoureuse, plus d'alcool, exercice physique régulier, sinon gare à vous. Mais le Vieux n'avait jamais rien voulu entendre.

Personne n'aurait pu le sauver. De fait, se rassurait-il, son attitude lui avait probablement rendu service car, si l'ambulance était arrivée plus tôt, Poirier aurait probablement survécu, mais en véritable légume. C'est ce que son médecin lui avait dit qu'il devait redouter le plus. Et, de toute façon, s'il ne s'était pas obstiné à demeurer président de l'entreprise, rien de tout cela ne serait arrivé. Il était donc totalement responsable de son malheur et lui, McMurtry, n'avait pas à s'en repentir.

Ainsi se confortait McMurtry tout en se préparant pour les funérailles.

# 3

# *Dies iræ, dies illa*[1] *!*

L'église Saint-Viateur d'Outremont était bondée. Non seulement le Vieux était-il bien connu à Montréal, mais il l'était encore plus à l'extérieur. En effet, fier de son ascendance acadienne, il avait milité dans la plupart des mouvements de défense de cette minorité. Sa mort subite avait consterné un grand nombre de personnes et, aujourd'hui, on venait de tous les coins du Québec, de l'Ontario, du Nouveau-Brunswick et même de la Louisiane pour lui rendre hommage.

Au milieu de la grande allée (de l'église[2]), une urne funéraire et la photo de Robert Poirier. Dans la rangée de droite, Annette Poirier et sa petite-fille Amélia, une gamine de six ou sept ans, dont le visage est rehaussé de quelques taches de rousseur, encadré de lunettes au verre épais et serti de broches dentaires. Avec ses deux tresses blondes, elle fait « Fifi brin d'Acier ». Appuyée contre le bras de sa grand-mère, la

---

1. Cantique de l'ancienne liturgie funéraire catholique :
   *Jour de colère que ce jour-là,*
   *Qui réduira le monde en cendres,*
   *Selon David et la Sibylle.*
   *Quelle frayeur surgira,*
   *Quand le Seigneur surviendra.*
   Si, lors de la perte d'un être cher, vous n'êtes pas tout à fait rasséréné par ce lénifiant cantique, c'est que vous êtes vraiment inconsolable et c'est bien tant pis pour vous. Et, de la part des autorités ecclésiastiques, j'ai toujours trouvé fort païen de mêler David et le Seigneur à la Sibylle !
2. Je précise, pour le bénéfice des gens de la ville de Québec, toujours susceptibles face aux assertions des Montréalais.

petite sanglote alors que sonnent les premières mesures du *Requiem* de Mahler. « Pépé Roro », comme elle l'appelait, c'était à la fois son père et son grand-père !

De l'autre côté de l'allée, McMurtry, seul dans son banc, la mine sinistre. La plupart des invités savent qu'il était devenu l'associé du Vieux. On attribue son air lugubre au chagrin de perdre l'associé qui l'a mis au monde ! Et c'est bien là l'effet que McMurtry recherchait.

La veille du service funèbre, il avait fait un saut au salon funéraire, serré quelques mains, bref fait acte de présence. Ensuite, il avait regagné son appartement. Un seul appel téléphonique et déjà une oreille compatissante s'était proposée, l'invitant de surcroît à dîner. Tout simplement parfait.

Il était près de dix heures quand le traiteur était arrivé avec le repas. Déjà, McMurtry avait calé de moitié sa bouteille de *single malt*. Un bon bordeaux avec le repas, et, la dame ayant des organes autres que l'oreille pour se montrer compatissante, il l'accompagna au lit !

Vers minuit, après avoir versé un généreux pourboire au traiteur, McMurtry avait fait venir une limousine et pris la direction du Ritz. À la fermeture du Bar Maritime, il était rentré chez lui. Il était près de trois heures du matin. Le manque de sommeil, l'alcool, l'effort au lit, lui avaient façonné un visage bien différent. Il décida de se raser et d'aller se coucher. Demain son masque funéraire serait impeccable.

Aussi, lorsqu'il se leva de son banc pour prononcer l'éloge du défunt, McMurtry était l'incarnation de l'homme anéanti, dévasté. Pour la foule rassemblée, il ne faisait aucun doute que le chagrin l'avait empêché de fermer l'œil et de se sustenter au cours des jours précédents. Il semblait même, Dieu était-ce possible, avoir maigri. L'affliction personnifiée. Le spectacle était touchant, l'émotion grande. La petite se moucha et cessa de pleurer.

— Mes chers amis, je veux d'abord vous remercier d'être venus en si grand nombre rendre hommage à celui qui m'a donné mon premier emploi, qui m'a permis de faire mes études universitaires, qui m'a finalement donné l'occasion de devenir associé dans sa firme, le bien-aimé Robert Poirier.

Il se souvint d'Annette, qu'il ne pouvait éviter de nommer.

— Nos condoléances vont bien sûr à sa femme Annette et à Amélia, dont nous partageons pleinement le chagrin. Je veux que vous sachiez toutes les deux que la disparition de Robert est aussi tragique pour moi que pour vous. Pour la deuxième fois de ma vie, je perds mon père. Il n'y a pas de mots adéquats pour traduire toute ma peine.

Raidissement à peine perceptible d'Annette. La petite le sent et lui lance un regard interrogateur. L'autre continue.

À entendre l'orateur funèbre, Robert Poirier était un homme d'affaires d'envergure internationale (pourtant, il s'était toujours opposé à l'ouverture de salons funéraires hors du Québec) : «Si tu ne peux pas y aller et revenir en utilisant un seul plein d'essence, c'est que c'est trop loin!», se plaisait-il à répéter), un pilier du catholicisme (il ne se rendait à l'église que pour y reconduire ses clients), un humaniste accompli (il ne lisait que son livret de banque et *Le Journal de Montréal*, et dans cet ordre), un tempérament doux et pacifique dont les seuls écarts n'étaient que de langage (plusieurs fournisseurs dont les représentants s'étaient maintes fois fait sortir du bureau présidentiel à coups de pied au derrière pour une remise refusée se regardaient interloqués), une image de modération en tout (seule la perte irrécupérable de sa clientèle empêchait ses amis restaurateurs de ne pas pouffer de rire en pleine église), et quoi encore.

Après dix minutes de ce surprenant éloge funèbre, même McMurtry commençait à se rendre compte du malaise qu'il était en train de susciter. La fréquence et la force des toussotements, le raclage des pieds et les autres réactions habituelles du corps humain placé dans l'embarras augmentaient... Il fallait conclure, ce qu'il fit prestement. Et il le fit en prononçant les seules paroles susceptibles de rappeler la vraie nature de Robert Poirier :

– Il avait toujours souhaité qu'à sa mort on mange et boive à sa santé. Honorons donc ses dernières volontés en nous rendant tous au Ritz lever une dernière fois verre et fourchette au repos de notre parent, de notre ami!

Sur ces derniers mots, il parut s'étouffer de chagrin. Il plaça son mouchoir contre sa bouche et quitta précipitamment le chœur de l'église.

Le lendemain matin, les employés furent stupéfaits de constater que la devanture du siège social avait été modifiée. Le mot «Poirier» était disparu au profit de «National», l'entreprise devenant la National Funeral Services Inc. Même la photo de Poirier dans le hall de l'édifice avait été enlevée. Non seulement Poirier était-il mort, mais on avait supprimé toute trace de sa présence. Ce qui fit dire au premier contremaître : «Heureusement que le Vieux a été incinéré, autrement son cadavre viendrait botter le derrière de McMurtry.» Cette boutade fut sa dernière, car elle lui coûta son job.

Le lendemain des funérailles, Annette et McMurtry se rendirent chez le notaire du Vieux. Annette savait que les actions de l'entreprise avaient été entièrement cédées à McMurtry lors de l'acquisition de la maison de services funèbres des Bahamas. Elle était évidemment au courant de l'«astuce» concoctée par McMurtry et du million et demi annuel qui devait s'accumuler là-bas dans un compte bancaire. Robert avait été très clair : un minimum d'un million et demi par an devait être déposé par la compagnie dans un compte de la banque bahaméenne inscrit à leurs deux noms.

Le notaire entama la lecture du testament. Peu de nouveau. Le Vieux cédait son équipement de chasse à son contremaître, quelques babioles à McMurtry ainsi qu'à des amis, le reste de ses biens à Annette.

– Mais, monsieur le notaire, lui demanda Annette, vous avez aussi tous les documents se rapportant à la cession d'actions que Robert a effectuée en faveur de Fredrik. Pourriez-vous me dire pendant combien de temps la compagnie devra continuer à verser le même montant annuel dans notre banque des Bahamas ?

– Mais, madame, rétorqua le tabellion en se dressant sur ses ergots, il n'a jamais été question d'une manœuvre de ce genre dans aucun de ces contrats ! Jamais je ne me prêterais à quelque machination en vue de déjouer le fisc…

– Monsieur le notaire, vous savez parfaitement de quoi je parle… Vous n'allez surtout pas me dire que vous ignorez l'existence de notre filiale bahaméenne ?

– Évidemment, je le sais ! La compagnie s'est effectivement portée acquéreur d'une société de services funéraires, là-bas, ce que j'ai d'ailleurs déconseillé, les habitants de ces îles étant presque tous des voleurs. Enfin, la compagnie possède une filiale à part entière là-bas. Fredrik en est donc, à titre de seul actionnaire de la compagnie mère, l'unique propriétaire.

Annette n'en croyait pas ses oreilles.

– Vous n'allez pas me dire que Robert a tout simplement donné notre compagnie à Fredrik McMurtry, sans rien demander en retour ? Vous avez conseillé mon mari toute sa vie et vous avez le culot de me dire qu'il a dépossédé sa famille au profit d'un étranger ? Non, mais…

– Madame Poirier, le chagrin vous emporte… Fredrik (sourire amical en sa direction) a énormément contribué à l'accroissement de votre patrimoine. Sans lui, Robert, que Dieu ait son âme, n'aurait jamais pu faire grandir la compagnie. C'est grâce à lui si vous avez une maison de près d'un demi-million de dollars, libre de toute hypothèque, près d'un million exempt d'impôts en banque, sans compter ce que vous dites avoir dans cette banque que je ne saurais connaître (haut-le-cœur). À votre place, je luis dirais merci. Votre mari, lui, s'est montré reconnaissant envers Fredrik (sourire de gratitude à son égard), un point c'est tout.

Le soulagement de McMurtry était évident. Connaissant la cupidité du notaire, il avait espéré que celui-ci aurait « oublié » le document qu'il avait signé en sa présence, garantissant à Poirier un montant minimum de quinze millions de dollars en cas de décès. Le notaire n'en avait pas remis copie à l'intéressé, alléguant le risque d'une perquisition du fisc chez Poirier ! Évidemment, le « cher maître » réclamerait sa part, mais comment un voleur volé peut-il porter plainte ?

Annette comprit qu'elle avait été roulée et que les deux larrons se partageraient le gâteau. Elle se leva, arracha le testament des mains du notaire, ramassa son sac à main et se dirigea vers la sortie.

La main sur la poignée de porte, elle se retourna vers les deux hommes :

– Espèces de minables ! Vous dépossédez une veuve et une orpheline. Toi, McMurtry, qu'on a sorti de la merde, s'il existe une justice, tu y retourneras. Et vous, notaire, vous devriez marcher à quatre pattes comme votre condition l'exige, car vous n'avez aucune humanité ! Votre fortune, vos somptueux bureaux, c'est aux dépens de Robert Poirier que vous les avez acquis ! Et vous salissez sa mémoire juste en continuant d'exister. Bon appétit, messieurs[3] !

Et elle claqua la porte de toutes ses forces.

---

3. Dans cette envolée d'un grand lyrisme, Ruy Blas côtoie la Femme pauvre. Aux ignares, je peux fournir la référence précise, moyennant rétribution, évidemment. Je ne vais quand même pas vous donner cela « tout cuit dans l'bec », comme on disait au Grand Saint-Esprit.

# 4

# Vingt ans après [1]

McMurtry se mondialise, bien avant son temps.

La réception battait son plein au cinquantième étage de la Place Ville-Marie. McMurtry, accompagné de sa suite et dans toute sa splendeur personnelle, recevait ses invités.

On était loin du personnage maigrichon et fuyant de la fin des années soixante. Rendu à la fin de la quarantaine, il avait au cours des années meublé sa grandeur de quelque vingt kilos, ce qui lui allait fort bien. Sa chevelure rousse était dorénavant maîtrisée à son avantage. Une vingtaine de mille dollars de soins dentaires lui avaient donné un sourire étincelant, et des verres de contact teintés harmonisaient ses iris à sa crinière.

Bref, tout juste délesté de sa troisième épouse, il constituait la cible de premier choix de toute femme *querans quid devoret* [2].

Le Tout-Montréal – et même quelques Torontois, par l'odeur (de fric) alléchés, comme l'aurait dit le fabuliste – s'était empressé de répondre à son invitation d'assister à l'ouverture du nouveau siège social de la World Funeral Services Corporation.

McMurtry et sa coterie de vice-présidents étaient au centre de l'arène. Au tout premier rang et au sommet de la chaîne financière les entourant, on retrouvait les lions, ceux qui fournissaient des services dits professionnels au Géant du cadavre : avocats, comptables et

---

1. Trace indélébile (la seule, d'ailleurs) qu'Alexandre Dumas père (ou Papa Dumas comme dans Papa Bush et Papa Doc) laissa sur l'Auteur.
2. *Cherchant qui dévorer…* l'ancienne liturgie parlait ainsi du Diable…

courtiers en valeurs mobilières. Comme leur pelage et leur crinière sont identiques, il n'y a qu'une seule façon de les distinguer : les uns facturent à forfait et les autres, à l'heure. Dans les deux cas, le résultat est le même : la curée perpétuelle !

D'où l'importance pour ces rois de la jungle fiscale, financière et juridique de protéger leur territoire et d'éloigner leurs ennemis ancestraux, les hyènes, qui rôdent constamment autour du Client, cette source vite épuisable et rarement renouvelable de bien-être.

Les hyènes se retrouvent donc refoulées par les lions au deuxième rang. Elles aussi pratiquent pourtant les mêmes métiers : avocates, comptables et banquières. Elles savent que tôt ou tard un lion faiblira, pour cause de débilité ou de « surfacturation[3] », la seconde étant de toute façon attribuable à la première. Il faut alors être celui ou celle que le Maître de l'univers désignera d'emblée pour combler le vide du premier rang. D'où la nécessité d'être présent à l'esprit du Maître, car il n'attend et ne cherche surtout pas. Ou bien vous venez spontanément à son esprit lors du moment critique ou vous restez dans les limbes de la merde.

Au troisième rang du cirque, le long des murs, se regroupe le menu fretin : ceux et celles qui « du pré ne peuvent espérer que tondre la largeur de leur langue[4]… », mais tondre tout de même. Ce fretin vise tous azimuts : tant les hyènes, les lions, les fifres et sous-fifres du Maître que le Maître lui-même. Seuls les serveurs de canapés échappent à leurs visées.

Ces frétins appartiennent à la classe des communicateux, imprimeurs, astrologues, géologues, vendeurs et autres flatteurs du même acabit. Ce sont ceux et celles à qui le Maître serre la main tout en continuant de parler à un convive de rang plus noble. Leur grande distinction par rapport aux grandes masses crasseuses : ils *ont été invités*, eux !

Les frétines ont plus de succès que la variété mâle : alors que les frétins, souvent franchement laids et ayant peu à offrir, doivent se contenter de la compagnie des hyènes hasbin[5] ou de celle de leurs propres

---

3. On disait à la campagne « abuser du pain bénit ».
4. Encore une fois, heureusement que Jean de La Fontaine me donne un coup de plume.
5. Mot arabe qui se traduit par « passé date ». Je ne sais cependant pas comment accorder ce mot arabe. S'il faut écrire « hasbinnes », je m'en excuse auprès de mon ami Fahd qui m'a enseigné ce seul mot arabe que je connaisse.

confrères, les frétines, elles, ont des atouts, autres que professionnels, que l'Omnipotent (et aussi, ses mignons) ne peut que ne pas manquer.

L'une y va d'un somptueux dénuement du haut de cuisse qui doit faire oublier le vide de son soutien-gorge [6]. L'autre montre à la fois le haut et le bas de son corps : double avantage sur la précédente.

D'aucunes affectent un certaine nonchalance mouillée [7], susceptible d'indiquer une extrême disponibilité... le cas échéant. Habituellement, ces dernières ont moins d'attributs spécifiques que les précédentes. Dans leur cas, c'est l'ensemble qui porte la charge.

Comme personne n'est là pour perdre son temps, toute frétine digne de ce nom remballe ses attraits, affiche complet et change d'interlocuteur aussitôt que l'individu « introduit » est jugé stérile (il n'a pas de bizze'ness [8] à donner).

Ce dernier comportement est essentiel au succès d'un coquetel, car il crée le mouvement rotatoire sans lequel un cinq à sept ne présenterait qu'une masse ondulante de gélatine, les uns restant collés aux autres pendant tout ce temps. Imaginez l'horreur.

Bref, au centre du monde, McMurtry reçoit sa cour pour souligner l'étalement de sa nouvelle grandeur. Sa société vient de se porter acquéreur de son principal concurrent aux États-Unis. Non seulement est-elle désormais présente partout (ou presque) en Amérique du Nord, elle est aussi l'égale de la puissante Société Européenne des Eaux, qui fait, malgré son nom, plus dans le cadavre que dans l'eau.

Une fois que McMurtry l'aura absorbée (et c'est le coup fumant qu'il prépare), il sera le croque-mort potentiel de six cents millions de cadavres.

Le faste de l'événement a même attiré quelques journalistes. Pas qu'ils aient été invités : le président-directeur général ne leur adresse la parole qu'à l'occasion des points de presse, alors qu'ils sont étroitement surveillés par sa maison de communicateux.

Il prétend même que c'est là *la* clef de son succès. S'ils se présentent, on ne les met pas à la porte, on les laisse même bouffer et boire,

---

6. Entre vous et moi, un des mots composés les plus sots de la langue française : à preuve, si vous êtes coupe-gorge, allez-vous sévir au même endroit que le soutien-gorge ?

7. Principaux symptômes : lèvres humides et entrouvertes, œil à la fois langoureux et sollicteur, doigt toujours en train de replacer la bretelle d'un soutiens-moi-les-choses inexistant, croupe accentuée, etc.

8. Mot turc qui signifie « contrat extrêmement plantureux ». Usité au Québec chez la gent d'affaires.

mais ils n'obtiendront aucune déclaration. Et tenus, bien sûr, à l'écart du Prince. Au mieux auront-ils droit à un coup d'œil sur la plus belle denture en ville. Comme le disait si bien Erich Maria Remarque : « La bouse de vache ne saurait atteindre le toit[9]. »

Justement, une journaliste de la section écono-finances de The Gazette, Stéphanie Delormier, a décidé d'aller renifler l'air de la réception, histoire d'essayer de convaincre un des gardes-chiourmes intellectuels de McMurtry de lui arranger une entrevue avec son Maître. La journaliste prépare une série d'articles sur le Géant du cadavre et une entrevue avec le Maître embellirait la chose. À tout le moins, c'est l'opinion de son chef de section. Ce qui fait qu'une telle entrevue est essentielle.

Stéphanie, c'est un petit bout de femme, fin de la vingtaine, très intelligente et énergique. Sa marque de commerce, c'est qu'elle fouille un dossier comme un chien terrier fouille une taupinière. Depuis sa récente affectation à la section économie-finances de son journal, elle a entendu de drôles de choses sur la World Funeral Services et son président. Il lui tarde de tirer les choses au clair.

D'abord, le rythme de ses acquisitions est effarant : il se vante que cette année il en fera une par semaine et que son chiffre d'affaires augmentera d'au moins cinq cents millions au cours de l'année.

Et de plus en plus de rumeurs circulent. Les maisons acquises sont généralement de petites entreprises. On paye les vendeurs avec une combinaison d'argent liquide (aussi peu que possible) et d'actions de la World. Comme les titres de la société sont passés de quelques sous en 1971 à plus de trente dollars, McMurtry possède une formidable (selon lui) monnaie d'échange. Il achète, à la valeur réelle, des entreprises qu'il paye avec des actions de sa compagnie, lesquelles se négocient en bourse à des dizaines de fois leur valeur réelle.

On raconte que McMurtry garantit aux vendeurs que ces actions vaudront bientôt le double, ce qui les convainc de ne pas les vendre. Approche qui serait carrément illégale[10].

De plus, on chuchote, sous le manteau, que McMurtry ferait des ententes écrites ou verbales avec des vendeurs, en leur faisant miroiter des économies d'impôts. Il semblerait qu'une fois le poisson bien ferré, McMurtry oublierait ses engagements et gare à celui qui aurait l'audace de les lui rappeler. Mais la Bourse adore McMurtry et il ne s'agit probablement que de ragots.

---

9. Paroles un peu énigmatiques, j'en conviens. Mais combien belles, n'est-ce pas ?
10. Il est illégal de garantir la croissance d'un titre boursier.

Bref, une entrevue avec le big boss s'impose.

En entrant dans le hall de la Place Ville-Marie, Stéphanie arrive face à face avec sa copine d'université, Amélia Dunn. Les deux filles ont fait ensemble leur baccalauréat en finances à McGill ; Stéphanie a opté pour le métier de journaliste alors qu'Amélia, libre de toute contrainte financière, poursuivait sa maîtrise, puis son doctorat en droit, qu'elle vient tout juste de terminer. L'université McGill vient de lui offrir un poste ; l'accepter est héréditairement nécessaire car sa mère et son père, qu'elle n'a presque pas connus, y enseignaient tous les deux.

Amélia est une femme superbe, près de cinq pieds dix, blonde, yeux bleus, de longues jambes et une superbe poitrine. Elle possède le corps d'une danseuse et la tête d'une universitaire[11]. À ses côtés, Stéphanie devient presque invisible.

Les deux filles ne se sont pas vues depuis quelques semaines. Connaissant l'heure de tombée du journal de Stéphanie, Amélia lui propose d'aller prendre un verre au Reine-Élizabeth.

– J'aimerais bien, car j'ai remis mon article, mais ma journée n'est pas encore finie. Je dois me rendre à un cinq à sept organisé par la World Funeral Services, la grande société de services funéraires, ici même à la Place Ville-Marie. Mais tiens, pourquoi n'irions-nous pas toutes les deux ensemble ? Je suis sûre que ça ferait plaisir au P.D.G. de la World de t'offrir un verre, en tout cas beaucoup plus qu'à moi.

– Quelle idée… Je ne me vois pas du tout me présenter à une réception où je ne suis pas invitée… Si on me demande ce que je fais là, que devrais-je répondre ?

– Amélia, ma chère, avec le *body* que tu as, tu es une invitée d'office dans n'importe quel party… De toute façon, il y aura plus de cinq cents personnes à ce cirque. Allons, viens, tu pourras peut-être même m'aider à obtenir l'entrevue que je désire… On raconte que le P.D.G. McMurtry, encore une fois fraîchement divorcé, a toujours l'œil ouvert sur les filles de notre âge.

– Eh bien, très peu pour moi, les nouveaux divorcés, ils essaient de te faire payer toutes les frustrations que madame la précédente leur a causées, à commencer par le partage des biens…

– Attends de voir celui-là avant de porter un jugement final. Allez, montons !

---

11. Et ne me faites surtout pas dire que les universitaires sont laides et les danseuses, sottes !

Stéphanie prit son amie par le coude et les deux se dirigèrent vers l'ascenseur de l'édifice tout en continuant de piailler. Moins d'une minute plus tard, elles débouchaient dans l'antre cossue de la World.

Justement, McMurtry s'entretenait avec un de ses sbires un peu à l'écart de la foule, près de l'ascenseur. Il jeta un coup d'œil rapide en direction de Stéphanie, puis rebaissa les yeux sur son interlocuteur. Clairement, elle ne valait pas qu'on s'y attarde. Mais, tout aussi vite, le regard présidentiel tomba sur la fille qui suivait la journaliste. Quel pétard ! Il redressa la tête et s'avança, étincelant de sourire, vers la journaliste.

Le collaborateur dut achever sa phrase dans le dos de son patron, chose à laquelle il était bien habitué. La royauté n'a pas à s'excuser auprès d'un subalterne.

– Stéphanie, quelle bonne surprise de vous voir ici. Mais je vous préviens, la règle est toujours la même : jamais, ja-mais, d'entrevue à l'extérieur du bureau.

Tout en parlant, McMurtry se plaça entre les deux femmes, faisant tout à coup semblant de remarquer Amélia.

– Une nouvelle collègue, Stéphanie ? Faut nous présenter… Je m'appelle Fredrik McMurtry, dit-il les yeux fixés sur Amélia et surtout sur la partie soutenue de sa gorge, je suis le président de la World.

Le tout sur un ton modeste, presque contrit d'occuper un tel poste. Subitement Stéphanie était devenue invisible. McMurtry n'en avait plus que pour Amélia.

– Puis-je vous offrir un verre ?

Par enchantement un loufiat apparut, verres et champagne à la main.

McMurtry lui prit la bouteille des mains, emplit deux verres et présenta le premier verre à Amélia, l'autre à Stéphanie.

– Monsieur McMurtry, je vous présente Amélia Dunn, une consœur d'université. J'ai choisi le journalisme, elle est maintenant professeure de droit à McGill.

– Quel plaisir de vous rencontrer, madame Dunn ; seriez-vous une parente de mon bon ami Jim Dunn ?

– Oui, Jim Dunn est le frère de feu mon père…

– Désolé au sujet de votre père…

– Je l'ai très peu connu, car il est mort dans un accident de voiture quand j'étais très jeune.

Le sous-fifre se rapprocha craintivement et fit signe à McMurtry.

– Excusez-moi un instant, dit-il en se tournant vers son employé, avec un regard qui en disait long sur l'à-propos de son intervention.

Un instant plus tard et McMurtry était de retour.

– Je devrai vous fausser compagnie, car le moment est venu de souhaiter la bienvenue à tout ce beau monde. En plus de les nourrir et de leur servir à boire, je dois, semble-t-il, les divertir !

Et, prenant son congé, il revint vers Amélia.

– J'ai été ravi de vous rencontrer, Amélia, et de vous revoir, bien sûr, Stéphanie. J'espère que nous aurons bientôt le plaisir de faire plus ample connaissance. Car, une fois mon petit laïus terminé, je dois partir ; les affaires n'attendent pas…

Stéphanie vit une chance inespérée de capitaliser sur l'attrait que manifestement Amélia exerçait sur McMurtry :

– Monsieur McMurtry, quand pourrez-vous m'accorder l'entrevue que j'ai demandée…

McMurtry claqua des doigts en direction de son assistant.

– *Jack, arrange that !* Jack va s'occuper de cela tout de suite, ma chère Stéphanie. Mais j'accepte à une condition : que Amélia et vous acceptiez de luncher avec moi à cette occasion.

Sans attendre la réponse, McMurtry s'inclina devant les deux femmes et se dirigea vers le podium, sous une salve d'applaudissements, comme il sied aux grands de ce monde.

Stéphanie avait eu le pressentiment que la présence d'Amélia faciliterait les choses, mais pas à ce point. Elle était tout simplement ravie de l'occasion. Imaginez : plutôt que se contenter d'une ou deux questions lors d'un point de presse, elle aurait au moins une heure pour cuisiner McMurtry. Si cela n'impressionnait pas son patron, rien ne l'impressionnerait jamais.

Amélia, pour sa part, semblait encore retenir son souffle. De toute évidence, McMurtry lui avait fait une impression ineffaçable ; aucun doute possible, quelques-uns de (sinon tous) ses préjugés envers les riches mâles divorcés venaient de prendre le bord. Elle était subjuguée.

# 5

# Chapitre court mais T-O-R-R-I-D-E [1].
# On y baise à couilles (presque) abattues !

À l'instigation de McMurtry, la rencontre prévue pour le midi fut d'abord remise en soirée ; du Club Mont-Royal, on passa ensuite au gastronomique Toqué [2]. Stéphanie se rendait compte qu'il s'agirait probablement plus du début d'une liaison que d'une discussion d'affaires et que son rôle se résumerait à tenir la chandelle. Amélia était toute pâmée, elle qui habituellement levait le nez sur les mâles qu'on lui présentait. À preuve, elle lui avait passé plusieurs coups de fil au cours des derniers jours pour des motifs plutôt anodins. Et, chaque fois, le sujet avait tourné autour de McMurtry. Le croque-mort lui-même s'était permis de l'appeler au journal, à la recherche de préten-dus renseignements, qui finalement se rapportaient à Amélia.

Elle avait vu juste. Déjà l'atmosphère du Toqué ne se prêtait pas tellement à une discussion d'affaires. De plus, McMurtry avait réussi à convaincre le proprio de la boîte huppée d'isoler la table qu'il avait réservée. Garder trois tables vides au Toqué pour préserver l'intimité de trois personnes devait coûter toute une beurrée.

Le beau Fredrik était, ce soir-là, le charme incarné. Pour la première fois de la décennie non seulement était-il à l'heure mais, quel prodige, en avance ! Quand les deux filles se présentèrent, il les attendait attablé

---

1. **Avis aux lubriques :** Mon éditeur, ce pudibond, a sévi dans le texte original.
2. **Avis au proprio dudit établissement :** J'aurais pu choisir n'importe quel autre établissement… J'espère que vous saurez vous montrer à la hauteur de la presta-tion qui va suivre !

avec le plus beau fleuron de la maison Roderer[3]. Le garçon avait reçu un ordre strict : être à la fois omniprésent et invisible.

L'allure d'Amélia fit sur McMurtry une impression aussi profonde qu'était son décolleté. Robe fourreau noire, fendue sur le côté, poitrine « rehaussée » stratégiquement par un magnifique collier de perles ambrées, cheveux blonds tombant sur les épaules, peau légèrement bronzée. Même un castrat aurait ressenti en la voyant quelques tiraillements dans l'hémisphère sud. Et notre homme était loin d'être émasculé, lui qui avait commis l'adultère à répétition et connu trois divorces.

Histoire de se faire connaître et surtout apprécier, le big boss s'empressa de raconter son histoire personnelle. Issu d'une famille très modeste d'un petit village de la Gaspésie, orphelin en bas âge, il avait tôt décidé de se prendre en main. Dès sa plus tendre enfance, il avait travaillé. Livreur d'épicerie durant ses études secondaires, puis aide-technicien dans un salon mortuaire, acceptant toutes les sales corvées que les autres employés refusaient, déchiffrant le Code civil à côté d'un cadavre. Cette détermination, cette ténacité s'était avérée *la* clef de son (humblement dit) succès[4].

Une fois sorti de l'université, à force de travail et d'épargne, il avait réussi à devenir propriétaire d'un petit salon funéraire à Mont-Royal.

– C'était plutôt la banque qui en était propriétaire, disait-il avec un sourire de modestie.

Le procédé était minable, le propriétaire un vieil alcoolique. Encore là (re-sourire modeste), à la force des poignets, il avait repris la chose en main et, en quelques mois à peine, l'entreprise moribonde était devenue florissante.

La banque, impressionnée par ses talents d'administrateur, lui avait elle-même offert de prendre en main d'autres sociétés funéraires en difficulté. Ce qu'il fit avec autant de succès. De la chance, sans aucun doute, expliqua-t-il aux deux filles.

Mais à quel prix ! Il n'avait pas eu de véritable jeunesse. Quand les jeunes de son âge allaient danser, lui il coltinait et charcutait des cadavres. Plus tard, l'inévitable premier divorce produit par trop

---

3. J'espère que la Maison (ou la SAQ) sera reconnaissante de cette plogue et m'enverra une caisse de Crystal ! Sinon, mon allusion deviendra une publicité véritablement gratuite, ce que tout écrivain tient en sainte horreur : quoi, écrire et ne pas être payé ?

4. Vous verrez, comme tous les bullshitteurs, il détenait plusieurs clefs de son succès.

d'acharnement au travail, par des voyages exténuants, des anniversaires loupés à cause de retards dans les horaires de vol. Bref, jusqu'à ce soir-là, une vie de renoncement au bonheur personnel, chaque moment étant consacré au travail.

À la fin du potage, Amélia était visiblement émue par ce poignant récit. Stéphanie, froissée tant par l'engouement de sa copine que par son rôle de cinquième roue du carrosse, annonça au couple en devenir qu'elle devrait partir sitôt le plat principal terminé, prétextant un travail à achever sans faute au cours de la soirée. Intervention qui ne provoqua aucune protestation ni de l'un ni de l'autre.

Amélia, à son tour, y alla de son histoire. Malgré qu'elle soit devenue, elle aussi, orpheline très jeune, elle avait vécu une enfance très heureuse, choyée par deux grands-parents qui n'avaient plus qu'elle d'enfant. Comme son grand-père avait été un homme d'affaires prospère de son vivant, elle n'eut aucun souci financier.

Première de classe au cégep, elle avait songé à la faculté de médecine pour finalement se diriger vers le droit. Deux stages en cabinet et probablement quelques gènes familiaux l'avaient convaincue de faire son doctorat et d'opter pour l'enseignement.

Dépitée de la tournure des événements, avant la poire et le fromage, Stéphanie prit congé sans que les deux autres ne l'incitent, autrement que du bout des lèvres, à rester. Quand la troisième bouteille de champagne apparut sur une table remise pour deux, McMurtry révélait ses ambitions. Il était persuadé qu'il arriverait à créer une véritable entreprise internationale.

Son principal concurrent européen avait effectué une diversification malheureuse qui avait vidé ses coffres. Il aurait probablement à se départir de sa division funéraire. En faisant cette acquisition, la World deviendrait la première en son domaine tant en Amérique qu'en Europe.

Mais rendu à quarante-sept ans, pour la première fois peut-être, McMurtry se rendait compte ce soir-là qu'il voulait vivre, aimer, jouir de la vie. Qu'est-ce qui le faisait désirer désormais une vie qu'il n'avait jamais souhaitée ? Deux raisons. D'abord, il avait le sentiment que son équipe de gestion pouvait prendre la relève, à tout le moins assumer une bonne partie de son fardeau.

La deuxième était évidemment plus complexe. On ne peut vivre à la fois seul et heureux et c'est peut-être la solitude qui l'avait rendu les vingt dernières années esclave de son entreprise. Si jamais il parvenait à trouver l'amour véritable, il ne le laisserait pas passer.

Le tête-à-tête se fit plus intime.

Amélia, pour sa part, déplorait le manque de maturité des gens de son âge et, chez les plus vieux, leur recherche perpétuelle de la maîtresse «con-préhensive[5]», celle qui fellationne et écoute, encourage et renvoie pas plus tard qu'à minuit monsieur à madame qui, elle, baise (occasionnellement) mal (toujours)[6].

Ce qui faisait qu'Amélia était une célibataire endurcie. Oh, bien sûr, elle avait eu une liaison avec un ami nouvellement divorcé. Mais les tiraillements avec son ex avaient fait tourner la relation au vinaigre. Depuis, plus rien.

Possible aussi qu'elle fasse peur aux hommes : elle était, après tout, d'apparence correcte, détentrice d'un doctorat et indépendante financièrement, trois caractéristiques effarouchantes pour bien des mâles dominateurs qui ne sauraient par quel moyen la contrôler.

Justement, selon le beau Fredrik, l'ennui avec ses trois épouses précédentes, c'est qu'elles n'avaient aucune indépendance. La première n'avait pu suivre son ascension. Elle était restée derrière avec les petits. La deuxième, corps superbe et cervelle d'oiseau, ne vivait qu'accrochée à ses basques.

La troisième avait été une erreur pure et simple. Tout ce qui l'intéressait, c'était son fric. La vie conjugale n'avait pas duré six mois. Aussi, s'il devait un jour rencontrer une femme indépendante de tête, du porte-billets et de carrière, comme Amélia, tiens, il lui serait plus que facile de réorienter sa vie.

Pour Amélia, l'homme de rêve était un bâtisseur. Elle en avait marre de tous ces gogues universitaires, rabâcheurs perpétuels de concepts fumeux qui prêchent du haut de leur chaire et qui ne sauraient administrer avec profit un dépanneur[7]. Elle enviait cet homme, qui avait su créer un empire.

Au moment de conclure qu'ils avaient beaucoup en commun, ils se rendirent compte que le restaurant s'était vidé. Temps de rentrer.

– C'est toujours un grand plaisir de vous recevoir, monsieur McMurtry, votre voiture est déjà en avant, susurra obséquieusement le loufiat. Et j'espère que nous vous reverrons bientôt, madame, ajouta-t-il au cas où elle deviendrait une régulière du Maître.

Il ne faut jurer de rien, comme disait l'autre.

---

5. Veuillez m'excuser, je n'ai pu résister. Eh oui, je sais qu'elle est facile. Mais avouez que dans le contexte…

6. C'est, vous l'aurez deviné, ce qui la rend in-con-préhensive.

7. Et vlan ! sur la tête de ce brave Léo-Paul Lauzon !

Il faisait tiède et bon dans la pénombre et la douceur du cuir de la Mercedes. Le chauffeur avait fermé la cloison le séparant des passagers. La voiture roulait sans bruit. McMurtry se rapprocha d'Amélia et lui passa la main sur l'épaule. Elle se lova sous son bras, la tête sur son épaule. Amélia se serra contre lui. La main de l'homme glissa vers la poitrine de la femme… les deux gardèrent le silence, savourant le moment, le bien-être d'un grand repas, du champagne, d'une nouvelle relation…

Mais déjà on arrivait au Sir Robert Peel, un des grands immeubles d'habitation du Tout-Montréal. La voiture s'immobilisa. Fredrik se tourna vers Amélia pour l'embrasser. Ils échangèrent un long baiser. Finalement, Amélia se défit de son étreinte, laissa glisser ses doigts lentement sur la joue de son compagnon et y déposa une bise.

– Fredrik, c'était tout simplement merveilleux, restons-en là pour ce soir ! J'ai hâte de vous revoir.

Et elle sortit[8]. Surpris, dépité et un peu en érection, McMurtry d'un ton impatient intima au chauffeur de prendre le chemin de la maison.

Rendue dans son appartement, Amélia se dévêtit, pensive, et enfila sa robe de chambre. Jamais elle n'avait rencontré quelqu'un d'aussi séduisant. Cet homme était différent de tous ceux qu'elle avait eus et dans sa vie et dans son lit. Quel homme ! Il devait faire passablement d'exercice physique, car sa poitrine était dure, dure. Son tour de taille indiquait qu'il savait se contrôler en ce qui concerne la bouffe. Dans l'auto, quand il lui caressait les seins, elle avait senti qu'il était fort excité.

Pourquoi ne l'avait-elle pas invité à monter ? Elle le voulait et il la désirait. Elle n'était tout de même plus une adolescente.

Ouvrant sa robe de chambre, elle toucha lentement ses seins, devenus très durs… Elle imaginait McMurtry nu dans son lit… Face au miroir de la salle de bain, elle commença à se caresser.

Puis brusquement, elle sortit de la pièce, prit son téléphone cellulaire et composa le numéro personnel de McMurtry, qu'elle avait déjà mis en mémoire dans l'appareil.

La sonnerie se fit entendre une fois, deux fois et puis la même voix de tout à l'heure, juste un peu plus froide :

– Allô…

– Fredrik, c'est moi, comme tu pars pour la Louisiane demain, j'ai cru que…

---

8. Ah, ah, les lubriques ! Vous accélériez le tempo pensant vous rincer l'œil ! Il vous faudra attendre ou viagrer.

– Pourquoi ne viendrais-tu pas avec moi ?

– Non, je ne pourrais vraiment pas. Je participe à un symposium demain mais, si tu n'es pas trop fatigué, j'ai une bouteille de champagne au frais, nous pourrions lui faire un sort…

– J'arrive tout se suite.

Sa voix avait repris toute sa chaleur, avec cependant une petite note rauque.

– Appartement 1 010.

– À tout de suite, ma chérie.

À peine dix minutes plus tard, il débarquait devant l'immeuble luxueux. Prévenu (et surtout impressionné par la longueur de la limousine, une Mercedes 500 modifiée pour accommoder aussi bien les longues jambes que l'ego de notre homme), le portier le dirigea vers l'ascenseur.

– Au dixième étage, monsieur McMurtry, madame Dunn vous attend. Bonne soirée, monsieur, ajouta-t-il alors que McMurtry lui tendait un billet de dix dollars.

– Merci beaucoup, monsieur ! murmura-t-il sur un ton devenu des plus révérencieux. Et bonne fin de soirée encore ! opina-t-il du buste.

« Encore un des ces salauds d'enfants de putains de riches qui va s'envoyer en l'air avec de la viande fraîche. Pour qu'il revienne comme ça, elle doit être vraiment en rut ! » se grommela-t-il à lui-même sous un sourire de totale obséquiosité alors que l'ascenseur se refermait.

Il retourna à sa faction tout en reprenant le malaxage systématique d'un furoncle, sournoisement apparu au début de la soirée.

– Bah, plus elles sont belles, plus mal elles baisent[9], opina-t-il en guise d'épilogue.

L'ascenseur s'ouvrait directement dans l'appartement d'Amélia. Au bruit discret des portes, elle se rendit accueillir McMurtry. Elle avait remplacé sa robe de chambre en ratine par une autre qui, pour être moins confortable, offrait beaucoup plus de potentiel visuel. McMurtry avait une bouteille de champagne à la main. Elle prit la bouteille, la déposa sur la table tout en lui passant le bras autour du cou. Elle l'embrassa longuement et l'entraîna vers sa chambre, tandis que Fredrik laissait tomber veston, cravate et chemise.

Assise sur son lit, Amélia emplit deux coupes de champagne et en tendit une à Fredrik. Il la mit aussitôt de côté et dégagea les épaules et les seins d'Amélia du vêtement translucide. Elle s'allongea sur le lit.

---

9. Opinion largement répandue chez les mâles, quand ils ne pognent pas.

McMurtry reprit sa coupe de champagne et en laissa couler quelques gouttes sur les lèvres d'Amélia. Leurs lèvres se rencontrèrent pour un bref instant.

Ensuite McMurtry lui versa un peu de champagne dans le creux du cou, pour le laper ensuite. Puis sa langue progressa vers la pointe de l'un de ses seins, qu'il mouilla de sa salive, puis de champagne. De l'autre main, il lui modelait l'autre sein. Puis, interminablement, il abandonna les seins pour glisser plus bas, alors qu'Amélia retenait son souffle. De ses doigts, il lui caressait maintenant le ventre. Sous la caresse, le corps d'Amélia s'arquait.

Il revint vers sa bouche, l'embrassa longuement, but lui-même une gorgée de champagne et revint vers sa bouche. Puis, alors qu'elle palpitait, il revint vers son ventre qu'il commença à caresser des lèvres, descendant toujours.

Alors qu'Amélia se soulevait les hanches, la main de McMurtry atteignit son pubis. Amélia se raidit brusquement comme sous l'effet d'un choc [10].

*Omnia vincit amor* [11]. *Ommia vincit cunnilingus. Ommia vincit fellatio. Omnia vincit coitus. Ommia vincit cunnilingus. Ommia vincit fellatio. Omnia vincit coitus* [12]. *Ommia vincit cunnilingus. Ommia vincit fellatio. Omnia vincit coitus* [13].

---

10. Alors qu'on arrivait au plat principal, la dégustation fut brutalement censurée par mon éditeur, cette sainte nitouche. À son avis, une telle description dans le menu détail d'une prestation sexuelle poussée à son paroxysme risquait de porter atteinte à la santé des vieillards qui, dûment émoustillés par icelle, pourraient péter une connexion et le poursuivre en recours collectif et autres balivernes du genre. J'eus beau alléguer la Charte des droits de la personne, la colère synthétique de Gérald Larose, rien n'y fit. On m'y reprendra à me faire publier chez lui. Mais, comme je ne lui ai cédé mes droits que pour publication en langues vivantes, il me fait plaisir d'offrir le texte qui suit aux *cognoscenti*.

11. Si vous n'avez pas le temps de potasser cette traduction, allez prestement sur mon site Web. Pour à peine quelques sous (cinq dollars), j'y décris en abondance (et aussi en français) ce que McMurtry fit à Amélia et ce que, en réponse, elle lui prodigua, les initiatives qu'elle prit à son tour et les réactions que ces dernières provoquèrent. Je vous y offre même un vidéo descriptif. Et vlan, sur la gueule de mon censeur !

12. *Non interruptus*, évidemment.

13. Il n'y a pas erreur, c'est la même activité qui se poursuit. C'est que McMurtry commençait à être fatigué ! Il est pas pire quand même pour quelqu'un de la fin quarantaine.
    **Note de l'Éditeur :** Malheureusement, ce triste satyre a raison. Il me tient littéralement par les couilles et me force à publier à mon corps défendant cette traduction

Le soleil explosait déjà dans la pièce quand Amélia se réveilla. Jamais, pensa-t-elle, elle n'avait fait l'amour aussi intensément pendant toute une nuit. À ses côtés, McMurtry s'étira comme un fauve repu. La nuit avait été extraordinaire pour les deux. Il va de soi qu'on remettrait le couvert [14].

---

que je ne saurais qualifier. Heureusement que son latin est primitif, sinon j'étais proprement fait. Mais soyez assurés que nos contrats seront modifiés en conséquence et que cela ne se reproduira plus. Nous nous excusons auprès de nos fidèles lecteurs qui savent que ce genre de lubricité ne fait pas partie des habitudes de la Maison.

14. **Message à Jean-Claude Lord et à Vincent Gabrieli :** J'ai conservé moi-même les droits d'adaptation audiovisuelle de ce bouquin, à partir duquel je pourrais tirer un scénario des plus sulfureux. Titre proposé : *Luxure et Sulfure*. Les diffuseurs se l'arracheraient en période de BBM. Je pourrais vous céder une option pour pas cher.

# 6

# L'empire (funéraire) attaque [1] !

S'il est une chose qui frustre l'amour-propre du P.D.G. de la World, c'est qu'il ne peut pas dire qu'il rayonne dans *chaque* État américain. Il a réussi à couvrir la presque totalité des États-Unis, mais la Louisiane lui résiste. Son puissant rival, la Société Européenne des Eaux, a mis la main sur pratiquement tout ce qu'il y avait de disponible dans cet État. Il ne reste qu'une seule entreprise de services funéraires qui vaille la peine d'être achetée : celle de Warren Cormier à Bayou Vermillon, en plein cœur du pays cadien de la Louisiane.

À diverses occasions au cours des vingt dernières années, McMurtry avait pressenti Cormier, déployant sa batterie d'arguments habituels. Le bonhomme Poirier avait toujours refusé ses propositions. Quand il n'avait que quarante ans, Cormier disait qu'il était trop jeune pour prendre sa retraite et qu'il ne travaillerait jamais pour une multinationale.

---

1. Le reste de cet ouvrage se déroulera évidemment en anglais. Le français de la Louisiane, de toute façon, vous ne comprendriez guère et Zachary Richard n'était pas disponible pour traduire… Devant l'ampleur de la tâche et de guerre lasse, j'ai demandé une modeste subvention à la Sodec, qui me l'a évidemment refusée, me renvoyant au Conseil des Arts, qui lui m'a renvoyé à mon éditeur. Ce dernier m'a poliment envoyé à sa salle de bain, alléguant m'avoir fourni gratuitement, vous vous souviendrez, un exemplaire du logiciel de traduction qu'il a concocté dans ses temps libres, « Tra-dot-con ». La chose, dit-il, serait supérieure à tout ce que Microsoft pourrait offrir. Jugez en vous-même par la qualité de la suite de ce récit.
**Note de l'Éditeur :** TRA-DOT-COM !!! ✡ ✝ ✋ ☙ ☙ d'obtus !

Rendu à cinquante ans, il refusait désormais les offres de la World sous prétexte que son fils changerait peut-être d'idée et accepterait de prendre la relève, ce qu'il souhaitait.

Quelques années plus tard, une première brèche était apparue : selon les rumeurs du milieu funéraire, le fils aurait prévenu le père de ne pas compter sur lui, car il n'avait aucune intention de reprendre le commerce. Chose étonnante pour le père, le fils préférait New York à Bayou Vermillon !

Lors d'un rencontre subséquente entre les deux croque-morts, laconique et revêche, le père Cormier s'était contenté de répondre à McMurtry que oui, un jour, il faudrait probablement vendre la boutique, mais que rien ne pressait pour le moment.

Il avait finalement trouvé un directeur général pour s'occuper du fonctionnement quotidien des salons funéraires. Ce qui lui laissait plus de temps libre pour sa passion, la pêche. Peut-être qu'à soixante ans l'heure serait venue…

Puis le bruit s'était répandu dans l'industrie que Cormier avait congédié son directeur général et que la boutique était désormais à vendre.

L'attitude de Cormier n'était pas sans rappeler à McMurtry les atermoiements de feu son mentor, le vieux Poirier, qui lui aussi repoussait année après année son départ. Malgré les années, chaque fois qu'il pensait à Poirier, il ne pouvait s'empêcher de le voir râlant, étendu sur le plancher de son bureau. Et ce téléphone, cet affreux téléphone beige à cadran, un peu crasseux, ce téléphone qui aurait peut-être pu le sauver.

Un spectre qu'il croyait avoir enterré pour de bon et qui refaisait constamment surface, au moment où il s'y attendait le moins.

Macabre coïncidence, il lui semblait que le vieux Cadien avait fini par ressembler à Poirier tant au physique qu'au moral : même stature et même physionomie, mêmes penchants pour la bonne chère, même attachement à leur entreprise. On aurait juré qu'ils étaient deux cousins germains.

Pour ces raisons, si McMurtry avait pu éviter de négocier directement avec Cormier, il l'aurait fait bien volontiers. Mais c'était impossible. Ces propriétaires de petits salons funéraires étaient tous du même calibre. Jamais ils n'auraient accepté de parler de la vente de leur entreprise à un « simple » vice-président de la World, même si ce vice-président gagnait un salaire supérieur au profit de leur firme et, dans certains cas, à leurs revenus annuels. Ils voulaient parler au patron, un point c'est tout.

Si la World devait finalement s'implanter en Louisiane, il lui faudrait se taper pendant quelques jours une copie conforme de l'homme qu'il avait peut-être assassiné. Et il fallait faire vite, car l'Européenne était certainement au courant des mêmes rumeurs et ferait des pieds et des mains pour garder son monopole en Louisiane. Et, retors, le Cadien les mettrait certainement en concurrence l'un avec l'autre.

Outre les souvenirs pénibles que lui inspirait Cormier, il lui faudrait se rendre jusqu'au fond des bayous pour négocier. Autre perspective déplaisante. Sa secrétaire lui avait réservé une suite dans le meilleur hôtel de Lafayette, ce qui signifiait qu'il devrait franchir quelque cinquante kilomètres par jour pour se rendre à Bayou Vermillon. Rien pour améliorer les choses ou son humeur.

La pratique habituelle de McMurtry était de faire, dès la première heure le matin, une visite des installations de l'entreprise convoitée et ensuite de faire une séance de travail à son hôtel, avec le propriétaire, histoire d'être sur son propre terrain.

Rendu au souper, il savait exactement ce qu'il devrait payer pour l'opération. En règle générale, à la fin du dîner, l'affaire était conclue sur une poignée de main, à condition évidemment que les experts de la World confirment par la suite à McMurtry le bien-fondé des assertions du vendeur.

Ensuite, McMurtry dépêchait un peloton de sous-fifres dont la mission était de passer à la loupe chaque dossier de l'entreprise, chacune des phases de l'opération, dans le but, non avoué, de justifier une baisse du prix convenu.

« Tu sais, Vicky, avait-il expliqué à sa nouvelle vice-présidente aux affaires juridiques, n'importe quel imbécile peut acheter une entreprise [2]. Il s'agit simplement de payer le prix demandé. Ce qui est le propre du sot [3].

» L'homme [4] le moindrement intelligent procède différemment. Supposons qu'une entreprise vaut, dans les faits, quinze millions. Le vendeur le sait, l'acheteur aussi. Conventionnellement, ce dernier partirait le bal avec une offre de dix millions, contrée par une demande de

---

2. **Note du Réviseur :** À preuve, la société Tyco en a acheté une pour huit milliards et a oublié de le dire à ses actionnaires !
3. Sot comme dans « Sot-Sot-Sot-Sotte-hilarité », le cri de ralliement des syndiqués gras durs et morts de rire de l'État.
4. Pour la femme, McMurtry préconise une approche un tant soit peu différente. On verra plus tard.

vingt millions de la part du vendeur. Après des jours de palabres, les parties finiraient par s'entendre sur un prix de quinze millions. Mais les deux parties seraient alors frustrées : l'un penserait avoir payé trop cher et l'autre croirait avoir vendu à vil prix : les deux seraient pris à leur jeu et se détesteraient désormais.

» L'acheteur astucieux procède autrement. Il ouvre son jeu avec une offre de vingt millions qui assomme de générosité le vendeur. Pour la forme, ce dernier fera une modeste surenchère, que l'acheteur doit vertement rejeter. Ensuite on laisse mijoter le vendeur, d'une journée à une semaine, selon la nature plus ou moins coriace du gibier.

» Pendant la cuisson, le vendeur s'agite. Il se voit déjà avec cinq millions de plus qu'il ne pensait obtenir. Il raconte (C-O-N-F-I-D-E-N-T-I-E-L-L-E-M-E-N-T) à tous ses amis la bonne affaire qu'il est en train de réaliser. Comment il a fourré l'acheteur, qui ne connaît rien et est sans conteste un imbécile.

» Et le montant virtuel de cinq millions continue son œuvre de contamination. Madame réclame sa part de ce cadeau tombé du ciel. Elle aura sa Mercedes décapotable, des seins neufs, un curetage du bide, la fesse remontée, etc. Même les enfants et les petits-enfants s'en mêlent. C'est la curée. Désormais, il ne sera plus possible au vendeur de revenir en arrière : il a déjà cessé de travailler, le compte bancaire déborde, amis et connaissances sont verts d'envie.

» Quand tu juges que la bête est à bout d'envie, tu la frappes en plein front. Désolé, tu informes le vendeur que la transaction ne tient plus. La raison est simple : l'examen des affaires de la société par des experts a clairement démontré qu'elle ne vaut à peu près rien. Ses clients veulent la déserter, ses employés s'apprêtent à se syndiquer, un recours collectif est en préparation et j'en passe. »

» Comme le bœuf frappé en plein front d'un coup de massue, les genoux du vendeur plient. Le moron ne se voit pas du tout expliquant à ses amis que, finalement, l'acheteur n'a pas voulu de son entreprise, si imbécile qu'il fût. Il entend déjà les ricanements de ses collègues.

» Les amis, passe encore mais comment faire face à la crise que fera madame ? En attente de son gâteau, elle a fermé les yeux sur bien des fredaines[5]. Si elle ne demande pas le divorce, une chose sûre, ce sera l'enfer sur terre.

---

5. De par son code déontologique, le croque-mort doit mener une vie des plus rangées lorsqu'il officie dans son patelin. La seule occasion où le croque-mort peut vraiment jeter sa gourme, c'est le congrès annuel des croque-morts. Il recharge

» Et comment expliquer la chose aux chers petits qui se sont déjà choisi de nouvelles maisons, de plus grosses voitures… pire, qui ont annoncé toutes ces heureuses choses à leurs amis (eux aussi, verts d'envie !).

» À la seule idée du déchaînement de quolibets que provoquerait un tel avortement de l'entente, votre homme s'effondre. Certains ont même le sanglot dans la voix. Plaintivement, ils vous imploreront de faire tout de même une offre : l'entreprise a certainement une valeur d'au moins dix millions, non ?

» C'est à ce moment que tu dois frapper, et fort ! Voici comment donner le coup décisif.

» Tu lui expliques alors que tu es peut-être prêt à le faire, par pure bonté et amitié bien sûr, mais de ce montant il faudra retenir certaines réserves, disons deux ou trois ou quatre millions, que nous garderons en fiducie au cas où la situation réelle de l'entreprise serait pire qu'on ne l'avait prévu.

» Ton homme renaît : il est sauvé ! Sauvé ! Il vous aime, il vous glorifie, il rentrera tout triomphant ce soir à la maison. Il rentrera même très tard à la maison.

» Mais l'astuce suprême, c'est de lui fournir une porte de sortie honorable. Qui fera que, plutôt que te haïr, il te portera aux nues !

» Tu lui expliques : mon cher ami, vous avez fait une excellente affaire, car finalement vous aurez eu beaucoup plus que les vingt millions dont nous parlions au départ… Surprise du vendeur.

» Vous serez actionnaire de la World ; depuis vingt ans, nos actions sont passées de un dollar à plus de trente-cinq dollars. Nous prévoyons que, dans deux ans, elles seront à cinquante dollars et, dans cinq ans, à soixante-dix dollars, minimum !

» Alors, dans cinq ans tout au plus, vous aurez en main des actions qui vaudront vingt millions.

» Et, ma chère Vicky, cet homme-là t'aimera jusqu'à la fin de ses jours. Alors que l'autre approche faisait en sorte que les deux parties étaient dépitées et se détestaient pour le reste de leur vie, cette façon est avantageuse pour tous : le vendeur est heureux, car il pense avoir obtenu

---

alors (ou vide ?) les batteries pour toute l'année à venir. C'est pourquoi il y a congrès annuel de croque-morts à un endroit donné au moins une fois par mois… Pourvu que madame, sciemment ou non, le permette, bien sûr. Dans le cas évoqué par McMurtry, le contexte nous force à conclure que la médème en question devait savoir de quoi il retournait.

ses vingt millions. Comme nous payons de cinq à sept millions de dollars de moins que prévu pour l'achat d'une entreprise, nos actionnaires sont enchantés. Et, lorsque nos actionnaires sont réjouis, nous sommes *très* heureux, car ils nous laissent nous récompenser au centuple[6] ! »

Faire état de sa méthode de négociation à une collaboratrice était une chose ; aller l'appliquer à Cormier l'agaçait considérablement. De toute façon, comme il l'avait confié à Amélia, une fois cette transaction conclue, il se concentrerait sur l'achat de la Société Européenne. À d'autres les acquisitions de petits salons funéraires.

Jennifer, la chef de bord de l'avion privé de la Société, oiseau irrévérencieusement connu au sein de la World comme « Croque-Mort One », le tira de sa rêverie. La fille était une ancienne secrétaire de McMurtry avec laquelle il avait eu une brève liaison. Madame (la numéro deux), ce que soupçonnant, l'avait obligé à congédier cette perle. Une fois cette épouse elle aussi remerciée de ses services, McMurtry avait réembauché Jennifer (avec forte augmentation de salaire) mais, cette fois-ci, comme chef de bord du nouveau jouet que le P.D.G. de la World s'était donné.

Son petit cadeau, c'était un resplendissant Falcon Jet 900 de Dassault, histoire de faire tartir le P.D.G. de la Société Européenne qui, lui, devait encore se contenter d'un vieux DH 125, à sa grande honte.

Lorsque la chose avait été discutée au conseil, certains administrateurs avaient pudiquement émis l'opinion que la taille de la société ne justifiait peut-être pas l'achat d'un appareil de trente millions de dollars (américains !) et qu'on pourrait se contenter de participer à une de ces coopératives où plusieurs organismes se partagent une flotte d'avions privés.

De plus en plus d'utilisateurs procédaient de cette façon et réalisaient ainsi de puissantes économies, argumenta plaintivement un vieux débile (considéré comme tel parce qu'il se souciait du bien des actionnaires, quelle lubie !), surpris de ne trouver, ni à gauche ni à droite, d'appui à sa proposition.

Ce vieux schnock était le dernier des hommes que la banque lui avait imposés lors de ses débuts à la Bourse ; il venait innocemment de signer son arrêt de mort.

McMurtry avait rétorqué que l'idée était excellente. Un seul avion privé ne suffisait plus à la tâche et, à de nombreuses occasions, des administrateurs avaient été obligés de « voler commercial » au service de la World, une pratique intolérable.

---

6. Vous verrez sous peu le genre de jouet qu'un P.D.G. se donne comme récompense.

Donc pour la commodité de chacun, «surtout des membres du conseil qui se dévouent pour des misères», McMurtry proposa alors que la World se porte acquéreur du Falcon et se joigne aussi à une de ces associations. Confus, le reliquat vota même pour cette proposition, qui fut adoptée à l'unanimité.

– Fredrik, attache ta ceinture, nous atterrissons dans dix minutes… lui dit la chef de bord, en repliant la table de travail du P.D.G. et en rangeant ses documents.

McMurtry regarda la fille retourner prendre son siège à l'avant.

Jennifer avait encore de bien beaux restes pour une femme au début de la quarantaine… restes qu'il se faisait encore plaisir d'explorer de temps en temps, au hasard d'une soirée particulièrement morne ou d'un rendez-vous de soirée annulé. Mais l'arrivée en scène d'Amélia le forcerait probablement à changer tout cela. À l'évocation d'Amélia, Fredrik ressentit un tressaillement en région sud… Vraiment cette femme avait le plus beau des «body» qui lui était tombé dans les pattes.

Mais, d'un début de fantasme, McMurtry revint vite à la réalité de Jennifer, toujours debout devant lui. L'expérience avait coûteusement enseigné au Maître que les femmes devinent immédiatement s'il y a eu baise ou non entre «leur» homme et une autre femme qui leur est présentée. Il faudrait donc caser Jennifer ailleurs dans la compagnie, autre beau drame en perspective. Enfin.

Bref, Fredrik McMurtry était plus ou moins d'attaque alors que son jouet atterrissait à l'aéroport soi-disant international de Lafayette.

La nuit débridée de la veille avait forcément retardé son départ, ce qui l'obligeait à changer son horaire habituel, qui était de passer toute la journée avec le vendeur. Il devrait se contenter d'un après-midi et de la soirée pour mettre Cormier au pas. Ce qui compliquerait les choses.

La combinaison de l'effort phénoménal qu'il avait fourni au lit la veille et du Château Montroudu que lui avait servi un peu trop généreusement Jennifer au cours du vol lui entrait dans le corps. Enfin, pensa-t-il, l'hôtel d'abord, une douche froide et fouette Nelly [7] !

---

7. **Note de l'Auteur à l'Éditeur :** Inutile de composer 911. Non, McMurtry n'a pas l'intention d'aller se quérir une pute qui porterait le nom de Nelly pour prendre son pied en la fouettant. Nelly, dans le Québec d'où je viens, était une jument (non, non, non il n'y aura pas de scène de bestialité, de grâce, calmez-vous !) et «fouette Nelly» signifiait «continue et encore plus vite». Au fait, étiez-vous auparavant éditeur de l'*Osservatore Romano* ou de *Prions en Église* ?

# 7 (8-9) [1]

# McMurtry s'initie aux charmes (surprenants) de Bayou Vermillon

La longue Mercedes Benz noire fit toute une impression lorsqu'elle s'arrêta au Café Jambaya de Bayou Vermillon. Des limousines, les Vermilleux étaient habitués à en voir. Au cours de l'année précédente, deux téléfilms avaient été tournés en ce pays cadien et ce genre d'accessoire n'impressionnait plus guère que badauds et badaudes locaux. Mais une limousine de cette longueur, ça jamais on n'en avait vu ! Presque aussi longue qu'un tracteur et sa remorque.

C'était une autre des tactiques de McMurtry : que sert à l'homme de voler dans un avion de cinquante millions (en dollars canadiens) pour arriver à destination incognito dans une auto des plus banales [2]. Cette voiture, le personnel présidentiel l'avait dénichée à Miami et l'avait fait transporter par route à Lafayette.

Ayant obtenu le renseignement désiré, le chauffeur prit la direction du siège social de la Cormier's Funeral Home, un édifice nouvellement construit en banlieue de Bayou Vermillon, avec cimetière, crématorium, chapelle mufticonfessionnelle [3], au moins vingt acres de terrain. Au bas mot, à l'œil averti de McMurtry, un investissement de

---

1. Avare comme pas un, mon éditeur exige que je lui livre trois chapitres, sinon point d'à-valoir. Je tiens donc parole, voici trois chapitres.
2. Probablement une version contemporaine du précepte que nous martelaient constamment nos doctes abbés au Séminaire de Nicolet : que sert à l'homme de gagner l'univers s'il perd son âme ?
3. Indiquant par là qu'on entend desservir, en cette époque troublée, même les musulmans.

dix millions. La compagnie devait faire encore plus d'argent qu'il ne le croyait, car une brève enquête de crédit avait révélé que la Cormier's n'avait aucune dette.

Encore une bonne raison de mettre la patte dessus, songeait McMurtry : vous achetez l'entreprise pour, disons, quinze millions de dollars, payables moitié en actions de la World et moitié en liquide. Vous avez donc payé seulement sept millions et demi en liquidités. Le lendemain de l'acquisition, votre banquier favori l'hypothéquera et vous avancera au moins douze millions. Une fois le tout complété, vous avez cent pour cent de la compagnie désirée et êtes plus riche de quatre millions et demi de liquidités. Une version moderne de la multiplication des pains [4].

L'intérieur de l'édifice reflétait le bon goût. Surprenant, se disait McMurtry, dans un trou comme Bayou Vermillon de trouver un si beau complexe. Quel gaspillage !

Enfin, le bon côté, c'est qu'on n'aurait pas besoin d'y investir pour au moins vingt années.

Après s'être présenté, McMurtry s'installa confortablement dans un des fauteuils de la réception et ouvrit son porte-documents. Ces petits croque-morts avaient tous la chiante habitude de faire attendre McMurtry, histoire de tenir le haut du pavé dans la négociation à venir. Comme s'ils le pouvaient ! Même une liasse de dollars Canadian Tire [5] les aurait fait saliver. Mais, si c'était le cérémonial qu'il fallait suivre pour les mieux plumer, fouette encore Nelly.

Surprise, dans la minute qui suivit, Cormier s'amenait. Depuis leur dernière sauterie de croque-morts, le bonhomme avait pris quelques livres, perdu quelques cheveux et ajouté quelques rides. Reprendre en main la gestion courante des opérations s'était probablement avéré plus difficile qu'il ne l'avait cru. Bien. Bien.

– Warren, quel plaisir de te voir. Tu ne vieillis pas. Comment vont la santé, les affaires ?

_____

4. Pratique habituelle dans les acquisitions financées par la grande Caisse de nos petits dépôts, de Steinberg à Quebecor Media !

5. J'espère bien que cette référence favorable (à tout le moins neutre) à ladite monnaie, plutôt que les usuels quolibets, me vaudra quelque marque tangible de reconnaissance de la part de l'éminente société. Par exemple, un achat ferme de dix mille exemplaires de ce livre pour diffusion dans leurs chic établissements. Car j'aurais tout aussi bien pu dire : « Même des points Air Miles les auraient fait saliver. » Sinon, gare à mon prochain bouquin où je me vautrerai, moi aussi, dans le sarcasme sur les piasses du Pneu Canadien.

– Pour la santé, je me sens très bien. En grande forme. Mais, si j'écoutais mes maudits docteurs, plus de bière, plus de bourbon, plus de steaks, plus de cigarettes ni de cigares… plutôt des carottes, du céleri et de l'eau à volonté. Tu me vois un verre d'eau à la main ? Mes amis mourraient de rire !

– Bah, tu sais, Fredrik, avec les maudits fonctionnaires, c'est de plus en plus difficile de faire des affaires. Il y a trente ans, tu aurais pu mener un salon funéraire pourvu que tu saches comment écrire une facture et réciter quatre ou cinq patenôtres. Maintenant, il faut un spécialiste de ci, un spécialiste de ça et toujours des rapports. Sur la qualité du sol, sur la qualité de l'air, sur les fonds des clients, sur les plaintes des clients. Ça n'a plus de fin. Sans compter les impôts !

– C'est pour ça que tu devrais t'associer avec nous ; on te débarrasserait de tous ces tracas, on te verserait une montagne d'argent, tu n'aurais plus de souci, tu te consacrerais à la chasse, à la pêche, à ta famille, tout en encaissant tes coupons de dividendes et d'intérêts. La belle vie, quoi !

– Oui, j'y ai bien pensé. Je suis veuf maintenant… Mon fils unique ne reviendra jamais ici, il faudra me faire une raison. Ma fille n'a aucun intérêt pour le commerce et ses enfants sont trop jeunes. Je serai probablement forcé de vendre. Jérôme Gréyé de l'Européenne me dit la même chose, que je devrais vendre…

«La vieille peau de vache, pensa Fredrik, comme si j'avais besoin qu'on me rappelle que cet autre concurrent est dans le portrait. »

– Oui, c'est ce qu'il me répète. Mais je dois te dire que, même si j'y pense beaucoup ces temps-ci, je ne suis pas fin prêt à vendre.

«La carne, toute cette mise en scène pour faire augmenter la mise », rumina McMurtry.

– Je ne voudrais pas que tu te sois dérangé pour rien, Fredrik. Mais j'ai quelque chose à te proposer qui va te faire plaisir. Dis à ton chauffeur d'aller manger et de t'attendre à l'Hôtel Français. Il est deux heures, le poisson devrait commencer à mordre vers quatre heures. Toi et moi, on file à mon camp de pêche. J'ai tout l'équipement et les vêtements requis. On prend une bière ou deux, on taquine le poisson, on s'en fait frire quelques-uns et hop ! on revient ici et tu repars dans ton avion de chasse. Et, s'il est trop tard, tu pars demain matin. On aura tout le temps pour discuter.

La seule mention d'une expédition dans les bayous puants et infestés de moustiques déprima instantanément McMurtry. Mais l'idée d'annoncer à son personnel qu'il avait fait, pour la première fois, chou blanc dans une tentative d'acheter l'entreprise d'un confrère croquemort le faisait frémir. Oui, il reviendrait avec les clefs de la Cormier's Funeral Home ou son nom n'était pas McMurtry.

– Quelle formidable idée, Warren, mais pourquoi ne pas prendre ma voiture avec chauffeur ? Tu sais, on va certainement boire un verre ou deux et il serait malheureux de finir dans le goulot d'un alcootest.

– T'en fais pas, ici, si vous conduisez sous l'influence[6] et qu'un constable s'en aperçoit, il vous interceptera et vous ramènera à la maison. C'est seulement si vous refusez de coopérer que la chose se corse. On vous amènera de force cuver votre vin au poste de police jusqu'au lendemain, huit heures. Le cas échéant, avant de partir, vous devrez faire un don aux œuvres de bienfaisance de la police.

» Minimum, cent dollars et le véhicule doit rester sur place pendant une période discrétionnaire. Le shérif[7] pense que c'est une meilleure solution que de porter des accusations formelles dans une petite communauté comme Bayou. Mais faut pas se faire ramasser saoul en dehors du comté, car c'est alors le contraire. Mon camp de pêche est à l'intérieur des limites du comté. Allons-y !

Après avoir donné ses ordres au chauffeur, McMurtry se maquilla d'enthousiasme et suivit Cormier jusqu'à son véhicule.

Le véhicule en question était une camionnette Jeep Cherokee qui, si elle avait connu des jours meilleurs, n'avait jamais subi ni nettoyage ni lavage en vingt ans. Cabine et benne arrière étaient jonchées de pièces hétéroclites, pièces de rechange, filins, grappins, tronçonneuses, crics, d'une quantité et d'une diversité suffisantes pour mener victorieusement campagne contre n'importe quel attaquant, homme ou animal.

Le tout était pratiquement camouflé sous une impressionnante collection de contenants vides, gracieuseté de Budweiser[MD] et de

---

6. Le crime suprême dans ces régions est de conduire un véhicule luxueux « *while colored* » ; *to drive while under the influence is irrelevant…*

7. **Note de l'Avocat de l'Éditeur (Mᵉ François Dévoué) :** Surpris par la gravité de l'allégation et connaissant la déplorable habitude de l'Auteur de couper les coins ronds, nous avons jugé prudent de vérifier son assertion auprès de la personne qui était shérif de Bayou Vermillon à l'époque de ces événements troubles. Nos craintes se sont avérées. L'ex-shérif s'est vigoureusement inscrit en faux contre cette accusation qu'il juge diffamatoire. Nous lui présentons toutes nos excuses.

Jack Daniel's[MD 8]. Sur une banquette d'une couleur douteuse[9] étaient superposés un Winchester semi-automatique de calibre 10 et un Kleinguenther Magnum 270, assorti d'une lunette. Les deux armes étaient visiblement chargées à bloc. Contrairement à tout le reste de l'équipage, les deux fusils semblaient sortir de l'usine. Cormier savait ordonner ses priorités.

Si tous les résidents de Bayou Vermillon étaient ainsi équipés, McMurtry comprenait facilement l'extrême délicatesse du shérif local en matière d'ivresse au volant. Un calibre 10 peut pulvériser la tête d'un cocodril[10] adulte à cinquante yards. Dans la brume éthylique, une erreur est si vite arrivée. Selon l'épaisseur du nuage, le délinquant déliquescent[11] pourrait facilement confondre le policier avec un ours, et bang ! On ne connaissait ni ours ni homme (ni revenant) qui aurait survécu à un coup de 10 tiré à bout portant.

Se doutant bien que son complet Armani serait abîmé (deux mille cinq cents dollars au diable), McMurtry sauta à bord du véhicule, qui démarra sur les chapeaux de roues. Évidemment, le véhicule n'avait aucune ceinture de sécurité et, à juger la façon dont Cormier maniait freins et accélérateur, les arrêts et limites de vitesse de Bayou Vermillon ne s'appliquaient pas aux « natives ». Probablement une autre délicatesse du shérif qui devait réserver ses foudres aux seuls touristes, pensa McMurtry.

À la sortie de la ville, la camionnette s'engagea à quatre-vingts milles à l'heure franc sud sur la route de campagne. Maniant le levier

---

8. Marques de commerce déposées, propriétés respectives de Trucmuche Breweries et de Jack Daniel's Corporation. Ces sociétés américaines sont teigneuses à l'extrême et non seulement refusent-elles de vous verser quoi que ce soit lorsque vous leur rendez hommage mais, pire encore, risquent de vous poursuivre pour utilisation indue de leur image de marque. Je m'abstiendrai donc de vous dire ce que je pense de ces deux boissons. Personnellement, ma préférence va vers Sleeman et Aberlour, prenez-en note si vous voulez me faire plaisir.

9. Dans les ouvrages de qualité, quand on ne peut identifier correctement une couleur, on la déclare « douteuse ». Ici, j'utilise cet affreux cliché dans le seul but d'épargner votre sens des convenances. J'ai en effet demandé à ma femme, qui est designer (SDIQ) et connaît donc ces questions, ce que donnait la combinaison de couleurs qu'on retrouvait sur la banquette du véhicule de Cormier, soit le rouge, le gris et le brun. « Une merde rougeâtre », m'a-t-elle répondu. Je suis certain que, si j'avais écrit « une banquette de couleur merde rougeâtre », le directeur de cette collection aurait fait sauter cette description offensante pour les nitouches en désespoir de canonisation.

10. Mot cadien pour alligator.

11. **Note à l'Éditeur :** La combinaison vous en bouche un coin, n'est-ce pas ?

de vitesse, saluant les autres automobilistes de la main et du klaxon, gesticulant des deux mains en direction de McMurtry, Cormier soulignait les traits saillants de la beauté du paysage et ce qu'ils signifiaient pour lui.

Son désir de réussir en affaires, c'est dans le bayou qu'il l'avait trouvé. Quand son fils lui avait annoncé qu'il ne reprendrait jamais le commerce familial, il s'était réfugié avec le juge Thibodeaux dans son camp de pêche. Quelques jours plus tard, il avait accepté sa déception et, sans amertume, encouragé son fils dans sa nouvelle carrière.

Les eaux saumâtres du marais touchaient presque au macadam sur les deux côtés de la route. McMurtry se demandait comment il pourrait s'échapper du véhicule si une embardée devait les projeter dans la gluante flotte. Il pensait à ce qui pouvait exister comme saloperies dans cette eau d'une couleur indéfinissable [12]. Brrrr… mais hors de question de montrer quelque frayeur.

Cormier se mit à fouiller (de sa troisième main, les deux autres étant déjà surutilisées) en dessous de la banquette pour y cueillir une bouteille aux trois quarts pleine de Jack Daniel's et c'est avec un profond soulagement que McMurtry en avala une puissante rasade. Ainsi fortifié, il se sentit plus apte à affronter les périls de la route.

Le véhicule (ou plutôt le missile) continua sa course pendant une quinzaine de minutes à la même allure, puis bifurqua brusquement en direction de ce qui semblait être un fourré impénétrable [13]. Au moment de la collision appréhendée, le taillis s'écarta [14] comme par magie devant le pare-chocs de la Jeep pour révéler un sentier tortu-bossu, à peine assez large pour un véhicule. McMurtry ne put se retenir d'empoigner le tableau de bord. Peine perdue, la poignée qui devait servir d'appui lui resta dans la main à la grande joie de Cormier, qui accéléra de plus belle.

Le sentier n'avait pas dû coûter cher à construire, car il n'était que trous, bosses et ornières. On avait certainement mis un soin minutieux à préserver l'environnement dans son état original, car aucune roche ou aucun arbre ne semblait avoir été enlevé lors de sa construction. Le camion déchaîné suivait le sentier comme le ferait un chien de chasse. Une dizaine de minutes plus tard, Cormier arrêta brusquement l'engin.

---

12. J'utilise cet autre cliché à dessein, car l'eau du marais était de la même couleur que la banquette du Jeep. Et dire qu'il s'en trouve pour dire que je suis vulgaire.

13. Un fourré, chez les grands classiques, est toujours «impénétrable», ce qui ici est inexact, comme on le verra à la ligne suivante.

14. En anglais, «*bush spreaded*», une position franchement indigne d'un président.

Quand le nuage de poussière devant le véhicule se fut dissipé, McMurtry se rendit compte que la camionnette se trouvait à la fine pointe d'un terrain qui s'avançait dans le bayou.

Il y avait là un quai auquel était amarrée une puissante embarcation. Si l'embarcadère était vétuste, l'embarcation, elle, ne l'était pas. Il s'agissait d'une chaloupe grand luxe, finition camouflage, propulsée par une puissant moteur Johnson, assorti de deux moteurs électriques. L'embarcation comptait tout ce que le chasseur, pêcheur ou buveur pouvait désirer : sonar, navigation automatique par satellite, sièges confortables, toit amovible, frigo et bar. Le renflement d'un des côtés de la barque contenait des appelants de premières qualité alors que l'autre regorgeait d'accessoires de pêche.

Il serait intéressant, pensa McMurtry, de retracer où se « loge » cet équipement dans les comptes de la Cormier's Funeral Home. Probablement qu'on y décrit le tout comme étant un corbillard nautique, indispensable pour aller quérir des macchabées dans le bayou.

Et effectivement, le Cadien roublard y trouverait une ou deux utilisations passées, dûment facturées et susceptibles de justifier auprès du fisc l'achat de l'équipement par la société plutôt que par lui-même. Ces croque-morts sont tous les mêmes : pour eux, contourner l'impôt n'est pas facultatif mais obligatoire.

Cormier ramassa une glacière derrière la banquette du camion, deux bidons d'essence de la benne, jeta le tout dans le bateau et revint vers le camion. Il ramassa ce qui restait de la bouteille de Jack Daniel's, ferma les portières à clef et entraîna McMurtry vers l'embarcation.

– C'est pas qu'on risque de manquer d'alcool, mais je ne voudrais pas que les ours défoncent le camion pour en boire ! lança Cormier à McMurtry en riant.

« La nuit serait longue et ardue », se dit McMurtry en montant à bord.

Au premier tour, le gros moteur V6 démarra et McMurtry n'eut que le temps de se laisser tomber dans un des sièges, que l'embarcation prenait le large. Tandis que le rivage s'éloignait sous le soleil de cette fin d'après-midi, le marais semblait infiniment vide et l'horizon immobile. La chaleur était torride et le bateau glissait littéralement sur la surface lisse et glauque[15] du marais.

Fidèle à son habitude de laisser un véhicule se conduire tout seul, Cormier laissa la barre, emplit deux verres de Jack Daniel's et de

---

15. Chez les auteurs classiques qu'on m'a forcé à fréquenter, l'eau d'un marais est toujours glauque. En réalité, celle du bayou était plutôt de couleur scatologique.

glaçons et en tendit un à McMurtry. La combinaison chaleur et humidité était étouffante. Heureusement, à cause de la vitesse du bateau, les monstrueux moustiques étaient restés à l'écart. Affalé dans la pince du bateau, McMurtry laissa pendre sa main droite dans l'eau. Lui ayant tendu son verre, Cormier fit un « V » de ses deux mains et les referma bruyamment.

– À ta place, je ne laisserais pas ma main pendre dans l'eau. Tu sais, les cocodrils [16] deviennent actifs « à ce moment-ici [17] »… et ils ont le ventre creux !

– Oh, *shit* [18] ! s'écria McMurtry en retirant sa main comme si l'eau avait été de feu.

L'expédition serait pénible. Du tord-boyaux, des moustiques, une chaleur insupportable… tout ce qui manquait (et viendrait probablement plus tôt que tard), c'était un gumbo fortement épicé. Depuis que quelqu'un avait expliqué à McMurtry l'origine de la nourriture « épicée » des Cadiens [19], l'idée d'en manger lui était devenue fort peu ragoûtante. C'était un peu comme manger du cocodril tout en connaissant le menu préféré de la bête !

Subitement, la terre ferme surgit en face de l'embarcation. Une jetée s'avançait vers le bayou. Derrière les chênes recouverts de mousse, on apercevait le « camp » de Cormier. Qu'on ait pu bâtir une telle maison sur un terrain presque inaccessible par route était incroyable. La maison funéraire était certainement encore plus riche que ne l'indiquaient ses états financiers. Un bon quart de million avait été englouti dans ce que Cormier appelait sa baraque.

La maison était ceinturée d'un muret de trois pieds de hauteur. Cormier expliqua qu'avant qu'il ne mette en place cet astucieux dispo-

---

16. Mot cadien pour crocodile ou alligator.

17. Une des expressions favorites du Très Honorable Jean Chrétien, Premier ministre du Canada. Vous conviendrez qu'elle sonne mieux dans la bouche d'un Cadien que dans celle de notre PM (Plus Meilleur).

18. À l'idée de servir d'appât à un saurien affamé, McMurtry réagit tellement vite que TRADUCON n'a pas eu le temps de vous traduire sa circonlocution. Elle lui a échappé.
    **Note de l'Éditeur :** TRA-DOT-COM, ϭϭτιε !

19. Chez les premiers Acadiens déportés en Louisiane, la nourriture étant rare, le climat chaud et les épices abondantes, on relevait au maximum les aliments pour camoufler tous relents indus de faisandage. Avec l'arrivée du frigo, l'excès d'épices sert désormais à rendre exotique au touriste le « fast-food » de tous les jours. J'utilise ici le mot « fast-food » pour que les lecteurs français comprennent bien de quoi il s'agit.

sitif, les cocodrils avaient pris la fâcheuse habitude de venir digérer leur charogne sous la galerie.

Non seulement y laissaient-ils parfois quelques reliefs malodorants, mais pire encore, leurs ronflements, renâclements, grognements et querelles intestines [20] dérangeaient parfois certaines petites natures prenant le frais sur ladite galerie.

Impudents, certains reptiles avaient même tenté de monter sur la galerie pour se joindre aux invités et avaient dû être vaporisés au calibre 10. Cormier, qui avait un faible pour ces bestioles, avait, plus pour les protéger que pour veiller sur ses invités, concocté l'idée du muret. Seulement, c'est en sortant de la maison qu'il fallait être prudent, car les reptiles aimaient se chauffer la couenne à la base du mur et, de tempérament hargneux, se mettaient en colère quand on leur marchait sur la queue. Bref, pensa McMurtry, l'endroit parfait pour une petite marche au clair de lune [21] lorsque l'insomnie vous guette. On était loin du Sir Robert Peel et des cuisses tièdes d'Amélia… *Omnia vincit fellatio*, songea furtivement McMurtry [22].

Outre ces désagréments bien mineurs et qui étaient sujets de grande rigolade chez Cormier, la maison était superbe, bien éclairée, meublée avec goût. Diverses scènes de chasse décoraient les murs et, pour quiconque aimait la vue sur une énorme mare stagnante, l'effet était probablement spectaculaire.

McMurtry ressortit de sa chambre en tenue appropriée pour aller taquiner la perche [23]. Sa longue expérience des achats d'entreprises lui indiquait que le moment n'était pas opportun pour parler affaires. Il laissa Cormier discourir à sa guise sur les mérites des divers agrès « infaillibles » qu'on pouvait proposer à ce poisson agressif.

Une bière [24] plus tard, les deux pêcheurs finirent par convenir que le leurre le plus appétissant, étant donné la phase présente de la lune, la position précise du soleil et l'analyse sommaire de leurs humeurs [25] respectives, était, sans aucun doute possible, le « motteurfokkeur à

---

20. Un ex-entraîneur des Canadiens de Montréal aurait probablement dit « intestinales ». Je l'offre à l'auteur des *Perronneries* (ou est-ce des *Chrétienneries* ?).
21. Comme on le verra par la suite, cette pensée devait s'avérer prophétique…
22. **Note de l'Éditeur :** On ne peut s'empêcher d'admirer la délicatesse de l'Auteur évoquant des pensées libidineuses !
23. Mot cadien signifiant, au Québec, « achigan » et, en France, « bass ».
24. Seule unité de mesure du temps dans un camp de pêche.
25. **Note du Réviseur :** Derechef, que de délicatesse dans l'évocation de déjections humaines.

longue queue [26] ». McMurtry s'y connaissait et Cormier était ravi de se retrouver en compagnie d'un vrai pêcheur qui ne commencerait pas à bâiller et à regarder sa montre aussitôt le derrière posé dans le bateau.

La glacière fut soigneusement remplie de bouteilles de bière [27] et de glaçons. Après avoir capturé quelques appâts vivants pour ajouter aux attraits mécaniques du « motteur », les deux compères franchissaient la porte du muret-à-cocodrils en direction du rivage. Un rejeton saurien vint quémander son câlin rituel à Cormier, qui l'accueillit, comme d'habitude, avec un vigoureux coup de botte au derrière. Contenté, l'animal retourna vivement se cacher derrière sa mère qui surveillait la scène, les larmes [28] aux yeux, son petit cœur de grosse alligatote attendri par l'affection évidente de Cormier pour ce fleuron de sa progéniture. Les deux hommes montèrent à bord de l'embarcation de pêche.

Après une course d'une dizaine de minutes, Cormier coupa le moteur à essence et mit les deux moteurs électriques en marche. Il enregistra des coordonnées dans le tableau de bord et l'embarcation se mit à suivre, silencieusement, une longue trajectoire elliptique sur la surface du bayou. Il s'assit confortablement sur sa chaise, accrocha délicatement le motteur à sa ligne, lança le tout à l'eau, puis plaça sa canne à pêche dans un appui à cet usage.

De la glacière déposée à ses pieds, il tira un bière qu'il lança à McMurtry, en prit une lui-même et se laissa retomber sur sa chaise en poussant un pet sonore [29].

Pêcheur d'expérience lui aussi, McMurtry répondit à l'ouverture [30] de Cormier par une profonde éructation.

---

26. Référence exacte pour les amateurs de pêche « *Long tailed mother fucker* », une marque de commerce déposée. Absolument infaillible même lorsque, plutôt qu'aller à la pêche, vous allez aux danseuses. Grâce à ce leurre, on rapporte aussi de superbes captures de *Morpionus magnificus*, une espèce en voie d'apparition dans les bayous de la Louisiane.

27. Dans le but, bien sûr, de marquer le temps. Sage précaution dans un bayou si, ignorant l'heure, vous vous faites surprendre par l'obscurité et risquez de vous égarer. Car la nuit, comme le dit le proverbe, tous les cocodrils sont gris. C'est pourquoi Cormier, modèle de prévoyance, cachait toujours douze bouteilles de bière « de secours » dans son embarcation.

28. Les larmes de cocodril sont beaucoup plus sincères que les larmes de crocodile, espèce hypocrite entre toutes.

29. Rituel incontournable de la pêche. Sinon, motteurfokkeur ou pas, le poisson ne mordra pas.

30. Dans son sens musical, bien sûr.

Après cet échange de politesses, force lui fut d'admettre et de dire à Cormier que la pêche telle qu'il la pratiquait, « c'était du boudin [31] ».

Le poisson, opina doctement Cormier en ouvrant une deuxième bière, commencerait à mordre dans la demi-heure… Les deux hommes tiraient, tout en devisant, sur d'énormes barreaux de chaise cubains que McMurtry avait importés illégalement du Canada.

En attendant que le motteur fasse son œuvre, on causa des gouvernements débiles qui n'existent que pour faire tartir les honnêtes entrepreneurs ; les politiciens, tous des voleurs ; les taxes et impôts, « le peuple va se révolter » ; la sécurité sociale, une formule qu'il faudrait remplacer par les travaux forcés ou la conscription ; les listes d'attente dans les hôpitaux, « j'te réglerais ça en cinq minutes [32] ! » ; l'abolition urgente de la taxe de vente, « une abomination » ; le contrôle des armes à feu, « un complot de la gauche » ; et autres sujets du genre, tous propices à attirer le poisson désireux de s'instruire de la chose politique.

Par contre, le sujet de la meilleure race de chien rapporteur, labrador ou golden (sujet pour une fois sérieux) amena une première divergence d'opinions entre les deux hommes. Qui finirent néanmoins par conclure que les deux races se valaient et que ce qui comptait, c'était le dressage de ces bêtes.

Une belle harmonie régnait désormais entre les deux hommes. McMurtry éprouvait un début de sympathie pour le Cadien et ce dernier ne pouvait que regretter ne pas avoir eu un fils de ce calibre.

À trois bières, Cormier fit pivoter sa chaise, se leva pour pisser dans un réceptacle de plastique, conçu ingénieusement par lui pour écoper bateaux et prostates.

– Fredrik, tu sais, pisser attire les poissons, ça ne rate jamais [33]… Une fois, je pêchais le barracuda dans les Keys et…

Au moment même où il s'introduisait le bec verseur dans le contenant sanitaire et commençait à se soulager, sa canne à pêche se courba

---

31. Erich Maria Remarque, que je cite (*À l'Ouest, rien de nouveau*, page 56), trouvait lui aussi cette expression « quelque peu énigmatique ». Moi aussi… Mais, comme McMurtry voulait posséder (autrement que bibliquement) Cormier et que l'intention était réciproque, peut-être finirons-nous par comprendre le sens profond de l'expression.

32. Levine, ministre numéro 2 de la Santé (ou est-ce numéro 3 ?), devrait les consulter !

33. Croyance en effet très répandue chez les pêcheurs. Seule une diarrhée subite à bord d'une chaloupe de pêche serait bien plus efficace pour attirer le poisson…

violemment et le moulinet se mit à gémir furieusement, laissant se dérouler la ligne à vive allure. Fidèle à sa prédiction, Cormier, en se sortant la queue, avait ferré un monstre.

Pressé simultanément d'arrêter les moteurs, de se remballer l'outil dans la braguette, de vaincre une fermeture éclair récalcitrante, de déposer l'«écope» tout en attrapant sa canne à pêche, Cormier trébucha sur la glacière et laissa échapper l'urinoir primitif qui lui éclaboussa les jambes en tombant au fond du bateau où il se répandit complètement.

– Oh copule [34] ! s'écria-t-il en pesant finalement sur le bouton d'arrêt des moteurs.

En se retournant pour attraper sa canne à pêche, Cormier accrocha du coude sa bière qui vola par-dessus bord.

– Oh, fornique-la [35] ! ragea-t-il, en atteignant finalement le manche de la canne à pêche.

Agitée de vigoureuses secousses, la canne se courbait jusqu'à la surface de l'eau et la ligne de nylon se déroulait toujours sous les protestations virulentes du moulinet. À l'autre bout du bateau, McMurtry se tordait de rire au spectacle qu'offrait Cormier qui avait vraiment pissé hors tension [36].

– Fred, prends les commandes et tiens le bateau dans le vent. Ce fornicateur va essayer d'entortiller la ligne autour des hélices. Avec le trouble qu'il a causé, je ne veux pas le perdre.

McMurtry finit de ramener sa ligne et, toujours plié en deux, prit les commandes.

– Ah ! et puis débouche-moi une autre copulante bière, j'en ai certainement pour vingt minutes avant de la ramener.

Effectivement, vingt minutes plus tard, le cœur battant hors de la poitrine, Cormier ramassait dans son épuisette une magnifique perche de quatre livres et demie. Dix minutes plus tard, les deux pêcheurs ferraient simultanément.

Lorsque Cormier sonna six bières [37], les deux hommes décidèrent d'entrer. Encore une fois, le motteurfokkeur avait fait son œuvre dévastatrice dans le bayou de Vermillon : six gros poissons attendaient, dans le vivier spécialement aménagé dans l'embarcation, de connaître leur

---

34. « *Oh, fuck !* »
35. Déjà, il me semble que c'est mieux, non ?
36. « *… was really pissed off.* »
37. Sept pour Cormier. Non point qu'il fût à l'heure des Maritimes, mais il en avait perdu une dans la copulante flotte.

sort définitif. Le plus gros, à l'origine du malencontreux incident, finirait dans une assiette sous forme de quenelles, et les autres retourneraient attendre dans le bayou l'inéluctable prochain passage d'un motteurfokkeur.

En arrivant sur la rive, Cormier sortit de sa poche de côté un long couteau à filets. En un tournemain, il tira deux magnifiques pièces de chair de la perche. Déjà la mère cocodrille s'approchait de Cormier en se dandinant la queue, la gueule ouverte. Mabelle, comme Cormier l'avait surnommée, était un spécimen unique : elle était blanche et avait les yeux bleus [38] ! Cormier lui lança ce qui restait du poisson dans le clapet. Elle goba le tout et, le regard mouillé de gratitude et d'affection pour Cormier, retourna, rotant de satisfaction, continuer sa digestion.

– C'est Mabelle, mon contenant à déchets ; elle recycle tout, sauf le verre et même encore ! expliqua Cormier.

McMurtry était resté bouche bée : il n'en croyait pas ses yeux. Un alligator blanc aux yeux bleus et apprivoisé ! Tout simplement incroyable. Cormier lui expliqua la chose. Il surveillait un jour un nid de cocodrille, dans lequel les œufs semblaient prêts à éclore. Effectivement, et le premier petit à sortir était, ô surprise, tout blanc ! L'équivalent d'un crocodile sacré africain. Se doutant bien que le petit saurien ne pourrait survivre dans le bayou, incapable qu'il était de se confondre avec son milieu ambiant, Cormier l'avait adopté et élevé en lieu sûr, à l'abri tant de ses parents que des autres prédateurs.

– Elle a maintenant sept ans… rien ne lui fait peur… tu devrais voir son mâle ! On pourra probablement le voir ce soir après le souper. C'est un monstre : presque vingt pieds de longueur [39]. Il doit peser une tonne. Tu es mieux de ne pas copuler avec lui [40]. Tout ce qui lui passe

---

38. **Note de l'Éditeur :** L'Auteur débloque ; mais, comme l'objet du déblocage ne se rapporte en rien aux choses du sexe, de par son contrat, il en a le droit et je ne peux le censurer. Il a dû prendre un verre d'Aberlour de trop. Quel gâchis !
   **Remarque du Réviseur :** Que non ! Je le croyais aussi et suis allé vérifier sur Internet. L'Auteur a raison. Pour rare, cette curiosité existe et il ne s'agit pas d'un cas d'albinosité. Pour survivre jusqu'à maturité, cette variété de cocodril ne pouvant se camoufler, elle doit être protégée. C'est ce que Cormier a dû faire.
   **Commentaire de l'Éditeur (entendu par l'Auteur et rapporté par lui) :** ταβαρνακ !
39. **Note de l'Éditeur au Réviseur :** Cela se peut-il ?
   **Réponse du Réviseur :** Oui, on aurait capturé en Louisiane un alligator frôlant les vingt pieds.
40. Non, Cormier ne suggérait pas sérieusement à McMurtry de s'abstenir d'avoir des relations sexuelles avec la bête, ce qui aurait constitué de la bestialité. Il voulait

à portée de crocs, il le tue et l'emporte dans la cyprière. D'où son nom : « Croque-Dead » ! Je l'ai vu l'an passé s'attaquer à un ours : en cinq minutes, l'ours était au fond du marais, noyé.

Imaginant la scène, McMurtry frissonna d'horreur.

Les deux hommes entrèrent dans la maison. C'était l'heure de l'apéro.

---

plutôt dire « *You better not fuck with it !* », et voilà ce que Tra-con a donné. Logiciel de merde !

**Note de l'Éditeur :** Mon logiciel, qui s'appelle incidemment TRA-DOT-COM, nom pourtant facile à retenir sauf, j'imagine, pour les abrutis, n'a pas été conçu pour traduire les vulgarités.

# 8 [1]

# McMurtry joue gagnant à « qui perd gagne [2] » !

Contrairement aux appréhensions de McMurtry, le souper préparé par Cormier fut délicieux. Les quenelles de perche accompagnées d'une petite sauce s'étaient révélées remarquables comme entrées. McMurtry avala même celle qui restait dans la poêle, en rapportant les couverts dans la cuisine. Avec le Pouilly Fumé [3], une combinaison parfaite.

Comme plat principal, des steaks de bison cuits sur le barbecue. Les légumes, des fèves aux cœurs noirs assorties de frites créoles que Cormier avait préparées au four. Sa méthode, brosser les pommes de terre, les couper en juliennes, enduire d'huile, saupoudrer de poudre chili, une demi-heure au four et voilà !

Cormier, qui avait consommé plus que sa part des deux bouteilles de vin [4] qu'il avait mises sur la table, aborda le sujet de son fils qui ne voulait plus revenir vivre dans un trou (comme il le disait). Accepter

---

1. Vous vous souviendrez que mon éditeur m'avait promis une avance si je lui apportais trois chapitres ? Eh bien, il a refusé ; il dit que je le prends pour un con. Effectivement. *I do !*

2. N'essayez pas de comprendre, moi-même je n'y arrive pas. Gagne-t-il parce qu'il perd ou perd-il parce qu'il gagne ? Vous comprendrez plus tard le sens éminemment sibyllin de cette salve d'ouverture. En attendant, comme le dit si bien Fredrik : « Fouette Nelly ! »

3. J'avais l'habitude de mentionner les vignobles, mais ces chiches viticulteurs n'ont jamais montré la moindre gratitude à mon égard. Je me garderai bien de leur faire quelque publicité que ce soit et les encourage plutôt à forniquer avec Croque-Dead.

4. *Id ac precedenter.*

son homosexualité avait été très difficile aussi bien pour lui que pour sa femme, confia-t-il à McMurtry.

Sûr qu'il était plus facile de vivre avec un autre homme dans l'anonymat de New York plutôt qu'à Bayou Vermillon, là où tout le monde a le nez fourré dans les affaires de tout le monde.

En attendant que le café soit prêt, Cormier ouvrit une autre bouteille de rouge. McMurtry, qui sentait que la conversation prenait un tour favorable, déclina sa part. Peut-être un petit cognac, plus tard avec le café, mais plus de vin, merci.

Malgré les dénégations de son fils, Cormier avait toujours cru qu'il reviendrait un jour prendre l'entreprise familiale en main. Il revint effectivement, mais pour leur présenter son «partenaire». Pire encore quand le «copain» avait insisté pour l'appeler «beau-papa»!

Il en avait eu les reins brisés. Pourquoi continuer à se battre en affaires alors qu'il pourrait passer tout le temps qu'il voudrait ici...

Et puis le désastre du directeur général n'avait rien arrangé. Un mois après son entrée en fonction, le gendre de Cormier, qui dirigeait la division des préarrangements [5], vint prévenir son beau-père que les employés tenteraient de se syndiquer si leur nouveau patron devait demeurer en poste. La première réaction de Cormier fut de penser que son gendre était jaloux de la nomination d'un étranger comme patron. Mais vérification faite auprès d'employés fiables, une dure conclusion s'imposait : il fallait congédier le nouveau cadre.

Outre la petite fortune que lui coûta ce départ, histoire d'éviter une poursuite pour rupture de contrat, l'épisode avait causé des dommages encore plus difficiles à réparer : avant de nommer son nouveau directeur, il avait dû expliquer à son gendre qu'il n'avait pas les qualifications requises pour prendre sa succession comme patron de la boîte. Il va sans dire que la démarche avait jeté tout un froid dans la famille.

Sentant que le poisson se ferrait lui-même, McMurtry se gardait bien d'intervenir, se contentant d'exprimer sa compréhension et de remplir le verre de son hôte.

Quand il avait pris l'appel de McMurtry, il en savait la raison. Mais il n'était pas fin prêt à vendre. Oui, Jérôme Gréyé l'appelait, lui aussi, fréquemment. Mais, les Français étant foncièrement prétentieux et chiants, il ne voyait pas comment il pourrait leur vendre sa boîte.

– Tiens, par exemple, j'étais à Paris l'an dernier et il m'a invité à luncher au siège social de la Société Européenne, rue de la Fédération.

---

5. Euphémisme pour désigner une assurance croque-morts.

Au pousse-café, il m'a demandé de dire quelques mots. Pour leur faire plaisir, j'ai parlé français. Tu ne me croiras pas, mais deux ou trois de ses vice-présidents ont pouffé de rire. Et ce copulateur qui m'a raconté que mon accent était tout simplement "sympa", et que ses ancêtres devaient s'exprimer comme moi au XVIᵉ siècle. Eh bien, je leur ai dit leur fait, à ces trous de cul[6].

» Je leur ai rappelé qu'en 1755 la France avait laissé déporter par l'Angleterre, sans même lever le petit doigt, douze mille de ses sujets aux quatre coins de l'Amérique alors que vingt ans plus tard elle se saignait à blanc pour aider les colons américains à se révolter contre les Britanniques.

» Et pire encore, après que les déportés acadiens eurent réussi à s'établir en Louisiane dans des conditions d'effroyable misère, elle vendit tout simplement cet État à ses anciens alliés américains, sans demander la moindre garantie pour notre peuple. La France avait tout simplement tiré la chasse d'eau sur ses Acadiens ! Comme si nous avions été de la merde !

» Eh bien oui, nous parlons le français du XVIᵉ siècle, et ça nous rappelle que c'est là la dernière fois que la France fut correcte avec nous… en nous laissant partir ! Gréyé était rouge comme écrevisse dans gumbo et il fallait voir la face des autres fornicateurs.

» Pour pas trop les faire chier, j'ai terminé en blaguant qu'on leur avait pardonné car la vie, finalement, était plus agréable dans le bayou que dans le Poitou.

» Depuis ce temps, jamais il ne me parle plus sans évoquer "la triste responsabilité de la France envers ses colons abandonnés en Nouvelle-France[7]"…

---

6. On se demande où et comment Cormier a pu tirer cette rare conclusion. À tout le moins, il voulait probablement faire allusion aux Parisiens.

7. **Mise au point du Réviseur :** C'est sans doute pour varier le discours que Cormier utilise alternativement «fornicateur» et «copulateur» afin de traduire «*fucker*» ; nous croyons cependant qu'il aurait dû se limiter à fornicateur. Nous mettons aussi le lecteur en garde contre la perspective historique révisionniste de Cormier qui colporte probablement ses propres préjugés de Cadien, oubliant que la France leur a rendu le grand service de les établir dans un pays chaud, leur évitant ainsi le «grand dérangement» de devoir s'y rendre chaque hiver. Et, pour ma part, je trouve les Français charmants. Lorsque je vais en France, j'affûte mon parler et je vous assure qu'on me comprend. On me demande même comment il se fait que je ne parle pas comme la plupart des Québécois. On ne peut donc pas blâmer ces Français cultivés de n'avoir rien pipé au patois, de surcroît aviné, de Cormier. Pour longue, il nous semble que cette mise au point s'imposait.

McMurtry, qui se serait bien passé de la digression historique, tenta de remettre la discussion sur la bonne voie, car il craignait que Cormier, presque saoul, ne décide d'aller se coucher. D'autant plus qu'il venait de sortir une bouteille de Fine Napoléon et deux verres.

— Tu as bien raison, je ne comprends pas qu'on puisse vendre à la Société Européenne, qui n'a même jamais placé un Américain à la tête de leurs entreprises aux États-Unis. Tu te vois, Warren, te rapportant à un maudit Français ?

— Tu peux être certain que, si je vends mon entreprise, j'en sors le lendemain. Je ne pourrais travailler ni pour toi ni pour un maudit Français... J'ai été mon propre patron toute ma vie et je ne vais pas à mon âge commencer à lécher des derrières sociétaux[8]. Cependant, il y a le problème de mon gendre. Si je vendais, je voudrais m'assurer qu'il continue à diriger la division « préarrangements » de ma compagnie. Il n'est peut-être pas de calibre à tout diriger, mais ça, il le fait bien et j'aimerais qu'il puisse continuer.

— On pourrait facilement arranger cela, Warren, mais dis-moi...

McMurtry sentait que le moment était venu de frapper fort, sinon le bonhomme risquait de passer l'arme à gauche.

— Tu sais qui tu me rappelles... Tu dois l'avoir connu, Robert Poirier ?

— De Montréal ? Oui, probablement. Je me souviens de lui... Il y a plusieurs années, lors d'un congrès, il disait être originaire de la Louisiane...

— Tu sais, Warren, tu me rappelles ce gars-là. Même carrure, même façon de parler, vos noms ont la même consonance. Si je suis à la tête de la World, c'est bien à lui que je le dois. Cet homme-là m'a traité comme son fils. Il m'a vendu son entreprise à même les profits futurs et il est mort très peu de temps après... sans que j'aie pu lui démontrer ma gratitude. J'aimerais faire pour toi ce que je n'ai pas eu le temps de faire pour lui...

— Comment ça, Fredrik ? lui demanda Cormier, surpris et touché qu'un P.D.G. de la trempe de McMurtry fasse preuve de reconnaissance envers quelqu'un. Ce n'était pourtant pas la réputation qu'il avait dans l'industrie. Mais l'industrie, c'est bien souvent une bande de jaloux de la réussite d'un des leurs. Et Dieu sait que McMurtry avait réussi !

------

8. Cormier voulait probablement dire « *corporate arse holes* ». Mais avec tout ce qu'il avait ingurgité...

– Si Poirier n'était pas mort si jeune, j'aurais fait de lui un multi-millionnaire car, avant sa mort, il m'avait confié la gestion de l'entre-prise, me donnant le mandat de lui faire prendre de l'expansion.

» Je me suis montré généreux envers la veuve de Poirier, bien sûr, mais j'aurais aimé faire beaucoup plus pour le Vieux, faire en sorte qu'il prenne une retraite dorée, plutôt que de trimer d'une étoile à l'au-tre pour gagner sa vie. Vraiment, il méritait mieux que ce qui lui est arrivé... mais je ne peux plus rien faire pour lui, ce qui me rend fort triste. Je regrette tellement qu'on n'ait jamais pris le temps, par exem-ple, de passer une ou deux journées à la pêche comme nous l'avons fait tous les deux. Je suis convaincu que d'en haut il nous voyait.

Cormier était en train de fondre dans sa béatitude alcoolisée. Un autre verre et il se mettrait à pleurer.

– Warren, en souvenir de mon véritable père, Robert Poirier, je vais te faire une offre que tu ne pourras pas refuser[9] : je te propose vingt millions de dollars pour ton entreprise, une partie en liquide, une partie en actions de la World. Dans deux ans, tes actions auront doublé de valeur... tu ne sauras comment me remercier.

Vingt millions, c'était beaucoup plus que ne valait l'entreprise, mais une fois faite la vérification des états financiers de l'entreprise, il comptait bien lui servir une bonne dose de la médecine McMurtry et ramener le tout aux alentours de quinze millions. Ramenée à ce dernier chiffre, l'entreprise devenait une aubaine.

Elle générerait, lui avait dit Cormier, au bas mot deux millions de dollars en profit après impôts pour l'année en cours. Et ce, sans inclure les économies d'échelle que la rationalisation[10] amènerait, en ce qui concerne les extravagances de Cormier, les dépenses personnelles im-putées à la société et quoi d'autre ! Il l'achetait donc pour sept fois ses profits. Or, les actions de la World se négociaient en Bourse à vingt fois ses profits, ce qui donnait une valeur de quarante millions de dollars à la Cormier's Funeral Home, une fois celle-ci amalgamée à la World[11].

---

9. McMurtry se voyait déjà comme « le Parrain » de l'industrie du cadavre, d'où l'utilisation de ce cliché.

10. Euphémisme à la mode dans les grandes sociétés, se traduisant par le congédie-ment du plus grand nombre possible d'employés dans le plus court laps de temps à la suite d'une acquisition. Les sbires qui effectuent ce genre d'exercice se croient toujours promus à un bel avenir et finissent inévitablement par se faire eux-mêmes « rationaliser ».

11. **Note de l'Éditeur :** Vérification faite auprès de Léo-Paul Lauzon, professeur serein et équilibré de l'art de la déclaration à l'emporte-pièce et ennemi juré de la

– Je dois admettre que l'offre est difficile à refuser. Mais je vais te faire une confidence, Fredrik. Depuis le crash boursier de 87, je n'ai pas acheté une maudite action car, à l'époque, un copulant courtier avait réussi à me convaincre d'emprunter pour acheter des titres. Mon entreprise a failli y passer et j'ai eu la peur de ma vie. Depuis, je me suis juré et ma femme m'a fait jurer de ne plus jamais toucher à une fornicante action [12]. Je regrette mais, si c'est ton offre, je ne suis pas pressé de vendre.

McMurtry était stupéfait par la lucidité apparente de Cormier (qui devait avoir 0,3 d'alcool dans le sang au moins!) et se sentait coincé, car il n'avait pas du tout prévu cette réaction. Eh bien, soit, l'important c'est d'acheter son entreprise.

– Comme je te le disais tout à l'heure, tu me rappelles tellement le vieux Poirier que je voulais que tu fasses encore plus d'argent. C'est vraiment pour toi, car je préfère payer en liquide, ça dilue moins l'avoir des actionnaires. Si tu préfères faire moins d'argent, c'est ton affaire… mais ne viens pas râler dans quelques années que je t'ai fait manquer l'affaire du siècle. Prends au moins vingt-cinq pour cent de la transaction…

» Le premier salon funéraire que j'ai acheté ici aux États-Unis, je l'ai payé entièrement avec des actions, car on n'avait pas un sou de liquidité à offrir. Nous avons émis au propriétaire, tu te rappelles, le vieux Scuttlebutt, des millions d'actions de la World qui valaient à l'époque à peine un dollar. Tu sais combien ce salon vaut aujourd'hui? Au bas mot, près de cent millions de dollars. Scuttlebutt est même notre deuxième actionnaire en importance. Même aujourd'hui, il refuse de se départir de ses actions et il a raison!

– Fredrik, je laisse peut-être passer l'affaire du siècle, mais c'est cash [13] ou rien. Il se fait tard de toute façon pour ma vieille carcasse… avec tout ce qu'on a mangé…

---

nuance sous toutes ses formes, il s'agit effectivement d'une méthode classique de « bâtir de la valeur ». Par « valeur », on entend tout ce qui va directement dans les poches dudit P.D.G. et qui selon lui le mérite bien (« je vaux bien ça! »).

12. Discours emprunté de toutes pièces aux nombreuses personnes qui ont acheté le titre de Nortel alors qu'il était au nord de cent dollars l'action. Et qui l'ont gardé, attendant la grande remontée qui, au dire de leur courtier, devait suivre inévitablement.

13. **Note du Réviseur :** Cash, mot québécois fort usité qui signifiait à une certaine époque « espèces sonnantes et trébuchantes », mais qui signifie désormais un chèque visé, une traite bancaire ou tout autre instrument de semblable nature. Bref, du cash qui n'est plus du cash mais qui tient lieu de cash. Ne retient son premier sens que dans l'expression « blanchir du cash ».

– Non, non, Warren, je disais cela simplement pour que tu ne me fasses pas de reproches plus tard. Je te l'ai dit, nous préférons payer avec nos liquidités. Alors vingt millions cash tu veux, vingt millions cash tu auras.

– Alors ça me va, Fredrik. Mais il y a un problème probablement insurmontable…

L'alcool aidant, McMurtry sentait la moutarde lui monter au nez. Que pouvait-il bien vouloir de plus, ce vieux fornicateur ? Il ne perdait rien pour attendre.

– Donne-moi un cognac et on va le régler, ton problème.

– Voilà, il s'agit de mon gendre Frankie, celui dont je t'ai parlé. Frankie, il n'est pas très fort mais, comme patron des préarrangements, il est correct. Après l'épisode du directeur général, je ne vois pas comment lui annoncer qu'il perd son emploi.

» J'aimerais qu'il reste à la direction de cette petite division, qui ne fait pas de profit de toute façon. Et, si Frankie n'aimait pas travailler pour la World, je voudrais qu'il ait l'option de l'acheter. Je le financerais, évidemment.

» Ainsi, en supposant que cette division représente dix pour cent de la valeur totale de l'entreprise, ce qui est à peu près le cas, je pourrais la racheter de la World pour le même prix si, à la suite de la transaction, Frankie décidait qu'il ne voulait plus travailler pour vous ou si vous décidiez que vous n'en vouliez pas…

C'était vraiment le comble, pensait McMurtry. Je lui offre vingt millions comptant et il me parle de son imbécile de gendre. C'est sûr que la division préarrangements ne peut faire d'argent si elle est dirigée par ce minable. Partout ailleurs, c'est avec ces assurances-cadavres qu'on fait le plus d'argent.

McMurtry se retenait de ne pas exploser.

– Ton gendre est bien chanceux d'avoir un beau-père comme toi… Mais tu comprends, Warren, j'avais préparé un contrat type…

– Tu étais tellement certain de me convaincre que tu as emporté un contrat ?

– Au prix que je voulais t'offrir, seul un crétin aurait dit non. Comme tu n'en es pas un, j'ai donc emporté un contrat. Il est court, lis-le. Il s'agit effectivement d'une offre d'achat, conditionnelle à l'examen de la situation financière de ta compagnie. Te connaissant, je sais que ce sera une simple formalité. Pour la division des préarrangements, tu as ma parole. Je préférerais que notre entente reste en dehors du contrat définitif. Autrement, ça risque de faire tout un chichi avec mon conseil d'administration [14]. Il me fera plaisir de te revendre la division quand tu voudras.

Cormier prit le document que lui tendait McMurtry, plaça avec difficulté ses lunettes sur son nez et entreprit de le lire. Impatient, McMurtry se leva et se dirigea vers les grandes fenêtres du salon. À l'extérieur, c'était l'obscurité totale. Il revint s'asseoir, réchauffant son cognac entre ses mains.

Cormier lisait toujours… Il se leva, se resservit un cognac, regarda pendant de longues secondes McMurtry. Le regard subitement vide de Cormier (était-ce l'alcool ou la méfiance ?) ressemblait à celui de la grosse cocodrille du muret. Il semblait jauger son homme. Puis il haussa les épaules, ramassa un vieux stylo-bille qui traînait sur le comptoir de la cuisine et signa le document.

– Félicitations, la World possède maintenant le plus important complexe funéraire de la Louisiane, dit-il à McMurtry en lui remettant le contrat.

– Et félicitations, Warren, tu es maintenant plus riche de vingt millions de dollars. Beaucoup de gens vont t'envier…

– Buvons à la transaction, dit Cormier en exhibant une bouteille de Dom Pérignon.

Le lendemain matin, les deux compères avaient l'haleine lourde et la gueule de bois. Le climat était à la morosité [15]. McMurtry, à qui les vingt millions de cash étaient restés dans la gorge, avait hâte de quitter le bayou. Cormier semblait maintenant se rendre compte de la gravité du geste qu'il avait posé. Il n'avait plus d'entreprise, la chose qui lui avait été probablement la plus chère au monde. Elle serait désormais la chose de quelqu'un d'autre et les vingt millions ne faisaient pas encore le contrepoids dans son cerveau encore brumeux des excès de la veille.

---

14. Un conseil d'administration est l'organisme au dos le plus large et au cerveau le plus menu de toute la création. Un dinosaure, quoi.

15. Contrairement à ce que pensaient les Romains (ou saint Augustin ?), ce n'est pas après le coït que l'homme est triste, c'est le lendemain de la beuverie de la veille. (Au fait, avez-vous déjà vu un animal triste, avant, pendant ou après ledit coït ?)

Le voyage de retour fut plutôt silencieux, Cormier tétant une bouteille de bière tiède, histoire, disait-il, de se remettre de ses émotions. McMurtry resta pour sa part au soda. Il refusa l'offre que lui fit Cormier d'aller prendre ensemble le repas du midi. On le ferait la prochaine fois.

Les deux hommes se serrèrent la main et McMurtry reprit dans sa Mercedes longue jusqu'à demain le chemin de Lafayette et de Montréal.

Une semaine plus tard, McMurtry eut la décevante nouvelle de son vice-président aux finances que l'examen des affaires de la Cormier's n'avait pas révélé la moindre anicroche. Il faudrait malheureusement procéder au prix convenu.

« *Damn the fucker to hell* [16] ! » fut l'exhortation spontanée que lança McMurtry en guise d'épilogue. Cormier ne l'emporterait pas en paradis, car McMurtry n'était pas homme à se laisser avoir [17].

---

16. La réaction de McMurtry fut si rapide qu'encore une fois notre brave logiciel Con-Trou-du a failli à son devoir de traduction simultanée. Cette conclusion pourrait se traduire par « Vouons le fornicateur à la géhenne ! », endroit bibliquement prévu pour ceux qui se sont livrés sur terre à la copulation désordonnée. Mais il me semble qu'on y perd un peu à la traduction, ne pensez-vous pas ?
   **Note de l'Éditeur :** Mieux vaut passer !
17. C'est le propre du turpide de considérer qu'il s'est fait avoir quand il n'a pas réussi à duper quelqu'un.

# 9

# Grand'man pètunefiouze [1] !

Amélia se demandait si elle aimait vraiment Fredrik McMurtry. Ce n'était pas la première fois qu'elle remâchait cette question, pensait-elle, tout en s'installant sur sa magnifique terrasse qui lui donnait une incroyable perspective sur le mont Royal. Montréal, fin mai, une journée ensoleillée, le mont Royal enfin sorti de sa grisaille du printemps et qui vient d'exploser de verdure : un cadre de rêve.

Elle essayait de se concentrer sur sa correction de travaux d'étudiants, mais y arrivait mal. Sa liaison durait depuis maintenant six mois, toujours sans anicroche. Seul petit nuage, McMurtry voyageait constamment aux quatre coins du globe. Ce facteur, combiné à la charge d'enseignement d'Amélia, faisait que chacun ne se voyait pas aussi souvent qu'il l'aurait souhaité.

Avec l'arrivée prochaine de l'été, les choses seraient probablement différentes. Il y aurait, promettait McMurtry, au moins deux semaines de vacances de rêve, fin juillet, à Capri et puis, songeait-elle, étant libre au cours de l'été, elle pourrait l'accompagner lors de l'un ou l'autre de ses voyages d'affaires.

Elle se sentait très attachée à McMurtry, leur train de vie était éblouissant, mais était-ce vraiment l'amour ? Et sinon, pourquoi ne l'était-ce pas ?

---

1. **Note de l'Éditeur :** Mot pittoresque de la langue berbère, fort usité au Québec. Très difficile à rendre. Sens approximatif : « Alors que se déroule le long fleuve tranquille, le calme olympien des lieux est subitement rompu par le tonnerre jupitérien déchaînant les cataractes célestes. »

Serait-elle prête à épouser McMurtry et à avoir des enfants avec lui ? Douteux. Le sujet des enfants avait été à peine effleuré qu'un froid s'était glissé entre eux. Du point de vue de McMurtry, ses enfants étaient adultes, il ne les voyait presque pas et, malgré qu'il ne dise pas non catégoriquement, l'idée d'avoir éventuellement d'autres enfants ne lui souriait pas du tout. Pour sa part, Amélia trouvait passablement vide de sens une vie sans enfant. Mais elle n'avait pas insisté.

Et puis il y avait la différence d'âge. Quand elle aurait quarante ans, il en aurait soixante. Serait-il en bonne santé ? Enfin, probablement que le temps arrangerait les choses et qu'un jour tout deviendrait limpide. Mais c'était un homme extraordinaire et, ce que tous ses amies lui répétaient sans cesse, elle était tombée sur le gros lot.

Même si Amélia était proche de sa grand-mère et lui confiait habituellement tout, elle ne lui avait jamais parlé avec insistance de Fredrik, chose qui la surprenait elle-même. Peut-être parce qu'aucun homme n'avait précédemment trouvé grâce aux yeux de la vieille. Et, devait concéder Amélia, elle avait eu raison jusqu'à maintenant. Peut-être aussi à cause d'un bizarre pressentiment, un peu comme lorsqu'au cours d'une activité agréable vous pensez soudainement au dentiste du lendemain. Il faudrait pourtant se résoudre à lui en parler et, qui sait, peut-être que grand-maman pourrait l'aider à éclaircir ses sentiments.

Sortir de l'appartement lui ferait du bien de toute façon et sa grand-mère serait certainement très heureuse de recevoir sa visite. Une dizaine d'années plus tôt, quand Amélia avait décidé de prendre appartement, Annette, sa grand-mère, avait vendu la grande maison de Mont-Royal pour s'établir au plateau Mont-Royal.

Elle avait trouvé une superbe maison avenue Laval, probablement la seule rue du Plateau où la quiétude était totale, malgré qu'on soit à deux pas d'un des secteurs les plus vivants de la métropole.

Justement Fredrik ne revenait de voyage que le lendemain et sa soirée était libre. Les corrections attendraient au lendemain. Elle passa un coup de fil à sa grand-mère qui se déclara ravie de cette visite en précisant qu'elle l'attendrait pour le dîner.

À la sortie du garage du Sir Robert Peel, elle abaissa le toit du cabriolet Mercedes [2] et, plutôt que de prendre la direction la plus courte

---

2. Ô Daimler et Benz, Teutons que je vénère entre tous, si les ventes de ce livre me permettent l'acquisition d'un de vos rutilants chars, me concéderez-vous un modeste rabais sur icelui pour, comme on le dit dans les pages nécrologiques des quotidiens, « faveur rendue avec promesse de publier » ? Comme j'ai déjà écrit

vers le square[3] Saint-Louis, décida de bifurquer vers l'ouest pour passer par le mont Royal, tellement la journée était belle.

Elle contourna le cimetière Côte-des-Neiges et prit la voie Camillien-Houde en direction du sommet. Chaque fois qu'elle empruntait ce chemin, elle avait une pensée pour sa mère, son père et son grand-père qui étaient enterrés dans ce parc funéraire à flanc de montagne, dont la beauté grandiose l'émerveillait.

Sauf en hiver alors que le sol était recouvert de neige, Amélia et Annette venaient régulièrement fleurir le monument familial. Amélia avait toujours considéré ce cimetière comme un lieu sacré. Et le commerce que pratiquait McMurtry semblait désacraliser un peu ce genre de lieu. Un autre bizarre de sentiment.

Rendue au sommet, elle décida de stationner l'auto un moment pour regarder l'Est de la ville, un point de vue qu'on a rarement à Montréal : les locataires de gratte-ciel vous montrent de préférence la montagne et le fleuve, rarement l'Est et jamais le Nord.

Appuyée sur le capot du véhicule, les bras croisés, Amélia regardait la ville s'étaler vers le Stade olympique. Puis son regard se rapprocha du Plateau. En portant attention, elle pouvait discerner la terrasse de la maison de sa grand-mère, avenue Laval. Si son appartement du Sir Robert Peel, elle voyait la montagne d'une perspective sud, de chez sa grand-mère le point de vue était étonnamment différent.

Rassérénée, elle remonta dans le luxueux coupé Mercedes[4] et reprit en direction est la voie Camillien-Houde. À peine cinq minutes

---

pour votre plus grande gloire, à tout le moins, une garantie prolongée gratuite, ça vous va, non ?

3.  **Note de l'Auteur** à l'éditeur du dictionnaire *Robert* qui, sottement, donne comme exemple de « carré » le « carré Saint-Louis à Montréal ». Ce faisant, vous ne faites qu'encourager les jeunes débiles qui fréquentent l'endroit à le regraffiter « carré » pensant faire œuvre de purification linguistique. D'abord, ce « petit jardin public » est rectangulaire et non carré (l'Auteur le sait, il y demeure). Ensuite, *nous* l'avons nommé « square » : que diriez-vous si on décidait dans un dictionnaire québécois (Dieu nous protège de cette calamité !) de donner comme exemple de « carré » le carré Vendôme à Paris ? Bref, nous vous sommons d'indiquer à « square », la mention « square Saint-Louis à Montréal ». Évidemment, nous apprécierions un rappel de tous les exemplaires fautifs, qui créent ici un préjudice incalculable.

4.  Ô noble couple teuton, qu'attendez-vous ? Je ne peux tout simplement pas vous ploguer plus. Le seul véhicule qui, dans cet ouvrage, ne porte pas votre éminent blason, est la camionnette de Warren Cormier, qui se doit d'être crasseuse et vieille. Vous n'exigez tout de même pas qu'il conduise une (divinissime, comme

plus tard, elle atteignait l'avenue Laval. Au moment où elle allait sonner, la porte s'ouvrait déjà et Annette lui tendait les bras.

Annette, à qui peu de gens auraient donné soixante-dix ans, était demeurée une femme énergique et active, consacrant une bonne partie de son temps en activités bénévoles à l'Hôtel-Dieu de Montréal, situé à quelques coins de rue de chez elle.

Musique, lecture, marche sur la montagne et, surtout, Ali-Baba meublaient le reste de son temps. Lors de quelque Noël précédent, au moment où elle s'apprêtait à déménager, Amélia avait eu l'idée de donner un chaton abyssin à sa grand-mère. Choyé et gâté, le chat était devenu l'inséparable compagnon d'Annette et exerçait son emprise sur toute la maison et ses visiteurs. À peine Amélia avait-elle déposé son sac à main qu'Ali-Baba se présentait à elle, une balle de matière souple dans la bouche.

– Occupe-toi d'Ali-Baba tandis que je finis de mettre la table sur la terrasse, dit la grand-mère. Il fait si beau et l'été est si court…

Amélia se prêta volontiers au manège du félin rapporteur, tout en discutant avec Annette de l'université («heureusement que la session achève»), du travail de fin de session («tu ne devrais pas travailler aussi fort»), de l'hôpital («faut voir les files d'attente, faudrait forcer le ministre de la Santé à venir s'écraser sur une civière le derrière à l'air pendant trois jours») d'Ali-Baba («qui doit recevoir ses vaccins et qui terrorise la clinique vétérinaire au complet»). Bref, on causait de tout ce qui est intéressant et important, entre gens qui s'aiment bien.

Plus tard, sous le regard auguste d'Ali-Baba, les deux femmes admiraient la fin du jour sur la terrasse. Le repas était prêt et les deux femmes sirotaient un Pouilly Fussy, accoudées au parapet.

– Dis-moi, grand-maman, quelle était la différence d'âge entre toi et grand-père?

– Oh! dix années… à la journée près. Tu vois, quand Robert est décédé, il venait tout juste d'avoir soixante et un ans, et moi, j'ai eu cinquante et un ans le lendemain de ses funérailles. Comme célébration d'anniversaire, la lecture d'un testament… j'avais vu mieux!

– Penses-tu que… vingt années de différence entre un homme et une femme, c'est trop?

---

dit Pinard) M 320? Comme vous êtes aussi propriétaire de Chrysler, je n'ai point pensé vous déplaire en mentionnant qu'il conduisait une Jeep Cherokee. Mais si vous en faites tout un plat, soit. Dans la prochaine édition, il conduira une divinissime M 320, crasseuse à souhait. Contents, maintenant?

– Pas si c'est la femme qui les a, les vingt années de plus, dit-elle en riant. Mais pourquoi me poses-tu cette question ? Y aurait-il quelqu'un dans ta vie ?

– Bien, oui et non. Tu te souviens, il y a quelques mois je t'ai dit avoir rencontré quelqu'un de charmant, très bel homme…

– Eh il a vingt ans de plus que toi ? Es-tu en amour avec lui ?

– Je l'aime bien. Nous nous sentons très bien ensemble. Je ne sais pas si c'est ça le grand amour…

– Eh bien, je lève mon verre à la santé de ton ténébreux… Ce qui compte finalement, c'est l'amour entre deux personnes. Les années importent peu. Alors dis-moi vite, que fait cette nouvelle flamme ?

– Il est P.D.G. d'une très grande société, une multinationale. Il est très riche. C'est d'ailleurs ce qui me dérange un peu. Il est plus difficile d'évaluer exactement ce qui nous lie à une personne qui nous offre une vie princière… Inconsciemment, cela ne peut que nous influencer.

– Dans quel secteur industriel travaille ce millionnaire ?

– Tu vas rire, il fait dans les salons funéraires, un secteur très rentable… Deux sociétés se partagent le marché nord-américain, et sa société est l'une des deux…

La Vieille se retourna brusquement vers sa petite-fille.

– Amélia, quel est son nom ?

Surpris par le ton abrupt de la question, Amélia se tourna à son tour vers sa grand-mère qui semblait soudainement crispée.

– Amélia, de grâce, continua Annette, dis-moi qu'il ne s'agit pas de Fredrik McMurtry.

– Comment, tu le connais ?

Annette posa son verre et, comme écrasée par la nouvelle, s'assit, se prenant la tête entre les mains…

– Amélia, je rêve, dis-moi que ce n'est pas vrai… Tu n'es pas devenue la copine de Fredrik McMurtry ? Amélia ! Tu ne sais pas qui est cet homme !

Amélia s'agenouilla devant sa grand-mère et prit ses mains dans les siennes.

– Grand-mamie, qu'est-ce qui se passe, que peux-tu reprocher à Fredrik ? Tu ne le connais même pas… Voyons, grand-mamie…

– C'est épouvantable ! Tu m'apprends aujourd'hui que tu sors avec le salaud qui a ruiné ton grand-père et qui l'a probablement tué !

– Grand-mamie, comment peux-tu dire une pareille horreur ? Je te jure que c'est un homme charmant qui ne ferait pas de mal à une mouche.

– Oui, le plus grand visage à deux faces que j'ai connu. Ton charmeur a volé l'entreprise de ton grand-père et s'il est devenu ce qu'il est aujourd'hui, c'est à nos dépens. Ce n'est qu'un voleur, que ton grand-père avait recueilli dans la rue.

– Grand-mamie, je ne te crois pas, c'est impossible. Je le connais depuis plusieurs mois et ce que tu dis est tout simplement absurde. Non, je ne peux pas te croire… D'abord, comment aurait-il pu vous « ruiner » comme tu dis, alors que tu m'as toujours affirmé être à l'abri du besoin…

– Ce qui nous reste, c'est ce que ce salaud n'a pas été capable de nous voler.

– Comment a-t-il pu faire cela ?

– Au décès de tes parents, McMurtry travaillait pour nous. Robert cherchait quelqu'un qui reprendrait le commerce. Avec le temps, Fredrik a réussi à le charmer, à le manipuler et à lui extorquer la totalité des actions de son commerce. Il prétendait avoir monté une opération qui, assurait-il, nous permettrait de mettre une quinzaine de millions de côté à l'abri de l'impôt.

» Les employés m'ont raconté par la suite que tout juste avant le décès de Robert, il y avait eu une violente chicane entre Fredrik et Robert. Et ce serait au cours de cette altercation que ton grand-père se serait effondré.

» Lors de l'ouverture du testament, je n'avais plus rien d'autre que la maison, le contenu de notre compte de banque personnel, le produit des polices d'assurances et un million dans un compte de banque aux Bahamas.

» Le notaire était certainement de connivence avec McMurtry, car Robert m'avait dit que cet autre fumier conserverait dans ses dossiers un document confirmant que les profits de l'entreprise nous seraient versés pendant plusieurs années. Évidemment. ce malfrat a nié l'existence même d'une telle lettre. Juste à voir les ronds de jambe que faisait le notaire à McMurtry, on comprenait qu'ils s'entendaient comme larrons en foire.

– Mais grand-mamie, comment peux-tu dire des choses aussi épouvantables sur Fredrik ? As-tu des preuves de ce que tu dis ?

Amélia se mit à pleurer.

– Amélia, ma chérie, ce que je te dis, c'est pour ton bien. Cet homme est foncièrement méchant. Il te rendra malheureuse, c'est certain. Je l'ai vu pendant des années manipuler ton grand-père… même ta mère le détestait !

– Grand mamie, tu me dis que Fredrik est un voleur, qu'il a peut-être tué mon grand-père. Tu dis tout ça sans offrir l'ombre d'une preuve. On dirait que tu veux saboter ma vie sur des soupçons. Pourquoi n'en as-tu jamais parlé auparavant ?

– J'ai préféré oublier toute cette histoire… Nous avions, toi et moi, assez d'argent pour très bien vivre… J'ai tourné la page, c'est tout.

– Oui, lui rétorqua rageusement Amélia, mais pourquoi faire revivre tout cela aujourd'hui… une histoire qui n'a ni queue ni tête. Tu me fais beaucoup de peine. Penses-y : tu affirmes et c'est tout. Je te le dis, Fredrik n'est pas comme ça. Tu te rends compte de la peine que tu me fais ? Évidemment, non ! Tu préfères tes histoires à dormir debout. Ah et puis je n'ai plus faim ! Je rentre à la maison. Bonsoir !

Elle ramassa ses affaires et dévala l'escalier. Au bruit de ses pas, Ali-Baba s'installa au bas des marches, la balle dans la gueule, prêt pour une nouvelle manche de « tu me la lances et moi, je te la rapporte ».

Elle claqua la porte sans même lui jeter un regard, courut vers sa voiture et, sur les chapeaux de roues, prit la direction du Sir Robert Peel.

Amélia était totalement bouleversée. Quelle heure était-il en Europe ? Deux heures du mat ! Elle ne pouvait décemment appeler Fredrik à cette heure pour lui parler de cette histoire. Que faire ?

Au coin de Sherbrooke et Saint-Laurent, elle décida qu'elle devait prendre conseil avant d'agir. Elle prit rageusement son cellulaire et composa le numéro de son amie en se disant : « Stéphanie, réponds, Stéphanie, réponds… »

Troisième sonnerie, quatrième…

– Allô ?

– Stéphanie, je suis tellement heureuse de te parler, dit-elle tout en éclatant en sanglots.

– Amélia, qu'est-ce qui t'arrive, pourquoi pleures-tu, as-tu eu un accident, quelque chose est arrivé à Fredrik ?…

– Non, mais à son sujet, je viens d'avoir une terrible dispute avec ma grand-mère. C'est horrible ce qu'elle raconte au sujet de Fredrik…

– Mais c'est impossible, comment peut-elle…

– Stéphanie, est-ce que je peux passer chez toi ?

– Mais bien sûr, j'allais t'inviter… Allez, conduis prudemment, je t'attends.

Amélia rangea la voiture un moment avant de s'engager sur l'autoroute, abaissa le toit tout en se mouchant et en s'essuyant les yeux. Un regard dans le miroir du pare-soleil de la voiture lui confirma le désastre de son maquillage. Elle songea à le refaire.

« Fornique-le ! » se dit-elle en prenant l'autoroute Ville-Marie en direction du West Island.

Une demi-heure plus tard, Amélia racontait à son amie les détails de sa dispute avec sa grand-mère. La première réaction de Stéphanie fut de conclure à une méprise sur la personne, une affreuse coïncidence qui faisait que deux personnes du même nom, inconnues l'une de l'autre, avaient œuvré dans le domaine des services funéraires à la même époque.

Il lui fallut pourtant se rallier aux objections d'Amélia ; ce serait en effet une incroyable coïncidence que ces deux McMurtry aient commencé leur carrière dans les services funéraires en même temps à Montréal, car Amélia se rappelait précisément que le premier salon funéraire de McMurtry était situé à Montréal.

Forcée d'écarter la thèse de la coïncidence, Stéphanie proposa une autre avenue. Effectivement, McMurtry aurait travaillé pour son grand-père et Annette l'aurait pris en grippe, se rendant compte que Robert Poirier s'était lié d'amitié avec McMurtry et qu'il se plaisait, aux dires mêmes d'Annette, à désigner Fredrik comme son fils. Du dépit, peut-être un peu de jalousie de ce lien d'amitié profonde qui existe parfois entre les hommes, et les années qui, loin d'amenuiser les rancœurs, finissent toujours par les exacerber.

Pour renforcer cette nouvelle thèse, Amélia ajouta que sa grand-mère avait justement déploré, entre autres accusations, le fait que McMurtry avait rapidement accaparé toutes les fonctions qu'elle occupait au sein de l'entreprise, ce qu'elle décrivait comme la première machination de l'architurpide[5] : prendre en main toute la gestion des salons funéraires.

On pouvait alors facilement imaginer le dépit de l'épouse, de la femme, qu'on renvoie à la maison tandis qu'un étranger gagne des galons et l'affection de son mari.

Oui, de fait, Annette était revenue à plusieurs reprises sur ce grief. Effectivement, tentait de se convaincre Amélia, la thèse était fondée.

Une bouteille de vin plus tard[6], affalées sur chacun des deux divans qui se faisaient face, les deux jeunes femmes se demandaient

---

5. On dit bien « archiprêtre », non ? Celui qui est plus prêtre que les autres. Alors pourquoi refuser ce vocable à McMurtry ?
6. Façon branchée de mesurer le temps sur le plateau Mont-Royal. On ignore s'il faut ajouter une autre bouteille pour marquer ainsi le temps dans les Maritimes, comme dans « une bouteille plus tard dans les Maritimes ».

comment résoudre un tel casse-tête et faire comprendre à Annette qu'elle se trompait. Pire encore, comment Amélia s'y prendrait-elle pour l'amener à rencontrer McMurtry et à se réconcilier avec lui ?

Ce ne serait pas facile, car Amélia ne l'avait jamais, de toute sa vie, vue dans un tel état. Au moment de son départ, la Vieille pleurait presque de rage.

Deux autres bouteilles plus tard [7], les deux femmes avaient conclu fermement à la thèse de l'exagération, normale chez Annette, de divers événements tragiques survenus en rafale, la perte de sa fille, de son gendre et ensuite de son mari. D'autres auraient débloqué [8] à moins. Il fallait qu'Amélia se montre compréhensive à l'égard de sa grand-mère et ne lui tienne pas rigueur d'une scène causée, somme toute, par de très bons sentiments.

De toute façon, conclurent-elles en fermant la lumière, Fredrik aurait certainement toutes les explications nécessaires pour éclaircir la situation et la grand-mère reviendrait tôt ou tard à de meilleurs sentiments.

Alors qu'on élucubrait ainsi au West Island, la situation était bien différente avenue Laval. Après le départ d'Amélia, Annette était demeurée prostrée un bout de temps dans une chaise longue sur la terrasse. Au vif déplaisir d'Ali-Baba qui avait vu l'heure du repas arriver et était passé devant la table déjà servie sans qu'il trouve quelque relief à se mettre sous la dent. Alors qu'il y avait, il en était sûr, du saumon au menu. Son plat favori. Préoccupé aussi qu'il était tant du silence de sa maîtresse que de son ignorance de sa présence, il lui sauta sur les genoux avec un miaulement plaintif.

Le mouvement du chat tira Annette de sa léthargie. Elle se versa un verre de vin et, ayant perdu tout appétit, entreprit de desservir la table. Il n'y aurait malheureusement point de saumon ce soir-là, regretta Ali-Baba. Le tout rangé, Annette descendit au sous-sol où

---

7. Deux heures du mat dans le West Island.

8. Un soir de grand vent, le Très Honorable (notre PM) expliqua savoureusement à la population en liesse que le Bloc québécois bloquait alors que lui, il débloquait. Quel aveu ! Quelle humilité pour un Premier ministre. Voyez-vous Jospin s'écriant : « Français, Françaises, je débloque ! »

s'alignaient plusieurs classeurs et boîtes de rangement. Avec l'aide du chat, que cet exercice intriguait au plus haut point, elle commença l'examen minutieux de chacun des dossiers, notant de temps à autre des choses sur une feuille.

Elle interrompit son travail pour faire du café et grignoter quelques biscuits, qu'Ali-Baba renifla et jugea sans aucun intérêt.

Au moment où les deux jeunes femmes tiraient leurs dernières conclusions, Annette remontait à l'étage, une pile de dossiers dans les mains. McMurtry avait assez causé d'infortune dans sa famille et, cette fois-ci, il aurait un chien de sa chienne, assura-t-elle Ali-Baba. Le félin indiqua son assentiment par un profond bâillement, ne comprenant pas tout à fait comment un méprisable clébard pourrait bien contribuer aux événements à venir.

Au même moment, le Falcon Jet 900 du Prince du cadavre décollait de l'aéroport Charles-de-Gaulle en direction de Montréal. Béatement installé dans un fauteuil-lit [9], son steward [10] lui servait un café kényan… Bref, que pouvait-il souhaiter de plus ? Une seule chose lui manquait : « *Omnia vincit coitus* », se plut-il à rêvasser en se frottant l'entre-jambe avant de fermer les yeux. Sans qu'il en ait le moindre pressentiment, il filait à neuf cent quarante kilomètres à l'heure vers son fornicant et fatidique destin.

---

9. On dit bien « wagon-lit » ?
10. Toujours fidèle à ses intuitions, McMurtry avait transféré la Jennifer-aux-beaux-restes de son avion aux « projets spéciaux » de la World. Dans toute grande société qui se respecte, une affectation aux projets spéciaux est habituellement le prélude à un congédiement, qui aura lieu lors de la prochaine « restructuration ». Bref, c'est l'antichambre de l'assurance dite « emploi ».

# 10

# Amélia pose les vraies questions [1]

L'expression d'Amélia différait passablement de celle de McMurtry alors qu'elle l'accueillait au hangar d'Execair. Le pilote du Falcon venait tout juste d'éteindre les trois moteurs que déjà McMurtry en descendait les marches deux par deux, radieux, un énorme bouquet de fleurs à la main. Il avait dormi tout au long de la traversée de l'Atlantique et semblait dans une forme superbe.

Amélia avait les traits tirés et l'air léthargique. Le sourire un peu triste, elle prit les fleurs de ses deux mains et, comme une arrière-pensée, embrassa McMurtry. Surpris de son attitude, il recula d'un pas et regarda son amie.

– Mais qu'est-ce qui se passe ? Tu ne vas pas bien ? Qu'est-ce qui t'arrive ?

– Oh ! Fredrik, rien de spécial, j'ai mal dormi, c'est tout. Ce matin, j'ai dû me lever tôt pour corriger des travaux d'étudiants. Rien, j'en suis sûre, qu'une bonne nuit de sommeil ne pourrait arranger.

La mine de McMurtry s'allongea d'un brin, constatant probablement que ses rêves libidineux n'étaient pas sur le point de se concrétiser, loin de là. Au même moment, la barrière du hangar s'ouvrait et la limousine Chevrolet [2] roulait feutrément [3] sur le tarmac pour s'immobiliser

---

1. Mais, contrairement à Arcand, elle n'obtient pas les vraies réponses.
2. Comme les deux Teutons gardent le silence, je cesse de les ploguer.
3. Si *Le petit Robert* peut inventer des expressions, pourquoi ne le pourrais-je pas ? D'autant que le mot est superbe, ne trouvez-vous pas ? Comme quand vous entrez *feutrément* dans votre foyer légitime tout juste avant le lever du soleil… Vous êtes

devant le couple. Amélia et Fredrik prirent la direction du centre-ville.

– Comme tu sembles fatiguée, préfères-tu que je te ramène chez toi au Sir Robert Peel ? Ou aimerais-tu mieux venir chez moi ?

– Tu sais ce qui me plairait vraiment, ce serait d'aller prendre le thé au Ritz. Je me suis levé tôt et n'ai pris qu'une bouchée ce matin. Tu as probablement déjeuné à bord de l'avion...

– Excellente idée, car je n'ai pas déjeuné non plus. Le steward m'a servi un copieux petit-déjeuner au départ et c'est tout. J'ai passé le reste du temps à rêver de toi...

– C'est gentil... Moi aussi, j'avais hâte que tu reviennes... Raconte-moi ta semaine. L'acquisition de l'Européenne, ça avance ?

– Plus difficile que je ne le pensais. Tu vois, son P.D.G., Gréyé, a été chef de cabinet d'un Premier ministre et il est branché partout. Trois banques françaises qui se disaient intéressées à nous financer l'achat expriment présentement des réticences. Comme si on leur avait forcé la main... ce qui risque de m'obliger à financer la transaction en Amérique, avec le danger des marchés de change... Je déteste financer en devises étrangères, toutes nos acquisitions aux États-Unis ont été faites en dollars américains alors que nos liquidités le sont aussi. Même chose pour le Canada. Alors l'idée de financer un achat de cette taille autrement qu'en francs français me préoccupe beaucoup...

– Est-ce que les banques françaises ont refusé formellement ?

– Bien sûr que non, tu connais ces copulants Français, experts en une chose et son contraire... J'entends encore le président de Crédit de La Chaussée me dire, la bouche en cul de poule et le sourire onctueux : « *Vi are, œuf corse, interestid in len-ding you ze moné, botte vi are con-soeurne dat ze cache-flôt of ze biss'nuss ménotte supporte ze serre-viss of ze lône... for ze time boeing, botte vi-ar li-vinggg ze dor au Pen*[4] *for ze future*[5]. » Le Clouzot des banquiers !

---

presque sûr que votre femme ne se réveillera pas et, si oui, dites-lui que vous vous êtes levé tôt pour vous rendre au gymnase.

4. **Note de l'Auteur :** Ce banquier était probablement un supporteur de Le Pen, d'où son lapsus.

5. Traduction des propos probablement tenus par le distingué P.D.G. de la plus importante banque de La Chaussée : « Ô déplaisant Canadien qui voulez nous soutirer un autre fleuron malade de notre économie, sachez que nous n'avons aucune intention de vous aider à nous forniquer nous-mêmes (« *to fuck ourselves* »). Nous ne sommes pas cons à ce point, tout de même et quoi que vous en pensiez. Cependant si envers et contre tous vous deviez réussir à nous enlever ledit fleuron

– Tu pourrais toujours financer l'achat en devises américaines et te protéger d'une fluctuation du franc pour une douzaine de mois. Par la suite, je suis certaine qu'ils seront intéressés à te refinancer. Probablement qu'ils voulaient le faire, mais l'Élysée a dû intervenir [6] et leur foutre la trouille…

Amélia était soulagée de voir la conversation prendre cette tournure, car le sujet qu'elle voulait aborder l'angoissait. D'autant plus qu'elle avait fait trois appels à sa grand-mère, sans succès. Chaque fois, elle avait dû laisser un message dans sa boîte vocale. Elle qui habituellement ne sortait le dimanche que pour aller à la messe !

Comme de coutume McMurtry fut accueilli au Ritz comme s'il avait été l'empereur des Indes. Son habitude de déposer un billet de vingt dollars dans l'obséquieuse main du portier y était peut-être pour quelque chose. Non content de lui ouvrir la porte de la voiture et de l'établissement, il courait au-devant de son « invité » en direction du concierge, glapissant, tel un héraut du Moyen Âge : « Mossieu McMurtry, mossieu McMurtry ! » On était surpris qu'il n'ait pas ajouté : « Manants et croquants, écartez-vous et prestement ! » Ça viendrait probablement, une fois l'Européenne avalée.

Il fallut évidemment offrir la meilleure table [7] à mossieu McMurtry, ce qui créa toute une commotion chez la gent loufiate, car l'endroit convoité était déjà occupé par l'éminent professeur Julius Belview, A.B.C., D.E.F., G.H.I., Ordre du Canada, du Plus Meilleur, de la Jarretière-honni-soit-qui-mal-y-pense, curriculum vitæ de deux cent soixante-quatorze pages en six points, doyen de la Faculté de toutes les facultés de McGill.

Ce docte personnage s'était porté acquéreur, dès la fin de ses études, d'un puissant ego propulsé par un moteur V12. Ainsi catapulté, il avait allègrement franchi tous les échelons universitaires jusqu'au poste suprême, poste qu'il défendait bec et ongles depuis vingt ans. À l'instar du héros de Verdun, « On ne passe pas ! » était la devise du professeur.

Si, au Ritz, on vénérait McMurtry pour ses pourboires, on redoutait Belview encore plus pour ses coups de griffe contre le personnel qui ne le servait pas avec la promptitude et la précision dues à son rang.

---

flétri, il nous fera plaisir de contribuer à vous appauvrir… Bon appétit ! » Bel exemple de la diplomatie classique bancaire.

6. Pratique (plutôt) rarissime en France, ai-je lu.

7. Montrez-moi un établissement respectable qui aurait *deux* meilleures tables et je vous montrerai un tripot clandestin.

Beau-frère de surcroît du directeur de l'établissement, il était hors de question, mais tout simplement hors de question, de lui mettre un peu de pression pour qu'il lâche le morceau (la table, en l'occurrence).

D'autant plus que le superprof était avec une jeune collègue que de toute évidence il voulait impressionner, projet en bonne voie de réussite…

Il fallut donc qu'une table soit dressée de toute urgence pour que le chic établissement puisse accommoder simultanément les deux poids lourds, le gogue et le *tycoon*. La Maison offrit évidemment ses plus plates excuses au couple, ainsi que le champagne, en compensation pour ce fâcheux délai.

Amélia, ne se plaignait pas du contretemps, bien au contraire. Ce n'est qu'à la fin du repas qu'elle se décida à aborder le sujet périlleux. Cent fois au moins, elle avait retourné dans sa tête la meilleure façon d'amorcer cette discussion. Le ton devait être léger, présenté un peu dans le style : « Que le monde est petit ! Tu vois, c'est mon grand-père qui t'a lancé en affaires ! Raconte-moi. » Plus facile à dire qu'à faire.

Elle amena d'abord le sujet sur tout et sur rien, comme :

- Le cimetière de Notre-Dame-des-Neiges était beau hier…
- Elle allait souvent y fleurir la tombe de ses parents…
- Il aimerait bien l'acheter ce cimetière, certainement l'un des plus beaux du Canada. Un tel terrain pourrait valoir des milliards pour un promoteur immobilier…
- Fleurir la tombe de ses parents *et de son grand-père*…
- Malheureusement, il faudrait avoir des mégacontacts politiques pour pouvoir faire changer le zonage…
- La tombe *de mon grand-père*. À propos, McMurtry savait-il que son grand-père avait été propriétaire d'un salon funéraire ?
- Non, tout ce qu'elle lui avait dit sur *son grand-père*, c'est qu'il était décédé il y a longtemps, non ? qu'il avait été un homme d'affaires prospère…
- Elle-même n'avait jamais questionné sa grand-mère sur ce sujet… mais elle venait d'apprendre qu'il avait été propriétaire d'un salon funéraire…

McMurtry, toujours détendu, surpris de la coïncidence, disait à la blague que, si elle et lui avaient un jour des enfants, ils seraient de pur sang croque-morts.

– Quel était son nom, peut-être l'ai je connu ?

Les coudes sur la table, tenant son verre de champagne tiède des deux mains, Amélia le regarda dans les yeux et dit :

– Mon grand-père s'appelait Robert Poirier et il avait plusieurs salons funéraires au Québec.

Elle crut déceler un éclair dans le regard, mais ce fut tout. Il ne broncha pas. Par un effort incroyable de volonté, il parvint à faire s'éclairer son visage. Il respira profondément et s'adossa confortablement.

– Quel incroyable hasard, je l'ai connu et même très bien ! Quel homme extraordinaire et tu es sa petite-fille… C'est donc dire que je lui dois encore plus que je ne le pensais. Garçon, votre meilleur champagne !

Comme s'il y avait eu péril en la demeure, il se leva pour aller à la recherche du maître d'hôtel. La vue d'un serveur vissé près de sa table n'avait pas suffi.

Il revint et, apparemment exubérant, enlaça Amélia avant d'aller s'asseoir.

– Et qui t'a appris notre consanguinité d'affaires ?

– Ma grand-mère, qui dit te connaître…

Amélia croyait décerner quelques gouttes de sueur à la naissance des cheveux de McMurtry.

– Tout simplement incroyable, Amélia, que tu sois la petite-fille d'un homme aussi extraordinaire que Robert Poirier. Mais, tant entre lui et moi, ça a toujours carburé, malheureusement ce n'était pas le cas avec ta grand-mère. Je pense qu'elle ne m'a jamais pardonné d'avoir assumé ses fonctions ?

Amélia avait deviné juste ! Elle se sentit soudainement mieux.

– Je pense que Robert n'avait jamais été à l'aise de travailler avec une femme ; aussi, quand je suis arrivé au salon funéraire, comme j'étais avocat, il m'a demandé de prendre en main toutes les affaires de la société. Ce qui n'a pas plu, mais pas du tout, à Annette. Que dit-elle de moi aujourd'hui ?

– Pas grand-chose, vraiment ; elle m'a dit effectivement que, entre elle et toi, ça ne marchait pas vraiment et qu'elle avait décidé de rester à la maison, que tu me raconterais le tout. Elle semble considérer que c'est une histoire du passé…

– Je suis bien aise qu'elle réagisse ainsi, car il aurait été bien triste qu'elle s'interpose entre toi et moi…

En entendant les paroles d'Amélia, McMurtry reprenait graduellement confiance ; ce qu'il avait consommé depuis son arrivée au Ritz semblait reprendre son cours digestif normal. Il sentait l'eau lui couler sous les aisselles, mais n'osait poser un geste susceptible d'attirer l'attention d'Amélia. Il se rendait compte qu'il était, sans carte ni boussole, dans un terrain miné à l'extrême.

– Oh ! nous en avons parlé relativement peu. Elle préférait que j'en parle avec toi. Mais comment as-tu rencontré mon grand-père ?

– J'étais étudiant en droit et je me cherchais un emploi qui me permettrait de respecter mon calendrier scolaire. Coup de chance, c'est Robert lui-même qui m'a interviewé. J'ai eu un emploi de nuit, comme aide-technicien à la morgue. Puis, graduellement, je suis passé du côté administratif. C'est alors que les choses se sont corsées entre Annette et moi. Sans vouloir t'offenser, elle n'avait pas vraiment la formation comptable requise pour administrer une entreprise en difficulté...

– Comment, en difficulté ?

– Oui, elle allait très mal quand Robert m'en a confié la gestion financière. Tu sais, ton grand-père n'était pas le meilleur des gestionnaires. Ce qui l'intéressait, c'était rencontrer les gens, les fournisseurs surtout, prendre un verre avec eux. Bref, un homme de piar [8], pas d'administration

– Je suis surpris de t'entendre dire que ses affaires allaient mal. N'avait-il pas ouvert plusieurs salons funéraires au Québec ?

– Ce fut la cause de la presque faillite de l'entreprise. Pour Robert, c'était la fuite en avant. Son entreprise était criblée de dettes et ou bien les nouvelles succursales devenaient rentables dès le départ ou bien tout s'effondrait.

» Ce fut bien triste. Un nouveau concurrent s'implantait à Montréal au même moment. La banque a obligé Robert à me confier la gestion de l'entreprise comme condition essentielle à son refinancement. Comme les actions ne valaient rien, elle exigea aussi qu'elles me soient transférées.

» Robert était fou de rage. Mais il n'avait pas le choix. C'était respecter les conditions de la banque ou faire faillite. Et, comme il avait personnellement endossé les dettes de la compagnie, Annette et lui auraient tout perdu.

» J'ai tout fait pour le calmer, connaissant sa condition cardiaque. Je lui disais de ne pas s'en faire, je redresserais l'entreprise, il en resterait le P.D.G., et je lui accorderais une excellente rémunération. Rien n'y fit...

8. Se dit au Québec d'une personne extrêmement douée pour les relations d'affaires ; mot habituellement péjoratif sans paraître l'être.

Il avait maintenant les larmes aux yeux[9].

« L'après-midi même, j'étais dans son bureau quand l'huissier envoyé par la banque s'est présenté. Robert a fait une épouvantable colère, puis il s'est effondré. J'ai désespérément tenté de le réanimer… Une heure plus tard, les deux amoureux quittaient le Ritz. De toute évidence, la grand-mère avait exagéré.

---

9. Ajoutez à celui qui verse de telles larmes une longue queue (dira plus tard Amélia), et il serait facilement passé inaperçu au sein de la population saurienne vivant près du muret, à Bayou Vermillon.

# 11

# On parle encore motteurfokkeur[1] à Bayou Vermillon

Dirigée au pilote automatique, l'embarcation glissait silencieusement sur le bayou. Confortablement assis, une bière à la main, un œil sur la canne à pêche, l'autre sur son vis-à-vis, deux hommes discutaient à voix basse.

Warren Cormier avait invité son vieil ami, le juge Thibodeaux, à la pêche, histoire de lui demander conseil. Six mois s'étaient écoulés depuis la fameuse transaction avec la World et Cormier en avait long à dire :

– Et le lendemain même de la transaction, ce copulateur incestueux de McMurtry crissàwh-dewhor[2] mon gendre, alléguant que si quelqu'un devait le faire vivre, ce serait plutôt moi que lui. Le fornicateur mettait à la porte non seulement mon gendre, mais aussi tous les employés qui avaient quelque lien de parenté avec moi, dix en tout !

» Moi, tu sais, je l'avais cru sur parole : il me racontait qu'il m'enverrait une lettre confirmant que mon gendre resterait à la direction des

---

1. Dans ce nouveau contexte, il s'agit désormais non pas du leurre infaillible mais bien du copulateur incestueux, lequel se prononce en langue d'origine « motteurfokkeur ».

2. Vieille expression cadienne, probablement d'origine micmaque, signifiant au propre : « sortir un ours de sa tanière à grands coups de pied au derrière ». Se dit au figuré d'un congédiement brutal, sauvage et surtout perçu par l'objet dudit et de ses proches comme malicieux et totalement injustifié. Expression parfois utilisée au Québec.

ventes d'assurances et que je pourrais même racheter cette division si je le désirais.

» C'est ce que j'avais l'intention de faire car, n'ayant plus de compagnie, je ne pouvais déduire aucune de mes dépenses de l'impôt.

» J'ai essayé de lui parler au téléphone, peine perdue. Je me suis même rendu à Montréal, pour me faire fermer la porte au nez : mossieu était en France et, de toute façon, mossieu était très occupé et ne recevait que sur rendez-vous !

» Un après-midi, je me suis même rendu faire une scène à mon ancien bureau. Le nouveau directeur, une fornicante tête carrée[3] de Toronto, m'a promptement mis à la porte, menaçant de surcroît de dénoncer au fisc de la Louisiane certaines dépenses passées, des peccadilles, que j'aurais indûment fait payer par ma compagnie.

Inquiet, le juge lui demanda :

– Et tu lui as répondu quoi, Warren ?

Hésitant, car il parlait tout de même à un juge, Cormier baissa la tête :

– Ben… euh… que, si jamais j'avais sa sale tête et surtout celle de son bonbosse[4], ce masturbateur, dans la mire de mon fusil de chasse, les deux finiraient en charogne dans la bedaine de Croque-Dead…

– Warren, y avait-il des témoins lors de cette… heu… discussion ?

– Oui, ça c'est passé dans le hall d'entrée, il y avait plusieurs de mes ex-employés. Certains souriaient, d'autres me faisaient des clins d'œil ! C'était pour rire…

– Et qu'as-tu ajouté ?

– Rien !

– Heureusement que tu n'as rien dit d'autre… Tu te rends compte que tu as prononcé des menaces de mort devant témoins ?

---

3. **Note de l'Éditeur :** Nos nombreuses recherches n'ont pas établi le sens exact de cette épithète, probablement pas très flatteuse selon le contexte général des propos de Cormier. Comme le juge Thibodeaux semble très bien la comprendre, pour respecter la saveur locale, nous la laissons dans le texte. Nous nous excusons cependant si elle peut offenser certaines ethnies dont la tête serait ainsi héréditairement configurée.

4. Terme affectueux (en anglais « *terms of endearment* ») que certains employés utilisent, au Québec, pour désigner leur patron. Vous vous souviendrez que Cormier revenait tout juste de Montréal où, à l'évidence, il avait dû s'imprégner de la culture locale. Encore une fois, on se rend compte de la portée internationale que la culture québécoise a pu atteindre… sans subvention !

– Je n'ai plus rien dit par la suite, mais j'en avais pas mal dit avant… mais ne crains rien, tous les gens qui étaient là ne viendraient jamais témoigner contre moi…

– Warren, tu es totalement irresponsable ! Je ne sais pas ce que je fais ici, avec toi, qui risques de se retrouver…

Le juge cessa brusquement ses remontrances car, à ce moment précis, le motteurfokkeur à longue queue atteignait sa cible, une magnifique perche de presque cinq livres. Cormier stoppa les moteurs, ramena sa ligne et, bière à la main, s'assit confortablement pour surveiller l'épique combat d'une demi-heure entre un juge et un gros poisson. Le juge, évidemment, gagna.

Ce qui ne le calma pas pour autant. Aussitôt le poisson libéré, il reprit sa harangue.

– Te rends-tu compte de la merde dans laquelle tu t'es mis ? Tu me demandes si tu peux poursuivre cette compagnie… Penses-tu que cette tête carrée va se gêner de raconter cette belle scène au jury ? Et, à propos, d'où sortais-tu quand tu t'es pointé là ?

Le motteurfokkeur sauva momentanément Cormier d'une mauvaise situation, car il lui faudrait avouer avoir pris un lunch plutôt liquide ce midi-là, avant de se rendre faire son petit spectacle à son ancien salon funéraire. Force fut au juge de se taire, car l'acte sublime de la capture du poisson ne saurait s'accommoder d'un flot de remontrances.

Radouci par le fait que ses deux captures éclipsaient celle de son ami, le juge admit sur la voie du retour que oui, probablement jamais un de ses anciens employés ne consentirait à venir témoigner contre Cormier et qu'au pire ces témoins amicaux affirmeraient que, bien entendu, ils avaient tous compris que Cormier blaguait.

Mais à son avis, comme il n'existait pas de preuve matérielle incriminant McMurtry ou la World, la cause serait longue et difficile. Au bas mot, un million de dollars d'honoraires d'avocats et d'enquêteurs. Il faudrait présenter une preuve circonstancielle, toujours difficile pour un jury à évaluer et encore plus difficile à assembler.

Il faudra démontrer, et ce sera à son avocat de décider, bien sûr, que la World avait pour habitude de faire des transactions assorties d'ententes verbales, ententes reniées dès après la signature d'un contrat.

Mais McMurtry avait l'habitude de jouer dur : est-ce que des gens viendraient, de l'extérieur de la Louisiane, témoigner en sa faveur ? Il le faudrait. Cela étant, Cormier possédait un formidable atout. Toute la petite ville avait suivi avec colère les lendemains de la « restructuration » mcmurtryenne. Les petits fournisseurs locaux, habitués à ce que leur facture soit acquittée dans les dix jours de l'envoi, devaient désormais attendre cent vingt jours ou plus et faire face, bien souvent, à une contestation.

Pire encore, plusieurs avaient été tout simplement remplacés par des fournisseurs canadiens. La population de Bayou au complet réservait un chien de sa chienne à l'étranger. C'était là, conclut le juge, le principal atout de son ami.

– Comme tu sais, Warren, nous avons une chose en notre faveur. Dans notre État, tout procès portant sur une réclamation de plus de soixante-quinze mille dollars se déroule devant jury. Tu pourras donc compter sur douze « amis » pour t'entendre. Et ses avocats seront un peu perdus dans les méandres de notre droit napoléonien. Ils vont se casser la gueule plus souvent qu'à leur tour. Mais n'imagine pas que ce sera gagné d'avance.

Rasséréné par le conseil du juge, Cormier se montra encore plus généreux que d'habitude envers sa cocodrille favorite qui, cet après-midi-là, était venue l'attendre sur le quai. Elle semblait fort triste. Probablement que le départ de son rejeton favori du parapet familial était la source de son évident chagrin.

Pour la réconforter, Cormier lui donna, plutôt que de les remettre à l'eau, toutes les prises ainsi que les entrailles du plus gros poisson qui figurerait au souper des deux hommes. La grosse salope goba le tout d'un seul claquement de dentier et retourna, toujours apparemment inconsolable, vers sa place au soleil.

Alors que les deux hommes prenaient l'apéritif sur la galerie et que le juge faisait état d'un petit creux, Cormier se souvint brusquement d'un mets de choix qu'il avait rapporté du Québec et qu'il voulait absolument partager avec son ami, histoire de le remercier de ses bons conseils.

De passage à Montréal, il s'était rendu visiter un confrère croque-mort de Warwick, avec lequel il s'était lié d'amitié lors d'un congrès quelconque. Pendant vingt ans, Cormier et lui s'étaient promis de se rendre visite et l'autre s'était amené finalement à Lafayette lors du Rassemblement des Acadiens. Cormier devait donc lui rendre la politesse, ce qu'il fit en homme d'honneur.

Warwick, avait conclu Cormier, c'était un peu Vermillon sans ses bayous, donc une indicible horreur [5]. Mais l'accueil chaleureux de son

---

5. L'horreur touristique se définit chez le Cadien comme tout lieu privé de bayous et de leurs charmes concomitants. Alors que, chez le Québécois, c'est plutôt le contraire : il faut éliminer les « *swampes* », les asphalter « au p. c. ».

ex-collègue, l'amitié des habitants du village, surpris qu'un Américain parle si bien le français, le bon vin servi en grande quantité, l'avaient plus que réconcilié avec le hameau.

Pour l'honorer, on avait même concocté lors d'une petite fête populaire au jeu de croquet local une version « créole » de ce que les Warwiqueux réclament férocement comme leur contribution particulière et originale aux canons de la cuisine mondiale : LA POUTINE[6] !

Ils lui avaient en effet cuisiné un bizarre mélange, expliquait-il au juge, de pommes de terre frites et de crottes de fromage cheddar doux, le tout recouvert d'une sauce brune et piquante. En l'honneur du visiteur, on y avait ajouté une once ou deux de sauce tabasco, condiment qu'on savait exclusif à la Louisiane.

Au palais de Cormier, blindé par soixante années de condiments foudroyants et de Jack Daniel's, le mélange avait semblé délicieux. Il en avait même repris une autre portion et avait demandé, les larmes aux yeux, s'il pouvait avoir la recette exacte du plat national qui avait mis fèves au lard et tourtières en débandade partout au Québec.

Cormier était le premier visiteur étranger à non seulement avaler le mets national, mais encore à en redemander. Profondément ému, le maire lui avait donné non seulement les proportions recommandées pour faire le mélange de la Vraie[7] Poutine mais, ô indicible honneur, lui avait révélé de surcroît la recette de la sauce brune, secret jalousement conservé de maire en fils, la mairie de ce village allant héréditairement aux descendants du Warwiqueux qui avait inventé le mets devenu national.

Pour le repayer de sa délicatesse, Cormier lui promit de lui envoyer quelques motteurfokkeurs à longue queue. Avec ce puissant leurre, le maire serait (et lui seul) la terreur des plans d'eau de la région.

Recette en poche, Cormier venait tout juste de recevoir une livraison de fromage en crottes du Québec et pouvait donc préparer le

---

6. [...] *puisqu'il faut l'appeler par son nom*
   *Capable d'enrichir en un jour l'Achéron*
   *Faisait aux fins gourmets la guerre.*
   *Ils n'en mouraient pas tous, mais tous étaient frappés...*

7. C'est qu'un autre village, Kingsey Falls je crois, réclame la paternité exclusive du mélange en question. Il va de soi que, pour tout Warwiqueux, ce que produit Kingsey Falls ne saurait être autre chose qu'un horrible ersatz, probablement néfaste pour la santé. La ville mère de l'Institut de police, Nicolet, conteste vigoureusement les prétentions des deux premières municipalités. La Cour suprême aurait refusé de trancher dans ce grave différend qui divise les familles de la région et détruit des amitiés séculaires.

plat. Imaginez : une pêche réussie, le soleil qui se couche sur le bayou aux grognements des cocodrils, de la bière froide et de la poutine. Cormier avait sans difficulté recréé dans sa cuisine la sauce secrète, ses frites étaient fin prêtes et les crottes, à la température de la pièce (et non du frigo, Dieu nous en préserve !).

Une fois le mélange fait, Cormier arrosa le tout d'un mélange de son cru, qu'il avait baptisé « Dynamite liquide ».

En termes de posologie, pour pousser adéquatement une bouchée de poutine, expliqua-t-il à son ami, il faut absolument une gorgée de bière extra-froide. Les deux amis s'entendirent pour déclarer le mets délicieux [8].

Après avoir discuté toute la soirée des avanies qu'avait amenées la World dans leur bayou paradisiaque, au moment d'aller se coucher, Cormier confia au futur restaurateur sa décision irrévocable : McMurtry ne roulaillerait [9] plus personne, car il le forniquerait jusqu'à la géhenne et jusqu'à sa dernière cenne. Personne ne pourrait revendiquer, sans coup souffrir, d'avoir fait tartir un Cadien. Par-dessus son copulant cadavre [10] !

---

8. Peu de temps après cette soirée, le juge Thibodeaux accrocha sa robe, acheta les droits de la sauce brune de Cormier et fonda la chaîne de restos Thim's Poutin, qu'on retrouve maintenant partout, même au Kremlin. Encore une fois, il faut apprécier l'impact du savoir-faire et de l'entrepreneurship québécois : de Warrwick au Kremlin, faut le faire tout de même !

9. Du mot cadien « roulailler » (v. tr.) : rouler quelqu'un, lui causer du trouble.

10. **Note de l'Auteur à l'Éditeur :** Tout doux, tout doux, on se calme. Non, il n'y aura pas de scène de nécrophilie dans ce livre. Cormier voulait tout simplement dire : « *Over his dead fucking body !* » Dans la bouche d'un croque-mort, l'expression est, vous avouerez, tout à fait pertinente.

## 12

# Pendant ce temps,
# on ne chôme pas à Montréal

Quatre mois s'étaient écoulés depuis l'accrochage entre Amélia et sa grand-mère. Entre les deux, un certain froid persistait encore, même si elles essayaient toutes les deux de faire semblant que la discussion du mois de mai n'avait jamais eu lieu. À une ou deux reprises, Amélia avait tenté, délicatement, de remettre le sujet de McMurtry sur le tapis, sans succès.

Annette ne voulait tout simplement plus en entendre parler. Sa réaction ne changeait pas : Amélia savait ce qu'elle faisait et heureusement, en cette fin du XXe siècle, on pouvait aimer quelqu'un sans aimer son conjoint. Comme il n'était pas encore question de mariage, les choses pouvaient suivre leur cours sans qu'on en fasse tout un plat. Traduction libre, «je sais que plus tôt que tard cette liaison se terminera ; entre-temps, le ténébreux McMurtry pouvait bien aller aux enfers ! » (cette dernière partie prononcée évidemment en petto [1]).

Entre Amélia et McMurtry, les choses allaient bien, quoique, à l'étonnement d'Amélia, Fredrik ait tenté à plusieurs reprises de ramener le sujet d'Annette dans la conversation.

Que faisait Annette, était-elle restée en contact avec les anciens employés de Poirier, ne devrait-il pas la rencontrer – probablement qu'en personne il pourrait la convaincre –, ne devait-elle pas tourner la page, ne se rendait-elle pas compte de tout ce qu'il avait fait pour elle ?...

---

1. Langue qu'Annette parlait presque couramment et dont Amélia ne possédait que des rudiments.

Le sujet créait toujours un certain malaise chez Amélia et ne lui rappelait que trop clairement la fameuse scène avec sa grand-mère. Un soir que McMurtry revenait encore sur le sujet, elle lui avait même offert assez sèchement l'adresse et le numéro de téléphone d'Annette, précisant qu'elle ne garantissait pas la qualité de la réception qu'il aurait avenue Laval.

McMurtry n'avait évidemment pas noté l'adresse, comme s'il avait oublié le tout. Outre cette histoire, peu ou pas d'irritants au sein du couple. Par exemple, les vacances à Capri s'étaient résumées à un court séjour à Paris à la grande déception d'Amélia. Pour McMurtry, évidemment que les négociations avec la Société Européenne avaient préséance, noblesse oblige. Pour Amélia, c'était chose promise, chose due.

Avec l'arrivée de septembre, Amélia avait repris sa charge de travail à l'université ; étant fort occupée, elle se sentait moins affectée par les voyages de McMurtry. Bref, tout (ou presque) baignait dans l'huile. En l'absence du Très Grand Amour, quoi de mieux qu'un Très Grand Confort[2] ?

Du côté de l'avenue Laval, les vacances d'été avaient été fort occupées. Quoique Annette ait fort bien compris la réaction de sa petite-fille (il faudrait une remarquable dose de confiance en ses parents pour qu'une jeune femme largue un homme du profil de McMurtry sur de simples présomptions), elle n'en était pas moins blessée de son attitude.

À la réflexion, Annette s'était bien rendu compte que son erreur dans toute cette histoire était, clairement, de n'avoir jamais parlé à Amélia de son grand-père et de ce qui s'était passé à son décès. Et elle s'en mordait maintenant les doigts.

Lors de ce décès, Amélia était très jeune et venait tout juste de se remettre de la mort de ses propres parents. Pour ne pas tourner le fer dans la plaie, Annette avait jugé bien faire en ne parlant que le moins possible du grand-père à sa petite-fille.

Par contre, Annette savait ce dont McMurtry était capable et elle était déterminée à le prouver à Amélia. Confrontée à l'évidence, elle ne

---

2. Lorsque vécue à l'intérieur des liens dits sacrés, cette étape est suivie habituellement du Très Grand Désir de ne plus vivre ensemble, compensé par la Très Grande Crainte qu'en se séparant il n'y ait baisse irrémédiable du niveau de vie. Au début de la colonie, on disait que les couples étaient plus liés par la vérole que par les liens du mariage ; aujourd'hui, les couples le sont plus par l'hypothèque et les REER que par le lien qui fait sacrer. L'hypothèque et les REER ne seraient-ils, somme toute, qu'une forme moderne de la vérole ?

pourrait que se rallier. D'autant plus qu'Annette ne sentait pas sa petite-fille tellement amoureuse.

Mais le problème était d'arriver à faire une démonstration claire de la turpitude de McMurtry. Remonter en arrière une vingtaine d'années ne serait pas facile. D'autant plus que, lors du déménagement de Mont-Royal à l'avenue Laval, elle avait fait un puissant ménage dans les dossiers et documents accumulés au cours de l'histoire de la Poirier's Funeral Home, jetant la plupart de ces paperasses à la poubelle.

Mais il n'y avait pas d'alternative : c'était se lancer dans une véritable enquête ou se contenter d'une neuvaine à saint Jude [3], patron des causes désespérées.

Pire encore, au moment de l'algarade, on était au début des vacances d'été... Beau moment pour commencer ses recherches. Mais une idée lui vint : pourquoi ne pas consacrer la période estivale à essayer de retrouver les ex-collègues de son mari ? McMurtry les avait tous congédiés dans les jours qui avaient suivi sa prise de contrôle. Ceux et celles qui pourraient savoir des choses n'hésiteraient certainement pas à parler.

Sa première démarche fut donc de consulter toutes les archives qui pourraient encore exister sur la Poirier's Funeral Home. Quelques boîtes de documents traînaient encore au sous-sol de l'avenue Laval. Elle y passa une bonne semaine à répertorier, lire, indexer et noter, éternuant au contact de la poussière qui montait des boîtes.

Ali-Baba dut être enfermé car, frustré du manque d'attention de sa maîtresse, il n'avait de cesse de sauter dans chaque boîte qu'elle ouvrait, éternuant lui aussi, essayant de s'asseoir sur chaque dossier compulsé. Confiné à l'étage du haut, il faisait entendre ses plus vives protestations.

À la fin du mois de juillet, Annette avait pu réunir les derniers états financiers de la Poirier's Funeral Home. Contrairement aux assertions de McMurtry selon lesquelles l'entreprise était presque en faillite lorsqu'il l'avait prise en main, ces documents démontraient que la société était encore très rentable. En effet, au cours de l'année précédant le décès de son mari, l'entreprise avait accumulé un profit net d'un million et demi sur un chiffre d'affaires d'une quinzaine de millions.

Enfin donc, deux petits éléments de preuve : primo, McMurtry mentait et, deuzio, seul un imbécile céderait purement et simplement

---

3. Équivalent de Google, avant l'ère bénie du www.

une société aussi rentable. Et son mari était loin d'être un imbécile. Ces deux éléments ne suffiraient pas à convaincre Amélia, mais constituaient tout de même un bon départ.

Lors de ses recherches, Annette avait aussi mis la main sur d'anciennes fiches du personnel cadre de la compagnie et elle s'était payé la fastidieuse tâche de tout remettre à jour à partir d'annuaires divers et d'Internet.

Au début du mois d'août, elle avait réussi à retracer la plupart des anciens employés. Elle s'était alors donné comme mission de les rencontrer tous avant la fin des vacances d'été. Elle ne savait pas trop ce qu'elle cherchait à obtenir de ces entrevues, mais son intuition lui disait qu'elle était dans la bonne direction.

Les résultats ne furent pas tout à fait à la hauteur de son intuition. Un seul employé savait quelque chose, c'était le technicien-chef. Il lui révéla qu'il y avait eu une violente querelle entre McMurtry et Poirier tout juste avant l'accident fatal. Non, il n'avait aucune idée de ce qui avait pu la provoquer. Par contre, le seul qu'on entendait crier, c'était Poirier, pas McMurtry. Et puis il y avait eu ce qui lui avait semblé comme de longues minutes de silence. Par la suite, McMurtry était sorti du bureau dans tous ses états, réclamant une ambulance.

Rien qu'Annette ne savait déjà. Plusieurs employés lui avaient dit la même chose lors des funérailles. Le seul élément nouveau était ce curieux intervalle de quelques minutes.

Pourquoi le technicien n'en avait-il pas parlé à l'époque ? Ça ne l'avait pas frappé sur le coup.

Était-il bien sûr qu'il y avait eu plusieurs minutes de silence avant que McMurtry ne quitte la pièce ?

Oui, plus il y repensait, plus il en était sûr. De fait, il se rappelait maintenant qu'il cherchait une adresse dans l'annuaire téléphonique et qu'il avait eu le temps d'aller quérir ses lunettes de lecture oubliées sur son bureau et de revenir vers le bureau de Poirier terminer ses recherches. Au moment précis où McMurtry sortait en trombe, il était en train de remettre l'annuaire à sa place sur une étagère derrière la porte du bureau de Cormier.

Il s'en souvenait clairement, car la porte avait claqué dans son dos et il en avait sursauté de surprise.

Elle trouvait ce nouvel épisode très étrange. Connaissant Poirier comme pas un, elle savait que ses colères ne cessaient jamais subitement. Elles étaient plutôt comme un ouragan, qui devient un énorme orage, puis un grand vent et qui s'éteint finalement. S'il avait cessé de hurler, c'est qu'il avait été atteint. Et pourquoi cet intervalle ? Pourquoi McMurtry n'avait-il pas demandé immédiatement du secours ? C'était la question à 64 000 $US.

Au début de ce mois de septembre, Annette était près du découragement. Elle avait passé tout le mois d'août à faire une quinzaine de visites aux quatre coins du Québec pour se retrouver le bec à l'eau. Sans compter toutes les vaines explications qu'elle avait dû s'ingénier à fournir à Amélia, histoire de justifier tous ces voyages. Un mois et plus de cinq mille kilomètres plus tard, rien, sauf la nouvelle de ce curieux intervalle avant la mort de son mari. Quelle signification fallait-il lui donner ?

Parmi les employés visités au cours de l'été se trouvait l'ancienne secrétaire de Poirier, Élisabeth. Comme les deux femmes avaient été relativement proches à l'époque, Annette lui avait confié sous le sceau de la confidence le but réel de ses recherches. Malheureusement, la secrétaire n'avait pu fournir aucun élément additionnel. Elle n'avait tapé aucun document relativement à la vente des actions de la compagnie. Elle assurait Annette que, si jamais elle apprenait quelque chose, elle l'en aviserait sur-le-champ. Et bonne chance !

Au retour d'une course, un message attendait Annette : appeler Élisabeth le plus tôt possible.

Elle devait avoir appris quelque chose. Vite elle composa le numéro de la femme, craignant le fatidique « Vous avez bien joint le xyz. Désolé, madame Trucmuche n'est pas là… »

– Allô ?

– Élisabeth ? C'est Annette, comment vas-tu ?

– Mais très bien, et toi ? Tu as évidemment eu mon message ? Voici, j'avais très hâte de te le dire, j'ai réussi à retracer le notaire qui faisait toutes les transactions de monsieur Poirier…

Immense désappointement de la part d'Annette.

– Merci de tes recherches, Élisabeth, mais le notaire Bellion était de connivence avec McMurtry et je suis sûre qu'il a été payé pour se taire. D'ailleurs, étant donné ce que je lui ai dit après la lecture du testament de Robert, je doute que même aujourd'hui il veuille me parler.

– Mais justement, Annette, tu as peut-être l'occasion rêvée de lui parler en toute franchise. Imagine-toi que j'ai rencontré sa belle-sœur, une femme que je connais depuis longtemps sans savoir qu'elle était apparentée à Bellion. Le sujet de conversation tombe sur la maladie et elle me dit que, justement, on vient d'hospitaliser son beau-frère, le notaire Bellion, au Douglas pour cause d'alzheimer. Le notaire T. A. Bellion[4]? Mais oui, qu'elle me répondit.

– Mais Élisabeth, s'il souffre d'alzheimer, qu'est-ce que…

– Attends, attends, j'y arrive. Sa belle-sœur m'explique les ravages de la maladie, il ne se souvient que du passé. Tu m'entends, il lui manque les dix dernières années, mais il se souvient des vingt années précédentes à la perfection. Peut-être te fournira-t-il la réponse à ce que tu cherches?…

– Tu crois vraiment que ça vaut la peine d'essayer? Comment ferons-nous pour le rencontrer?

– Aucun problème. J'ai déjà expliqué à la belle-sœur qu'une de mes amies essayait justement de tirer au clair certaines transactions effectuées par feu son mari. Elle a accepté avec enthousiasme car, semble-t-il, la seule chose qu'il raconte ces jours-ci a trait à ses vieux dossiers.

Deux jours plus tard, les deux femmes passaient prendre la belle-sœur à Verdun et roulaient en direction de l'Institut Douglas. Heureusement que la belle-sœur pouvait guider les deux femmes, car, seules, elles se seraient vite perdues dans le dédale d'édifices éparpillés et de corridors souterrains que comportait l'institution[5]. Ils arrivèrent à la chambre du patient alors qu'en sortaient les éminents docteurs Hangliche et Quiridon[6].

---

4. Bien sûr que ses initiales sont T. A.

5. De mauvaises langues racontent qu'un architecte patient (ou plutôt un patient architecte) esquissa les premiers plans du campus du Douglas.

6. Titulaires à l'époque de la chaire d'alzheimer à l'Institut Douglas, les deux savants devaient par la suite recevoir conjointement le prix Nobel pour leurs travaux sur le syndrome de la mémoire sélective chez le politicien (« *politician's random access memory* »). En effet, c'est en disséquant le cerveau du notaire T. A. Bellion qu'ils auraient identifié pour la première fois le gène coupable car, avait finement observé Quiridon, le charcuté avait été à la fois ministre du gouvernement de l'Union nationale, turpide et notaire, un lien qui mit nos deux chercheurs sur une chaude piste scientifique.
Ce syndrome, désormais connu sous le nom de « syndrome de T. A. Bellion », faisait avant leur précieuse découverte de profonds ravages tant chez les élus que chez les hauts fonctionnaires. Grâce aux deux scientifiques, nos dirigeants peuvent maintenant agir en mode de mémoire sélective ou non, selon le besoin du moment. On doit particulièrement au docteur Quiridon d'avoir su corriger un effet secondaire particulièrement gênant de la molécule réparatrice. Lors des essais cliniques, le professeur découvrit en effet que, à la suite de l'ingestion du médicament, certains politiciens oubliaient non seulement le chiffre de leur

Le brave notaire reconnut immédiatement Annette et lui lança d'emblée :

– Bonjour madame Poirier, qu'est-ce qui vous arrive, vous avez pris un coup de vieux. Comment va Robert ? Pourquoi ne passe-t-il pas me voir ? On devait luncher ensemble la semaine dernière, est-ce vous qui l'en empêchez ?...

S'il pensait que Poirier était toujours en vie, il serait difficile de lui tirer les vers du nez.

Bellion se souvenait très clairement de la première visite de Cormier à son bureau, de la première acquisition d'un salon funéraire. Les détails qu'il en donnait étaient remarquables : la superficie exacte du terrain, le nom du vendeur, la date de la transaction, rien ne lui échappait. Mais au fur et à mesure qu'on glissait ou tentait de l'amener vers les années soixante-dix, rien n'allait plus et il recommençait à demander des nouvelles de Robert. C'était peine perdue.

Les trois femmes prirent le chemin du retour, Élisabeth offrant mille excuses pour un après-midi perdu et Annette lui offrant mille réconforts tout en arguant que l'idée était excellente et que nul n'aurait pu prévoir dans quel état serait le bonhomme. En descendant de la voiture d'Annette, Élisabeth l'assura qu'elle resterait en contact avec la belle-sœur et qu'au premier moment de lucidité du notaire elle en serait avertie. Si on pouvait seulement « syntoniser » le vieillard à l'année 1970. Mais non !

De retour avenue Laval, Annette était sur le point de pleurer de découragement : l'atmosphère de l'hôpital psychiatrique, le sentiment que la réponse que vous cherchez est là, mais qu'elle est indéchiffrable, un été gaspillé dans d'interminables voyages inutiles, probablement d'autres visites au Douglas, toutes aussi déprimantes que sans résultats prévisibles. Et elle n'aurait pas d'autre choix que d'y retourner, car la clef dont elle avait besoin se trouvait dans le cerveau brumeux de T. A. Bellion. Il n'y en avait pas d'autre. Elle remarqua que son téléphone indiquait qu'un message attendait. « Copule-le [7] ! » jura-t-elle furieusement.

Comment se changer les idées ? Elle devrait sortir, faire quelque chose. Tiens, aller au cinéma serait une bonne idée... Justement on passait *Elvis Gratton II : Miracle à Memphis*. Aucun spleen [8] ne résiste

---

compte en Suisse, mais encore son existence même. En leur faisant prendre le médicament avec un grain de sel, il sut corriger le tout.

7. Annette était, je vous le rappelle, biculturelle.

8. Si seulement Baudelaire avait connu l'ineffable Elvis Gratton, son spleen eût été à jamais chassé.

habituellement à un film québécois. En partant tout de suite, elle serait à temps pour la représentation de cinq heures dix.

La lumière rouge clignotait toujours sur le combiné téléphonique.

Annette ramassa son manteau, son sac à main et ses clefs. Au moment de franchir la porte, elle se dit que l'appel était peut-être d'Amélia. Sa petite-fille souffrait ces derniers jours d'un vilain rhume et passait la journée à la maison. Peut-être le message était-il de sa part.

Elle revint dans la maison, se disant que cet appel en attente la tracasserait tout au long de la représentation. Alors, autant en avoir le cœur net.

C'était la voix d'une très vieille femme, une voix qu'on imaginerait provenir d'une souris.

– Bonjour, madame Poirier, vous ne me connaissez pas, je m'appelle Agathe Tremblay. Ma nièce, Sylvie Tremblay, a déjà travaillé pour votre mari, monsieur Poirier.

Interminable pause.

– Excusez-moi, je reprenais mon souffle… Je disais que ma nièce est venue me voir et m'a raconté que vous lui aviez rendu visite l'été dernier à Nicolet. Elle me disait que vous cherchiez des renseignements concernant la vente de la compagnie de feu votre mari, monsieur Poirier…

Bruit d'une longue respiration.

– J'étais la secrétaire de Me Bellion à l'époque. Malgré mes quatre-vingt-dix ans bien sonnés, j'ai une excellente mémoire et j'ai probablement l'information que vous cherchez…

Pause encore plus longue.

– Excusez-moi, car je suis un peu asthmatique… Je me souviens très bien de ce dossier. Si vous vouliez m'appeler demain, à partir de sept heures, au 450-672… On se lève tôt ici…

Annette était tout simplement abasourdie, passant instantanément de la déprime à l'extase, malgré tous ses efforts pour se contenir.

– Oh, pourquoi tant m'exciter… Encore une fois, elle ne saura probablement pas de quoi je parle !

Mais une autre voix lui disait : « Pourtant, elle semblait lucide… » Puis : « Mais comment une simple secrétaire pourrait-elle se rappeler une transaction complexe ? » Et encore : « Mais elle disait qu'elle possédait les renseignements dont j'ai besoin… »

Elle écouta de nouveau le message. Tout était bien là : « […] et j'ai probablement l'information que vous cherchez […] Je me souviens très bien de ce dossier. Si vous vouliez m'appeler demain, à partir de sept heures, au 450-672… On se lève tôt ici… »

C'était trop beau pour y croire, mais elle ne pouvait s'empêcher d'y croire. Elle refit une troisième fois l'écoute du message, nota soigneusement le numéro de téléphone et décida de conserver le message. On ne sait jamais.

Folle de joie, elle ramassa Ali-Baba et se livra avec lui à une folle sarabande. Encore une fois, Ali-Baba ne put que s'émerveiller de l'inconstance des humains. Un moment en déprime, deux minutes plus tard au paroxysme de la joie. Alors qu'elle le reposait par terre, le félin conclut qu'elle était probablement maniaco-dépressive. Pauvres humains.

# 13

# Un chapitre qui apportera
# la malchance à McMurtry

Dès cinq heures du matin, Annette était hors du lit : elle avait à peine fermé l'œil de toute la nuit, se voyant en rêve une minute terrassant le dragon croque-mort et l'autre, face à une vieille qui lui apprenait qu'elle n'avait voulu que se payer sa tête, sous les ricanements de McMurtry et d'Amélia. À six heures, sa toilette était achevée et son petit-déjeuner pris.

À six heures trente, elle avait terminé la lecture de *La Presse*. Encore trente longues minutes à attendre. Elle tenta de réveiller Ali-Baba, rien n'y fit.

Comment tuer trente longues minutes ? Elle essaya de continuer la lecture du bouquin entamée la nuit précédente. Peine perdue, elle se rendait compte qu'elle tournait les pages sans les lire.

Si seulement sept heures pouvait arriver. La vieille avait dit qu'elle se levait tôt. Peut-être qu'elle pourrait appeler tout de suite. Non, elle pourrait la déranger dans sa toilette, perturber ses habitudes et finalement risquer de la rendre confuse.

Se traînant les pieds, Annette attendit que sept heures arrive. À la seconde près, elle fit l'appel.

– Madame Tremblay ?

– Oui, c'est moi, qui parle, s'il vous plaît ?

« Dieu, faites qu'elle n'ait pas oublié son appel d'hier ! » pensa Annette.

– Oh ! madame Poirier, comment allez-vous ce matin ?

« Au moins, elle semble se souvenir de m'avoir appelé… »

– Mais très bien, madame Tremblay…

Une forme de pudeur empêchait Annette d'en venir rapidement aux faits et ce ne fut qu'une quinzaine de minutes plus tard qu'il fut convenu qu'Annette passerait la voir vers neuf heures ou neuf heures trente !

« Sotte que je suis, pensa Annette, comme s'il était possible qu'elle m'invite à la voir à sept heures trente. Encore une heure et demie à attendre. »

Pour tuer le temps, Annette s'installa devant son téléviseur. Elle trouvait dans l'amateurisme des émissions de nouvelles du matin le parfait antidote à toute anxiété. Voir ces « animateurs » passer du jardinage à la tonte des chiens, de la cuisine au plein air, la distrayait considérablement. Le public de ce genre d'émission se devait d'être totalement demeuré pour se faire présenter un tel salmigondis de sottises.

Par exemple, ce matin-là, un chroniqueur pour qui l'histoire de l'humanité commençait probablement en 1995, date de son accession à une salle de nouvelles, le sourcil décoré d'un courroux artificiel, abordait le captivant sujet des opérations militaires en Afghanistan.

– Eh bien, Jaspine, blatère-t-il [1], les Américains ont commis une autre bavure en Afghanistan ?

– Malheureusement oui, jaspine-t-elle, aussi révoltée que son confrère con. Au cours des bombardements de la nuit dernière, un âne aurait été blessé, ce que les (affreux) Américains [2] ont refusé de confirmer lors de leur point de presse. Et cette bavure aurait provoqué d'importantes manifestations au Pakistan alors que trente « mullahs » sont descendus dans la rue pour réclamer l'abolition de la TPS…

– Merci, Jaspine. Un dossier à suivre.

Regard re-lourd de conséquences vers la caméra alors qu'on tend la main vers un autre feuillet.

« Beau duo de baudets ! » pensait Annette qui imaginait Dan Rather déclarant le 11 septembre : « Chers téléspectateurs, ben Laden

---

1. Merci, ô Infoman et Pataud, d'avoir contribué à la connaissance (et popularité ?) de ce mot qu'autrement je n'aurais pu utiliser, soucieux que je suis d'être compris de tous et toutes (c'est pour vendre plus d'exemplaires, mon enfant !). Or, dans le contexte présent, son usage est parfait : Afghanistan + sottise = chameau à la télé.

2. Lorsqu'un bon lecteur de nouvelles prononce ce mot honni entre tous, le sourcil doit automatiquement se mettre en position de réprobation totale. Dito, à Radio-Canada, pour toutes références au gouvernement fédéraste.

a commis six mille bavures en effectuant aujourd'hui la démolition du World Trade Center, bavures qui ont provoqué la réprobation unanime de tous les métiers de la démolition… »

Ou encore un historien qui écrirait : « Dans ses efforts pour réformer les habitudes de la population russe, le petit père Staline a commis trente-cinq millions de bavures… »

En entendant tant d'inepties, Annette pensait que le CRTC devrait exiger que tout candidat à une salle de rédaction suive un cours d'histoire avec examen oral et écrit. Mais ce n'était pas demain la veille, les céairtéçaires étant probablement tout aussi ignorants que les commentateurs de ce qui était arrivé avant l'importante date de leur naissance.

Ces profondes considérations avaient effectivement fait passer le temps, et l'heure était venue de partir. Elle monta à bord de sa toute nouvelle Lexus [3] haut de gamme, un cadeau qu'elle s'était fait avant de commencer à battre la campagne au cours de l'été.

Essayant de se concentrer sur la conduite de son véhicule, Annette descendit rapidement la rue Berri en direction de l'autoroute Ville-Marie.

Rendue à Bonaventure en direction du pont Champlain, elle se rendit compte qu'elle filait à cent kilomètres à l'heure dans une zone de soixante-dix, elle freina rapidement, un coup d'œil au rétroviseur lui ayant démontré que la « Défense Chevrette [4] » ne s'appliquerait pas à son cas si on devait l'arrêter pour vitesse excessive.

En un rien de temps, la superbe Lexus s'engageait sur le pont Champlain et ensuite sur la 132, direction ouest. Précisément à l'heure

---

3. Comme les Teutons mesquins, Daimler et Benz, sont restés sourds à mes appels, peut-être que ce japetoque manufacturier se montrera plus reconnaissant de mes efforts à promouvoir ses produits. Je lui rappelle, comme me le souligne constamment Sylvain Perron (éminent communicateux planétaire), que la forme de publicité la plus efficace est celle que le consommateur ne voit pas venir. Comme celle-ci.

4. **Note de l'Éditeur :** Référence obscure de l'Auteur à un quelconque ministre des Transports du Québec – d'origine probablement cadienne d'après son nom (en cadien, « chevrette » veut dire « crevette ») – qui, loin de modérer ses transports, fut pris par un journaliste et un photographe in flagrante delicto d'excès de vitesse, alors qu'il prêchait le contraire. Il allégua pour sa défense qu'il s'était senti menacé puisqu'un véhicule le suivait. Pour idiote que pouvait sembler cette excuse, elle passa la rampe et aucune infraction aux limites de vitesse ne fut imputée au brave ministre. Ce qui fait que dorénavant, alors que vous circulez sur une route du Québec, si un véhicule apparaît dans votre champ de vision arrière, vous êtes par ce précédent autorisé par le ministre lui-même à excéder de trente pour cent la vitesse permise sans risquer la contredanse.

convenue, Annette sonnait à la porte de la résidence pour personnes âgées.

La personne qui vint rejoindre Annette dans un petit boudoir était toute grise et toute menue. Elle devait mesurer moins de cinq pieds et peser moins de cent livres. Les cheveux blancs, bouclés, et un sourire extraordinaire! Clairement, cette dame avait tous ses esprits. Annette ne se contenait plus d'excitation. Elle avait peut-être atteint son but.

Confiante, Annette lui raconta l'histoire de la vente de la compagnie, sa stupéfaction lors de la lecture du testament, sa certitude d'avoir été flouée par McMurtry.

Mais pourquoi soulever tout cela vingt années plus tard?

Tout simplement parce que ce salaud était revenu dans la vie des Poirier et qu'il risquait de causer encore plus de dommages qu'il ne l'avait fait jusqu'alors.

Annette lui raconta l'incroyable concours de circonstances qui avait jeté sa petite-fille dans les bras de l'homme qui était probablement responsable de la mort de son grand-père.

Oui, la vieille comprenait très bien. Que pouvait-elle faire?

– Lors de la vente de l'entreprise, Robert m'avait expliqué que, pour les dix années qui suivaient, McMurtry devait nous verser annuellement un minimum d'un million et demi de dollars. Pourtant le notaire Bellion a soutenu que l'acte de vente ne comportait aucune stipulation de la sorte.

– Il ne mentait pas, dit la vieille dame.

Annette faillit s'évanouir. «Quoi, le notaire n'avait pas menti?»

La vieille remarqua que le visage d'Annette s'était crispé.

– Vous êtes bien madame Poirier?

Annette se ressaisit:

– Oui, oui, très bien. Je suis tout simplement surprise d'apprendre que rien de tel n'existait dans le contrat…

– Rien de tel n'existait dans le contrat, mais il existait une contre-lettre, une pratique usuelle dans ce genre d'affaire. Et cette contre-lettre disait clairement à peu près ce que vous venez de dire… Un montant minimum devait être versé chaque année dans un compte aux Bahamas par l'intermédiaire d'une filiale qui avait été créée là-bas. Je ne me souviens plus s'il s'agissait d'un million ou d'un million et demi par an. Il s'agissait de l'une des nombreuses manigances utilisées par le notaire Bellion pour contourner les lois de l'impôt.

– Vous vous souvenez donc de cette contre-lettre?

– Bien sûr, non seulement je l'ai tapée à la machine mais j'ai signé comme témoin lorsqu'elle fut ratifiée. Comme c'est l'habitude dans ce genre d'entente, les parties s'engageaient à ne pas divulguer le contenu de la contre-lettre.

D'un coup, Annette pensa à l'intervalle qu'on lui avait rapporté avoir eu lieu entre la fin de la querelle et l'appel à l'aide de McMurtry.

« Le fornicant salaud ! pensa-t-elle. Il devait chercher la copie de ce document alors que Robert se mourait sur le plancher. Tout s'explique. L'ayant trouvée, il pouvait alors appeler à l'aide et le vol des actions demeurerait un secret ! »

Elle souleva le point :

– Je suppose que chacune des parties a reçu une copie de cette contre-lettre ?

Autre surprise.

– Non. Monsieur Poirier demanda une copie dans le but justement vous la remettre. Mais le notaire proposa plutôt que cette seule copie, marquée à votre attention, soit gardée dans ses dossiers et reste disponible pour votre ou sa consultation. C'était notre pratique à l'époque…

Une pensée horrible traversa l'esprit d'Annette. Si McMurtry avait passé tant de temps à chercher quelque chose dans le bureau de Poirier, que faisait-il… SINON ATTENDRE DANS LE BUT DE S'ASSURER QU'IL ÉTAIT BIEN MORT !

Elle frissonna violemment, à tel point que la vieille le remarqua.

– Qu'est-ce qui vous arrive, madame Poirier ?

– Rien, je viens tout juste de comprendre quelque chose de complètement horrible. McMurtry a probablement laissé agoniser mon mari sans lui porter secours pour effacer à jamais toute trace du vol de son entreprise.

Les deux femmes restèrent silencieuses pendant quelques secondes.

Annette se leva.

– Cet homme est un monstre. Madame Tremblay, accepteriez-vous de rencontrer ma fille et de lui dire ce que vous venez de me raconter ?

– Mais certainement, j'aurais plaisir à rencontrer votre petite-fille. Mais pourquoi ne pas lui donner le document lui-même ? Ce serait beaucoup plus probant que ce qu'elle peut interpréter comme du radotage de vieille bonne femme.

– Quoi ? Vous avez ce document ?

– Non, pas moi, mais le notaire l'a certainement.

– Mais le notaire Bellion, il est complètement gaga…

– Oui, mais avant de sombrer totalement, il a vendu son étude et, conséquemment, tous ses dossiers à un jeune associé, Mᵉ André Bé.

» Un notaire est obligé de conserver ses dossiers et, comme ce document vous était destiné, il ne peut que vous le remettre.

Au retour, Annette se dit qu'à bien y penser saint Jude aurait droit à une généreuse neuvaine. Il avait découvert encore plus de choses qu'on ne lui avait demandé.

Deux jours plus tard, Mᵉ Bé lui remettait l'original [5] du document après s'être dûment assuré des titres et qualités de son interlocutrice, s'être fait signer une quittance de soixante et onze pages de longueur et payer mille cent soixante et onze dollars d'honoraires, incluant photocopies, TPS et TVQ.

Annette était aux oiseaux. Il serait intéressant de voir comment McMurtry s'y prendrait pour essayer de se tirer de son pétrin.

---

5. J'en étais sûr. Mᵉ Bé est un de mes amis et il n'accepterait jamais de plumer une veuve et son orpheline. Sa facture me semble tout de même un peu salée dans les circonstances. Ça doit être son maudit comptable encore. Je m'en vais de ce livre lui dire qu'il ambitionne sur le pain bénit, comme on disait au Grand Saint-Esprit de mon enfance. Je suis persuadé qu'Annette recevra sous peu une généreuse note de crédit qui pourra lui servir à faire homologuer son testament. À son âge, on ne sait jamais. Merci, André, au nom de la succession.

Au fait, c'est par strict respect du secret professionnel que Mᵉ Bé ne m'a pas dit, dès le début de ce livre, qu'il avait en sa possession le document qu'Annette cherchait. André, il est comme ça. Professionnel en tout temps.

# 14

# On commence la distribution des horions
# et ça va cogner dur[1]

Autant Annette avait été ravie du résultat des recherches de la semaine précédente, autant elle appréhendait maintenant le dîner auquel elle avait convié sa petite-fille. Il était difficile de prévoir quelle serait la réaction d'Amélia face aux preuves réunies sur la véritable nature de Fredrik McMurtry.

Peut-on accepter, brusquement, la nouvelle réalité que quelqu'un qu'on aime soit un être foncièrement odieux ? Et si Amélia acceptait cette affreuse réalité, en tiendrait-elle rigueur à sa grand-mère de la lui avoir révélée ? Car ce serait une bien triste victoire que de réussir à se débarrasser de McMurtry pour ensuite devoir supporter l'amertume de la seule personne qui lui restait dans sa vie.

La plupart du temps, c'est l'accumulation de faits et de circonstances qui détermine le cours des relations entre deux personnes ; rarement est-ce un événement brutal. Annette se rendait compte que ce soir-là elle jouait gros.

Et, en cette soirée, Amélia était de fort bonne humeur. Alors que sa grand-mère finissait la préparation du repas, elle amusait Ali-Baba en se prêtant à son manège favori de chat rapporteur, tout en racontant à Annette les détails de sa journée. Le couperet était sur le point de tomber.

– Dis-moi, Amélia, toi qui t'intéresses à la gestion des affaires, dirais-tu qu'une compagnie qui fait un million et demi de bénéfices sur

---

1. Pour paraphraser le barde-rockeur Gerry Boulet : « Je (moi, Auteur) suis celui qui frappe, avec un deux par quatre. »

un chiffre d'affaires d'une quinzaine de millions est une bonne entreprise ?

– Quelle surprenante question, mamie, depuis quand t'intéresses-tu aux affaires ? Mais oui, ce serait une très bonne entreprise. Dix pour cent de son chiffre d'affaires une fois les impôts payés, c'est de beaucoup supérieur à la moyenne des entreprises. C'est vraiment rare.

– Une compagnie comme celle-là pourrait valoir combien ?

– Grand-maman, tu ne songes tout de même pas à te lancer en affaires ? Tu parais jeune pour ton âge, mais de là à t'acheter une entreprise… dit-elle en riant.

– Sérieusement, Amélia, combien pourrait valoir cette entreprise ?

« Difficile à dire : a-t-elle des dettes, est-elle susceptible de résister à la concurrence. Il y a bien des réponses qu'il faut obtenir pour arriver à un chiffre crédible…

– Disons que l'entreprise est partie de zéro, existe depuis une vingtaine d'années, est toujours en croissance…

– Je ne saurais pas te le dire, mamie. C'est très complexe d'évaluer une entreprise. Il faudrait probablement partir de sa valeur aux livres.

– Retournons le problème : si je parvenais à l'acheter pour cinq millions, dirais-tu que j'ai fait une bonne affaire ?

– Grand-maman, tu piques ma curiosité. Je dirais qu'à cinq millions tu l'as volée, car avec ses seuls profits, tu pourrais la repayer en probablement moins de trois ans.

– Et si le vendeur exigeait dix millions, le jeu en vaudrait-il la chandelle d'après toi ?

– Encore là, difficile à dire. Mais probablement que tu ferais encore une bonne affaire. Mais pourquoi toutes ces questions ?

– Voilà, quand je m'occupais de la comptabilité de l'entreprise de ton grand-père, elle était très rentable. Aussi, quand Fredrik t'a dit qu'elle s'en allait vers la faillite…

D'un geste rapide des deux mains, Amélia fit mine de se boucher les oreilles.

– Grand-maman ! On ne va tout de même par recommencer à ressasser toujours la même histoire… On s'en fiche qu'elle ait été rentable ou non, l'entreprise de grand-papa. Je sens qu'on va encore reparler de Fredrik. Si on est pour recommencer…

– Amélia, écoute-moi. Tu jugeras par la suite. Tu dois m'écouter ! Cet été, j'ai décidé de faire le ménage dans mes vieux dossiers et j'ai mis la main sur les derniers états financiers de notre compagnie. Pour le dernier exercice achevé, elle avait atteint un chiffre d'affaires de quinze millions, fait un bénéfice de plus d'un million et demi et n'avait aucune dette à long terme. Regarde toi-même.

Elle prit un document sur le comptoir et lui tendit. Sentant la tension croître entre les deux femmes, Ali-Baba essayait sans succès d'accaparer leur attention par ses plus belles cabrioles et ses plus mélodieux miaulements, sans aucun succès. Dépité, il quitta la pièce.

Amélia prit le document et le feuilleta d'abord rapidement, puis plus attentivement. Effectivement, l'entreprise semblait florissante. Les revenus en croissance de plus de dix pour cent par rapport à l'exercice précédent, les bénéfices, eux, en hausse de douze pour cent. À même ses bénéfices non répartis, l'entreprise avait financé un immeuble de trois millions (probablement un nouveau salon funéraire) et elle s'était portée acquéreur d'une société funéraire aux Bahamas, elle aussi payée comptant.

Malgré ces énormes sorties de fonds, l'entreprise possédait encore plus d'un million de liquidités disponibles. Comment une société comme celle-là aurait-elle pu se retrouver en quasi-faillite quelques mois plus tard ? Impossible. Elle entreprit de scruter encore plus attentivement les états financiers.

Impassible, le dos appuyé au comptoir de la cuisine, Annette la regardait, sans bouger ni dire un seul mot. Plusieurs minutes s'écoulèrent.

Finalement, le visage sombre et froid, Amélia referma le document et le déposa sur le comptoir.

– Si c'est de cette entreprise que tu me parlais, elle vaudrait certainement plus de dix millions…

Le cerveau d'Amélia fonctionnait à mille gigahertz à la microseconde. Elle avait certainement mal compris McMurtry. Il n'avait pas pu lui dire que l'entreprise allait mal financièrement…

Pourtant oui, il le fallait puisque McMurtry avait soutenu que c'est lorsque l'huissier était venu prendre possession de la compagnie au nom de la banque que Poirier s'était effondré sous le choc. Mais c'était impossible, l'entreprise n'avait aucune dette bancaire…

Elle reprit brusquement les états financiers et s'en assura : l'entreprise n'avait effectivement aucune dette bancaire, donc il ne pouvait pas y avoir eu de prise de possession de la part de la banque.

Donc McMurtry lui AVAIT MENTI. Doublement, car il lui avait affirmé que l'entreprise ne valait rien et que c'est « à la demande de la banque » qu'il l'avait prise en main.

Les idées tournaient dans la tête d'Amélia à la vitesse de la lumière. Si aucun huissier n'avait provoqué la rage de son grand-père, une seule personne pouvait l'avoir fait : FREDRIK. Et pourquoi son grand-père aurait-il « donné » son entreprise ? Pourquoi avait-il explosé ? Était-ce d'avoir pris conscience qu'il s'était fait voler ? Et de quelle façon Fredrik s'y était-il pris ?

– Amélia, il y a autre chose. Voici un document que tu dois lire.

Annette lui tendit, presque avec hésitation, une lettre.

Amélia prit le document. En-tête d'un cabinet de notaire, daté de l'été 1970 : « [...] nonobstant toute disposition de tout autre contrat relativement à la cession des actions de la Poirier's Funeral Home Incorporated, l'Acheteur s'engage à verser ou à faire en sorte que soit versé au Vendeur pendant une période de dix années un montant annuel d'un million et demi de dollars canadiens (1 500 000 $CAN), libres d'impôts [...] et les parties ont signé à Montréal [...] ».

Amélia reconnaissait la signature de McMurtry, moins prononcée que celle qu'il affichait aujourd'hui mais tout à fait reconnaissable.

« L'enfant de chienne ! » jura-t-elle dans sa tête.

– Autre chose que je devrais savoir, grand-maman ? demanda-t-elle, en apparence imperturbable.

Aux taches de rougeur qui étaient apparues subitement sur le visage de la jeune femme, Annette reconnut les mêmes signes précurseurs des pires colères de son mari : celles où, plutôt qu'exploser verbalement, il partait froidement régler le compte de quelqu'un. Elle se dit que McMurtry en aurait pour son argent.

– Oui, il y a pire. Selon notre technicien-chef de l'époque, au moment du décès de ton grand-père, il y aurait eu une terrible chicane entre Robert et Fredrik. Robert hurlait, semble-t-il, à pleins poumons. Et puis, il y eut un long silence, un silence qui aurait duré au moins quatre ou cinq minutes. Ensuite McMurtry serait sorti du bureau de Robert pour quérir de l'aide.

– Quand j'ai appris l'existence du document, ma première conclusion fut que Fredrik avait passé ce temps à essayer d'en trouver une copie dans le bureau de Robert. Mais la secrétaire du notaire Bellion a été catégorique : McMurtry savait qu'il n'existait qu'une seule copie de cette lettre et donc, il n'avait pas à la chercher.

» Une seule explication devient donc possible : ton grand-père a subi une attaque cardiaque et ce requin a tout simplement attendu que le processus soit irréversible avant de demander du secours. Ton grand-père vivant, il avait tout à craindre, alors que mort...

– Comment as-tu découvert tout cela, grand-maman ?

Une heure plus tard, les deux femmes discutaient encore dans la cuisine. Ni l'une ni l'autre n'avait d'appétit. Ali-Baba, qui attendait toujours qu'on se mette à table dans l'espoir de chaparder ou d'obtenir quelque relief, décida d'aller se coucher. Qui dort dîne.

Le lendemain après-midi, sitôt fini sa période d'enseignement, Amélia passa prendre Annette. Toutes deux savaient qu'il serait impossible de poursuivre McMurtry au civil pour rupture de contrat, comme une vingtaine d'années s'étaient écoulées depuis la transaction. Elles se demandaient par contre s'il serait possible de le faire accuser de fraude et voulaient consulter un avocat spécialisé dans ce genre de délits.

McMurtry devait rentrer d'Europe le lendemain et Amélia souhaitait lui donner une réception qu'il n'oublierait pas de sitôt : carrément le faire arrêter pour fraude.

Mais l'avocat criminaliste consulté jeta une douche froide sur le dessein d'Amélia. Il serait à peu près impossible de démontrer à un substitut du procureur de la Couronne que la preuve disponible était suffisante. Il serait très difficile de démontrer l'intention criminelle. Le seul recours d'Amélia serait donc de se vider le cœur. Ce qu'elle décida de faire.

Alors qu'il se trouvait encore à Paris dans le but de hâter l'achat de la Société Européenne, McMurtry avait reçu d'Amélia un long message dans sa boîte vocale à l'hôtel, chose inhabituelle chez elle.

Elle le prévenait qu'elle ne serait pas chez elle lorsqu'il reviendrait à sa suite après le dîner, que tout allait très bien, qu'elle l'attendrait au Ritz vers dix-sept heures le lendemain, pour souligner quelque chose de très spécial.

Oh, et comme elle passerait la nuit chez sa grand-mère, il ne devrait pas essayer de la joindre le matin comme il le faisait d'habitude lorsqu'il avait raté son appel de la veille.

Son ton avait semblé artificiel, un peu trop enjoué peut-être. Et qu'est-ce qu'elle pouvait bien vouloir souligner de spécial ? Bah, les femmes sont toutes comme ça, se dit-il. Toujours quelque chose de spécial à fêter et, si tu ne réussis pas à deviner de quoi il s'agit, on te fait la gueule.

L'épouse mcmurtryenne numéro deux s'était spécialisée dans ce manège. Seules de longues (et surtout, coûteuses) emplettes à New York pouvaient la tirer de l'émoi causé par ces OSNI (Occasions Spéciales Non Identifiées).

Et la convocation au Ritz était tout aussi surprenante. D'abord, elle ne raffolait pas de l'établissement. Et habituellement, lorsqu'il revenait de voyage, Amélia l'amenait chez elle, le dorlotait, lui faisait l'amour, voulant l'avoir, disait-elle, tout à elle. Il se souvenait n'avoir été au Ritz qu'une seule fois en sa compagnie.

Un frisson lui passa dans le dos. C'était effectivement la fois où il avait appris qu'elle était la petite-fille de Poirier. Jamais de toute sa vie n'avait-il eu à concocter une histoire plausible aussi vite. Il avait évité la catastrophe de peu.

Heureusement qu'elle avait avalé l'explication. Mais l'antipathie persistante de la Vieille l'agaçait. Un jour ou l'autre, il faudrait bien qu'elle en revienne. Et si elle n'en revenait pas, au moment approprié, il exigerait qu'Amélia choisisse entre elle et lui. Si seulement la Vieille avait la décence de crever... tout deviendrait tellement plus simple.

Oui, le choix du Ritz était étrange. Surtout un vendredi soir vers cinq heures alors que le bar serait bondé. Vraiment étrange. Enfin, lui, il aimait bien le Ritz : nulle part ailleurs ne l'accueillait-on avec autant de pompe.

C'était aussi la première fois depuis qu'ils se connaissaient qu'elle passait la nuit avenue Laval. La dernière chose dont il avait besoin, c'était le spectre de la Vieille. Il s'endormit sur un vague pressentiment.

Dans l'avion le ramenant à Montréal, il avait été assailli par le même pressentiment. Ses pensées tournaient sans cesse autour du fait qu'elle lui avait dit qu'elle serait chez sa grand-mère, le seul endroit où il ne pouvait aller vérifier. Une pensée jalouse le tenaillait : le trompait-elle ? Serait-il en voie d'évincement ? Amélia était très belle et tous ces sales gogues de l'université devaient lui faire une cour incessante... Il se rappelait d'ailleurs qu'elle avait eu une liaison avec un d'entre eux.

Une fois qu'il eut quitté l'avion, ses proches collaborateurs furent unanimes à le juger d'humeur massacrante et s'empressèrent de le refiler au chauffeur.

Mais, dès son entrée au Ritz, la qualité de l'accueil lui fit presque oublier ses appréhensions. En voyant Amélia, il les sentit tomber totalement. Elle portait exactement la même toilette que la première fois qu'il l'avait rencontrée : une robe fourreau noire, fendue sur le côté, un collier de perles soulignant ses seins. Sa peau était encore un peu bronzée. Seul changement : ses cheveux ne tombaient pas sur ses épaules, mais étaient relevés en toque. Sévère mais séduisant tout de même. Elle occupait la table du centre et était le centre d'attraction.

Quand elle se leva pour lui donner un bécot, il se sentit l'objet des regards simultanés de cinquante mâles qui jalousaient certainement l'idée que c'était *lui*, le mâle qu'elle avait choisi pour s'envoyer en l'air.

À la voir assise, le sourire aux lèvres, il se sentit tout d'un coup revivre, rajeunir. L'idée lui vint : il la demanderait ce soir même en mariage. On ne laisse pas une carrosserie de cette qualité en pâture au premier venu. L'appréhension de la veille avait été salutaire. S'il était jaloux, ce qui ne lui était jamais arrivé, c'était donc qu'il l'aimait.

C'est dans l'euphorie totale qu'il prit place, se demandant toutefois le motif de la célébration et priant qu'un oubli quelconque de sa part ne vienne pas tout gâcher. Si seulement il avait pensé à apporter des fleurs, regrettait-il.

— Tu sais, Fredrik, j'ai passé quelques jours chez ma grand-mère et nous avons beaucoup parlé de toi…

Comme elle gardait toujours le sourire, McMurtry se mit à penser qu'Amélia était sur le point de lui annoncer qu'elle avait mis la Vieille le dos au mur. Jamais trop tôt pour bien faire !

— Nous avons passé en revue tout ce que tu as fait pour nous lors du décès de mon grand-père. Sa compagnie était bel et bien au bord de la faillite…

Enfin, un peu de reconnaissance.

— Amélia, comme je te le disais, la banque m'a littéralement forcé à reprendre le commerce ; sinon, c'était la faillite. Ton grand-père, tu sais, c'était comme mon vrai père mais, comme gestionnaire, c'était loin d'être fameux. Un désastre, quoi ! Mais jamais je n'aurais supporté qu'on lui fasse quoi que ce soit… Ce que j'ai fait, ma chérie, c'était pour vous deux, pour qu'Annette puisse vivre à l'aise. Et je suis sûr que tu seras d'accord que, sans fausse modestie, j'ai réussi…

— Oui, Fredrik, tu peux dire que tu as réussi… Justement, ma grand-mère m'a remis certains documents pour toi…

Fredrik ne se tenait plus d'aise… La réconciliation avec la Vieille, un mariage princier… combien ses pressentiments avaient été erronés ! Il ne fallait pas se fier à ses pressentiments.

Béat, il décacheta l'enveloppe et en sortit un document boudiné, tout en continuant de sourire, le regard fixé sur Amélia.

Machinalement, il baissa les yeux sur l'en-tête du document : *Courtois, Fredette et Associés, Comptables agréés, 1 Place Ville-Marie, Montréal, Québec.*

Stupéfait, il regarda l'année, 1970 : il s'agissait des états financiers de la Poirier's Funeral Home. En une fraction de seconde, il comprit que ses pires appréhensions de la veille étaient fondées : Amélia avait la preuve qu'il mentait.

– Amélia, balbutia-t-il en regardant autour de lui comme s'il cherchait désespérément une sortie de secours.

Déjà le loufiat de faction, inquiet du brusque changement de physionomie du président, s'approchait, pressé d'apporter tout correctif que son invité de marque pouvait souhaiter.

Amélia se leva de table. Son sourire était disparu et son visage avait une blancheur irréelle.

– Fredrik McMurtry, je suis ici pour te dire une seule chose.

De façon à ce que le Tout-Montréal le sache, elle éleva la voix. Tous les regards étaient maintenant braqués sur elle. Réalisant l'imminence d'une catastrophe, le loufiat se tordait les mains de désespoir, implorant l'arrivée d'un maître d'hôtel absent, comme toujours, quand sa présence était requise.

– Fredrik, tu n'es qu'un sale voleur et ce que tu possèdes, c'est à mes grands-parents que tu l'as volé !

Elle survola l'assistance, devenue subitement silencieuse.

– Espèce de lâche ! cria-t-elle à plein registre.

Le serveur essayait maintenant de s'arracher des cheveux qu'ils n'avaient plus depuis belle lurette. Jamais il n'avait assisté à semblable esclandre dans son bar, au Ritz ! Il était aussi scandalisé que le serait un pape qui prendrait un de ses cardinaux en flagrant délit de masturbation en plein concile derrière une colonne sixtine.

– Tu n'es qu'un escroc ! Tu as bâti ta fortune en volant ma famille. Écœurant ! S'il te reste le moindre courage, salaud, poursuis-moi en diffamation. Les témoins ne te manqueront pas ! Je t'ai invité ici justement pour qu'il y en ait, des témoins.

Ahuri et immobile, McMurtry regardait Amélia comme on regarderait une apparition, la bouche ouverte, tenant toujours l'incriminant rapport dans ses mains.

Les clients assis au bar et dont la vue du champ de bataille était obstruée commençaient à se lever pour mieux observer le rare spectacle.

Amélia s'avança en direction de McMurtry et, sous les yeux horrifiés du pingouin immobile, sortit la bouteille de champagne du seau à glace et la plaça délicatement dans ses mains loufiates, les lui serrant bien fort pour éviter que le liquide ne s'en échappe. Rendu docile d'épouvante à l'idée de ce qui allait inévitablement se passer, il laissait, au mépris de toutes les règles des établissements de grande classe, la bouteille dégouliner sur son plastron, jusque-là d'un amidon virginal.

D'un geste fluide, Amélia prit ensuite de ses deux mains le seau à glace, l'éleva en rite sacrificiel au-dessus de la tête de son ex-amant et lui en versa posément le contenu sur la tête et le califourchon. McMurtry ne broncha pas alors que les glaçons roulaient sur la luxueuse moquette.

– Copule-toi toi-même, *petite* bite! lui lança-t-elle à pleins poumons en guise d'adieu avant de le coiffer finalement du contenant vide, véritable fez d'acier inoxydable [2].

Elle ramassa ensuite son sac à main, ses documents et sortit, altière, du chic Ritz Carlton.

Quinze secondes plus tard [3], McMurtry sembla se ressaisir et lui lança par contumace:

– Fornique-toi toi-même, toi con [4]! avant de s'enfuir vers les toilettes, suivi du loufiat et tenant toujours la bouteille de champagne dans ses mains.

«Si seulement elle avait dit grosse bite!» soupira in petto McMurtry alors que, assisté du serveur horripilé, il tentait de réparer les dommages à ses vêtements et, plus grave encore, la blessure à son ego.

Si jamais cette histoire sortait dans les journaux, il serait la risée de Wall et Bay Streets.

Comme un malheur n'arrive jamais seul, avant même qu'il n'ait fini de réparer les avaries sur sa personne, un appel sur son cellulaire lui apprenait qu'un dénommé Warren Cormier, de Bayou Vermillon, venait d'intenter une poursuite contre la World au montant de deux

---

2. Le Ritz persiste à dire que ses seaux à champagne sont en argent véritable. Que le lecteur y aille et juge lui-même.

3. TV 5 avait rediffusé le célèbre débat entre Bourque et Tremblay, candidats à la mairie de Montréal, et McMurtry voulait probablement faire mieux que Tremblay. Il réussit à battre le record de silence de Tremblay par une seconde, ce qui n'est pas rien dans ce genre de compétition.

4. **Note de l'Éditeur:** La sortie de McMurtry, quoique tardive, pose de sérieux problèmes de traduction. D'aucuns penseront que l'Auteur s'est gouré et que McMurtry voulait plutôt dire: «Fornique-toi toi-même, toi conne!» (ou encore connasse). Tel n'était pas le cas. Ce que McMurtry a crié de dépit, c'était: «*Fuck yourself, you cunt!*» La version de l'Auteur est donc rigoureusement correcte. Nous nous excusons de la vulgarité excessive du mot anglais. Mais l'Auteur est d'avis que ses lecteurs ne lui pardonneraient pas de sacrifier la rigueur pour apaiser quelques petites natures anglophones.

millions de dollars pour rupture de contrat. Si ce fornicant derrière de merde avait le culot de le poursuivre, lui, le Maître du cadavre, il lui donnerait copulamment[5] bien une telle raclée légale que ce fornicateur retournerait sans un copulant sou à son bayou de merde. Un seul homme pouvait garantir ce résultat : Mᵉ Sanivan Horatio Issoudun Trickover IV de New York, « San » pour les intimes[6].

---

5. Le lecteur aura remarqué que c'est la colère qui animait McMurtry et non le désir d'avoir des relations sexuelles complètes avec Cormier.

6. Ce qui fait qu'un Japonais intime l'eût appelé « San-san », ce pour quoi il n'avait pas d'intime japonais. De fait, il n'avait pas d'intime du tout.

# 15

# Le Trump des croque-morts rencontre le Maître de tous les maîtres

La limousine mcmurtryenne déposa le Trump du cadavre au 277, Park Avenue à New York. Pour l'occasion, McMurtry était accompagné de Vicky, sa vice-présidente aux affaires juridiques, avec qui il couchait de temps en temps, dans ses moments de désœuvrement. Pas très jolie, mais un corps superbe et une technique de pipe [1] raffinée.

Pour être invité à se rendre à l'illustre cabinet, McMurtry avait dû tirer toutes les ficelles imaginables. Finalement, un appel personnel de Jean-Paul II avait convaincu l'éminent avocat de recevoir McMurtry.

Me Sanivan Horatio Issoudun Trickover IV, comme il souhaitait être appelé [2], représentait sans conteste *la* sommité juridique mondiale. En effet, il était le premier avocat au monde qui avait réussi à facturer, au cours du XXe siècle plus d'un milliard de dollars américains d'honoraires par année.

---

1. **Note de l'Éditeur :** Je ne comprends pas ce que l'Auteur veut dire. Une femme, fumer la pipe, pouah, quelle mauvaise haleine cela doit donner. Enfin, si l'Auteur y tient, ça nous soulage de ses lubies à connotation lubrique…

2. Lorsque l'arrière-arrière-grand-mère avait ainsi nommé son premier rejeton, prude et brahmane qu'elle était, la douairière ne s'était pas rendu compte du malheureux acronyme que formaient les premières lettres des trois prénoms choisis par elle, lorsque combinées à la première lettre du nom de famille. Comble d'infortune, le testament de l'arrière-arrière-grand-paternel stipulait que le premier mâle de chaque génération devait, entre autres conditions, porter le nom exact de l'ancêtre pour hériter de la fortune familiale. Inutile de préciser que c'est par ledit acronyme que (dans son dos) ses détracteurs le désignaient.

On racontait que pas moins de cent nègres avoués[3] rédigeaient au salaire minimum les brefs que le Maître signait et facturait cent dollars du mot. L'arrangement qu'il proposait aux clients était des plus attrayants : vous ne payez que si la cause est gagnée, mais alors gare ! La formule « mais alors, gare ! » avait très bien fonctionné pour Mᵉ Sanivan Trickover IV qui, en vingt-cinq années de pratique, n'avait jamais perdu une seule cause. Tant au chapitre des honoraires que des causes gagnées, Mᵉ Sanivan Trickover IV avait modestement décliné l'inscription de ses performances dans le *Livre des records Guinness*. Il trouvait la chose trop vulgaire.

Un ascenseur privé conduisait l'heureux élu directement au sommet de l'édifice sobrement désigné en lettres éclairées de trente pieds de hauteur : « Trickover & Others, Attorneys at law ».

Les portes dudit ascenseur s'ouvraient directement dans l'antichambre de l'auguste procureur. Une fabuleuse réceptionniste, dont la tâche principale consistait à être là, sourire et montrer (et combien qu'elle en avait à montrer !), accueillit les deux visiteurs. Comme tout « invité » devait attendre au moins une heure, noblesse oblige, la pièce était aménagée de façon à renseigner adéquatement le visiteur sur la Grandeur du Mᵉ.

Albert Speer n'eût point récusé la paternité architecturale de la pièce. Environ cinq mille pieds carrés de superficie, plafonds hauts d'une vingtaine de pieds, combinaison exquise de bois précieux et de matériaux rares. Point de fauteuils : on s'attend à ce que le visiteur fasse le tour de la galerie. Pour ceux qui, impressionnés, auraient pu en défaillir, un ou deux bancs de granit. La pièce se voulait un sobre hommage à l'occupant.

Le visiteur est d'abord invité par l'hôtesse à faire brève connaissance avec les Sanivan Trickover des trois générations précédentes. Ensuite, la première grande murale : lors d'un cocktail champêtre, on voit papa Trickover III se faisant servir un verre par un jeune Martin Luther King, alors garçon serveur pour payer ses études de théologie. Fiston Trickover IV supervise l'opération.

Deuxième murale, la remise des diplômes à la faculté de droit. Trickover IV reçoit son parchemin des mains de Lyndon B. Johnson sous l'œil attendri du papa numéro III. L'hôtesse croit que la troisième personne sur la photo était un (obscur) juge en chef de la Cour suprême.

---

3. **Note du Réviseur :** J'ai tout fait pour que l'Auteur laisse tomber cette malheureuse et fort choquante expression qui, de surcroît, prête à quiproquo.

Troisième murale : Trickover IV, dans la trentaine, au bureau Ovale. Il semble montrer la porte à Richard Nixon. Sur la photo, le président déchu a écrit : « Merci, San, de m'avoir montré la voie ! » C'est signé : « *Yours ever, Tricky Dick* ».

La quatrième murale est tirée d'une photo prise sur le parterre de la Maison-Blanche. On y voit le Maître lançant un ballon de football à Gerry Ford, qui l'échappe bien sûr. Point de dédicace.

La cinquième est plus modeste : près d'un marécage, on voit Sanivan en train de montrer à Jimmy Carter comment écaler une cacahuète. Point de dédicace non plus.

Le dernier pan de mur au complet est accaparé par une joyeuse scène, la grande finale, une photo probablement unique dans l'histoire du monde. On y voit le président Reagan, Nancy Reagan, George Bush, sa femme et le petit Dubbaya, la Dame de fer accompagnée pour l'occasion par Jean-Paul II. En arrière du pape, on croit reconnaître la sympathique bouille de François Mitterand. Dans un coin, essayant de se glisser comme d'habitude dans le cercle dit « intime » de la Maison-Blanche, Brian Mulroney. Au centre, Me Sanivan Horatio Issoudun Trickover IV.

Coquin, un des gais lurons (on peut croire qu'il s'agit de François Mitterand, un personnage reconnu pour ce genre de facéties) fait de ses doigts des oreilles de lapin au-dessus de la tête du pape.

Merveille de la haute technologie, quand le visiteur arrive à dix pieds de la fresque, celle-ci s'anime en trois dimensions et on entend tout ce beau monde chanter en levant leur verre de Laurent Perrier sous une pluie de scintillants confettis[4] : « *Happy birthday, Sanivan, happy birthday, to you*[5] !… » Bref, une fois terminée la tournée, le visiteur ne peut que conclure que Sanivan est le pouvoir incarné. Après lui, le déluge.

Une fois que la bimbette[6] eut terminé sa tournée descriptive, elle cogna doucement à la porte de son Maître. Après quinze minutes

---

4. Pour l'occasion, Bokassa avait fourni de minuscules diamants pour remplacer les traditionnelles petites rondelles de papier. On lui avait expliqué que, si la chose plaisait aux invités, on l'inviterait (pas lui, ses diamants) de nouveau à en fournir de nouveaux. Cela lui fit plaisir.
5. Autre prodige technologique, la fresque reconnaissait la provenance géographique du visiteur. Comme McMurtry était montréalais, l'ordinateur conclut qu'il était francophone et, aussitôt qu'il arriva près de la fresque, celle-ci entonna : « *Cher Sanivan, c'est à ton tour de te laisser parler d'amour !* »
6. Jeune bimbo. S'accouple généralement avec le macho. Leur progéniture est le « ti-prout ». Prononcer « bimbiette ».

d'attente « statutaire », il lui donna la permission d'entrer. Elle en ressortit à reculons, le corps courbé à quatre-vingt-dix degrés, comme l'exigeait le protocole, lequel protocole donnait au Maître une vue imprenable de la « gorge » non soutenue de la jeune femme.

On racontait d'ailleurs que le noble M[e] ne pouvait que regarder et n'avait le goût de toucher que lorsqu'il avait au préalable été[7]…

McMurtry, qui en avait pourtant vu d'autres, fut stupéfait de l'aménagement du bureau du M[e]. C'était une réplique de la salle d'audience principale de la Cour suprême des États-Unis d'Amérique. On avait ajouté un dais au-dessus du siège du juge en chef et enlevé (évidemment) les sièges normalement réservés aux autres juges. Me Sanivan Horatio Issoudun Trickover IV y trônait.

Chaque siège (douze rangées en tout) réservé au public était occupé par un personnage public (homme ou femme) sculpté dans le granit. Par exemple, s'avançant vers le M[e], McMurtry reconnut George Washington au premier rang, devant le général Sherman. Derrière eux, Elvis Presley semblait contempler la scène. Immédiatement en face et en bas du juge, on avait érigé le box du client. La bimbette y amena McMurtry.

Un huissier à la verge noire[8] s'avança vers le box et intima à McMurtry de décliner ses nom, âge, profession et adresse de facturation. Pour la première fois de toute sa vie intimidé, McMurtry bredouilla sa réponse. Ce qui lui valut une rebuffade de la part de l'huissier. Mortifié, il dut répéter les renseignements donnés. Une voix informatisée l'informa alors que sa clientèle était désormais acceptée par la maison Trickover & Others, Attorneys at Law.

Ensuite un écran cathodique s'éclaira et les mots « Je m'engage à payer sur demande tout ce qu'on me demande » y apparurent, suivis de « Pour accepter, appuyer sur la touche *enter* ». Ce qu'il fit. Un autre message sur l'écran l'informa que toutes les parties à dimensions variables de son anatomie avaient été répertoriées pour vérifications futures et garanties de paiement. Il reconnut avoir accepté la chose en appuyant encore une fois sur *enter*.

Puis le Maître, jusque-là silencieux et immobile, s'anima.

---

7. Le reste de la phrase a été censuré par l'avocat de l'Éditeur à la suite d'une longue dispute avec l'Auteur.

8. Croyez-le ou non, il ne s'agit pas du résultat d'une maladie vénérienne. Ça existe. Il s'agit, en parlementarisme britannique, du « Gentleman Usher of the Black Rod ». Lord Konrad Dark of Crossed Paramour vous le confirmera.

« Avoué 169, cubicule 4444, quarantième étage. » Suivi d'un coup de maillet. « Entrevue terminée, vous êtes renvoyé. »

L'huissier s'inclina devant le Banc, prit McMurtry par le coude, le pria de s'incliner à son tour et l'amena vers la sortie de l'enceinte.

Une fois dans l'antichambre, il précisa à McMurtry que le Maître avait assigné l'associé 169 à son dossier et qu'il était prié de descendre le rencontrer. Il lui précisa aussi l'honneur insigne que lui avait fait le Maître en s'adressant à lui plutôt qu'en laissant ce soin à l'ordinateur.

Le seul individu qui avait jusqu'alors eu cet insigne honneur était un dénommé Bill Clinton. Et encore là, c'est que ledit Clinton était accompagné de Monica, que le Maître était curieux de rencontrer en (surtout) chair et en os, dans l'espoir que le président lui fasse une démonstration du coup du cigare. Il en était resté sur son appétit. Le président avait oublié ses cigares !

Ébaudi, McMurtry se laissa entraîner par Vicky vers un autre ascenseur qui les amena au quarantième étage. Le décor de ce plancher différait considérablement de celui du *inner sanctum*. Plutôt qu'une bimbette, un robot de fabrication japonaise y attendait le visiteur.

De sa voix surréaliste, il exigea que McMurtry lui donne le numéro de son compte de banque, le pria ensuite d'attendre qu'il demande un transfert de cent mille dollars américains pour couvrir les frais d'ouverture de dossiers. Un seizième de seconde plus tard, il avisait le nouveau client qu'il pouvait se rendre à la stalle 4444 où les attendait Me 169 [9]. Le robot précisa que, à l'intérieur de la firme, on avait depuis longtemps abandonné l'utilisation de noms pour désigner les associés. C'était tellement plus efficace.

La stalle 4444 était assurément plus modeste que les locaux du Me. Une pièce de cent vingt pieds carrés, un poste de travail hautement informatisé, deux chaises. Derrière le bureau, un personnage d'un sexe et d'un âge indéfinis. Jusqu'au moment où il s'ouvrit le clapet, McMurtry se demandait s'il s'agissait ou non d'un androïde. C'était un homme. Sur son bureau, une plaquette indiquait son nom : Me 169.

Sur le mur qui faisait face à McMurtry, un tableau électronique géant alignait des chiffres. À première vue, il pensa qu'il s'agissait des variations du Dow Jones. Mais non. Le tableau indiquait la facturation au millième de seconde, faisant la computation de toutes les dépenses qu'un cabinet d'avocats puisse faire payer par ses clients.

---

9. Aucun rapport avec le fameux avion militaire germain de la Deuxième Guerre. Simple coïncidence.

Il y avait place pour les photocopies, les courriels, les entrevues, le café, les sandwichs, le secrétariat, l'amortissement, le robot-réceptioniste, l'ascenseur, etc. Seul l'air qu'on y respirait semblait gratuit.

Et la somme de tous ces frais apparaissaient en lettres orange au bas de l'écran, un peu à la façon de ces horloges numériques qui indiquent le nombre de secondes qui restent avant la fin d'un siècle. Mais, observa McMurtry avec effroi, le chiffre allait croissant, à une vitesse vertigineuse.

Avant même que Me 169 lui ait demandé d'expliquer son affaire, il était rendu à une facture de vingt mille dollars. En ajoutant les frais d'ouverture de dossiers, il avait déjà dépensé cent vingt mille dollars, avant même d'avoir raconté son histoire !

À cent quatre-vingt mille dollars, il avait expliqué son différend avec Cormier ; à deux cent mille dollars, on avait établi la stratégie ; à deux cent vingt mille dollars, l'entrevue était terminée. L'androïde en prononça la fin en intimant au tableau numérique l'ordre verbal d'arrêter.

Le bulletin suivant s'afficha alors sur le tableau : « Votre note d'honoraires atteint un total de deux cent vingt mille dollars que nous débitons sur-le-champ à votre compte. Vous serez évidemment remboursé si nous devions, la divinité nous en garde, perdre votre cause, chose dont nous n'avons pas l'habitude [10]. Nous vous remercions d'avoir été notre client et vous allouons gratuitement cinq minutes pour quitter l'édifice. »

Tout en poussant McMurtry et Vicky hors de son bureau, Me 169 poussa la bonté jusqu'à leur expliquer, en précisant que l'explication était gratuite, que la tabulation électronique était une invention récente de Maître Trickover, foncièrement destinée à faire économiser le client.

Avant la mise en place de cet astucieux dispositif, les clients avaient la fâcheuse habitude de raconter leur vie aux avoués (avant de passer aux choses sérieuses) et de glapir par la suite en recevant la facture. Désormais, moins de récits de vécu et moins de glapissements, productivité accrue de l'avoué, rentabilité plus forte pour le bureau [11]…

---

10. Sans le savoir, il citait verbatim Jacques Ménard prenant en main le dossier des Expos.

11. **Note de l'Auteur à Gérald T. (Me, lui aussi) :** J'ai pu discuter de ton cas avec Me Sanivan Trickover IV. Il est convaincu du potentiel de ton cabinet, à condition, bien sûr, que tu adoptes son système. J'ai personnellement obtenu la licence dudit système en exclusivité pour le Canada et, comme nous sommes de vieilles connaissances, j'ai pensé te l'offrir en priorité.

À bord de la limousine, encore abasourdi par le contexte surréaliste de la matinée, McMurtry dut convenir avec Vicky que la stratégie était parfaite. Cormier se ferait servir le lendemain une demande reconventionnelle exigeant qu'il verse vingt millions de dollars pour abus de confiance, menaces de voies de fait et diffamation.

Comme le Maître n'avait jamais de sa carrière perdu une cause qu'il avait accepté de défendre, autant dire que le copulant Cadien de merde était ruiné. Ce serait aussi une bonne leçon pour les autres fornicateurs qui auraient l'idée d'exiger qu'il tienne parole.

Tout en caressant d'un geste distrait les cuisses de Vicky, McMurtry lui demanda de s'assurer auprès des communicateux que la poursuite qu'il venait d'intenter en réponse à celle de Cormier fasse l'objet de la plus vaste diffusion possible auprès des médias… comme un article dans *Business Week*, par exemple.

Faisant glisser la fermeture éclair du pantalon de son patron et avec politesse, sachant qu'elle aurait bientôt la bouche pleine, Vicky s'empressa d'assurer McMurtry que la chose serait faite. Il pouvait se laisser aller. Ce qu'il fit quelques minutes plus tard.

Le lendemain promettait d'être une splendide journée à Abbeville. Warren Cormier attendait l'arrivée de son petit-fils, à qui il avait promis une journée de pêche sur le bayou. Quand la sonnerie de la porte se fit entendre, il se contenta de crier : « Entre, Mark, la porte n'est pas barrée ! »

À son étonnement, le personnage qui fit son entrée n'était pas son petit-fils, mais un pur étranger qui s'identifia comme huissier tout en lui tendant un papier timbré[12]. Cormier confirma qu'il était bien Warren Cormier, accusa réception du papier et referma la porte.

Il décacheta la liasse de papiers et remarqua en haut le nom fatidique de Trickover & Others. Inquiet, ses yeux parcoururent en diagonale le document. McMurtry lui réclamait vingt millions, tout ce qu'il possédait. Cette contre-attaque, Cormier ne l'avait jamais vue venir.

---

12. Le premier sens de ce mot est « un peu fou ». Son deuxième sens, « marqué d'un cachet, d'un timbre ». Bizarre, n'est-ce pas ? N'est-ce pas là bien qualifier ce qu'on vient de voir ?

Quand il avait lancé l'opération, il se disait que tout ce qu'il avait à perdre, c'était les honoraires de la firme qui le représenterait... celle-ci s'étant bien gardée de lui dire que semblable contre-attaque était possible.

La donne était maintenant totalement différente. Cormier devrait se battre, seul, contre une multinationale représentée par le meilleur avocat du monde.

Eh bien, il se battrait : jamais un Cormier n'avait tourné le dos à un adversaire. Au moins, se consola-t-il, il aurait l'avantage du terrain.

# 16

# Un article de magazine qui aura des répercussions inattendues

Les communicateux avaient fait un excellent travail, songeait McMurtry en prenant connaissance de la dernière édition du *Business Week* qu'on venait tout juste de lui apporter. Sans trop se l'avouer, il avait espéré un moment faire la première page du magazine. Mais il avait vite chassé l'idée : un article intérieur, accompagné de sa photo, ferait déjà l'envie de tous ses contacts d'affaires. Fallait pas trop en demander.

Pourtant la jeune femme qui l'avait interviewé avait mentionné la possibilité d'une première page. Et voilà, l'inespéré était arrivé : IL ÉTAIT LÀ ! SA PHOTO À LA UNE DU JOURNAL ! QUEL BEAU BONHOMME IL FAISAIT ! IL ÉTAIT LÀ !

Effectivement, la photo était frappante. De la façon qu'elle avait été prise, il semblait mesurer six pieds et demi. Un régime alimentaire strict, combiné à plusieurs rondes de golf, avait ramené son poids à un niveau qu'il jugeait idéal. Son teint était hâlé, mais pas trop, juste parfait. Il ne fallait tout de même pas que ses actionnaires aient l'impression qu'il passait la plupart de son temps sur la plage ou au golf [1].

L'idée lui vint de se rendre à un grand kiosque à journaux pour voir sa photo publiée en plusieurs exemplaires. Sans compter les gens qui ne pouvaient manquer de le reconnaître. Et quel titre persuasif : « FREDRIK MCMURTRY : THE CEMETERY TRUMP ».

---

1. Bien au contraire, l'actionnaire doit être persuadé que son président se tue à la tâche pour le rendre, lui, l'actionnaire, riche ; dans les grandes sociétés, un fonctionnaire est habituellement chargé à temps plein de cette responsabilité.

Bref, le moment rêvé pour faire sa rentrée au Ritz, où il n'avait pas osé mettre les pieds depuis son altercation avec Amélia. L'histoire avait fait le tour de la ville ; la scène avait même été évoquée dans une rubrique de persiflage de *The Gazette*.

Seule la prompte intervention de la boîte de communicateux avait empêché son nom d'y paraître. Tôt ou tard, la fornicante petite chienne[2] regretterait de l'avoir humilié à la face du Tout-Montréal.

Il revint vite à sa propre contemplation. Vraiment, concluait-il, il était beau, beau d'une beauté «corporate». Et ce sont les beaux qui réussissent. A-t-on déjà vu quelqu'un avec une tête de crachat malade diriger une société du Fortune 500 ? Jamais de la vie. Un actionnaire doit être séduit, pas violé. Sur le point de commencer à s'envier lui-même, il décida de prendre connaissance de l'article.

On y racontait le début de sa carrière (*hum, bien fait !*), comment il avait réussi à convertir une opération minable en un tremplin financier. (*Peut-être aurait-il dû insister moins sur ce dernier point, surtout qu'Amélia avait en main les vieux états financiers de la Poirier's Funeral Home... Enfin, la copulante chienne n'irait pas se plaindre à la direction du magazine, tout de même !*)

La clef de son succès : deux clefs. S'assurer que la gestion reste locale et décentralisée. La deuxième, conserver au sein de la société une atmosphère familiale pour que tous ces entrepreneurs s'y sentent à l'aise. (*Très bien dit. Il faudrait se garder une copie de ce passage pour l'inclure dans le prochain rapport annuel. «L'entrepreneurship mondialisé» ? Enfin, les communicateux trouveraient un titre approprié, ils trouvent toujours ce qu'il faut ; ça coûte tout simplement plus cher.*)

La société était, et de loin, la plus rentable de son secteur ! (*Enfin, on le reconnaît.*)

Le secteur des frais funéraires lui-même, une combinaison de services personnels essentiels, d'immobilier et de services financiers, constituait une valeur boursière de premier ordre pour un investisseur à la fois conservateur et cherchant une forte croissance à long terme[3]. (*Si le titre ne grimpait pas d'un dollar au cours de la journée, rien ne pouvait le faire bouger. Vraiment, cette journaliste était excellente.*)

---

2. Nous rappelons au lecteur que le système d'exploitation du cerveau de McMurtry fonctionnait en langue anglaise et qu'il est difficile de rendre en français les fines nuances qu'évoque l'expression «*fucking little bitch*».

3. C'est ainsi qu'on décrivait Nortel durant ses vertes années.

Très bonnes photos de son plus important cimetière à Toronto, du nouveau columbarium de Las Vegas. (*Si seulement il pouvait obtenir une licence de jeu pour cet établissement, il ferait fortune car la famille éplorée pourrait y jouer son héritage à venir ! Il fallait absolument qu'il se rende au Nevada en parler au gouverneur... Quelle idée géniale !*)

Somme toute, un excellent article, songeait McMurtry en jetant le magazine ouvert sur la table à café. Le marché boursier était sur le point d'ouvrir et l'idée lui vint d'acheter un bon lot d'actions de la World ; ainsi, misant sur la montée inévitable des cours durant la journée, il pourrait les revendre à la fermeture des marchés et empocher le profit. La transaction idéale, vous n'investissez pas un sou et vous récoltez le profit[4]. Cent mille actions qui augmentent d'un dollar au cours de la journée, ça paie l'épicerie.

Fier de lui, McMurtry appela son courtier et lui donna ordre d'acheter cent mille actions de la World dans son compte sur marge, à trente dollars, dès l'ouverture des marchés et d'attendre ses instructions. Ravi non seulement de la commande mais encore plus du tuyau prometteur, le courtier s'empressa de passer lui-même une commande[5] sur le titre. Il refila le tuyau à ses meilleurs clients. La journée serait payante pour les « initiés[6] ».

Fier de son coup, McMurtry ramassa la revue. Alors qu'il s'apprêtait à la déposer dans le panier pour classement, la figure de Warren Cormier lui sauta en plein visage.

« Quoi de la fornication[7] ?... » se dit-il en reprenant le magazine.

« MCMURTRY M'A VISSÉ[8] ! » hurlait la manchette. Suivait le texte d'une entrevue que Warren Cormier avait donnée à la même

---

4. Une transaction interdite par les Bourses mais parfois payante. Une fois que les autorités concernées auront été mises au courant par cet ouvrage, il sera intéressant de voir quelle sanction elles imposeront à McMurtry pour de telles malversations. Probablement aucune, comme d'habitude. Je vous le confirmerai dans mon prochain ouvrage.

5. Une transaction aussi interdite par les Bourses, mais parfois encore plus payante.

6. Elle le fut effectivement, car les cours de la World augmentèrent de quatre dollars durant la journée pour se replier graduellement durant les jours qui suivirent.

7. « *What the fuck ?...* »

8. **Note du Réviseur :** Pour plus de précision dans la traduction, l'Auteur aurait dû écrire « McMurtry m'a vissé avec sa bite ! » car, en anglais, Cormier a certainement dit « *McMurtry screwed me !* », lequel « vissage » possède habituellement, dans cette langue, une connotation sexuelle. Pour une fois, nous sommes surpris de la retenue de l'Auteur. Il a probablement pensé, à juste titre, que les lecteurs seraient surpris d'autant de truculence dans une revue aussi conservatrice que *Business Week*.

journaliste. La copulante petite chienne était allée interviewer la fornicante vieille grenouille !

Dans le menu détail, Cormier expliquait les tenants et aboutissants de sa transaction avec la World et ce que McMurtry avait fait dès le lendemain. Que McMurtry avait l'habitude de compléter des transactions par des promesses verbales qu'il reniait aussitôt. Qu'il avait fait ce coup à plusieurs petits croque-morts qui n'osaient se plaindre non seulement parce qu'ils craignaient des représailles de la multinationale, mais aussi parce qu'ils étaient actionnaires de la World et craignaient de voir baisser le titre.

« Quelle sotte con elle était, cette reporter de merde, d'avoir cru toutes les sottises du vieux débile... Mais qui donc avait pu la mettre sur la piste de Cormier en Louisiane ? Enfin, si Cormier insistait pour se mettre encore plus de corde autour du cou, tant mieux... il faudrait simplement s'assurer que Mᵉ 169 [9] soit mis au courant de l'existence de l'article incriminant... », se dit McMurtry en intimant à sa secrétaire de lui réserver « sa » table au Ritz. Rirait bien qui rirait le dernier.

Mais on ne savait pas qui serait le dernier à rire. Au moment où McMurtry faisait ses petites transactions, Amélia arrêtait à son kiosque à journaux habituel, avant de se rendre à la faculté de droit. La session d'automne se terminait et elle avait prévu deux semaines de vacances dans le Sud avec sa grand-mère, histoire d'oublier la grisaille du mois de novembre à Montréal.

Au moment de ramasser son exemplaire de *La Presse* [10], Amélia recula de surprise : sur trois piles de magazines, McMurtry la fixait d'un œil narquois. Il semblait lui dire « Je t'ai bien forniquée [11], n'est-ce pas ? »

---

9. Vous voyez comme la méthode de désignation numérique est efficace ? Si j'eusse utilisé par exemple un nom comme Mᵉ Trucmuche Troudeficus, vous auriez déjà oublié de qui il s'agissait alors que, sous ce simple vocable, vous le revoyez illico dans sa stalle 4444 à l'ombre de son tableau facturateur. À propos, on me dit que, depuis la publication de cet ouvrage, plusieurs cabinets d'avocats montréalais ont adopté cette approche. La liste en serait trop longue et je ne voudrais pas faire de jaloux.

10. Deuxième plogue, mon Marcel. Alors, une petite mention en faveur de cet ouvrage dans ton cahier du dimanche ? Merci, Marcel. Je savais que je ne plogue-rais pas en vain.

11. Pour respecter la saveur originale : « *Did I ever fuck you !* »

Passablement dépité de le voir si triomphant [12], Amélia décida quand même d'acheter le magazine. Il serait toujours intéressant de lire ce que ce fumier avait à dire… Avec sa grande gueule, peut-être ouvrirait-il une porte qui permettrait de le pincer. On ne savait jamais. Tout en marchant, elle commença à se taper l'article.

« Dégueulasse ! À le lire, on croirait facilement que McMurtry est le meilleur des hommes d'affaires, intègre, ouvert aux idées nouvelles et que sa société est une perle pour les investisseurs !

» Quelle décoction ! Seule l'imagination d'une firme de communicateux pouvait faire passer un minable pour un saint. Dire qu'elle avait couché avec ce salaud ! Qu'est-ce qui avait bien pu lui passer dans la tête ce soir-là ? Justement, rageait-elle, si elle avait pensé avec sa tête ce soir-là, elle n'aurait jamais subi cette humiliation. »

Complètement frustrée, elle cessa de lire l'article et se mit à chercher une poubelle pour y jeter l'offensant périodique. Franchement, qu'une revue comme *Business Week* s'abaisse à ce genre de flagornerie, elle ne l'aurait pas cru ! Comble de vexation, elle imaginait McMurtry se pavanant comme un coq avec un tel article à sa gloire. Pas de doute, il avait dû baiser la sotte journaliste pour qu'elle accouche d'une telle merde… Pour mal faire, aucune poubelle en vue. La journée commençait forniquemment mal.

De plus en plus contrariée, elle entreprit de plier l'offensant magazine pour le mettre dans son porte-documents quand elle vit soudainement le titre : « MCMURTRY M'A VISSÉ ! » Entre les deux colonnes de texte, une photo, celle d'un dénommé Warren Cormier. L'article avait été tramé, comme pour mettre en relief un point de vue différent de l'article principal. La même journaliste signait l'article.

Amélia n'en croyait tout simplement pas ce qu'elle lisait. À vingt années de distance, cet homme racontait littéralement l'histoire de son grand-père. D'après lui, tout n'allait pas pour le mieux dans l'empire de la World. L'empire s'était bâti sur le sable de la duplicité de son président.

Elle chercha frénétiquement son cellulaire. Il lui fallait absolument prévenir sa grand-mère. Une sonnerie… oh merde, elle est sur Internet :

---

12. À l'époque des curés de mes vertes années, on triomphait seulement quand on était au ciel (« l'humanité triomphante ») ; maintenant, c'est quand on fait la une d'une publication d'envergure nationale. « *O tempora, o mores !* » comme le déplorait Cicéron ! S'il trouvait déjà les Romains décadents, il serait lui aussi pris d'incontinence passagère s'il devait débarquer en notre siècle.

«Vous avez bien joint…» Elle recomposa furieusement le numéro, avec le même résultat. Annette était probablement en train de lire *La Presse* en ligne. Elle en avait probablement pour une bonne heure. Amélia se mit à courir en direction du campus de McGill. En se dépêchant, elle aurait le temps voulu pour envoyer un courriel à Annette, lui disant de se rendre sur le site de *Business Week*. Ce qu'elle fit.

Comme elle finissait ses cours à midi, elle demandait aussi à Annette de venir la rejoindre au Petit Caveau, à deux pas du campus. Comment ferait-elle pour enseigner pendant deux périodes, survoltée comme elle était.

Annette était, elle aussi, surexcitée. Elle qui ne buvait jamais d'alcool le midi commanda d'emblée un kir, et royal s'il vous plaît! Elle avait une vague souvenance du personnage de Warren Cormier. Ce qui l'avait frappée à l'époque, c'était la ressemblance entre son mari et lui.

À la fin des années soixante, il ressemblait à s'y méprendre au Robert Poirier qu'elle avait connu dans sa jeunesse. Et, sur la photo, il était une copie conforme de Poirier au moment de son décès. Deux Acadiens, deux croque-morts. Et tous deux roulés par McMurtry. Quelle incroyable coïncidence! Pour Annette, cet article, c'était un miracle, l'œuvre du bon frère André, aucun doute possible.

Le lunch terminé, Amélia s'empressa de retourner à l'université pour communiquer avec la journaliste du *Business Week*. Il fallait joindre Cormier le plus tôt possible, car l'article précisait que le procès commençait dans deux semaines.

Vers la fin de l'après-midi, elle reçut enfin l'appel de la journaliste. Sèchement, cette dernière informa Amélia qu'il était strictement interdit de fournir quelque renseignement que ce soit sur une personne interviewée.

Elle sentit pourtant tellement de désappointement dans la voix d'Amélia qu'elle lui offrit de téléphoner elle-même à Warren Cormier pour lui dire qu'une personne de Montréal voulait lui parler. Amélia lui épela le nom d'Annette Poirier et lui donna son numéro de téléphone. Il ne restait qu'à espérer qu'il appelle, car toutes les autres recherches faites sur le Web n'avaient donné aucun résultat: à son ancien salon funéraire, on disait ne pas le connaître. Warren Cormier était devenu un personnage virtuel.

Il appela à huit heures, le même soir. Oui, il se souvenait de Robert Poirier et, effectivement, il y avait un lointain lien de parenté entre les Cormier et les Poirier.

Pendant près d'une demi-heure, Annette lui raconta ce que McMurtry lui avait fait et, pendant celle qui suivit, ce fut à son tour de déballer son sac.

Il faisait face à un sérieux problème. À deux semaines du procès, peu ou pas de confrères croque-morts ne voulaient témoigner. Ceux qui avaient accepté au début se récusaient maintenant. La World leur rendait visite, ensuite Cormier recevait un appel que malheureusement et tralala et tralala et bonne chance tout de même.

Un de ses amis avait résisté lors de la première visite des sbires de la World. La semaine suivante, son camp de chasse avait brûlé et tous ses chiens de chasse avaient été retrouvés morts. Le message avait été reçu clairement et son ami ne voulait plus mettre les pieds dans une cour de justice.

Spontanément, Annette lui offrit d'aller donner son témoignage. Elle demandait à Amélia si elle pourrait se libérer de sa charge de cours et l'accompagner là-bas pour leur porter assistance en tant qu'avocate. Elle convint de lui confirmer la date de son départ pour Lafayette dès le lendemain.

Saisi de la question, le doyen Julius Belview, A.B.C., D.E.F., G.H.I., Ordre du Canada, du Plus Meilleur, de la Jarretière-honni-soit-qui-mal-y-pense, curriculum vitæ de deux cent quatre-vingt-quatre [13] pages en six points, doyen de la Faculté de toutes les facultés de McGill, accorda, sur simple requête en dix-neuf copies notariées, le congé demandé.

En effet, le bon professeur avait bien essayé [14] ⚹☞❖♌♅⚹𝑒𝑟■ ▢♏◆♈♎◲▢♌◿♌◆♏▢♌■▢Ⅱ◆♏☾⚹♌𝑒𝑟♅Ⅱ◆▢♏◆♌❖ ◔▢♏♒♌▢▢◆⚹☾▢♅☺♅▢♌♓◆♌◔◆♌♏■▢⚹▢◔☾▢ ▢◆♏✌☀♜☺♈♈☀▦▣▢▢◆♏⚹♌◆♏▱♌◆▢▢♅♌◆▢♏♌▢ ▢♏𝑒𝑟♌◆◆♏▢▢◆𝑒𝑟♒▢▢◆♌⚹▢.

---

13. Le fin observateur (en l'occurrence chacun de mes lecteurs) aura remarqué que, le curriculum vitæ de l'illustrissime s'est allongé de dix pages (voir p. 91). Selon un croque-mort de mes amis, si vous accédez au prix Nobel, même après votre mort votre cv, comme les ongles et les cheveux, continue de pousser pendant au moins deux années. Ce n'est qu'après cette période que vous pouvez imprimer la version finale des hauts faits du thaumaturge cérébral. Avis aux éminents docteurs Hangliche et Quiridon.

14. **Note de l'Éditeur :** Pressé encore une fois de salir une réputation, l'Auteur (probablement par pure jalousie) avait imputé une motivation scabreuse à ce geste de grande bonté. Comme il n'avait aucune preuve à fournir, il a accepté de fort mauvais cœur que soit censuré le paragraphe qui suit.

# 17

# Un départ héroïque pour la Louisiane

Le matin du départ pour la Louisiane était arrivé, car il ne restait que quelques jours avant le début du procès. Amélia avait passé beaucoup de temps au téléphone avec M^e Wilbrod Landry, l'avocat de Warren Cormier. La preuve circonstancielle serait difficile à établir et Landry croyait qu'Amélia pourrait beaucoup aider au succès du procès en y assistant.

Comme elle avait prévu s'absenter au moins trois semaines, Annette avait décidé d'amener son chat, Ali-Baba, avec elle. L'animal était plutôt teigneux avec les étrangers (d'où la difficulté de le faire garder) et, à vrai dire, sa maîtresse s'en ennuyait plus en son absence qu'elle n'osait l'avouer.

Ali-Baba fut donc installé dans une cage, muni de tous les certificats médicaux requis pour franchir sans problème la frontière. Sachant que le félin était amateur de fruits de mer, Warren Cormier avait garanti à Annette que, après avoir goûté au crabe local, Ali-Baba ne voudrait plus jamais quitter le bayou et qu'elle-même serait forcée d'y rester.

Le trajet jusqu'à l'aéroport de Dorval se fit selon les normes [1]. Les deux femmes avaient prévu la chose et s'étaient donné une bonne longueur d'avance. D'autant plus qu'il fallait franchir la frontière

---

1. C'est-à-dire, après avoir supporté un embouteillage de quarante-cinq minutes et mis vingt-cinq minutes à parcourir le trajet normal. «Une erreur bête et nounoune», comme le disait si justement l'ex- (heureusement) présidente du Conseil d'aéroports de Montréal, dans un tout autre contexte mais de façon tellement à propos !

américaine à Montréal et alors répondre à des centaines de questions posées du ton le moins aimable du monde[2].

Le douanier de ce matin-là était particulièrement aimable. Aux sourires des deux femmes qui lui remettaient leur passeport, il grogna :

– Néoù ?

Les deux femmes répondirent qu'elles étaient toutes deux nées au Canada.

– Faisquoiusa ?

Elles allaient visiter des amis en Louisiane.

– Quisont-y ?

Elles expliquèrent qu'il s'agissait de Warren Cormier de Bayou Vermillon en Louisiane.

– Frenchies ?

Non, expliquèrent-elles, américains de descendance cadienne.

– Kaquoi ?

Annette, histoire de l'amadouer, lui raconta en quelques mots l'arrivée des Acadiens en Louisiane.

Le visage du fonctionnaire s'éclaira :

– Dipi[3] ?

Les deux femmes émirent l'avis que, dans un certain sens, le fonctionnaire avait raison.

Alors qu'il s'apprêtait à estampiller les papiers des voyageuses, il remarqua la cage du chat.

– Qué ?

– Un chat, lui répondit Annette en lui tendant les papiers du chat.

La mine de l'uniformé s'alluma comme un arbre de Noël.

– Un minet, un minet, j'adore les minets. Minou, minou, minou…

Avant qu'Annette ait pu dire un seul mot, il avait pris la cage, l'avait déposée sur son comptoir et avait entrepris de faire guili-guili à Ali-Baba, tout en dirigeant un doigt gouvernemental vers ledit Baba.

Ce dernier, outré par une telle familiarité de la part d'un inconnu, flic ou presque de surcroît, lui hissa en langue abyssine[4] :

---

2. Les douaniers américains sont probablement formés à la même école que nos chefs syndicaux. Alors je leur donne le même conseil : avoir l'air bête pendant trente ans est une garantie totale d'hémorroïdes chroniques à la retraite…

3. « *Displaced persons* », terme habituellement péjoratif, qui par ailleurs correspond parfaitement à l'expérience acadienne.

4. Étant abyssin de race pure, il parlait couramment cette langue et comprenait quelque peu le français.

– *Fuggofjerckj*[5]!

Le douanier, obtus comme sa condition l'exige, aurait pu se douter au ton de l'animal que sa main baladeuse était en danger. Mais, sûr de son autorité, il persista et introduit non pas un mais deux doigts dans la cage, guili-guilant de plus belle.

D'une pattoune bien griffue, le chat s'empare d'un des doigts offensants et y plante ses crocs jusqu'à l'os. Ali-Baba mord et ne rend pas[6].

Hurlements de douleur du douanier; Annette se précipite sur la cage et essaie d'amadouer Ali-Baba alors qu'Amélia cherche du secours.

Le douanier veut maintenant dégainer son Magnum 357. Annette tente toujours de dégager le doigt du douanier. Elle y réussit: au dernier avertissement, «*Dontfoukwidme*[7]!» Ali-Baba libère le douanier.

Mais ce dernier n'est pas prêt à passer l'éponge. Il hurle maintenant à pleins poumons qu'Ali-Baba est en état d'arrestation, qu'il va l'euthanasier à coups de pistolet, qu'il appréhende sa maîtresse pour complot pour voies de fait sur la personne d'un gendarme fédéral, qu'il embarque Amélia pour complicité après le fait, qu'il hait Montréal, qu'il encule toutes les copulantes grenouilles qui la peuplent, qu'il ne mangera plus de poutine même si c'était son plat favori sept jours sur sept. Bref, il est totalement hors de lui.

Ali-Baba, énervé, crache de plus belle. Annette pleure et Amélia essaie de calmer l'agent qui suce maintenant son doigt giclant de sang, tout en cherchant ses menottes, le mortier portatif toujours pointé sur Ali-Baba. Le bordel éclate. Certains passagers pensent qu'il y a attentat contre Michel Auger[8] et qu'il faut le défendre.

D'autres, plus nombreux, colportent qu'un terroriste nommé Ali-Baba vient d'attaquer un douanier américain. Il y a risque d'émeute à Dorval.

---

5. À ne pas confondre avec l'expression anglaise «*Fuck off, jerk!*» («Copule en arrière, masturbateur!» ou est-ce plutôt «Recule en copulant, ô masturbateur»?). En langue abyssine, elle signifie «Enlève ton sale doigt crotté de ma face ou je te plante mes crocs dedans et je ne te le dirai pas deux fois, épais!»

6. À l'instar de la Vieille Garde.

7. «On t'y reprendra, gros con!»

8. Michel (Tout Court) Auger est un copain et il me plaît de ploguer son livre *L'Attentat*. Au prix que Trait d'union le vend, c'est une aubaine. Tout ce que vous aviez toujours rêvé de savoir sur le malfrat et n'aviez jamais demandé pour ne pas passer pour stupide. Lecture propice quand médème vous mal-de-tête ses faveurs et que vous voulez la faire chier en allumant la lumière et vous plonger dans la lecture plutôt que dans la luxure.

À ce moment précis, arrive aux douanes l'éminent professeur Julius Belview, A.B.C., D.E.F., G.H.I., Ordre du Canada, du Plus Meilleur, de la Jarretière-honni-soit-qui-mal-y-pense, curriculum vitae de deux cent quatre-vingt-six [9] pages en six points, doyen de la Faculté de toutes les facultés de McGill. Il est accompagné de toute sa suite, car il part pour le Texas où il doit participer avec les deux Bush [10] à une partie de chasse au serpent à sornettes [11].

Il est précédé de son garde du corps qui se double en porteur du cv du docte doyen, histoire de consigner sur-le-champ toutes nouvelles œuvres et pompes de son maître.

D'un coup d'œil, le futur (espère-t-il) nobélisé embrasse la scène. S'il parvient à tirer Amélia de ce guêpier, elle ne pourra que lui en être reconnaissante et alors, probablement qu'après un repas bien arrosé [12] ⌱ ♏ ⯒ ■ ♎ ♍ ➔ ❖ ◯ ♋ ⯒ ♒ ❖ ⚹ ♋ ♈ ⚹ ♋ ◷ ⚹ ♋ ❖ ◯ ⚹ ♋ ◻ ▱ ◻ ♑ ◻ ⚹ ♅ ♑ ⚹ ● ▱ ♍ ⚻ ♑ ♋ ♅ ◻ ♊ ◆ ♎ ⚹ ◻ ♑ ♅ ◯ ❖ ⚹ ♅ ♑ ♏ ◻ ◆ ♋ ⚹ ♑ ◻ ♅ ◻ ♋ ♑ ◻ ♊ ♋ ⚻ ♅ ◻ ♏ ◻ ♑ ◻ ♏ ♑ ◻ ♈ ♅ ◻ ♑ ♋ ⚻ ♅ ◻ ◻ ♊ ♌ ⌱ ♈ ⌱ ♏ ◻ ◆ ♌ ⌱ ◻ ◆ ◆ ♌ ▨ ◪ ◆ ♈ ◻ ♏ ♌ ■ ⌱ ◪ ♈ !

L'éminent professeur voit sa chance d'actualiser ses libidineux souhaits : c'est maintenant ou jamais. Il éclate d'une terrible colère. Moïse descendant de Cecil B. De Miles ou du Sinaï, c'était un roquet comparé au professeur. Sa voix porte à telle enseigne que deux des grandes verrières de l'aéroport craquent. Le douanier, interpellé, laisse tomber pistolet et menottes et se bouche les oreilles.

Le professeur tonitrue. Il exige qu'on lui trouve un des Bush, le père ou le fils, ça fera pareil pourvu que ce soit tout de suite, sinon il fait un malheur et ne sera plus responsable de rien. Il ne saurait tolérer en cette période de libre-échangisme qu'un douanier armé jusqu'aux dents s'attaque à une gentille vieille dame et, pire encore, à ce qu'on lui rapporte, se permette des privautés salaces sur sa personne. Il veut un des Bosquets et il faut qu'il l'ait. Comble d'outrage, le raciste fonctionnaire s'en serait aussi pris à un ami des deux dames sous prétexte qu'il portait un nom arabe.

---

9. Vous voyez, j'avais raison, son cv s'est encore allongé de deux pages (voir p. 143).
10. En anglais, on ne dit pas Bushes.
11. L'espèce la plus dangereuse de cette famille de reptiles. Le seul antidote connu à sa morsure réside dans les œuvres complètes de San-Antonio, ingérées d'un seul coup !
12. **Note de l'Éditeur :** Vous voyez, il recommence.

Enfin, on lui obtient la Maison-Blanche. Il raconte son affaire au chef du cabinet du président. Malheureusement, le BOSS vient tout juste d'obtenir la communication avec Moscou. Le président songe sérieusement à acheter pour son vieux père une franchise de Thim's Poutin et il désire connaître l'expérience du patron du Kremlin, qui en exploite une depuis un an [13].

Mais le chef aux cabinets lui jure que, s'il veut bien attendre une ou deux minutes, le secrétaire au Trésor va l'appeler personnellement pour mettre bon ordre aux frontières. Le bon professeur accepte mais prévient ledit chef des cabinets qu'il lui accorde deux minutes, pas plus. Sinon, il recommence à débloquer et là, comme notre Très Honorable Plus Meilleur, plus rien ne l'arrêtera.

Aussitôt, on prévient le professeur que le secrétaire au Trésor souhaite humblement avoir le privilège de lui parler. Magnanime, le professeur accepte l'appel du subalterne présidentiel.

Le secrétaire est bouleversé : il connaît l'influence du professeur sur les Bush et il craint de devenir dessous de secrétaire [14] ou plus-secrétaire-de-rien-du-tout, ce qui serait une catastrophe.

Quel châtiment le professeur juge-t-il approprié au crime commis par le douanier ? Sing Sing ? Fermée, mais, si le professeur le désire, on la rouvrira en temps utile. Le fouet ? Il n'a qu'à spécifier le nombre de coups et le type d'instrument. Les travaux forcés à perpétuité ? Trop aimable !

Le professeur entend bien faire un exemple. Mais lequel ? Qu'est-ce qui pourrait bien répandre une frayeur universelle ?

Après consultation avec lui-même, le professeur conclut. Il exigera le plus terrible des châtiments, celui dont on n'ose même pas prononcer le nom : que le douanier soit contrait de travailler jusqu'à la fin de ses jours à l'aéroport de Saskatoon.

Le secrétaire, atterré par l'ampleur de la punition, est tout de même forcé d'admettre qu'il est effectivement souhaitable de faire un exemple et de semer la terreur chez la gent douanière. Il convient de l'efficacité du châtiment : plus aucun douanier américain n'osera récidiver, jamais !

---

13. **Note de l'Éditeur :** Voir aux pages 101 et 102 l'histoire de la montée vertigineuse de cette franchise. On se croirait à l'époque de Québec inc. J'espère que notre bas de laine y possède quelques actions. Sinon, la Caisse a encore une fois raté une bonne affaire !

14. **Note du Réviseur :** L'Auteur voulait traduire « *under secretary* ».

En prime il souhaite donner le doigt du douanier à monsieur Ali-Baba, si ce dernier le désire, bien sûr ! L'offrande est refusée. Deux agents du FBI surgissent alors et emmènent sur-le-champ le délictueux douanier vers son irrévocable destin aux confins de la Saskatchewan.

Et pour les deux dames et Son Excellence monsieur Baba, que convient-il de faire ? Le secrétaire offre Air Force Two, la citoyenneté américaine à monsieur Baba, la Congressional Medal of Honor, son propre char [15] qu'il utiliserait pour les mener à destination, une escorte de F 16, un approvisionnement à vie en poutine de la Thim's. Bref, ces messieurs dames n'ont qu'à faire leur choix et il sera fait selon leur désir. Le président l'a ainsi ordonné et que sa volonté soit faite sur la terre et dans les cieux.

Quelques minutes plus tard, devant tous les douaniers au garde-à-vous et le drapeau américain déployé, le professeur, sa suite, Amélia, Annette et Ali-Baba franchissent sur un tapis rouge, à Montréal, la frontière américaine sous une salve d'applaudissements du bon peuple en liesse. Selon la phrase célèbre, l'ordre règne désormais à Dorval.

Une autre page s'ajoute donc au cv du professeur alors que son avion décolle en direction du Texas et que l'avion d'Annette et d'Amélia prend le chemin de la Louisiane.

Indifférent à la commotion qu'il a causée et fort de ses nouvelles relations avec le secrétaire au Trésor, Ali-Baba juge que l'heure de son déjeuner est arrivée et le réclame à pleins poumons. On lui sert donc la marque de caviar habituellement réservée au président avec une lichette de lait crémeux. Et fouette Nelly vers la Louisiane !

---

15. Mot cadien pour automobile. Se traduirait en québécois par charre (prononcer « chaw-rre », ça fait plus « gaw », comme dans « jokes de gaw, pi de chaw-rre, pi d'pittounnes ». « Pittounne » est, pour sa part, l'équivalent vernaculaire de bimbette.

## 18

# Les préliminaires du procès ou l'arrivée en scène du juge John Breaux

M[e] 169 [1], associé de Trickover & Others, Attorneys at law de New York, arrive à Bayou Vermillon comme précurseur de son maître. Non seulement doit-il préparer le procès, mais encore lui faut-il planifier la venue de Me Sanivan Trickover IV dans la petite agglomération. On avait demandé à la chaîne hôtelière RITZ CARLTON de venir ouvrir un établissement à Bayou dans le but précis de recevoir LE Maître, mais ces imbéciles avaient refusé, prétextant le manque de temps. Il faudrait donc qu'il séjourne à Lafayette et se tape en hélico le trajet de cette ville à Bayou Vermillon, soit un bon quart d'heure.

Pour accommoder Sa Sommité, il avait donc fallu se rabattre sur la rénovation des cinq étages supérieurs [2] du Château Cajun de Lafayette, histoire d'en faire des quartiers temporaires convenables pour le Bar Man milliardaire. Sur le toit de l'édifice, M[e] 169 avait fait installer une piste d'atterrissage pour l'hélico Magistral.

À Bayou Vermillon, M[e] 169 avait bien proposé de faire renforcer (à ses frais, bien sûr !) le toit du Palais de justice local pour y accueillir son patron, mais le juge John Breaux avait interdit la chose, ce qui avait

---

1. Je vous disais plut tôt que le système numérique avait ses avantages pour désigner un avocat. Imaginez effectivement la complication si son nom avait été quelque chose comme Me Trucmuche Troudeficus. Eh bien, vous ne me croirez pas mais, vérification faite, son nom véritable était Me TRUCKMOCHE FICUSTREE'S HOLE ! Mais quelle noblesse, quelle longueur en bouche dans un tel nom !
2. Travaux majeurs pour un établissement qui ne compte que cinq étages !

fort offusqué M<sup>e</sup> Sanivan à qui les juges en chef *offraient* habituelle-ment ce genre de complaisance.

Il faudrait donc amener à bord d'un C 5 les deux énormes Mercedes-Benz[3] spécialement fabriquées à Stuttgart pour sa Maîtrise, l'une pour Lafayette, l'autre pour Bayou Vermillon. Chacune des teu-tonnes voitures comportait bureau, salon, chambre à coucher (une seule, malheureusement !), salle de bain complète avec sauna et baignoire à remous, salle d'exercice, salle de communications, salle pour les gardes du corps, stalle pour le chauffeur, une autre pour son remplaçant. Un camion-citerne les suivrait partout pour les ravitailler en carburant.

Et encore là, M<sup>e</sup> 169 avait dû négocier fort pour obtenir le permis de construire un héliport à Bayou. Finalement, le conseil municipal avait consenti à ce que M<sup>e</sup> 169 fasse remblayer une carrière aban-donnée avec engagement de laisser les lieux dans un état convenable à la fin du procès. Il commençait à penser qu'il n'était peut-être pas le bienvenu dans la petite ville.

Pourtant, un économiste avait estimé à vingt millions de dollars les retombées économiques (directes, s'il vous plaît) de l'arrivée de M<sup>e</sup> Sanivan Trickover IV dans la région. Quelle ingratitude ! Enfin tout serait prêt pour accueillir le Tyran milliardaire, même son tableau fac-turateur transportable avait été mis en place.

La première comparution des avocats des deux parties avait décon-certé M<sup>e</sup> 169. Il s'attendait à un juge rendu un peu incontinent[4] à la vue d'un représentant de Trickover & Others de New York, incontinence qui deviendrait permanente dès l'arrivée de M<sup>e</sup> Sanivan en personne. Que non.

Le juge qui devait présider le procès, l'Honorable John Breaux, n'était pas de cette race. Fin de la cinquantaine, il était le premier

---

3. **Avis à MM. Daimler et Benz :** J'ai eu des nouvelles des Japos. Ils m'offrent *gra-tuitement* trois mois de location de leur modèle haut de gamme, la garantie pro-longée et quatre pneus à neige. N'y aurait-il pas lieu de renouer notre dialogue ? Car vous savez, avec la fonction « Rechercher et Remplacer » de Microsoft Windows*, je peux remplacer les noms de vos produits par d'autres, en une frac-tion de seconde. Pensez-y bien. Germains radins.

\* Excellente maison que Microsoft. Elle m'envoie gratuitement tous ses nou-veaux produits ainsi que ses mises à jour. Merci, Bill. Comme vous pouvez le constater, la chose est vivement appréciée. Prière de continuer, toujours avec pro-messe de publier.

4. Et on dira que je suis vulgaire, car cette (admirable) périphrase se traduit bien sûr par « un juge pissant dans ses culottes ».

Cadien/Créole à accéder à la magistrature dans l'État de la Louisiane. Et il en était fier.

Issu d'une famille très pauvre de Bayou Vacherie, il n'avait appris à parler anglais que vers dix ans. Malgré les obstacles[5], envers et contre tout, il était devenu un brillant avocat et, par la suite, le juge le plus direct et le plus irascible de la Louisiane.

Autant il aimait en dehors du Palais laisser le bon temps rouler (et lui, rouler avec), autant l'ordre devait régner dans son tribunal. On disait même qu'il s'était fait dessiner un blason qu'il avait agrémenté, sous l'étoile de l'Acadie, de la devise latine « *Pes culo, lacrima oculis*[6] ».

Le loisir favori de Son Honneur était la chasse au cocodril sur le bayou. Rien de bien particulier dans ce pays sauf que l'Honorable ne le chassait pas avec un calibre 10, comme certains de ses concitoyens, mais au revolver Colt 44, histoire, disait-il, de donner au saurien une chance. Une fine chasse, quoi. Mais le pauvre alligator n'avait jamais de chance, car le magistrat avait l'œil, et le bon. Le juge chassait l'animal au revolver plutôt qu'au fusil de chasse dans le seul but de lui abîmer la carcasse le moins possible, car son deuxième loisir était d'empailler ces bêtes.

Histoire de montrer aux avocats et autres espèces inférieures de quel bois il se chauffait, le juge avait décoré son bureau du Palais de justice avec la photographie d'une de ses scènes de chasse favorites : grandeur nature, on le voyait sur la rive d'un bayou, le Colt à la ceinture, et tenant par la gueule la dépouille d'une de ses bestioles favorites.

Dans un autre coin, sa plus grosse capture à ce jour, un cocodril empaillé, de treize pieds de longueur, souriait aimablement aux visiteurs.

Le message était donc on ne peut plus clair à tous ceux qui étaient convoqués dans la Chambre du juge : « Ne fornique jamais avec moi[7]. » Bref, le malheur total guettait quiconque, homme ou cocodril, voulait faire tartir l'Honorable juge John Breaux.

---

5. Par hasard, titre de la plus amusante biographie qu'il me fut donné de lire, celle d'un Acadien pure laine, Bona Arsenault, publiée par l'Institut littéraire du Québec au cours des années 1950.

6. « Le pied au cul, la larme à l'œil ! » Merci, ô Robert (Brisebois), mon vieux copain, d'avoir décocté cette noble devise et surtout de me l'avoir prêtée le temps de cet ouvrage. Je te la rends avec intérêt (modeste, tout de même) !

7. **Note de l'Auteur :** « *Dont you ever fuck with me !* » Il s'agit ici d'une expression très difficile à rendre, car les intimes du juge ont tous souligné qu'il n'avait jamais

Et la première comparution avait semblé un peu prémonitoire pour Mᵉ 169. Mᵉ Landry, l'avocat de Cormier, et lui s'étaient présentés en cour pour obtenir du tribunal la permission d'être « assistés » d'une part par Mᵉ Trickover IV et d'autre part par Mᵉ Amélia Dunn, ces deux avocats n'étant pas membres du Barreau local.

Le juge avait semblé très réticent à accorder le privilège demandé, ce qui était inhabituel. L'ayant fait, il se livra à une vive admonestation.

Il n'entendait tolérer absolument rien au cours du procès à venir. Et la présence de « vedettes » dans sa cour le faisait suer, disait-il. Malgré le fait que le juge prenait la précaution d'y inclure constamment les deux avocats, Mᵉ Amélia Dunn et Mᵉ Sanivan Trickover, il était clair que le message était destiné en particulier à l'un des deux. À lui, plus particulièrement.

Sur l'ordre pressant de Mᵉ Sanivan Trickover IV, Mᵉ 169 avait ensuite déposé une requête pour que le procès ait lieu à Lafayette plutôt qu'à Bayou Vermillon, alléguant que les habitants de la petite ville étaient tous au courant des faits en cause et qu'il serait difficile de trouver un jury impartial. Mᵉ 169 avait bien essayé de convaincre le Maître que cette manœuvre judiciaire était fort risquée. En effet, le juge se rendrait vite compte que ce qu'on lui disait, c'était qu'avec un juge et un jury cadiens, on ne pouvait espérer un procès équitable.

Ce que craignait Mᵉ 169, c'est que le juge Breaux ne se sente visé personnellement et réagisse en conséquence. Et semblait-il qu'il était fort chatouilleux sur ses origines acadiennes et créoles. Faire chier un juge commence mal un procès[8].

Le juge était maintenant prêt à rendre sa décision. Il remercia les procureurs des deux parties de leurs savantes observations en matière de jurisprudence. Il leva ensuite les yeux au-dessus de ses lunettes, s'accouda confortablement, avança la tête en direction de Mᵉ 169 et le fixa.

Le nez du juge évoquait les deux canons d'un fusil de chasse qu'on aurait soutenu par une paire de lunettes demi-lune. Mᵉ 169 comprit

---

renoncé à la fornication, bien au contraire, ni interdit à aucune femme de belle prestance de la pratiquer avec lui, sous réserve toutefois de son devoir de réserve. Il est aussi permis d'exclure que la phrase ait voulu indiquer aux gays qu'il n'entendait pas forniquer avec eux, car c'était semble-t-il évident. Nous vous laissons donc juger du sens profond de cette exclamation. Encore là, il faut se rappeler que toute cette partie du livre se déroulait en langue anglaise et que toute traduction, hélas, a ses limites.

8. Article 1 du Code de procédure civile de la Louisiane.

comment un lièvre [9] devait se sentir avant que ne parte le coup fatal. La température de la salle d'audience chuta brusquement. Me 169 sentit son sphincter se resserrer [10].

– Me Truckmoche Ficustree's Hole [11], articula le juge posément, votre requête est rejetée.

Pause de seize secondes [12].

– Votre requête, dis-je, est rejetée et vous en comprendrez facilement les raisons. Je la rejette parce qu'elle est d'abord non fondée mais pire encore, insultante. Non fondée parce qu'elle présume que tous les habitants du Bayou Vermillon, presque dix mille personnes, sont au courant des tractations entre votre cliente et le requérant. De surcroît, je vous rappelle, chose que vous semblez avoir oubliée, qu'il s'agit d'une affaire civile et non criminelle.

» Insultante par ce qu'elle sous-entend. Ce que vous dites, effectivement, c'est que vous ne pouvez obtenir justice face à un plaignant cadien, dans une ville cadienne, et devant un juge cadien. On se croirait cent ans en arrière, on dirait un Yankee qui débarque dans le Sud, chez les sauvages.

» Eh bien, j'ai des nouvelles pour vous, Me Truckmoche Ficustree's Hole ! Plutôt que vous contempler la bedaine, vous auriez dû prendre connaissance des procès civils qui ont eu lieu dans cette cour. Vous auriez pu constater que vous n'êtes pas le premier défendeur de l'extérieur à venir plaider dans notre ville. Vous auriez même constaté que plusieurs d'entre eux, une majorité même, ont eu gain de cause.

» Non, Me Truckmoche Ficustree's Hole, nous ne sommes pas des sauvages affamés de viande de Yankee. Votre cliente vient d'un autre pays et nous nous conduirons ici avec compétence et honnêteté. Et j'espère ne plus devoir entendre de requête aussi insidieuse de votre part, car ma patience a des limites et il y a de fortes chances que je la

---

9. Il resserre son sphincter.

10. Vous voyez, il avait effectivement très bien compris l'état d'âme de la bestiole sur le point de recevoir une volée de plombs (dans le cas de Me 169, une volée de bois vert !).

11. Lorsqu'un juge doit châtier un avocat impertinent, il se doit d'être formel. (Article 2 du Code de procédure civile de la Louisiane.)

12. **Note de l'Auteur :** Histoire probablement de donner tout le temps requis pour que le pénis de Me 169 se résorbe au complet, car le juge n'avait point vu le fameux débat Tremblay-Bourque et n'était donc pas au courant de la non moins fameuse foudroyante pause.

considère la prochaine fois comme du mépris de cour et du racisme à la botte [13] ! Rejeté !

Le marteau du juge cogna si fort que M$^e$ 169 pensa que le nez du juge était vraiment un fusil de chasse qui s'était déchargé en sa direction. Les oreilles lui bourdonnaient. Comment pourrait-il expliquer la chose à M$^e$ Sanivan, qui ne pouvait tout simplement pas comprendre qu'il puisse y avoir une autorité supérieure à la sienne et que, s'il n'avait pas gain de cause, c'est que la cause en question avait été mal présentée ou mal défendue [14] ?

Justement M$^e$ Sanivan Horatio Issoudun Trickover IV devait arriver en soirée à Lafayette, car le procès débutait le lendemain à Bayou Vermillon. La meilleure chose à faire serait de ne lui laisser savoir la mauvaise nouvelle qu'à son arrivée. Ainsi, dans l'émotion du moment, il ne pourrait le congédier car, autrement, la cause ne pourrait être entendue, M$^e$ Sanivan n'étant pas accrédité auprès du Barreau local. Ensuite on verrait bien. Et une fois le procès gagné, même une peau de vache comme Sanivan Trickover oublierait qu'il avait perdu la première escarmouche.

De fait l'arrivée simultanée du Maître et de son non moins illustre client, Fredrik McMurtry, créa toute une commotion à l'aéroport de Lafayette. On n'y avait jamais vu d'appareil C 5 Galaxy. Et la stupéfaction du populo fut totale quand du ventre d'icelui sortirent les deux véhicules teutons ainsi que les deux hélicoptères pliables du Maître.

Plus grande encore fut-elle quand le Boeing 747 du Maître [15] atterrit. Croyant à l'arrivée d'un avion présidentiel, la garde civile s'était spontanément déployée en garde d'honneur.

---

13. **Note de l'Éditeur :** Nous avions d'abord cru qu'il s'agissait d'une obscure référence de la part de l'Auteur au racisme nazi, cette engeance aimant porter la botte. Non, il dit qu'il voulait tout simplement traduire « *racist to boot !* ».

14. M$^e$ 169 avait bien raison de craindre le Magistral courroux, car le code de procédure interne de la Trickover & Others de New York prévoyait que tout avocat qui perdait une cause ne devait même pas se donner la peine de rentrer au bureau. Non seulement ses effets personnels lui seraient-ils envoyés directement à la maison, mais par huissier s'il vous plaît et accompagnés d'un bref exigeant des dommages et intérêts pour avoir perdu une cause qu'il s'était engagé par contrat à gagner.

15. Son avion personnel, un modeste Airbus A 320, étant en vérification de routine, le Maître avait nolisé le Boeing pour tâter un peu de la jouissance que doit éprouver le président (donc qu'il éprouverait lui-même, tôt ou tard et plus tôt que tard) quand il monte à bord d'Air Force One.

Aussi Fredrik McMurtry fut-il fort dépité de constater que l'atterrissage de son luxueux Falcon Jet 900 était passé totalement inaperçu. Il fut encore plus dépité lorsqu'il se rendit compte qu'il devait loger dans une modeste suite du Best Western, Me Sanivan ayant accaparé la totalité du Château Cajun.

Un procès qui commençait mal, songea-t-il. Heureusement qu'il avait retenu les services d'un avocat gagnant.

# 19

# Mᵉ Sanivan Horatio Issoudun Trickover IV se fait sentir

Lorsque le Maître entreprend un procès, il n'y va pas par quatre chemins. Une approche scientifique et rationnelle. Comme on dit au Québec, pas de gossage, ni de bisounage[1]. «Un procès, comme il se plaît à le répéter constamment à ses "associés" (qui ne l'ont que déjà trop entendu), ça se gagne et ça se perd avec le jury. C'est simple, il s'agit juste de choisir le bon.»

Mᵉ Sanivan s'attaque donc à la sélection du jury. C'est l'étape du « voir dire[2] ». Face à une partie adverse qui ne peut que tirer des conclusions à partir de l'air habituellement hébété d'un candidat, lui, il sait précisément qui choisir.

En effet, il soumet au préalable chacun de ses procès à l'analyse scientifique de la Debunk & Debunk de Washington, D. C. Pour des honoraires d'un million de dollars et plus, ces déboulonneurs de jury vous disent exactement qui vous voulez et qui vous ne voulez pas.

Dans le cas présent, la Debunk & Debunk soutient que le type de juré idéal est une femme blanche, dans la quarantaine, d'origine

---

1. Se rendrait en anglais par «*no fucking around*». En français de France, «pas de copulation périphérique».

2. Contrairement à ce qu'on pourrait penser, il s'agit ici d'une expression anglaise fort utilisée dans les tribunaux américains pour décrire l'interrogatoire des candidats jurés afin de garder ceux et celles qui vous semblent a priori les plus favorables à votre cause et d'écarter les autres. Il faut donc prononcer «*vo-are dear*».

est-européenne, récemment arrivée aux États-Unis, qui porte encore des jarretelles et non des collants. Du côté mâle, elle propose la trentaine, col bleu, six pieds et plus, amateur de Budweiser, tour de taille de plus de quarante-cinq pouces et QI inférieur à quatre-vingts.

La société prévient même Mᵉ Sanivan du type de personne qu'il ne doit, en aucun cas, accepter comme candidat juré : une tenancière de bordel à la retraite, un comptable véreux, un ou une Créole, l'un ou l'autre comme juge, etc.

Les frères Debunk fournissent même un logiciel pour utilisation en cour. En cas de doute chez l'avocat qui regarde dire ou mentir, une caméra montée sur un ordinateur portable photographie subrepticement le candidat, et l'ordinateur vous fournit discrètement, à partir de deux millions cent trente et un mille paramètres précis, son évaluation sur une échelle de un à cent, ce dernier chiffre étant évidemment la perfection recherchée.

Le hic, comme le constate le redoutable procureur, c'est qu'à Bayou Vermillon tout le monde est plus ou moins cadien et créole, ce qui fait que l'ordinateur a tendance à les rejeter en bloc. Il faut donc établir le degré de cadiennerie ou de créolité de chacun, sans que cela y paraisse car Mᵉ 169 l'a prévenu de l'attitude du juge.

Fort de son logiciel et de son expérience, Mᵉ Sanivan attaque. Le premier candidat à se présenter a la peau café-au-lait, des vêtements de couleurs vives et un tour de taille prononcé. Profession : aucune. Alors que Mᵉ 169 l'interroge, Mᵉ Sanivan interroge son ordinateur. Celui-ci évalue la situation et soumet son rapport :

« Candidat nᵒ 1 n'est intéressé que par le bon temps, déteste travailler et n'a probablement que mépris pour les grandes sociétés. Évaluation scientifique finale, précise à l'intérieur de deux pour cent, neuf cent quatre-vingt-dix-neuf fois sur mille : trente pour cent ! » En même temps, une icône représentant la cuvette d'une toilette apparaît à l'écran. L'icône clignote vivement. Mᵉ Sanivan baisse les mains. Le candidat est péremptoirement récusé par Mᵉ 169.

La deuxième candidate semble répondre parfaitement au prototype proposé par les frères Debunk : la quarantaine, d'apparence est-européenne et réservée. Avant même que les questions de Mᵉ 169 aient établi qu'elle réside aux États-Unis depuis longtemps et qu'elle est adepte de surcroît des collants, l'ordinateur en recommande l'acceptation : quatre-vingt-onze pour cent !

Mᵉ Sanivan est surpris que la partie adverse ne s'oppose pas péremptoirement à ce choix. Au contraire, sans même l'interroger, elle l'accepte [3]. « Quels imbéciles ces avocats de campagne, songea Me SHIT IV, surtout ce Wilbrod Landry. Si quelqu'un avec une tête comme la sienne parvenait à facturer cent mille dollars par an, ce serait un miracle. Son chauffeur gagnait plus en six mois que cet imbécile qu'il fallait tout de même désigner comme "notre savant ami". »

Il ne savait pas d'où sortait la fille, Amanda (?) Dunn, mais quel corps pouvait-il imaginer sous la toge ! Il se voyait l'amenant à sa maison de campagne aux Hamptons, l'ancienne propriété de Jacqueline Kennedy. Après un repas bien arrosé [4], il s'imaginait la portant dans sa chambre, dans le lit même où la reine Victoria s'envoyait sulfureusement en l'air avec son prince Albert. Ce lit, il l'avait obtenu à l'arraché l'année précédente chez Sotheby's, dans un combat douteux qu'il avait remporté sur Lord Konrad Dark of Crossed Paramour. Ce dernier fut tellement désappointé de son échec (toujours cuisant) qu'il devait par la suite renoncer à sa citoyenneté et aller vivre en Grande-Bretagne.

Ayant déshabillé la dame, ne lui laissant qu'un chapeau (don de la reine mère), ce que Sanivan aimait faire *über alles* [5], c'était de lui introduire aussi profondément que ▦▦▦▦ son [6] ▦✔✔▮▦▬ⓘ▦▦✔ ▬☉▪▰ autour de ✱✚▦✔▦✔✔✚▦✚✱▦▦▦●▦▦✔▦ dans ♏♏⚹ℯ𝓇⚹▦♋♋♋☐♍⚹▪♏♋⚹▪♋☐✦⚹✱✦⚹⚹☐♏ ♓♑♋✦☐⚹♋♋♏♓ℯ𝓇♏♋▭. Ensuite il raffolait de se faire coller un papillon sur ▭♋⚹ℯ𝓇⚹♋ℯ𝓇♋▭♏⚹♓☐✦♏♓☐▭⚹ℯ𝓇⚹♏ ⚹ℯ𝓇✦♏⚹♒✦☐▭♑♋☐♓☐♑♋☐♑♋☐♋▭✦☐☐♋♑☐♑.

---

3. Ce que l'ordinateur du Terrible ignorait, c'est que la dame en question tenait auparavant une quelconque gargote à Bayou Vermillon et que Cormier avait convaincu son copain, l'ex-juge Thibodeaux, de lui laisser à prix d'ami une franchise de la Thim's Poutin ; sa fortune ainsi assurée, madame Goldenshleissovski vouerait une affection enragée à son bienfaiteur.

4. L'American Wine Connasseur classait sa cave au deuxième rang seulement après celle de la famille Rothschild. Il lui restait en autre une caisse de Château Montroudu 1812 qui, même imbuvable qu'il était, faisait l'honneur de son cellier et valait selon les connaisseurs, au moins cent mille dollars la bouteille (surtout parce que imbuvable).

5. « Par-dessus tout » en allemand. La Terreur du Barreau aurait-il quelque teutonnerie dans sa généalogie ?

6. **Note de l'Éditeur :** Les tribulations de Justine et son histoire d'O(rifice ?) et non pas celles de Justine d'O(rbi) ne sont que billevesées comparées à ce que l'Auteur raconte. De la pornographie de bas étage ! Et toujours le détail lubrique ! Dégoûtant !

Ce qu'il avait alors comme jouissance. Une fois, il se rappelait, avec cette actrice afro-américaine, il avait même éja■ ⓘ ■ ■ [7] directement dans son victorien pot de chambre [8] ! Une distance d'au moins dix pieds ! Son record à ce jour.

Il fut tiré de sa libidinale rêverie par l'intervention saccadée de l'icône sur l'écran de l'ordinateur qui réclamait son attention immédiate. Craignant un début d'érection, Me Sanivan s'était placé les mains sur la table et, sur la foi de ce geste, ce crétin de Me 169 s'apprêtait à accepter quelqu'un que l'ordinateur désignait comme l'ennemi numéro un de la World.

Quel imbécile que ce 169 ! pensa Me Sanivan. De toute évidence, aucun jugement. Il faudrait repenser sa position dans la firme. Certainement pas de calibre à figurer dans les deux cents premiers associés. Enfin, on verrait. Il réussit en temps opportun à se remettre les mains sous la table : encore une fois, sa présence d'esprit avait sauvé la mise.

Le candidat suivant était particulier. Au physique, il semblait répondre aux exigences de l'ordinateur. Grand, mince, début d'embonpoint. Par contre, il paraissait relativement intelligent. Mais il se disait comédien de profession et l'ordinateur réagissait de façon très négative à son égard. Comédien oui, mais pas très connu en Louisiane. Il passait beaucoup de temps au Québec où il avait tourné dans quelques productions obscures.

Le choix était critique car, durant le rêve cochon du Libidineux, Me 169 avait péremptoirement écarté des candidats, pensant que c'était là la décision du Maître. En effet, les deux avocats avaient convenu que, si Me Sanivan posait les mains sur la table, le candidat passait. Sous la table, il était écarté. Pris à sa rêverie érotique, les mains du Terrible avaient tout naturellement et inconsciemment glissé vers l'outil de jouissance, geste qui avait induit Me 169 en erreur, une gaffe qu'on ne pouvait plus désormais réparer.

Il ne restait donc plus à la défense qu'une seule objection péremptoire et six jurés à choisir. Et maintenant cette saloperie d'ordinateur qui indiquait cinquante pour cent. Il appartiendrait donc à Me Sanivan de trancher. Un artiste, c'est toujours manipulable, cela fait partie de

---

7. **Note due l'Éditeur :** Cet auteur est un pervers.
   **Réponse de l'Auteur :** Bite molle !
8. C'était, vous l'aurez deviné, une véritable cuvette déguisée en pot de chambre. Les déchets étaient évacués non par une chasse d'eau, ce qui aurait détruit l'ambiance, mais bien au rayon laser, beaucoup plus discret.

leur métier, conclut-il en posant les mains sur la table. La candidature de Roméo Doucet était donc retenue.

La défense utilisa son dernier choix péremptoire contre une dame qui, quoique correspondant au prototype défini, avait été mise à pied par son employeur. Comme il serait certainement question des congédiements effectués par la World, il serait dangereux de l'avoir dans le jury.

La poursuite avait été relativement passive au cours du choix des jurés, interrogeant fort peu les candidats, récusant parfois sans même poser une question. Clairement, la poursuite était en terrain de connaissance.

Vers seize heures, la sélection du jury était terminée et l'Honorable juge John Breaux annonçait, avant de prononcer l'ajournement, que le procès commencerait le lendemain matin à dix heures. Lorsqu'ils avaient été interrogés sur le sujet tant par la poursuite que par le défense, tous les jurés s'étaient déclarés prêts à recommander des dommages punitifs et exemplaires.

Et Roméo Doucet avait été élu président du jury, ce qui réconforta Me Sanivan Horatio Issoudun Trickover IV. Ce serait un président facile à manipuler, donc un jury facile à influencer. Encore une fois, son génie l'avait bien guidé. Un procès qui augurait bien.

Au bureau de Me Wilbrod Landry, on se réjouissait beaucoup moins. Non pas que la sélection du jury ait été faite à leur détriment, bien au contraire. Tous les jurés retenus leur convenaient parfaitement. Leur grande inquiétude venait du fait que de plus en plus de gens qui avaient accepté de venir témoigner en faveur de Cormier refusaient désormais, pour des raisons futiles. De toute évidence, ils avaient eu de la visite entre leur première rencontre avec la poursuite et la tenue du procès.

En l'absence de témoignages importants et face à la possibilité de dommages punitifs et exemplaires, la partie se corsait considérablement.

Même si le témoignage d'anciens employés était percutant, ce ne serait probablement pas assez pour convaincre un jury. Il faudrait absolument trouver quelques propriétaires de salons funéraires prêts à témoigner de la façon dont McMurtry flouait les gens. Mais où les trouver?

Il y avait bien le témoignage d'Annette. Mais le contre-interrogatoire serait pénible pour elle et, de toute façon, quelle importance attribueraient les jurés à une histoire arrivée une vingtaine d'années plus tôt au Canada? Difficile à dire. Tout ce qu'on pouvait faire, c'était demander aux enquêteurs de redoubler d'efforts pour trouver d'autres éléments de preuve.

# 20

# Warren Cormier se fait malmener par Mᵉ 169 et Mᵉ SHIT IV [1]

Warren Cormier aurait donné beaucoup pour être sur son bayou en quête de perche plutôt que de se retrouver en cour ce matin-là. Être interrogé par Mᵉ Landry, passe encore, mais il savait que la suite serait rude lorsque les deux New-Yorkais passeraient à l'attaque.

Guidé par son avocat, Cormier raconta son histoire au tribunal. Ce n'était pas lui qui avait approché la World, c'était McMurtry. Il le connaissait depuis une bonne vingtaine d'années. Il n'avait pas une très bonne réput…

– Objection ! clama Mᵉ 169.

– Maintenue ! glapit le juge. Je rappelle au témoin de s'en tenir strictement aux faits. Ses opinions ne sont pas requises !

Cormier l'avait surtout côtoyé au cours de réunions de croque-morts. À plusieurs reprises, McMurtry lui avait offert d'acheter sa compagnie. Mais pas de façon vraiment sérieuse.

Il y avait un autre acheteur potentiel, une société française.

Non, il n'y avait jamais eu de véritables pourparlers avec aucun des deux, car Cormier n'avait pas l'intention de vendre son entreprise.

---

1. Il fallait raccourcir le titre du chapitre, selon l'Éditeur. Il s'agit bien toujours de Mᵉ Sanivan Horatio Issoudun Trickover IV. Ayez une bonne pensée pour son rejeton dont les initiales forment l'acronyme SHIT V (prononcer « chittedefif »). Heureusement qu'un puissant héritage accompagne le désastreux acronyme car, ainsi affublé, son possesseur ne passera jamais au Barreau de New York, n'est-ce pas mon cher François ?

Il avait longtemps gardé l'espoir de passer l'entreprise à son fils qui vivait à New York. Ou encore à sa fille qui, elle, vivait à Abbeville.

Il s'était graduellement rendu compte que son rêve ne se réaliserait pas et qu'il valait mieux vendre que de continuer plus longtemps.

La valeur de l'entreprise était facile à déterminer. Son comptable et lui en avaient discuté et Cormier connaissait précisément la juste valeur marchande de sa société[2].

Son gendre s'était toujours occupé de la division assurances funéraires et jamais il n'avait été question de la vendre.

Non, lorsque McMurtry s'était présenté à Bayou Vermillon, Cormier ne voulait toujours pas vendre.

Il était curieux toutefois de savoir jusqu'à quel montant il irait pour mettre le grappin sur la Cormier's Funeral Home.

Il ne pensait pas qu'il y aurait une transaction, car la World insistait habituellement pour payer en grande partie avec des actions et lui, Cormier, n'en accepterait pas. Il avait été brûlé en Bourse et pour lui désormais, c'était comptant ou rien[3].

Il avait donc invité McMurtry à son chalet, histoire de lui montrer ce que c'était que l'hospitalité cadienne.

Les deux étaient allés à la pêche au cours de l'après-midi et étaient entrés prendre le dîner. Ce n'est qu'après le repas qu'il y avait eu discussion de la vente de son entreprise.

Cormier ne voulait pas vendre, mais deux choses l'avaient fait changer d'idée. À sa grande surprise, la World était prête à payer comptant plutôt qu'en actions. Deuxième source d'étonnement, McMurtry était prêt à lui laisser la division assurances, dirigée par son gendre.

Pourquoi ne pas avoir fait inscrire cette deuxième condition dans le contrat de vente ? Simplement parce que McMurtry ne voulait pas que cette acquisition apparaisse comme dérogeant de sa pratique habituelle de se porter acquéreur de toute la boîte et non pas d'une seule partie.

---

2. J'espère que le noble lecteur apprécie à sa juste valeur que je résumasse aussi succinctement le témoignage de Cormier. La quintessence, un point c'est tout, tel est mon blason. À ce moment-ici (toujours comme dit le PM, notre grand timonier shawiniganais) du témoignage de Cormier, nous en serions déjà rendus à soixante et onze pages de notes sténographiques si j'avais rapporté fidèlement chacune de ses paroles, de même que les objections de Me 169. Pensez aux arbres que mon effort aura sauvés !

3. C'est à ce trait qu'on se rend compte que Cormier a bien absorbé la culture américaine : « *In God we trust... all others pay cash !* »

McMurtry devait lui livrer une contre-lettre attestant que son gendre conserverait la gestion de sa division et que lui ou Cormier pourrait en tout temps la racheter de la World pour un montant de deux millions de dollars.

La lettre n'était jamais venue et, de surcroît, son gendre avait été mis à la porte dans les jours qui avaient suivi la transaction, de même que tous les employés qui lui étaient apparentés.

Toutes ses tentatives pour joindre McMurtry s'étaient par la suite avérées inutiles. Autant le climat des négociations avait été empreint de cordialité, autant la suite avait été marquée d'hostilité. Chose qu'il ne comprenait pas, car il avait vendu une excellente entreprise à un prix équitable.

Quand Cormier eut fini de déballer sa version des faits, il était quatre heures de l'après-midi. Son avocat lui fit parler de sa carrière de croque-mort et d'homme d'affaires, histoire de démontrer sa probité. Cormier de son propre aveu était un pilier de Bayou Vermillon, un exemple pour les nouveaux membres de la Chambre de commerce locale. À la fin de son témoignage, le juge Breaux décréta l'ajournement jusqu'au lendemain.

Amélia, sa grand-mère, Cormier et Me Landry se rencontrèrent au Bayou's Inn pour le souper. Landry se déclarait satisfait du déroulement de la journée. Cormier avait restreint son témoignage à l'essentiel, histoire d'offrir le moins de prise possible au contre-interrogatoire du lendemain.

Amélia, pour sa part, était préoccupée par le fait que les procureurs de la World n'avaient presque pas pris de notes au cours du témoignage de Cormier. Elle avait même remarqué que Me Sanivan Trickover utilisait son portable pour jouer au poker. Lors des quelques pauses que le juge avait autorisées, les deux avocats se précipitaient sur les téléphones publics[4]. Leur comportement était bizarre, un peu comme si leur plan d'attaque ne tenait pas compte du témoignage de Cormier. Amélia appréhendait le lendemain. Et elle avait bien raison.

---

4. **Note (importante) de l'Auteur :** En 1995, le système de téléphonie cellulaire n'était pas rendu à Bayou Vermillon, retard technologique qui aura un impact capital sur le déroulement de ce procès.

Pendant ce temps, on ne chômait pas au cinquième étage du Château Cajun. La conférence durait depuis une bonne heure et McMurtry commençait à désespérer de convaincre ses deux avocats. Mᵉ 169, avec l'appui de Mᵉ SHIT IV, voulait faire ressortir une série de « peccadilles » commises par Cormier, peccadilles que les enquêteurs de la défense avaient découvertes à force de battre la campagne. Wilbrod Landry avait ouvert la porte toute grande à de telles révélations en interrogeant Cormier sur son passé et ses qualités morales. Mᵉ 169 était d'avis qu'on pouvait l'abattre en exposant au jury la malhonnêteté du témoin.

McMurtry argumentait pour sa part que rien de ce qu'on avait découvert ne saurait convaincre le jury que Cormier mentait : il était convaincu que la plupart des membres du jury avaient fait pareil ou pire et se jugeaient d'honnêtes gens. Essayer de les persuader de la fourberie de Cormier risquait de se les aliéner inutilement.

Les enquêteurs avaient découvert, entre autres, qu'il était maintes fois arrivé à Cormier de facturer à la « famille éprouvée » un coûteux cercueil pour le remplacer par une bière de carton avant l'incinération. Ce fait devrait faire sursauter le jury. Mais Cormier nierait certainement et quelle serait la crédibilité du témoignage d'un ex-employé congédié pour vol ?

Finalement, excédé, McMurtry trancha. Il payait, donc il déciderait et en subirait les conséquences. Il fallait attaquer le bonhomme sur son point faible, la surconsommation d'alcool, et démontrer au jury qu'il était absolument impossible qu'il se souvienne de quoi que ce soit après avoir ingurgité autant de vin, bière et spiritueux. Cela démontré, le jury ne pourrait que conclure que le requérant mentait.

Jamais client n'avait autant insulté Mᵉ Sanivan Horatio Issoudun Trickover IV. Il claqua la porte de sa suite et s'en fut bouder dans sa salle à manger tout en regardant un film XXX de sa collection personnelle.

Comble de malchance, le lendemain matin, le système de climatisation du Palais de justice déclara forfait au moment même où les belligérants s'y présentaient. À neuf heures trente, il faisait déjà plus de quatre-vingts degrés Fahrenheit dans le prétoire. Raffinement dans le malheur, Cormier avait mis par mégarde ce matin-là une chemise dont le col avait cessé d'accommoder son cou de taureau vingt livres plus tôt.

Sachant que le juge tolérerait mal une tenue le moindrement négligée, Cormier avait réussi tant bien que mal à bâcler sa cravate avant d'entrer dans le box des témoins. Cinq minutes plus tard, son visage avait déjà la couleur d'une écrevisse, une écrevisse qui, ô prodige, suait à grosses gouttes. Et le contre-interrogatoire n'était même pas commencé.

[…] [5].

M[e] 169 s'approcha lentement de son témoin.

– Monsieur Cormier, vous avez informé la cour hier que, le jour de la transaction, vous aviez pris quelques consommations avec le président de la World… Est-ce exact ?

– Oui, M[e] 169 [6].

---

5. **Note de l'Auteur au Lecteur :** Je vous ai épargné les cent trente et une pages précédentes du contre-interrogatoire de Cormier au cours duquel M[e] 169, de toute évidence, ne faisait que se réchauffer. Je vous livre maintenant la finale. Si tous mes collègues faisaient de même avec les passages sans aucun intérêt de leurs ouvrages, que de tonnes de papier seraient épargnées.

6. **Note de l'Éditeur :** L'Auteur prend ici quelque licence littéraire car jamais Warren Cormier, en Cadien bien élevé, n'aurait utilisé un sobriquet pour désigner un aussi éminent membre du Barreau de New York. Amélia avait recommandé au témoin de se montrer révérencieux, comme il se doit, envers un si auguste personnage. Cormier le désignait donc certainement par son nom complet, Maître Truckmoche Ficustree's Hole. Le Réviseur, bien sûr, aurait pu utiliser la fonction «Rechercher et Remplacer» de Microsoft (une excellente maison*, soit dit en passant) pour ne point affubler de ridicule le digne procureur. Pour des raisons que j'ignore, il ne l'a pas fait. Chaque fois que vous lisez M[e] 169, pensez Me Truckmoche Ficustree's Hole. Un peu plus long, mais que de classe !

* **Note de l'Auteur :** Ce turpide Éditeur aurait-il par hasard reçu quelque «avantage» de Microsoft ? Je suis de cet avis. Avis donc à Revenu Québec : Je suis sûr que ce radin ne déclare pas ce genre d'«avantage» (et probablement combien d'autres ?) sur sa feuille d'impôts car Monsieur, qui prétend n'avoir jamais d'argent au moment de payer ses auteurs, Monsieur, vins-je de découvrir, se promène en Mercedes et Benz, s'il vous plaît. Trouvez-moi un seul auteur québécois qui se déplace dans cette marque de char ! Je crois que les deux Teutons ont donné à l'Éditeur sa voiture. Sinon, pourquoi fait-il constamment référence dans son *Le Canada : une histoire populaire* (populaire auprès de qui, je vous le demande) à Mercedes par-ci et Benz par-là ? Fasciste, va ! Je suis révolté. Pars après, Lester !

Ô percepteurs du fisc, fessez de toutes vos forces sur cet Éditeur pour qu'enfin on rigole ! Comme l'a si bien dit Anatole France, ainsi administrée, la vertu entre par le cul.

– Pourriez-vous dire au tribunal combien de consommations vous aviez prises au cours de la journée ?

– Je ne saurais le dire, Mᵉ 169.

– Laissez-moi vous aider, monsieur Cormier. Lorsque vous avez quitté Bayou Vermillon en direction de votre maison de campagne, aviez-vous de l'alcool dans votre véhicule ?

– Euh…

– Répondez à la question, s'il vous plaît.

– Oui, il devait y avoir une bouteille de…

– Objection ! interjacta [7] Mᵉ Landry. La question n'a aucun rapport avec la nature du présent débat.

– Votre Honneur, répondit Mᵉ 169, nous allons démontrer que, lorsque la transaction en question s'est conclue, en fin de soirée, monsieur Cormier était dans un état d'intoxication éthylique tel qu'il est impossible qu'il se soit rappelé la discussion en question, discussion sur laquelle repose ce procès dans son entièreté.

– Objection rejetée ! Continuez, Mᵉ 169 ! trancha le juge.

– Monsieur Cormier, je vous répète ma question. Y avait-il de l'alcool dans votre véhicule lors de votre départ du salon funéraire ?

– Oui, il y avait une bouteille de whisky.

– En avez-vous bu durant le trajet ?

– Euh, oui.

– En avez-vous bu beaucoup ?

– Euh, passablement.

– Monsieur Cormier, serait-il correct de dire que vous avez vidé presque la moitié de la bouteille ?

– Fredrik en a bu lui aussi !

Tournant le dos à son témoin, Mᵉ 169 se dirigea vers le jury, histoire de bien capter son attention.

– Monsieur Cormier ! Avez-vous oui ou non vidé une demi-bouteille de Jack Daniel's durant le trajet entre Bayou Vermillon et votre chalet, un trajet d'à peine quarante minutes… Répondez, monsieur Cormier !

Cormier se tourna vers son avocat : de toute évidence, aucun secours ne viendrait de lui. Il lui fallait répondre.

– Oui, mais…

Tout en gardant les yeux fixés sur le jury, Mᵉ 169 l'interrompit.

– Votre réponse me suffit. Vous admettez donc avoir consommé, en moins d'une heure, une quinzaine d'onces d'alcool alors que vous

---

7. N'est-ce pas que ce serait un beau mot s'il existait ?

Elle n'a de Mercedes que le nom. Voyez ce qu'un collectionneur de « belles
d'autrefois » en dit : « On prétend que la Mercedes de l'Éditeur, modèle 190,
a été fabriquée à Taïwan, en 1985, et expédiée d'abord au Liban, où elle servit
de voiture de fonction à la maîtresse d'un riche armateur. Presque détruite par
une roquette israélienne, elle fut reconstruite par un mécanicien local et vendue à un chauffeur de taxi de Ramallah, en territoire occupé. On croit que ce
dernier s'en serait départi lorsqu'elle atteignit 2 000 000 km, estimant qu'il
était désormais impossible de l'entretenir. L'Éditeur l'aurait acquise d'un
marchand d'armes d'occasion comme antiquité d'abord et décida par la suite
de s'en servir comme voiture de fonction, ce qu'il fait depuis. L'Éditeur
découvrit en effet que les pièces des marques Hyundai et Kia convenaient
parfaitement à son véhicule, pièces qu'il se procure au Pneu Canadien, assu-
rant ainsi au véhicule un fonctionnement sporadique. »

Auteur : Trouvez-moi un auteur qui roule en Mercedes.

Éditeur : J'ai fait ma petite enquête et j'ai découvert que l'auteur lui-même se promène en Mercedes ! En voici la description.

La Mercedes de l'Auteur est fraîchement sortie des usines des deux célèbres Teutons Daimler et Benz. Elle fut fabriquée strictement selon ses spécifications et cahier de charges. Elle est équipée d'un moteur V12 à bizouneurs évolutifs et comporte foyer au gaz, salle de bain complète incluant jacuzzi, espace déjeuner et autres aménités essentielles pour un minimum de confort. Pour assurer la sécurité de son propriétaire, ses sacs gonflables sont actionnés par une substance gazeuse fort rare, la flatulence papale. Concocté par un certain Demers de Lévis, ce dispositif garantit le paradis aux passagers de la luxueuse voiture si un accident de la route devait s'avérer fatal. Le susdit carrosse est assorti d'une Suzuki Sidekick qui ravitaille en route de sorte que l'Auteur n'a jamais à stopper pour faire le plein, ce qui ralentirait indûment ses déplacements chronométrés. Inutile de dire que l'Éditeur convoite sournoisement ce *char* et compte bien que les recettes du présent ouvrage lui permettront de s'en procurer un semblable !

étiez au volant d'un véhicule motorisé, sur une route publique, contrevenant ainsi aux lois de la Louisiane ?

Cormier avoua piteusement que oui, il l'admettait.

– Au cours du lunch qui a précédé ce petit voyage, avez-vous consommé de l'alcool ?

– Oui.

– Qu'est-ce que vous avez bu ?

– Un peu de vin.

L'avocat tourna le dos au jury et revint vers le témoin et Me Sanivan Trickover qui lui tendit un document.

– Un verre ou deux, monsieur Cormier ?

– C'est bien ça !

– Monsieur Cormier, veuillez prendre la peine de regarder ce document et de le décrire pour le bénéfice du tribunal.

Encore plus piteux, Cormier reconnut qu'il s'agissait d'une facture du restaurant *Gumbo Hole*, admettant du même coup qu'il avait déjeuné à cet endroit avec McMurtry.

– Monsieur Cormier, je lis sur cette facture deux « Peurrieure Watteure [8] »… Est-ce vous qui les avez consommées ?

– Non.

– Et je lis aussi « deux doubles martinis ». Est-ce vous ou votre invité qui les avez bus ?

Piteusement, Cormier dut confesser que non seulement il avait avalé les deux martinis, mais aussi la majeure partie d'une bouteille de vin.

– Serait-il exact de dire que, lorsque vous êtes arrivé à votre camp de pêche, vous étiez saoul ?

Me Landry bondit sur ses pieds.

– Objection, Votre Honneur ! Mon savant confrère n'est pas un expert en matière d'intoxication…

– Et vous, Me Landry, n'êtes certainement pas un expert en sens commun. Objection rejetée. Que le témoin réponde.

Force fut à Cormier de convenir qu'il était effectivement un peu éméché en arrivant à destination.

Me 169 se retourna vers le jury.

– La cour retiendra qu'après avoir ingurgité plus d'une vingtaine d'onces d'alcool et autant de vin le témoin ne se considérait que passablement éméché !

---

8. Sans doute une version américaine de l'eau Perrier.

Et le calvaire se continua. Cormier dut admettre qu'il avait ingurgité six ou sept bières à bord du bateau, probablement deux bouteilles de vin durant le dîner, quelques cognacs un peu après et finalement fêté la transaction au champagne.

– Monsieur Cormier, vous souvenez-vous à quelle heure vous avez signé l'offre d'achat ?

– C'était après le dîner…

– Je ne vous demande pas si vous l'avez signée avant ou après le repas, je vous demande si vous vous souvenez à quelle heure précise vous l'avez signée ?

– Je ne me souviens pas de l'heure exacte…

– Vous ne vous en souvenez pas.

Regard vers le jury.

– Bien. Vous souvenez-vous à quel moment précis vous avez discuté de la prétendue option d'achat de la division des préarrangements ?

Cormier fut forcé d'admettre qu'il ne s'en souvenait pas.

– Mais vous vous souvenez pourtant, et dans le menu détail, d'une discussion que vous avez eue, même saoul mort…

– Objection ! hurla Mᵉ Landry. Votre Honneur, mon savant confrère n'a jamais prouvé que le témoin était ivre mort !

– Objection retenue ! Le jury ignorera ce commentaire qui sera rayé de la transcription, trancha le juge.

Mais le mal était fait. À la façon dont les membres du jury se regardaient, on pouvait facilement deviner leur conclusion.

– Je m'excuse, Votre Honneur. Je vais reformuler ma question. Monsieur Cormier, vous avez reconnu avoir bu au cours d'une période de douze heures au moins quatre bouteilles de vin, six bouteilles de bière et j'en passe [9]. Disons que vous étiez alors un tantinet réchauffé…

En prononçant ces derniers mots, Mᵉ 169 fit un large sourire aux membres du jury. Plusieurs lui répondirent. Deux jurés ricanaient.

– … et vous soutenez, sous serment, que vous vous rappelez le contenu d'une discussion complexe, où il est question d'option, d'évaluation, de contre-lettre, alors que vous ne vous souvenez même pas du moment ou même de l'heure de cette discussion. Vous ne vous souvenez

---

9. Passage qui inspirera plus tard une célèbre promo de la Société des alcools du Québec : « La modération a bien meilleur goût ! » Le créateur aurait au moins pu me donner un quelconque crédit et la Société, quelques-uns de ses produits.

même pas si cette présumée discussion est survenue avant ou après la signature de la promesse de vente… Se pourrait-il, monsieur Cormier, que vous ayez voulu en parler et que, disons, passablement fatigué…

Tous les membres du jury se mirent à rigoler ouvertement à chacun des synonymes de Me 169.

– Je disais donc : se pourrait-il que, exténué par les péripéties de la journée, vous ayez oublié tout simplement de soulever le sujet de cette division ? Et que vous n'y ayez pensé que le lendemain de votre beuverie et que vous soyez maintenant devant le tribunal pour tenter de réparer une erreur que vous avez commise dans l'ivresse du moment ?

Cormier garda la tête baissée.

– Non !

– Non quoi, monsieur Cormier ? Votre mémoire, lorsque épuisée…

Un membre du jury pouffa alors de rire et seul un regard en coup de fusil du juge Breaux réussit à le calmer.

– … votre mémoire devient bien sélective. Voyons si cette mémoire avinée n'aurait pas laissé échapper d'autres éléments importants de cette inoubliable soirée.

– Me 169, je vous prierais de cesser ces jeux de mots enfantins et de poursuivre votre contre-interrogatoire prestement. Nous ne sommes pas au théâtre que je sache ! Venez-en au fait ! trancha le juge d'un air irrité.

– Je vous offre mes excuses, Votre Honneur. Monsieur Cormier, dites-moi…

Me 169 s'approcha du box d'un air détendu.

– Monsieur Poirier, vous souvenez-vous d'être sorti pour uriner au cours de la soirée ?

– Vaguement…

– Je vais vous rafraîchir la mémoire : avant de vous coucher, vous avez voulu aller uriner contre le parapet aux cocodrils et vous êtes tombé parmi ces bestioles. Et c'est grâce à notre client si vous marchez encore sur vos deux jambes… S'il avait été, lui, saoul comme vous l'étiez, vous ne seriez pas ici aujourd'hui…

Cormier avait complètement oublié l'incident. Effectivement, McMurtry l'avait ramené à temps sur le parapet. Sinon, il lui aurait manqué quelques morceaux d'anatomie.

– Vous souvenez-vous de l'incident ?

Malheureux comme les pierres du chemin et dégoulinant de sueur, Cormier se résolut à admettre que oui, maintenant il s'en souvenait.

– Ah bon, un autre oubli. Au moment d'aller se coucher, il passe à un poil de se faire bouffer une quille, et il oublie ! La belle affaire. Mais il se souvient de la promesse d'une contre-lettre. Une dernière question, monsieur Cormier. Vous souvenez-vous dans quelles circonstances vous êtes allé vous coucher ?

– Non.

– Vous souvenez-vous que c'est Fredrik McMurtry qui vous a emmené dans votre chambre ?

– Non.

– Ne vous êtes-vous pas réveillé tout habillé le lendemain matin ?

« Oh, visse ce copulateur incestueux [10] ! » ragea intérieurement Cormier avant de baisser la tête et de laisser pitoyablement tomber sa réponse.

– Oui.

– Je n'ai pas d'autre question pour le témoin, Votre Honneur.

Me 169 avait proprement tourné Cormier en bourrique. Le Tout-Bayou Vermillon se paierait désormais sa tête. Sa crédibilité réduite à néant, le pauvre croque-mort se surprit même à se demander si cette discussion avec McMurtry sur la contre-lettre, il ne l'avait pas tout simplement rêvée ! Sa paire d'as s'était évaporée : il n'avait même pas en main une paire de deux et, pourtant, toute sa fortune était sur la table.

McMurtry avait la bouche fendue jusqu'aux oreilles. Au moment de se retirer, escorté de ses deux procureurs, il ne put se retenir de lui faire un discret bras d'honneur. Sa stratégie avait marché au-delà de tous ses espoirs. Il avait eu raison de donner ses directives aux deux prétentieux avocats. Trop fort ne casse jamais.

---

10. Pour plus de clarté, l'imprécation originale de Cormier fut : « *Oh, screw this motherfucker !* »

# 21

# La Veuve contre le Croque-Mort

On ne rigolait pas dans la chambre d'hôtel où se retrouvaient Wilbrod Landry, Warren Cormier, Amélia et Annette. Le contre-interrogatoire avait été tout simplement dévastateur et, de surcroît, les enquêteurs privés de la poursuite avaient encore fait chou blanc : aucun témoin extérieur n'était prêt à prendre le risque de venir témoigner à Bayou Vermillon contre la World.

La seule bonne nouvelle, si on pouvait parler de bonne nouvelle, c'était qu'un ou deux témoins branlaient encore dans le manche. Peut-être viendraient-ils finalement. Entre-temps, leurs noms restaient sur la liste.

Mais, comme le soutenait Amélia, il fallait planifier le procès sans eux, autrement le risque serait trop élevé. Bref, le fardeau complet de la preuve reposerait presque entièrement sur les épaules d'Annette et sur quelques autres témoignages vraiment mineurs, témoignages qui ne devaient servir au début que de glaçage sur le gâteau.

Comme on avait eu passablement de temps dans les jours précédents pour préparer le témoignage d'Annette, avocats et témoins convinrent que le mieux serait de la laisser se reposer au cours de la soirée. Les faits pertinents, Annette les connaissait très bien ; sa condition physique, son attitude, sa capacité de transmettre une forte impression au jury, seraient de première importance. Ce qui compte après tout, c'est la dernière opinion que retient le jury d'un témoignage.

L'approche proposée par Amélia fut retenue d'emblée malgré le fort risque qu'elle comportait. Elle proposait que lors de son témoignage Annette demeure posée, réservée, montrant peu d'émotion et s'en tenant aux seuls faits. Pour donner le plus possible de latitude lors du contre-interrogatoire, Me Landry couvrirait un très vaste éventail de faits, sollicitant autant que possible l'opinion du témoin.

Connaissant le caractère pompeux et agressif des deux avocats de la défense, la poursuite pariait que la défense attaquerait en contre-interrogatoire la crédibilité de la vieille dame. C'est alors – et seulement à ce moment-là – qu'Annette dévoilerait qu'elle possédait la preuve définitive de ce qu'elle avançait.

Le risque était évident : la défense, se rendant compte que le témoignage de la veuve était passablement neutre, déclinerait son privilège de la soumettre à leur moulinette [1] et la laisserait aller, ce qui serait désastreux.

Par contre, argumentait Amélia, même le moindre avocaillon ne pourrait laisser passer le témoignage d'Annette sans intervenir. Histoire d'affirmer son fort niveau de production testéronique [2] ou de ne pas laisser la partie adverse croire à une incontinence passagère. Bref, l'attaque à outrance était une nécessité physiologique chez tout avocat le moindrement bien né. Et Me Sanivan Horatio Issoudun Trickover IV était fort bien né.

Par contre, si la manœuvre devait réussir, son impact serait énorme. On se relève difficilement de l'impression que crée sur un jury la déroute d'un avocat menant le contre-interrogatoire d'un témoin, surtout d'une dame de soixante-treize ans.

Du côté de la poursuite, l'atmosphère était aux réjouissances au cinquième étage du Château Cajun. Après un bon massage,

---

1. Sans conteste, de marque « Starfrit », le fournisseur de gabidules (gadget + bidule) le plus efficace sur le marché. Cadeau idéal pour votre belle-mère. Si elle vous tape sur les nerfs (ce qui arrive rarement), offrez-lui une autre marque de gabidule, par exemple, un succédané en vente au Pneu Canadien. Vous la ferez sacrer tellement que votre beau-père se croira à Reims. Il vous en saura gré.

2. À la stupéfaction des scientifiques, on a récemment découvert que l'avocate de litige (et il en est !) possède une poussée testéronique aussi intense que le mâle maître (ou est-ce le maître mâle ?). On ignore cependant quelle glande effectue cette tâche chez la femelle avocat.

M<sup>e</sup> Trickover avait finalement cessé de bouder et regardait un match de soccer à la télé tout en intervenant à tort et à travers dans la conversation[3] entre le client et M<sup>e</sup> 169. Les deux discutaient de la stratégie du lendemain.

De l'avis de M<sup>e</sup> 169, la Vieille décrirait McMurtry comme un profiteur de la pire espèce et fournirait comme preuve le fait qu'il a menti au sujet de la situation financière de la Poirier's Funeral Home. Probablement même que Wilbrod Landry déposerait en preuve les états financiers qu'Amélia avait lancés en plein visage de son rival pour attester de sa turpitude.

Il fallait donc s'assurer que le juge refuse d'admettre ces états financiers en preuve en démontrant qu'ils n'avaient aucun rapport avec le présent procès, jurisprudence à l'appui. M<sup>e</sup> 169 était très confiant de prouver ce point.

Par contre, les deux avocats étaient d'avis qu'il fallait y aller gentiment avec la vieille dame. La malmener provoquerait automatiquement la sympathie du jury. Comme tout allait bien pour la défense, pourquoi prendre un seul risque ?

McMurtry n'était pas du tout, mais vraiment pas du tout, de cet avis. La Vieille était la source de toutes ces emmerdes et il était grand temps qu'elle écope à son tour. On ne s'attaque pas à Fredrik McMurtry pour s'en tirer impunément sous prétexte qu'on a atteint un âge canonique.

Il fallait montrer au jury que toutes ses assertions n'étaient que jalousie de l'influence qu'il avait eue tant dans l'entreprise que sur son mari. Et, si pour y arriver, on devait lui botter le cul et la faire passer pour une vieille folle, tant pis pour elle. Après tout, c'est elle qui avait couru après les horions. Il fallait lui en servir un char. Deux scotchs plus tard, la stratégie était finalement élaborée. Si la preuve de la Vieille était dommageable à la défense, elle y goûterait !

---

3. **Note de l'Éditeur :** L'Auteur charrie carrément dans les bégonias ! Voir si un avocat aussi éminent que M<sup>e</sup> SHIT non seulement bouderait, mais encore interviendrait à tort et à travers dans une discussion. Aucun avocat ne fait ça, voyons ! **Réponse de l'Auteur :** Lèche-papotin, va !

– La cour est ouverte ! entonna l'huissier à la verge normale[4].

– Convoquez le prochain témoin ! martela le juge.

Annette s'avança d'un pas ferme vers le box des témoins et y prit place. Élégance, réserve et distinction caractérisaient l'apparence de la vieille dame. D'allure beaucoup plus jeune que son âge, on aurait pu facilement conclure qu'elle était la mère et non la grand-mère de la jeune avocate qui partageait la table de la poursuite avec Me Wilbrod Landry, tellement la ressemblance entre les deux femmes était frappante. Le silence se fit dans la salle.

La rumeur avait circulé que le témoin de ce matin-là était le personnage clef de la poursuite et que sa performance était capitale quant au succès de son procès. De nombreux journalistes de la presse écrite et des médias électroniques s'étaient présentés au Palais de justice pour couvrir l'événement. L'opinion générale des gogues[5] en la matière était que l'issue du procès se déciderait ce jour-là.

Annette déclina son identité, sa résidence et commença son témoignage.

Elle avait été active dans l'entreprise de son mari jusqu'à l'arrivée de McMurtry, qui agissait à titre de gestionnaire et bras droit de son mari.

McMurtry était entré à la Poirier's Funeral Home comme aide-technicien à temps partiel et s'était joint à la compagnie après avoir terminé ses études de droit.

---

4. **Note du Réviseur :** Comment, sinon par pure et gratuite grossièreté, l'Auteur peut-il qualifier le bec verseur de ce fonctionnaire ?

   **Réponse de l'Auteur :** Ce réviseur est le plus meilleur ignare des ignares que je connaisse ! Sache, ô rachitique du bulbe, que seul le Parlement peut avoir un huissier à la verge noire. La seule exception jamais faite à cette règle est imputable à la défunte Rhodésie d'Ian Smith. Imbu de sa propre supériorité blanche, il s'était désigné un « *Gentlemen Usher of the White Rod* ». Cette incartade amena l'expulsion immédiate de la Rhodésie du Commonwealth, bannissement qui entraîna la création du Zimbabwe que l'on connaît. C'est pourquoi on ne retrouve pas d'Africains comme huissiers de prétoire, ou de femmes comme huissiers au Parlement. Ce serait là léser les plus profondes traditions du parlementarisme britannique. Comme disent les Teutons, *kapish* ?

   Pas raciste pour un sou, j'ai préféré dire « à la verge normale » plutôt que « à la verge blanche », ce qui aurait été inconvenant et pas *politically correct* pour deux sous. Et, encore une fois, on me le reproche. Sob ! Sob !

5. Il s'agit probablement de couragogues ou de justagogues. Gogue tout court est un générique.

Oui, McMurtry était devenu très proche de son mari, qui lui vouait une grande confiance, voire beaucoup d'affection. À la suite du décès accidentel de leur fille et de leur gendre, il avait été décidé que l'entreprise serait vendue. La vie étant ce qu'elle était, mieux valait laisser de l'argent qu'une entreprise à leur petite-fille.

L'entreprise allait très bien au moment du décès de son mari...

Alors qu'Annette finissait sa phrase, son avocat se pencha vers sa table de travail pour prendre un document.

– Votre Seigneurie, je désire déposer les états financiers de la Poirier's Funeral Home pour l'année 1970, comme pièce justificative...

Déjà M$^e$ 169 était sur ses pieds.

– Objection, Votre Honneur! La performance financière de l'entreprise du mari du témoin n'a aucun rapport avec ce procès.

– Permettez-moi de reformuler ma question. Madame Poirier, est-ce que le défendeur, monsieur McMurtry, vous a déjà fait des commentaires sur l'état de l'entreprise de votre mari, sur sa situation financière, au moment de son décès?

– Pas au moment de la transaction, car je la connaissais parfaitement à l'époque. Jusqu'au décès de Robert, mon mari, c'est moi qui préparais les états financiers de la compagnie.

– Vous en a-t-il fait par la suite?

– Pas à moi directement...

Encore une fois, M$^e$ 169 s'agitait.

– Objection, Votre Honneur! Mon savant confrère est parti à la pêche et il nous fait tous perdre notre temps.

– Rejetée! trancha le juge Breaux qui aurait probablement préféré être lui-même à la pêche sur le bayou que présider ce procès.

– Veuillez continuer, madame Poirier.

– Ses commentaires, monsieur le juge, il les a faits publiquement, dans un article du magazine *Business Week*.

– Votre Honneur, j'aimerais déposer cet exemplaire du magazine *Business Week* comme pièce à conviction A-1.

Le périodique fut remis au greffier qui en nota la date, le numéro de référence et le remit à l'avocat.

– Madame Poirier, voulez-vous nous lire les commentaires en question, à la page 16? demanda M$^e$ Landry tout en remettant au témoin le magazine.

Annette sortit ses lunettes, feuilleta le magazine et commença sa lecture. L'attention du jury était rivée sur le témoin.

– Mes débuts en affaires ne furent pas faciles. J'avais repris une affaire que la banque menaçait de mettre en faillite, un petit salon funéraire de Mont-Royal à Montréal... Une année plus tard, nous faisions notre première acquisition...

– Votre Honneur, poursuivit Me Landry, j'aimerais maintenant déposer les états financiers de la Poirier's Funeral Home pour l'année 1970 comme pièce justificative A-2, à moins que mon savant confrère ne conteste que le premier salon funéraire de la World n'était pas la Poirier's Funeral Home...

Me 169, la mine plus sombre, s'inclina.

– Nous ne contestons pas, Votre Honneur.

– Bien, nous coterons le tout comme pièce à conviction A-2.

– Madame Poirier, pouvez-vous nous dire si ces états financiers ont été vérifiés ?

– Oui, ils l'ont été par une firme, importante à l'époque, qui est devenue maintenant Deloitte, Touche [6].

– À la page six de ces états financiers, vous trouverez l'état des revenus et dépenses ; pouvez-vous nous dire quel chiffre est inscrit à titre de profit net ?

– Un million sept cent soixante et onze mille dollars et cinquante-deux sous.

Landry avait son moment de jouissance et il entendait l'exploiter. McMurtry regardait fixement un document sur sa table, les sourcils froncés. Ses deux avocats affectaient une attitude nonchalante et ennuyée.

Il s'avança vers le jury en dirigeant son regard directement vers le président.

– Hmm... un profit d'un million sept cent soixante et onze mille dollars et cinquante-deux sous... ce n'est pas rien... Pouvez-vous nous dire quel était le profit de l'année précédente ?

– Objection, mon savant con...

– Rejetée ! La question est tout à fait pertinente. Me 169, cessez d'importuner votre confrère ! coupa le juge Breaux. Quant à vous, Me Landry, soyez plus expéditif.

---

6. J'avais d'abord songé à utiliser Arthur Andersen comme vérificateur. Mais, dans le contexte d'Enron, j'ai pensé que Deloitte serait un choix plus judicieux. Ce que ce bouquin me permet, tout de même, comme variété de plogues... mais que demander à des comptables ? Ah, je sais : ils pourraient préparer ma feuille d'impôts gratuitement et probablement cacher au fisc les juteux droits d'auteur de cet ouvrage. On me dit que c'est là la plus importante contribution de la gent comptable à l'humanité : nous faire épargner des impôts.

– Un million cinq cent mille dollars, exactement, répondit Annette.

– Madame Poirier, pourriez-vous revenir à la page quatre de ces états financiers, plus précisément au bilan. Pouvez-vous nous dire quelle était, selon ce document, la valeur nette de l'entreprise au 31 décembre 1970 ?

– La valeur nette comptable de l'entreprise était de six millions cent onze mille dollars et vingt-trois sous.

– Et si vous allez à la première ligne du bilan, quel est le niveau de liquidité, en d'autres mots (il s'adressait maintenant uniquement au jury), de combien d'argent disposait la compagnie de votre mari au premier de l'an 1971 ?

Annette consulta brièvement le document.

– Au premier janvier, l'entreprise avait en banque tout près de deux millions de dollars, un million neuf cent quatre-vingt-douze mille plus précisément.

– Alors, à votre avis, madame Poirier, est-il exact de décrire l'entreprise de votre mari comme « une affaire que la banque menaçait de mettre en faillite, un petit salon funéraire de Mont-Royal à Montréal » ou peut-être monsieur McMurtry faisait-il référence à une autre entreprise ?

– Il n'y avait à l'époque qu'un seul salon funéraire à Mont-Royal et il était florissant. C'était l'entreprise de mon mari. La défense le sait, McMurtry y travaillait.

Le témoignage de la Vieille faisait mal. M$^e$ 169 scribouillait furieusement alors que M$^e$ Sanivan inspectait minutieusement les résultats de sa dernière manucure. Il trouvait un côté fort érotique à la chose, se faire mouiller les doigts pour se les faire étirer par la suite longuement, d'autant que la jeune fille préposée à Sa Grandeur insistait pour lui fournir durant l'opération une vue pénétrable sur ses magnifiques seins non soutenus.

M$^e$ SHIT se laissa glisser dans une profonde rêverie érotique[7]. Il pourrait peut-être lui demander, la prochaine fois, de venir lui prodiguer ses soins directement à son bureau. Elle pourrait alors lui sucer les doigts. Ensuite, elle enlèverait sa blouse blanche, exposant ses magnifiques seins aux doigts mouillés du Maître. Puis, ayant μμοθλλ/σον

---

7. Quand votre avocat semble s'enfoncer dans une profonde réflexion juridico-légale, une demi-heure après un déjeuner bien arrosé, voilà l'orientation générale de ses cogitations parajuridiques… à trois cent cinquante dollars de l'heure. Payé pour bander, quoi !

δοιγτ ιλλθ γλισσα δανς λ ανθς, λε γλισσα δε ηαθτε εν βσς αωεψ δοθψεθρ. Ιλ σορτιτ παρ λα σθιτε θνε γοδεμιψηε δε γρανδε διμενσιον κιλ σε μιτ α ηθιλερ λονγθεμεντ αωεψ δελελιχιρ δε ξεθνε ωιεργε αωαντ κε δε νε [8.]

Un coup de marteau particulièrement brutal du juge coupa court à l'orgasme *imminenter virtualiter* [9] de l'éminent avocat. Qu'est-ce que Mᵉ 169 avait encore fait pour irriter le juge ? se demanda le Maître libidineux. Avec un profond soupir [10], force fut à Mᵉ Sanivan de reporter son attention sur la procédure en cours.

Mᵉ 169 venait encore de se faire rabrouer. Le témoignage d'Annette portait maintenant sur le décès de Robert Poirier et Mᵉ 169 s'y était opposé, soutenant qu'il s'agissait de ouï-dire, donc irrecevable.

Le juge en avait décidé autrement, rappelant à l'avocat dépité qu'il s'agissait d'une cause civile et qu'il aurait toute latitude pour contre-interroger le témoin en temps opportun. Vraiment le juge était loin d'être commode.

---

8. **Note du Réviseur :** Il y avait quatre pages de ce que je présume être des saloperies impubliables. Comme je ne comprends rien à ce qu'il raconte, j'ai décidé de couper court. Probablement que l'Auteur décrit ses propres phantasmes en matière d'érotisme du doigt. Comme si un doigt pouvait être érotique.
**Note de l'Auteur :** Bien faire et laisser (pas Renaud) Brayre ! Je compte d'ailleurs régler définitivement le compte de cet hypocrite de Réviseur que j'ai vu, de mes yeux vu, entrer dans un tripot à danseuses à 10 $ de la rue Sainte-Catherine pas plus tard qu'hier. Je suppose qu'il n'y allait que pour le buffet* seulement !
*Ne reculant devant rien pour renseigner le Lecteur, je me suis rendu dans un de ces établissements. Dans ce genre de tripot, le repas-buffet est gratuit, mais la bière se vend dix dollars ! Alors si, comme moi, vous ne consommez pas d'alcool, l'aubaine est extraordinaire, sans compter le spectacle. S'agit tout simplement de ne pas y aller trop souvent car certains portiers aux épaules larges et aux bras velus pourraient décider de vous faire faire un bout de trottoir sur les coudes. Je poursuis mon enquête et propose sur-le-champ à l'Éditeur de publier un guide desdits établissements. Ce guide touristique renseignerait le touriste (et le *native*) sur le meilleur rapport qualité/prix/buffet/fesses au Québec. Le *Guide Turgeon de la fesse/cuisine*, serait un beau titre, n'est-ce pas ?

9. Imminent et virtuel, comme se plaisait à le dire saint Augustin, lui-même fort familier avec ce genre de situation, ayant été Augustin tout court avant de devenir saint.

10. Vous trouverez la description complète des galipettes érotiques qu'envisageait la Sommité new-yorkaise sur mon site web personnel, www.traitdunion/ video/croque-dead.html. Pour un modeste saint-piastre, je vous fournirai la version vidéo en trois dimensions desdites galipettes. Le tout en mode reconstitution bien sûr, car l'éminent Maître a nettement refusé de collaborer à ces archives virtuelles et de montrer son derrière à l'écran.

Annette poursuivit son témoignage. Au moment du décès de Poirier, il y avait eu une violente querelle entre McMurtry et lui. Plusieurs employés avaient entendu les éclats de voix des deux hommes même si le bureau de Poirier était bien insonorisé.

C'est à ce moment-là que M$^e$ 169 avait exprimé son objection, sans succès.

Annette poursuivit son témoignage sur les événements qui avaient suivi le service funèbre, notamment la lecture du testament au bureau du notaire T. A. Bellion. À la vive surprise de la veuve, le notaire prétendit n'avoir en ses dossiers aucun document autre que l'acte de cession de la totalité des actions de la Poirier's Funeral Home à McMurtry.

Pourtant, lorsqu'il avait pris la décision de vendre ses actions à McMurtry, Robert Poirier avait clairement informé sa femme que McMurtry s'était engagé à lui verser, ou à sa succession le cas échéant, un montant d'un million et demi par année, et ce, pendant dix ans.

Oui, elle avait eu clairement l'impression que le notaire et McMurtry étaient de connivence...

– Objection, Votre Honneur, les impressions de madame...

– Maintenue ! opina le juge.

Et cette rencontre au bureau du notaire avait été la dernière entre McMurtry et elle avant le présent procès.

Sauf pour la pause du déjeuner, Annette avait témoigné pendant plus de six heures d'affilée et, de toute évidence, elle était épuisée. Malgré qu'il fût relativement tôt dans la journée, le juge Breaux décréta l'ajournement jusqu'au lendemain neuf heures.

Chacune des parties se retira pour évaluer l'impact du témoignage de la veuve. La poursuite était satisfaite de la journée, car elle avait manifestement marqué des points face au jury. Les jurés retiendraient certainement que McMurtry était non seulement un menteur, mais qu'il avait réussi à se défaire de ses obligations envers la personne décédée. Aucune personne le moindrement saine d'esprit ne céderait une entreprise très rentable sans rien exiger en retour.

Du côté de la défense, on jugeait la journée récupérable. Lors du témoignage de McMurtry, on lui ferait admettre une petite vantardise concernant la prétendue piètre situation financière de l'entreprise de Poirier. Cela le rendrait même sympathique.

Pour contourner la difficulté de faire croire au jury qu'il avait obtenu l'entreprise pour rien, on lui ferait dire que, comme c'était lui qui l'avait rendue prospère, il n'était que juste qu'il l'ait en totalité.

L'argument n'était pas fort, mais faute de pain on se contenterait de galette, comme on dit au Bayou.

L'important, c'était de démontrer au jury que le témoignage de la Vieille n'était basé que sur des ouï-dire ou bien des racontars d'employés remerciés de leurs services. Une fois dûment «brassée» par M⁰ 169, elle s'effondrerait tout simplement. McMurtry était partisan de cette ligne dure : il connaissait bien la vieille dame et il avait remarqué qu'elle faiblissait en fin d'interrogatoire. Une bonne poussée le lendemain et c'en était fini. Il fallait forniquer la vieille chipie [11]. Ses deux avocats assurèrent leur client que le vieux gaz copulant [12] recevrait une dégelée dont elle ne se relèverait pas de sitôt.

---

11. **Note de l'Éditeur :** Rassurez-vous, McMurtry n'avait aucunement l'intention d'exiger que ses avocats aient des relations sexuelles complètes avec la septuagénaire, leurs préférences à tous allant plutôt vers les vingtagénaires (?).

12, L'Auteur essayait lamentablement de traduire « *the old fucking fart* » ! Seulement, chez les Anglais, peut-on voir un pet s'accoupler ? Quelle horreur ! Et dire qu'on donnait à l'ère victorienne la prude Angleterre comme exemple de pudeur !

## 22

# La Veuve contre le Croque-Mort, deuxième et dernière ronde

À sept heures trente chaque matin, le groupe de la poursuite se réunissait au petit-déjeuner pour planifier la journée. Amélia avait une idée à leur proposer, histoire de fouetter l'agressivité de la défense. Pourquoi, à la suite du témoignage d'Annette et avant le contre-interrogatoire, ne pas soumettre à l'autre partie une proposition de règlement ?

L'idée était géniale. On lui proposerait de réduire la réclamation à un million de dollars, chaque partie assumant ses frais. La partie adverse interpréterait certainement ce geste comme un aveu de faiblesse et en profiterait pour taper encore plus fort. Le seul risque était que la défense accepte la proposition et que le procès se termine en queue de poisson.

Cormier, pour sa part, encore déçu de sa performance dans le box des témoins, avoua bien penaud que, si on lui offrait un million de dollars à ce moment-ici, il serait bien heureux de s'en tirer. Une fois ses dépenses payées, il lui resterait un petit quelque chose, bien satisfaisant dans les circonstances. Son honneur serait en quelque sorte vengé et cela lui suffisait.

M$^e$ Landry téléphona immédiatement à la partie adverse et lui transmit la proposition. Comme il s'y attendait, elle fut accueillie avec une dérision totale.

– Trop tard ! lui répondit M$^e$ 169 sans même prendre le temps de consulter. Quand on décide de brasser de la merde, faut pas se surprendre de l'odeur, ajouta-t-il philosophiquement en terminant.

Sur cette profonde assertion, il lui raccrocha le téléphone au nez. Le jury déciderait désormais pour qui sonnerait le glas[1].

Le cœur palpitant, Annette revint dans le box pour le contre-interrogatoire. Le moment de vérité était arrivé. Elle avait l'occasion de venger son mari et elle le ferait, dût-elle y laisser sa peau. Elle déposa son sac à main à ses pieds et, alors que le juge lui rappelait en souriant qu'elle était toujours sous serment, elle en sortit discrètement une feuille de papier qu'elle tint dans ses mains, sur ses genoux. Personne ne remarqua son manège. M[e] 169 s'avança vers elle avec hauteur, impatient d'en découdre.

— Madame, quelle fut la première fonction occupée par notre client dans l'entreprise de votre mari ?

— Aide-technicien à temps partiel, alors qu'il était encore étudiant.

— Et par la suite ?

— Contrôleur et directeur de la gestion.

— Jusqu'alors qui occupait ce poste ?

— Moi-même.

— Donc votre mari avait jugé opportun de vous remplacer par quelqu'un d'étranger. Ce doit être très vexant d'être mis ainsi au rancart ?

— Pas du tout !

Se tournant vers le jury.

— Votre mari vous démet de vos fonctions et cela vous fait plaisir, et nous sommes supposés vous croire ?

— Oui, cela m'a fait plaisir…

Toujours face au jury et le sourire épanoui, histoire d'établir le lien de complicité avec les douze personnes qui suivent la joute avec intérêt :

— Alors expliquez-nous comment.

— Simplement parce que je le lui avais demandé. Notre fille unique venait de mourir accidentellement avec son mari et notre petite-fille se retrouvait orpheline à sept ans. Robert et moi avions naturellement convenu qu'elle vivrait chez nous désormais et que je m'en occuperais. Il fallait donc trouver quelqu'un pour me remplacer et, pour notre malheur, ce quelqu'un fut Fredrik McMurtry.

---

1. **Note du Réviseur :** Cette phrase me sonne une cloche. Il me semble l'avoir lue quelque part… L'Auteur serait-il capable de plagiat ? Je n'en serais aucunement surpris. Mais je le tiens à l'œil. Il est mieux de ne pas nous arriver plus tard avec *Douze hommes en colère* sans fournir de références. Sinon, je le dénonce et ce sera bien fait pour sa gueule.
**Réponse de l'Auteur :** Patiente encore un chapitre et alors comprendras-tu l'étendue et la profondeur de ta douleur au postérieur !

Et vlan, dans la face du savant procureur ! C'était elle qui avait demandé la mutation et pour s'occuper d'une orpheline.

À voir leur physionomie, il était évident qu'il n'y aurait pas de complicité entre les jurés et Me 169. Il avait commis l'erreur du plaideur débutant : poser à un témoin une question dont on ne connaît pas déjà la réponse.

Annette menait un à zéro.

Me Sanivan jeta sur son collègue un regard lourd de conséquences… Il fallait que Me 169 se rattrape et vite s'il voulait garder un bureau, afficher un numéro à trois chiffres ; les bureaux à quatre chiffres étaient situés au sous-sol du siège social de Trickover & Others, quand on n'obligeait pas carrément ces incompétents à travailler dans le sous-sol de leur propre maison.

De retour derrière sa table, Me 169 compulsa rapidement ses notes. Le juge, qui comprit la tactique, ne l'apprécia guère. Il n'entendait pas lui laisser dix minutes pour reprendre ses esprits. Seize secondes [2] tout au plus, semblait dire son regard furibond.

S'étant ressaisi, Me 169 revint à la charge. Son approche était différente mais le but visé, le même : forcer Annette à admettre qu'elle n'a eu aucune connaissance directe des événements sur lesquels elle témoigne, admettre que ce ne sont que ouï-dire.

Il s'approcha de la vieille dame et la regarda aussi fixement qu'il le pouvait, les sourcils froncés, un début de rictus aux lèvres, le bec hémorroïdal. Il était laid à faire peur.

– Vous avez témoigné qu'à un moment donné cinquante pour cent des actions de la Poirier's Funeral Home avaient été transmises à monsieur McMurtry, est-ce exact ?

– C'est exact.

– Étiez-vous présente lorsque cette transaction s'est faite ?

– Oui.

– Quel montant monsieur McMurtry a-t-il versé pour ces actions ?

– Rien.

– Tiens, tiens… Quand cette transaction fut-elle effectuée ?

– Au cours de l'année 1969, je crois.

Il lui tend les états financiers de la compagnie.

– Voulez-vous regarder les états financiers de la compagnie…

---

2. C'est pas que j'aime revenir constamment sur ce sujet, mais cette pause est désormais devenue un standard de l'industrie du bla-bla. Une pause d'une portée différente n'est pas cool du tout.

Annette prend le document.

– À la page quatre plus précisément, vous nous avez fourni la valeur nette de la compagnie au 31 décembre 1970, n'y a-t-il pas un comparatif pour l'année 1969 ?

– Effectivement.

– Alors voulez-vous dire au tribunal quelle était la valeur nette de la compagnie à la fin de l'année 1969 ?

– Environ quatre millions trois cent mille.

– Soyez précise !

Annette n'aime pas se faire rabrouer, mais pas du tout.

– La valeur nette de l'entreprise au 31 décembre 1969 était de quatre millions, trois cent quarante mille et neuf dollars et soixante et onze sous. Est-ce assez précis pour vous ?

– Donc, si mes calculs sont exacts, cinquante pour cent de ce montant représente... euh... deux millions cent soixante-dix mille et quatre dollars et quatre-vingt-cinq sous. Êtes vous d'accord avec ce chiffre ?

– Et demi...

– Pardon [3] ?

Pince-sans-rire, Annette lui répond.

– Et demi... vous m'avez demandé d'être précise. La moitié représente deux millions cent soixante-dix mille et quatre dollars et quatre-vingt-cinq sous *et demi*.

Rires dans la salle. Coup de marteau du juge qui masque mal son sourire.

– Continuez votre interrogatoire, M[e] 169, et, s'il vous plaît, accélérez. Je ne vois pas du tout à quoi riment vos colonnes de chiffres mais comme votre confrère ne s'y oppose pas, je vous laisse continuer, pour le moment.

« Quelle copulante teigne que cette vieille grenouille ! » pense M[e] 169 tout en s'inclinant aimablement devant le juge.

– Merci de votre indulgence, Votre Honneur, j'arrive au fait.

– Donc, votre mari a transféré (sourire incrédule), *pour rien* (la stupéfaction s'affiche maintenant sur son faciès), des actions d'une valeur de plus de deux millions de dollars...

---

3. **Note du Réviseur à l'Auteur :** Auteur ! Auteur ! Je viens seulement d'apprendre cette grande et merveilleuse nouvelle que, grand coquin, vous m'aviez cachée : avant même la parution de votre premier ouvrage, vous êtes déjà directeur de votre propre collection ! Donc, mon patron ! Quel heureux prodige ! Vous me comblez.
**Réponse de l'Auteur au Réviseur :** Non seulement je ne suis pas coquin, je ne suis même pas grand. De fait, je suis pratiquement aussi rond que grand. En attendant, contentez-vous de faire votre travail. Pour la suite des choses, on verra.

Il se retourne vers le jury, histoire de bien marquer la pause.

– Votre mari, disais-je, faisait-il souvent des cadeaux de ce genre ?

Mᵉ 169 ne peut se retenir de ricaner.

– J'aurais aimé compter parmi ses amis… Alors, répondez à ma question… faisait-il souvent des cadeaux de cette envergure ?

– Jamais !

Mᵉ 169 est sûr de lui et regarde le président du jury dans les yeux.

– Vous voulez dire qu'il n'en a plus jamais fait, n'est-ce pas ?

– Je veux dire qu'il n'a jamais fait de cadeau de la sorte ni avant ni après.

Surpris et irrité, Mᵉ 169 se retourne et revient vers le témoin.

– Expliquez-vous !

Mᵉ Landry est debout.

– Objection, Votre Honneur ! La réponse est précise.

Avant que le juge n'ait pu intervenir, Mᵉ 169 retire sa question. McMurtry qui sait ce qui s'en vient passe une note à Mᵉ Sanivan. Celui-ci en prend connaissance et tente d'attirer l'attention de Mᵉ 169. Trop tard. Celui-ci est revenu à la charge.

– Vous niez maintenant que Poirier ait gratuitement transféré cinquante pour cent des actions de sa compagnie à monsieur McMurtry… mais (se tournant maintenant vers le juge pour indiquer la gravité de la déclaration) c'est ce que vous avez dit sous serment hier !

C'est au tour d'Annette de le fixer. Elle hausse le ton.

– Oui, je le nie ! C'est vous qui n'avez rien compris. Je n'ai jamais dit que mon mari avait transféré cinquante pour cent de ses actions à cet… individu… sans considérations monétaires. C'est faux ! Relisez vos notes, si elles sont précises, vous verrez que j'ai raison.

Se faire rabrouer par un témoin, Mᵉ 169 n'aime pas, mais pas du tout. Décontenancé, il remarque finalement que son patron le convoque. L'esprit occupé à trouver un moyen de désarçonner la Vieille, il se dirige vers la table. Mᵉ Sanivan lui tend d'un geste impérieux une note. L'avocat la prend et, toujours préoccupé, s'apprête à la fourrer dans sa poche sans la regarder. Un éternuement ponctuel de cent cinq décibels de Mᵉ Trickover le ramène à la dure réalité. Il déplie le poulet de son maître. Il se reprend et lit : « Tu es en processus d'autofornication, ô anus, change ta ligne [4] ! » Sa mine se renfrogne et, d'un geste rageur, il enfouit le bout de papier dans une poche de sa toge.

_____

4. **Note de l'Éditeur :** Encore là, la traduction de l'Auteur laisse grandement à désirer. Je n'accepterai plus désormais qu'une partie d'un bouquin se déroule dans

Sans laisser paraître son amusement, le juge a suivi l'échange. De toute évidence, le tribunal a été témoin d'un vigoureux rappel à l'ordre de l'inférieur par le supérieur.

Quelques gouttes de sueur apparaissent au front de Mᵉ 169, qui revient maintenant, le caquet[5] bas, vers son témoin.

– Passons maintenant à la plus récente transaction, celle qui eut lieu entre notre client et votre mari…

C'est maintenant au tour du juge d'intervenir : il pose les vraies questions et il aura les vraies réponses[6].

– Mᵉ 169, Mᵉ Trickover semble vous avoir fourni la réponse que vous attendiez de madame Poirier.

Le brave juge fait alors une pause et se met aux lèvres un sourire cruel qu'il a sans doute emprunté à un de ses cocodrils empaillés.

– Nous, du tribunal et du jury, avons la fâcheuse habitude d'être curieux. Serait-ce un effet de votre bonté de nous faire connaître la réponse du témoin, à moins que vous ne déposiez comme pièce justificative la note qui, au fait, est en train de tomber de votre toge.

Mᵉ 169 s'incline devant le juge, un sourire de merde[7] au visage. « Vieux fornicateur incestueux voué à la géhenne », pense-t-il. Même s'il vient de se faire avoir, il lui faut jouer le jeu.

– Justement, j'allais vous demander, madame, d'expliquer votre dernière réponse…

---

une langue et le reste dans une autre. Ainsi, la présente remarque de l'éminent procureur new-yorkais ne visait pas à convaincre Mᵉ 169 de renifler une autre « ligne » de cocaïne. Il lui disait plutôt ceci : « *You're fucking yourself, arse hole, change your line !* »

5, **Note du Réviseur au Lecteur :** Il me faut absolument porter à votre attention le génie créatif de l'Auteur. Prenez le présent cas. Alors que d'autres auteurs moins doués se seraient contentés du mot « message » entre les deux avocats, l'Auteur, extrêmement brillamment, utilise le mot « poulet » (selon Robert, XVIᵉ : Vieilli, Billet doux), introduisant par là un délicat élément de raillerie tout en décrivant adéquatement le médium. Ce judicieux choix lui permet par la suite d'utiliser « caquet » comme dans *rabattre, rabaisser le caquet à qqn*, l'obliger à se taire, le remettre à sa place, lequel caquet, toujours selon *Le Petit Robert*, se définit comme le « gloussement de la poule quand elle pond ». N'est-ce pas que notre nouvel auteur est génial ? Nous sommes fiers qu'il soit des nôtres et non pas chez Stanké. Il ira très loin. Je vous incite à réserver déjà son prochain ouvrage.

6. Encore un autre qui se prend pour Arcand… ses cotes d'écoute n'ont pas fini de croître !

7. Ce qui veut dire un sourire de politicien. Il y cinquante ans, pour réussir en politique, il fallait une face de bœuf. Maintenant, il vous faut être mort de rire en permanence, en faisant mine de croire que « tout va bien ».

Sur un ton cinglant, Annette lui répond.

– Je suis sûre que votre, hum, associé, vient de vous la faire connaître, ma réponse… mais je vais vous la fournir en duplicata.

Elle se tourne de côté pour fixer McMurtry qui, lui, regarde le plafond.

– Ces actions n'étaient pas à mon mari, mais à *moi*, vous entendez, à *moi* ! Et c'est moi qui ai suggéré à mon mari de les transmettre à Fredrik McMurtry, car je ne croyais jamais que nous avions affaire à un escroc…

Le juge est forcé d'intervenir et il tance gentiment la Vieille. Mais jury et auditoire se rendent bien compte qu'il le fait par pure obligation et ils approuvent. Un gros ventru, assis au premier rang, prend même l'initiative d'applaudir. Il se fait servir une verte mercuriale par le Magistrat, histoire de se montrer vraiment impartial.

Me 169 se doit de reprendre l'initiative.

Il décide de prendre un ton plus aimable, mais ce qui sort n'est que condescendance.

– Alors, ma bonne dame, pourquoi avez-vous été si généreuse… ou est-ce simplement dans vos habitudes de tous les jours ?

Le jury n'aime pas le ton et il y a même quelques remous dans la salle, remous que le juge calme d'un seul regard.

– Il y avait contrepartie…

– Laquelle ?

– Si vous cessiez de m'interrompre, je pourrais vous le dire… Votre client devait les gagner sur une base de dix ans de loyaux services et de bonne performance financière de la compagnie…

Elle s'adresse maintenant carrément au jury.

– Un jour McMurtry a informé mon mari qu'il avait un offre d'emploi ailleurs, et je ne voulais surtout pas qu'à son âge mon mari se retrouve avec toute la responsabilité des opérations… Pour l'inciter à rester, j'ai suggéré à Robert, mon mari, de lui permettre d'obtenir ces actions.

– Et tout cela a été inscrit dans un contrat en bonne et due forme ?

– Non, cela ne le fut pas…

Me 169 exulte et bat des bras comme un sémaphore en délire.

– Ah, je l'attendais, celle-là ! Une autre entente sans contrat. Une entente virtuelle ! Ah ! ah ! Et je suppose qu'après dix…

Le juge stoppe au marteau son envolée.

– Me 169… (pause standard) Me 169… tout doux !

Le juge avance le buste, s'accoude et ajuste ses lunettes. Ses yeux sont aussi sombres et menaçants que les deux canons juxtaposés d'un fusil de chasse, calibre 10.

– M[e] 169, autant je suis d'accord qu'un contre-interrogatoire doit être vigoureux, autant je ne tolérerai *jamais*, dans *mon* enceinte, qu'on harcèle un témoin… et c'est ce que vous faites, M[e] 169.

Re-sourire cruel, découvrant cette fois-ci toute la denture.

– Je vous demande, M[e] 169, de cesser de harceler ce témoin. Me comprenez-vous, M[e] 169 ? Si vous persistez dans cette voie, les conséquences risquent d'être pénibles pour vous, prenez-en ma parole.

Autre martèlement.

M[e] 169 pouvait pleinement comprendre et apprécier à sa juste valeur la terreur que devait éprouver le cocodril qui, pensant s'emparer d'un quelconque relief de chaoui[8], trouvait plutôt pointé vers son visage le 44 du magistrat ! Perdu dans cette terrifiante pensée, il avait oublié de répondre ou, à tout le moins, de branler le chef[9].

– M'avez-vous entendu, M[e] ?

– Oui, oui, oui ! Votre Seigneurie !

Son cerveau carbure à plein régime : comment apaiser cette vieille chienne[10] ?

Il pêche au fond de son répertoire son ton le plus doucereux.

– Mon intention n'était nullement de harceler le témoin, Votre Honneur. Mais sachez que je prendrai toutes les précautions nécessaires pour que vous n'ayez plus cette impression.

– Surtout, que le témoin n'ait pas cette impression, M[e] 169. Moi, cela m'importe peu, car ceux qui fréquentent cette enceinte savent que ma peau est plus coriace que celle d'une vieille cocodrille…

Lorsqu'un juge blague, toute la Cour doit rire[11].

« Vieux menteur fornicateur… » pensa M[e] 169, affichant un grand rire de circonstance et de soumission.

Fort de l'appréciation de son humour par toutes les parties, le juge continue dans sa lancée.

---

8. Mot cadien pour « raton laveur ». Prononcer « cha-oui » comme dans Shawinigan, comme dans le p'tit gars de Chaoui-nigan.

9. Malgré que San-Antonio ait tant de fois décrié l'obscénité de cette expression, on l'utilise encore, pour sa seule saveur. Quoiqu'on raconte que, dans la vie de tous les jours, des chefs se fassent parfois branler. À défaut d'une pipe, lors du party de Noël du bureau, ça soulage ledit chef d'être branlé.

10. La saveur est plus pointue en anglais : « *this old bitch* » !

11. Article 3 du Code de procédure civile de la Louisiane. Pratique qui n'existe nulle part ailleurs.

– Mais je ne voudrais pas que madame Poirier retourne dans son lointain pays et se plaigne que nous l'avons maganée[12]. Compris, M[e] 169 ?

M[e] 169 doit filer doux. Le témoin l'a senti.

– Alors, madame Poirier, est-ce que ce transfert d'actions s'appuyait sur une quelconque documentation ?

– Non, nous pensions à l'époque que ce n'était pas nécessaire, car mon mari considérait…

Annette pointe du doigt McMurtry.

– … cette… personne… comme son fils. Chez nous, la parole donnée était sacrée !

Le ton sardonique pris par Annette au moment de prononcer le mot « personne » a rendu à la perfection ce qu'elle pensait de l'individu en question. L'avocat craint de s'objecter à son ton de voix, car il ne peut se permettre une autre remontrance du vieux ronchon.

Il décide de changer de cap et d'en finir avec le témoignage de la Vieille.

– Vous avez témoigné qu'avant le décès de votre mari il y avait eu un autre transfert d'actions envers notre client. Est-ce exact ?

– Oui.

– À qui appartenaient ces actions ?

– À Robert Poirier.

– Quel fut le prix de vente de ces actions ?

– En retour des actions, Fredrik McMurtry se portait garant que la compagnie fasse en sorte de nous verser, libre d'impôts, un montant d'un million et demi de dollars pendant dix ans.

– Et je suppose que vous allez nous dire qu'encore là il s'agissait d'une entente verbale, puisque des gens comme vous sont gens de parole…

Le visage de la Vieille est crispé. Ses jointures et les extrémités de ses mains sont blanches à force de serrer le rebord du box.

– Pour Fredrik McMurtry, une parole, ça ne vaut rien, il oublie ou se souvient selon que ça lui rapporte ou pas…

– Répondez à ma…

– Oui, je vais y répondre, à votre question. Vous êtes tous du même acabit, des profiteurs à tout crin…

– Votre Seigneurie…

– Laissez continuer le témoin !

---

12. Mot cadien parfois utilisé au Québec (introduit probablement par des Cadiens émigrés au Québec) et signifiant aussi la même chose, soit « maganée ».

– Il y a eu entente écrite, une entente qui est restée secrète pendant vingt ans. Une entente signée de la main de Fredrik McMurtry. Une entente qui nous donnait la juste valeur de notre entreprise.

Mᵉ Sanivan lance un regard inquiet vers McMurtry, qui fixe un point imaginaire alors que son visage s'enflamme graduellement. Courroucé, il siffle à l'oreille de McMurtry : «Quoi de la fornication est cette merde [13] ?»

Son client ne se donne même pas la peine de lui répondre ou de le regarder. Il se contente de lui repousser la tête de la main. On n'a jamais posé un tel geste à l'endroit de Mᵉ Sanivan Horatio Issoudun Trickover IV ni à l'endroit d'aucun de ses trois illustres ancêtres. Mᵉ Sanivan lui charge mentalement un million de pénalité pour cette impolitesse et se retire à l'autre extrémité de la table pour bouder.

Mᵉ 169 sent un tsunami de merde noire surgir des profondeurs. Il faut faire taire le témoin.

– Votre Seigneurie, le témoin…

Le juge sent qu'on est arrivé au moment de vérité. Le visage d'Annette est blanc comme un drap. Ses lèvres frémissent. Du regard, le juge foudroie Mᵉ 169. Les yeux de deux cent cinquante personnes syntonisent le témoin.

Annette, s'accrochant à la moulure du box, se lève. Le juge ne dit mot.

Elle penche légèrement le buste et tend une main vers une petite tablette où se trouve son sac à main. Elle exhibe maintenant un document. Le tenant du pouce et de l'index, elle le brandit en direction de McMurtry.

– Fredrik, tu nous as volés ! De concert avec le notaire Bellion, cet autre escroc que mon mari avait mis au monde, tu as caché ton engagement écrit de nous payer quinze millions de dollars. Tu as volé une veuve et une orpheline de sept ans.

Mᵉ 169 est maintenant debout et il glapit ses objections à pleins poumons.

Rien n'y fait. Annette est déchaînée. Le juge semble subjugué et se contente de jeter un regard impatient vers l'avocat.

– Vingt ans plus tard, tu as l'effronterie de revenir bouleverser nos vies et de séduire ma petite-fille, celle que tu avais volée en 1970.

Stupeur dans la salle alors que tous comprennent que non seulement l'avocate est celle que McMurtry a spoliée, mais que, pire encore, il y avait eu relation amoureuse entre les deux.

---

13. « *What the fuck is this shit ?* »

Me Sanivan se lève lui aussi. Les deux avocats de la défense s'agitent frénétiquement. Peine perdue. Le juge et les douze jurés semblent hypnotisés par la scène.

– Et je vais te dire encore plus. Connaissant ta véritable nature de filou, j'ai fouillé ton passé, j'ai fouillé les circonstances du décès de Robert. Et j'ai tout découvert ! Fredrik, regarde-moi...

Fredrik contemple toujours le même point imaginaire, aux antipodes de la Vieille. Il semble s'être changé en statue de sel [14].

– Fredrik, que faisais-tu exactement alors que mon mari se mourait comme un chien dans son bureau ? Pourquoi n'appelais-tu pas un médecin ? Cherchais-tu ce document, Fredrik ?

Elle agite le document dans sa direction.

– Ou voulais-tu simplement t'assurer qu'il était bien mort, pour nous voler plus facilement, Amélia et moi ?

» Fredrik McMurtry, tu es l'être le plus dégoûtant que j'ai rencontré de toute ma vie. S'il existe une véritable justice sur terre, tu retourneras dans la boue où Robert t'avait ramassé. Écœurant !

Annette a cessé de parler. Les larmes coulent sur son visage, larmes qu'elle essaie maintenant de cacher de ses deux mains. Les sanglots secouent ses épaules. Lentement, le document qu'elle tenait à la main virevolte vers le plancher du Palais de justice. Dans toute la cour, on n'entend qu'un seul bruit : le roulement des caméras de télévision. L'huissier ramasse le document et le tend au juge. Celui-ci le regarde quelques instants et se racle la gorge à deux reprises.

– Ajournement de dix minutes ! Que les deux procureurs se rendent à mon bureau ! lance-t-il par-dessus son épaule.

Il ne faudrait surtout pas qu'une caméra de télévision montre le juge la larme à l'œil, tout de même. Le décorum, c'est le décorum [15] !

---

14. **Note de l'Éditeur :** Quelle sotte comparaison ! A-t-on déjà vu une statue de sel, matériau friable s'il en fut ?

**Réponse du Réviseur :** L'Auteur fait ici un choix judicieux car, dans le « Petit Catéchisme » de son enfance, la fille de Loth fut transformée en statue de sel pour avoir, désobéissante qu'elle était, jeté par-dessus son épaule un coup d'œil à l'afghanisation des villes jumelles de Sodomie et Gonorrhée. Mais la Bible n'explique pas le choix particulier de matériau fait par Yahvé.

**Re-note de l'Éditeur :** Depuis quand défendez-vous l'Auteur ?

**Aucune réponse du Réviseur.**

15. Article 4 du Code de procédure civile de la Louisiane.

Encore une fois, l'intuition de M^e 169 l'avait bien servi : effective-ment, un tsunami de merde venait de déferler. Le seul problème, il n'avait pas réussi à s'en mettre à l'abri.

« Sainte fornicante merde [16] ! » fut sa conclusion au témoignage d'Annette alors que, suivi de M^e Landry, il prenait le chemin des cham-bres du juge.

Juge et avocats se mirent rapidement d'accord : la transcription devrait omettre la partie du témoignage d'Annette qui concerne la mort de Robert Poirier et le juge intimerait aux jurés de l'ignorer.

« Adipeuse chance [17] qu'ils obtempèrent ! » pensa M^e 169.

Aussi bien ordonner à un chaoui de ne pas bouffer ce qu'il a caché dans son terrier !

Aussitôt que le juge eut admonesté le jury qui, en son absence, avait entrepris une vive discussion sur le témoignage d'Annette, M^e 169 libéra le témoin. Le dommage était fait.

Mais le pire pour la défense était encore à venir.

---

16. « *Holy fucking shit !* »
17. « *Fat chance...* »

# 23

# Une avalanche de croque-morts déferle devant le juge

Et effectivement, le pire arriva. La station locale de CBS à Abbeville retransmit des extraits du témoignage d'Annette au siège social du réseau à New York. L'homme-ancré vedette de CBS, Daniel Plutôt [1], décida d'en faire la deuxième nouvelle de son bulletin de dix-neuf heures. Des dizaines de millions d'Américains voient alors la frêle veuve pointer un doigt accusateur vers le président d'une multinationale et la sommité du Barreau new-yorkais.

Une telle scène du faible, seul, armé uniquement de son droit, debout face à la corruption et la méchanceté, c'est Gary Cooper sur le coup de midi, c'est ce que l'Amérique aime adorer. Annette, c'est la grand-mère que tous idéalisent. McMurtry, c'est l'incarnation du parfait gredin. En outre, non seulement est-il méchant, mais il a l'air méchant [2]. De surcroît, il est étranger.

Et un étranger de la pire espèce : ceux qui s'attaquent à des Américains ! Qu'Annette soit, elle aussi, étrangère est un détail dans lequel l'auditoire, bon enfant, ne saurait s'empêtrer.

---

1. **Note de l'Éditeur :** L'Auteur fait probablement référence à Dan Rather, *anchor man* du réseau CBS.
2. Un Méchant qui n'a pas l'air vraiment méchant ne peut être un véritable Méchant. L'essence du Méchant, c'est non seulement de l'être mais d'en avoir l'apparence. Prenez Chrétien et Chirac, ils n'ont pas l'air méchants, c'est pourquoi ils restent à leur poste. Quoique, à bien y penser, dans le cas de Chirac, il se qualifie peut-être. Jospin, décidément pas !

À mi-chemin de son bulletin de nouvelles, Plutôt doit demander à ses auditeurs de cesser d'appeler, car toutes les lignes du réseau sont bloquées d'un océan à l'autre et onze mille personnes sont déjà en attente. Des centaines de menaces de mort sont proférées contre McMurtry, alors que des milliers de téléspectateurs exigent qu'on lui impose les travaux forcés, la prison à vie et autres châtiments appropriés pour une semblable tête à claques. Un tel déferlement ne se verrait plus jusqu'à la tragédie du World Trade Center[3].

Pour ne pas être en reste, Laurent Roy fait des pieds et des mains pour obtenir, le même soir, une entrevue exclusive avec Annette Poirier pour son émission *Laurent Roy, en Vie*[4]. Il la veut dans son studio et il l'aura. Son avion personnel et son hélico privé sont disponibles et on la ramènera à temps pour la séance du tribunal du lendemain. Annette veut être accompagnée d'Amélia, que sa volonté soit faire sur la terre et dans les cieux. D'autant plus qu'Amélia est tout un pétard[5].

Dès que l'assentiment d'Annette est obtenu, CNN commence à pavoiser toutes les deux minutes en bandeau de bas d'écran. Le ton du premier message est discret : « Une veuve s'attaque à une multinationale. *Laurent Roy, en Vie* à 21 h » ; deux minutes plus tard, le message est devenu plus captivant : « Une veuve venge son mari, vingt ans plus tard ! *Laurent Roy, en Vie* à 21 h, ne manquez surtout pas ! ». Le troisième est percutant : « Une veuve expose en cour toutes les bassesses d'un croque-mort ! Tous les détails juteux à 21 h à *Laurent Roy, en Vie* ! Ne manquez surtout pas ! Cassettes disponibles immédiatement à la fin de l'entrevue, ayez votre carte de crédit en main, 20 $ plus frais de

---

3. Je m'empresse de préciser à l'intention des teigneux que le tragique événement était encore à venir alors que se déroulait ce procès. Il n'était donc pas question, bien qu'il fusse un très gros méchant, de faire de McMurtry un Fred Laden McMurtry.

4. **Explications de l'Éditeur :** Comme l'Auteur récidive et n'écoute ni rien ni personne, je précise qu'il fait certainement allusion à la populaire émission *Larry King Live* sur CNN. Puisque je lui ai reproché, à de nombreuses occasions, l'utilisation indue de mots anglais dans son texte, c'est pour me faire tartir qu'il traduit désormais tout ce qui tombe sur son clavier, même au risque de passer lui-même pour sot. Les occasions font effectivement le larron car, alléguant une possible censure possible de ma part, il insiste maintenant pour que son texte soit tel qu'il l'a remis. Étant donné l'objet de mes démêlés avec le quincaillier, j'ai dû obtempérer, sur le conseil judicieux de Me Dévoué. On m'y reprendra !

5. Mot cadien pour désigner une jeune femme bien dotée par la nature, encore plus utilisé au Québec qu'en pays cadien où, effectivement, on ne l'utilise plus du tout.

livraison, manutention, taxes diverses, etc., bref seulement 50 $. » Puis la signature : « Vous pouvez dépendre sur CNN[6] ! »

L'Amérique entière est donc ameutée quand le célèbre animateur et ses non moins célèbres bésicles noires et bretelles rouges apparaissent sur le coup de neuf heures à l'écran.

Puis la caméra saisit Annette. Maquillée professionnellement, la Vieille semble encore plus fragile qu'elle ne l'est. Elle sourit timidement aux téléspectateurs alors que Laurent Roy présente le sujet.

Il s'explique. Un procès de croque-morts se déroule présentement à Bayou Vermillon en pays cadien de Louisiane. Une multinationale britannique[7] aurait renié les clauses d'un contrat d'achat d'une maison funéraire de cette pittoresque petite localité (divers plans de la « pittoresque » petite localité). La caméra revient à Laurent[8] qui déballe son boniment de circonstances.

– Ce qui s'annonçait comme un procès semblable aux milliers d'autres qui se déroulent chaque jour en Amérique a brusquement pris une tournure dramatique quand un témoin surprise est venu dévoiler les dessous d'une sordide histoire survenue vingt ans plus tôt à Montréal dans le nord du Vermont[9]. Et ce témoin, CNN, toujours bon premier, l'a obtenu en exclusivité et en Vie en son studio d'Atlanta.

» Et nous avons le privilège d'avoir avec nous, en Vie, la personne qui a débusqué cette infamie, Missuse Poahwrieure.

» Bonsoir, Missuse Poahwrieure !

Guidé par les incisives questions de Laurent Roy, Annette décrit aux Américains l'ampleur de la turpitude de McMurtry. Comment son mari l'avait recueilli pauvre étudiant, avait financé ses études, lui avait fourni un emploi d'été, puis un emploi permanent pour en faire plus tard son associé. Comment, pour vraiment l'intéresser aux affaires, Annette lui avait littéralement donné les cinquante pour cent d'actions de l'entreprise qu'elle possédait.

Lorsqu'elle raconte l'accident tragique, une veille de Noël, où elle perdit sa fille et son gendre, les nerfs de la nation sont à vif. En détail,

---

6. « *You can depend on CNN !* »
7. Comme le président Buisson et quelques autres Américains, Laurent Roy ignore que le Canada existe et il a cru déceler, par ailleurs, un soupçon d'accent british chez McMurtry, d'où son extrapolation.
8. En bon Américain, il insiste pour qu'on l'appelle par son prénom.
9. **Note de l'Auteur aux teigneux :** Oui, oui, je sais καλις que Montréal n'est pas au Vermont. Mais *Laurent Roy, en Vie* le pense et c'est ce qui compte. Allez donc contredire un aussi célèbre commentateur et vous ne resterez pas longtemps en vie !

elle décrit la supercherie du notaire T. A. Bellion qui, complice véreux de McMurtry, contribue à spolier la veuve et l'orpheline de leur juste héritage et comment elle a découvert le pot aux roses. La colère et l'émotion de l'auditoire sont à leur comble. La révolte gronde sous le drapeau étoilé. Les États confédérés envisagent derechef la sécession.

On prévient discrètement Laurent qu'il est [10], en Vie, en train de défoncer ses meilleures cotes d'écoute : près de deux cents millions d'auditeurs et ça grimpe encore ! Encore mieux, un milliard de personnes de par le monde suivent la saga. La planète entière au complet est suspendue [11] à ses rouges bretelles et noires bésicles [12] ! Craignant l'émeute, le gouverneur de la Géorgie met la Garde civile en alerte. On craint la vindicte populaire.

Quand Annette quitte le plateau, les techniciens lui font spontanément une ovation debout d'une telle durée que le prochain invité de *Laurent Roy, en Vie* n'a pas le temps de prononcer un seul mot et, pour ne pas avoir l'air trop con, il doit se contenter d'ovationner. Épuisées, Amélia et Annette reprennent le chemin de Bayou Vermillon.

Alors qu'à une heure du matin l'hélico «Laurent Roy-al en Vie» se prépare à atterrir à Bayou Vermillon, on prévient les deux passagères que plus de deux cents personnes les attendent à l'héliport, Warren Cormier et Wilbrod Landry en tête du comité de réception.

Les nouvelles sont électrisantes. Les témoins qui se récusaient, ceux qu'on implorait, sans succès, pour qu'ils témoignent, ont tous changé d'avis. Plus encore, , une légion d'inconnus exigent maintenant de témoigner : l'exemple de la Vieille les a tout simplement galvanisés. Alors qu'Annette s'en va directement à sa chambre d'hôtel, les belligérants donnent une conférence impromptue.

Il faut d'abord s'entendre sur les témoignages les plus juteux qu'on proposera à la cour le lendemain. Cormier propose que le pre-

---

10. L'être en Vie est le défi perpétuel de tout croque-mort bien né (premier précepte enseigné à l'American Academy of Mortuary Science de New York – sur Broadway, rien de moins ! –, là où sont formés les plus grands croque-mort du monde).

11. **Note du Réviseur :** Il convient de s'arrêter un moment pour noter et approfondir le génie créatif et l'humour délicat de l'Auteur. Comme je viens de l'apprendre, le mot «bretelles» se dit en anglais «*suspenders*»…Alors vous voyez, «suspendue à ses *suspenders*» ? Brillantissime, non ? Je suis sûr que cette phrase passera dans les annales de la littérature comme un modèle du genre «humour laconique».
**Réponse de l'Auteur :** Ma foi, ce type a la berlue. Il voit un jeu de mots où il n'y en a pas !

12. **Autre note du Réviseur :** Stendhal n'aurait pas dit mieux !

mier entendu soit son collègue croque-mort du Mississippi, Joe Mackinaw. Son histoire ressemble étrangement à ce qui est arrivé à Cormier dans ses tractations avec la World. Aussitôt qu'il avait vu Annette à la télé, Joe avait appelé Cormier.

Autant l'ancien directeur de funérailles s'était montré jusque-là très réticent à venir raconter sa petite histoire, autant il semblait désormais animé du (toujours juste) courroux d'un leader syndical. La première fois qu'il s'était rebellé contre un émissaire de McMurtry, il avait fait l'objet de menaces.

Comme les menaces en question avaient été suivies d'une agression jamais éclaircie, sa crainte l'avait emporté sur son désir de vengeance. Plus maintenant. Simple question de dignité. Si une vieille a le courage de faire face à l'hydre, le moins qu'un mâle sudiste suffisamment équipé en matière de bijoux de famille puisse faire, c'est l'appuyer.

Le deuxième témoin, un dénommé Willowbunch, viendrait du Tennessee. Ce dernier avait vendu son entreprise funéraire à la World et, comme il était le seul à exercer le métier dans un vaste territoire rural et montagneux, il en aurait long à dire sur les répercussions du «changement d'administration». La clientèle y avait goûté !

Tout était donc prêt pour une journée productive en cour.

– Qu'on appelle le témoin Joe Mackinaw ! martela le juge dès l'ouverture de l'audience à neuf heures trente précises.

Joe Mackinaw, c'est tout un personnage. Une tête en forme de jarre surmontée d'une couronne de franciscain. Il n'a pas de cou. Fin de la cinquantaine. Six pieds et quatre pouces. Ancien combattant au Vietnam, c'est d'ailleurs l'armée qui lui a enseigné son métier de croque-mort.

Après la déclinaison d'usage pour les fins du greffier, Me Landry l'entreprend promptement.

– Monsieur Mackinaw, êtes-vous toujours propriétaire d'un salon funéraire ?

– Non, je l'ai vendu il y a deux ans à la World.

– Lors de cette transaction, qui représentait la World ?

– Fredrik McMurtry.

– Quel fut le climat entourant la transaction ?

– Très amical.

– Vous avez pu vous entendre rapidement ?

– Très rapidement. Je voulais vendre l'entreprise funéraire et garder la vente de préarrangements en exclusivité pour une période de dix années.

– Et que s'est-il passé par la suite ?

Le témoin raconte au tribunal qu'à la suite de la transaction il a quitté comme prévu la direction de l'entreprise pour se consacrer à temps plein à la vente d'assurances, un commerce facile à gérer. Immédiatement après l'arrivée d'un nouveau directeur général, la World commença à faire le vente de préarrangements, malgré qu'elle se soit engagée par contrat à ne pas le faire pendant une période de dix années.

Pour contourner son contrat, la World avait acheté une petite société de vente de préarrangements de la ville voisine, concurrente de l'entreprise de Mackinaw, et prétendait désormais qu'elle respectait ses engagements.

En effet, légalement, la World ne vendait pas directement dans le territoire exclusif, mais elle le faisait faire par sa nouvelle filiale. Le résultat était le même pour Mackinaw : la World coupait tellement les prix que la survie de son entreprise était en jeu. Une autre belle astuce de McMurtry.

Penaud, Mackinaw dut admettre, en réponse à une virulente objection de M$^e$ 169, qu'il n'était pas en mesure de prouver que McMurtry s'était vanté d'avoir orchestré cette turpitude. Il s'agissait de ouï-dire, donc de témoignages non admissibles, selon le juge. Mais le visage de la plupart des jurés montrait bien qu'eux les avaient admis, les témoignages non admissibles.

Face à la ruine de son entreprise, le croque-mort devenu vendeur d'assurances avait évidemment essayé de joindre McMurtry qui, tout à coup, était devenu inaccessible. Plus moyen de le joindre.

En désespoir de cause, il avait envoyé une lettre à McMurtry, l'informant de ce qui se passait, persuadé que le directeur local faisait du zèle et qu'une fois le patron informé il se ferait mettre au pas. Le résultat fut bien différent [13]. Il reçut une courte missive lui enjoignant de cesser de harceler le siège social de la World et de faire part de tout problème, s'il y en avait, au représentant local de la World qui avait toute autorité pour ce genre de choses.

---

13. Comme toujours lorsqu'on informe un patron des fredaines d'un subalterne…

Ce qu'il avait fait.

Pour se faire dire par le directeur local de s'étouffer avec ses revendications et que, s'il continuait à raconter ses histoires et à embêter la multinationale, il aurait un chien de sa chienne en plus d'une colossale poursuite, qu'il arrive toujours malheur aux emmerdeurs et qu'à bon entendeur salut et dehors !

Une semaine plus tard, se rendant sur son bayou favori, il fut stupéfait de constater qu'en pleine saison des pluies son camp de chasse avait été dévasté par le feu jusque dans ses fondations.

À un centaine de pieds de là, il avait retrouvé deux jerrycans vides.

Désireux de s'illustrer, Me 169 sauta sur ses pieds.

– Objection, Votre Honneur ! Le témoin n'a aucune preuve que notre client soit relié de quelque façon à un incendie présumément criminel...

Avant même que l'avocat de la poursuite ait pu répondre, le juge l'avait fait.

– Me 169, le seul qui ait, à ce moment précis, relié votre client à ce crime présumé, c'est vous-même ! Vous n'avez donc qu'à surveiller vos propres paroles ! martela-t-il.

Me 169 se rassit sous les regards furieux de son patron et de son client.

À l'instigation de Me Landry, le témoin poursuivit sa déposition.

Le pire était à venir. En effet, au retour de son camp de chasse, il avait eu le choc terrible de découvrir que ses six chiens de chasse avaient été empoisonnés. Des chiens de chasse de race pure, qu'il avait lui-même dressés, polyvalents, obéissants, trois pointeurs et trois rapporteurs, gentils avec les ti-prouts, implacables face aux malfrats. Tout simplement irremplaçables, un crime contre l'humanité, quoi !

Le jury est manifestement ébranlé : qu'il y ait querelle de gros sous entre deux personnes, qu'on se casse la gueule et qu'à la limite on s'entre-tue, passe encore. Mais que six véritables merveilles de la création aient été ainsi liquidées, cela relevait de l'infamie pure, le chien de chasse bien dressé étant, au pays du bayou, un membre important de la famille, parfois même le plus important[14] !

---

14. De mémoire : « J'ai deux grands bœufs dans mon étable, deux grands bœufs noirs tachés de blanc. J'aimerais ben mieux perdre ma femme que d'voir mourir un d'mes grands bœufs ! » Chanson du célèbre Père Gédéon qui montre bien que le sentiment profond d'attachement entre l'homme et la bête existe aussi bien au Québec qu'en pays cadien.

Qu'un homme ait pu commettre un tel crime horrifie le jury. Chaque juré imagine pour son propre compte la scène de désolation : son camp de chasse en cendres, Pitou et Médor égorgés. Une vision dantesque à faire dresser les cheveux. Même le juge est atterré que des êtres humains soient capables de telles bassesses. Et Dieu sait s'il en a vu des vilenies depuis qu'il est sur le banc. Mais des comme ça, jamais ! Si seulement il tenait le coupable de cette saloperie dans la mire de son Colt 44…

Justement, M$^e$ 169 se préparait à contre-interroger le témoin.

– Monsieur Mackinaw, vous nous avez dit que vous aviez songé à poursuivre la World, n'est-ce pas ?

– Effectivement.

– C'est donc que vous croyez qu'elle vous a floué, c'est donc que vous lui en voulez, n'est-ce pas ?

– Oui, je pense que ces gens sont des…

Du geste, M$^e$ 169 l'interrompt.

– Contentez-vous de répondre par oui ou non. Vous détestez donc la World. Vous voulez vous venger. Bien. Maintenant, dites-moi, là où vous avez votre camp de chasse, il doit y avoir d'autres maisons semblables, non ?

– Oui.

– Oui quoi ?

– Vous venez de me dire de me limiter à répondre par « oui » ou par « non » : je vous écoute.

Ça pouffe de rire un peu partout dans la salle. Sans trop de conviction, le juge rappelle son auditoire à l'ordre. De toute évidence, il n'a pas, lui non plus, encore digéré le carnage chez la gent canine.

– Ne jouez pas au fin finaud avec moi ! tonitrue M$^e$ 169. Contentez-vous de renseigner la cour du mieux que vous pouvez, ce que vous avez juré de faire, dois-je vous le rappeler.

L'avocat monte sur ses ergots [15].

– Y a-t-il, oui ou non, d'autres camps de chasse dans les environs, disons dans un rayon de vingt milles du vôtre ?

– Oui, il y en a.

– Êtes-vous en mesure de jurer qu'il n'y a jamais eu d'incendie d'autres chalets ?

– Non.

---

15. Position favorite de l'avocat. De là, par beau temps, il peut apercevoir sa nomination à la Magistrature, la récompense suprême du plaideur.

– Savez-vous si, effectivement, certains de ces chalets ont pu brûler au cours des dix dernières années ?

– Oui.

– Votre Honneur, pourriez-vous intimer au témoin de répondre adéquatement à mes questions…

– Monsieur Mackinaw, répondez de façon complète aux questions de Me 169, s'il vous plaît.

– Oui, monsieur le juge.

– Merci, monsieur Mackinaw. Me 169, procédez.

Me 169 veut porter son coup. Il s'avance vers le jury.

– Monsieur Mackinaw, n'est-il pas vrai que vous n'avez aucun indice reliant ces incendies à notre client…

– Le lendemain de la découverte, le directeur de la World m'a appelé de but en blanc pour me dire qu'il connaissait quelqu'un qui avait des chiens de chasse à vendre…

Me 169 accuse le coup.

– Je ne parle pas de vos stupides chiens… dont la nouvelle de la mort avait dû faire le tour du village. Je vous parle des incendies. Est-il possible que des chalets brûlent, pour cause de foudre par exemple ?

– Oui, mais il rare que le tonnerre appelle le lendemain…

Même le juge ne peut cacher son rire.

Me 169 est désarçonné, à tel point qu'il quémande l'aide du juge.

– Votre Honneur ! se plaint-il. Exigez que le témoin réponde correctement à mes questions et se limite à ses réponses !

– Me 169, c'est vous qui êtes responsable des réponses du témoin. Une fois vous exigez de lui le « oui » ou « non » et, la fois suivante, vous demandez une dissertation. Faites-vous une idée à la fin et ne blâmez pas la cour si vous n'obtenez pas la réponse désirée.

– Je n'ai plus d'autres questions.

La cour commence à avoir sa petite idée sur l'auteur du crime odieux. Les chiens seront peut-être vengés. La défense est mieux de renverser la vapeur et vite. Sinon, ses haricots sont cuits.

## 24

# McMurtry tente d'utiliser un soutien-gorge pour s'abriter de l'avalasse [1]

À la fin du témoignage de Mackinaw, le juge décréta l'ajournement pour le déjeuner. McMurtry était absolument furieux de la piètre performance de ses avocats qui, à son avis, auraient dû réduire en miettes un tel insignifiant. Prétextant une urgente conférence téléphonique, il laissa les deux New-Yorkais à leur préparation de la séance de l'après-midi. Il avait déjà prévenu Vicky, sa vice-présidente aux affaires juridiques, de l'attendre à sa suite.

Vicky souhaitait vivement devenir la nouvelle épouse de son président. Après tout, sauf peut-être pour cette pimbêche d'Amélia qui combinait diplôme et beauté, il lui semblait qu'elle l'emportait en qualités, et de loin, sur ses autres maîtresses et ses épouses précédentes. En conséquence, elle ne négligeait aucun effort pour l'amadouer [2].

Comme elle savait que son patron était toujours pressé, elle avait au préalable enlevé son soutien-gorge, remis son chemisier, prenant bien soin de le laisser à demi boutonné. Le résultat était spectaculaire : juste assez de peau et de mouvement latéral et vertical sous-jacent pour convaincre le plus réticent des hommes d'avancer une main baladeuse.

Mais, pour une fois, McMurtry n'avait pas envie de batifoler avec elle. Il souhaitait plutôt qu'elle s'occupe de quelqu'un d'autre. Il se

---

1. Mot cadien pour une trombe d'eau.
2. En vertu probablement du vieil adage : « Si vous tenez un homme par la queue, tôt ou tard il viendra. »

devait de lui présenter la chose finement. Autrement, la démarche pouvait se retourner contre lui. Mais, avec les femmes, il avait le doigté[3].

Sentant que le moment n'était pas tout à fait propice et un peu embarrassée, Vicky s'était assise en face de lui et, mine de rien, avait refermé un peu son vêtement.

D'abord, McMurtry voulait établir une relation d'égalité avec son interlocutrice, la valoriser.

– Vicky, nous avons tous les deux une formation juridique. Tous les deux, on se rend compte que nous sommes en train de perdre ce procès. Si nous avions pratiqué toi et moi le droit, nous aurions fait mieux que ces deux imbéciles de New York.

Vicky opine des seins.

– Il s'agit d'un procès civil et tout ce qu'il faut, c'est que le comportement décrit par les témoins de la poursuite soit plausible pour que les jurés rendent un verdict favorable. D'autant plus que toutes ces grenouilles couchent ensemble[4].

Vicky re-démontre son assentiment par un double-clic des pectoraux.

– Tout ce que nous avons comme témoins en défense, c'est quelques personnes qui viendront dire à quel point je suis un gentil garçon. Et, comme ces gens sont à peu près tous payés pour venir témoigner, même un idiot comme ce Landry y verra clair et montrera leur conflit d'intérêts. Déjà cette vieille fornicante grenouille de juge de merde a clairement pris leur parti. Vicky…

Regard extrême[5] au plus profond des yeux de la dame.

– Vicky, toi seule peux nous sauver !

Elle seule peut le sauver. Quelle perspective d'avenir ! Mais que peut-elle faire qui sauverait son Fredrik ? Elle ne peut tout de même pas plaider à la place des deux New-Yorkais ! Elle n'a jamais plaidé de sa vie. Son droit se limite aux contrats qu'elle rédige depuis dix ans. Elle s'explique.

Et Fredrik s'explique. Il y plusieurs façons de plaider ailleurs qu'en cour.

Il a observé longuement les réactions des jurés depuis le début du procès. Un leader naturel s'est imposé au sein du jury : le président, ce

---

3. Ce que prétendent tous les impuissants. Allez-y voir.
4. Beau party en perspective !
5. Comme dans « sport extrême » : le regard qui fait mouiller.

Roméo Doucet. Lorsqu'il rigole, tous rigolent. S'il fronce les sourcils, tous font de même. Or, comme les deux avocats le savent bien, la réaction du président du jury est souvent déterminante dans le verdict des autres. Habituellement de véritables moutons.

Les services d'enquête retenus rapportent que c'est un petit comédien de merde, qui gagne sa vie à faire le pitre au Canada, sous prétexte qu'il parle le patois grenouille d'il y a deux siècles. Il aurait tourné au Québec dans quelques films sous la direction d'une dénommée M. Maltais, navets qui n'avaient même pas fait dix millions au box-office [6]. Une farce, quoi. Donc, absolument aucun avenir pour ce comédien de pacotille, sauf comme objet de musée. Mais semble-t-il qu'il se prenait pour Kevin Kostner, avec un triple ego comme d'autres ont un triple menton !

C'est l'homme qu'il faut convaincre à tout prix. Il faut qu'il adopte le point de vue que rien, mais absolument rien de ce que les témoins ont rapporté ne prouve de quelque façon que lui, Fredrik McMurtry, a floué cette vieux fornicateur.

Vicky doit le convaincre. Elle seule pourrait s'en approcher, le persuader, lui promettre ce qu'il voudra, enfin, lui donner ce qu'il veut… bref, faire en sorte qu'il se range dans leur camp.

Il faut que Vicky le fasse dès le soir même, car le procès peut se terminer plus rapidement que prévu.

Si Vicky réussit ce tour de force, il la nommera présidente et chef de l'exploitation de la World. Elle devient son successeur désigné. Avion privé, salaire d'un demi-million de dollars américains, options généreuses, etc. Et, une fois ce merdier nettoyé et la mainmise sur la Société Générale acquise, elle deviendra la grande patronne pour l'Amérique du Nord.

Vicky comprend très bien ce qu'on attend d'elle. Mais elle connaît bien son Fredrik. Combien de fois n'a-t-il pas promis, en sa présence, mer et monde à des gens pour devenir par la suite totalement amnésique ? Et, si on désire qu'elle aille coucher avec un type qu'elle ne connaît pas, elle est mieux d'oublier son rêve de devenir l'épouse de celui qui la charge d'une telle mission.

– Fredrik, nous sommes entre adultes. Tu sais ce que tu me demandes et je le sais aussi. Ce n'est pas en lui payant un bon dîner au Bon Temps que je vais le convaincre de voir les choses de notre façon.

---

6. Comment la langue anglaise a-t-elle pu accoucher d'une expression aussi saugrenue : vous vous imaginez la réaction si on utilisait, en français, « boîte-bureau » ?

Il faudra de la graisse de coude, du « coude » de Vicky. Et Vicky voudrait bien s'assurer qu'elle ne déploiera pas tous ses « talents » pour se faire dire par la suite qu'elle doit attendre, qu'elle doit comprendre et... qu'elle doit oublier.

» Alors tu vas me signer un petit document confidentiel dans lequel tu t'engages, une fois le procès gagné, à me confier pour services rendus le poste promis. D'accord, mon beau Fredrik ? Alors, si je ne t'ai pas, j'aurai au moins le poste dont je rêvais.

Pris à son propre jeu, McMurtry ne put qu'acquiescer. Vicky se rendit dans la salle de bain remettre son soutien-seins et, dûment harnachée et boutonnée, s'en fut rédiger, sous seing privé évidemment, sa police d'assurance. Le président du jury ne saurait la désavouer sous prétexte qu'elle n'avait pas de seins [7], bien au contraire !

La séance de l'après-midi ne s'avéra pas plus encourageante pour la défense que celle du matin. Le nouveau témoin, Willowbunch, était un grand escogriffe, natif de la Saskatchewan et établi en permanence au Tennessee. Il avait dû servir de modèle au monument de Jack Daniel, car il lui ressemblait comme deux gouttes de whisky.

Son nom d'origine était Berthiaume et, comme on avait de la difficulté à le prononcer dans son pays d'adoption, il avait décidé de simplifier la procédure en adoptant comme patronyme le nom de son village natal.

---

7. « Le désavouerez-vous pour n'avoir pas de seing ? — Pourquoi désavouer un billet de ma main ? » (Molière). Citation fournie gracieusement par *Le Petit Robert* avec permission de publier. Comme la référence exacte n'est pas indiquée, je ne vous la fournirai pas (à moins que Denis Gervais ne nous dépanne à temps pour la troisième édition de ce chic ouvrage). Je vous fournirai cette information en temps utile sur mon site web (www.traitdunion/video/croque-dead.html), site que me fournit gratuitement (?) mon éditeur. Par le chemin*, comme on dit à Bayou Vermillon, est-il vrai que le droit d'auteur, standard et maximum, dans l'industrie du livre est de un pour cent ? C'est ce que le susdit soutient, alléguant même que dans la plupart des cas un auteur ne reçoit pour son premier ouvrage qu'un demi de un pour cent et qu'en plus il doit payer la facture du premier tirage.
**Remarque du Réviseur :** L'Auteur traduisait ainsi l'expression « *by the way* ». Ce qu'il peut être rigolo ! Ha. Ha. Ha.

Il avait bien songé à angliciser le tout en « Berthy Home », mais il lui avait semblé que ça sonnait mal, un croque-mort qui s'appelle Berthy Home. C'était aussi inviter à toutes sortes de quolibets. Vous vous voyez, la face longue d'un pied, menant le défunt à son dernier home alors que les gamins vous lancent Berthy Home Sweet Home ou encore Berthy Home Run ? Il avait aussi considéré Berthy Bones, mais ça faisait trop Lucky Luke. Willowbunch lui semblait avoir meilleure consonance, le saule étant le seul arbre à donner l'impression d'avoir la larme facile[8], tout en lui rappelant ses origines.

Tout au long de sa carrière, Willowbunch avait sympathisé avec Warren Cormier ; leur origine francophone commune n'avait certainement pas nui à la qualité de leurs rapports, de même que leur affection commune pour l'élixir du père Daniel. Le Tennesséen était un des rares témoins qui dès le début avait accepté de témoigner. World ou pas, il entendait bien raconter son histoire.

D'autant plus que, lorsque son intention de témoigner en cour avait été connue de ses patrons, ces cochons avaient prématurément mis fin à son contrat, lui conseillant de les poursuivre en justice. Ce qu'il comptait bien faire d'ailleurs. Si la World voulait des procès, elle en aurait.

Dès le début de son témoignage, Willowbunch annonça ses couleurs en déposant comme pièces justificatives deux documents comportant des listes de prix différentes. La première liste avait été imprimée quelque dix années auparavant, alors que le témoin était encore propriétaire de son entreprise.

La deuxième datait de quelques jours après la vente de l'entreprise à la World. Les changements étaient pour le moins radicaux. Juge et jury attendaient les explications.

Le salon funéraire de Willowbunch était le seul à offrir des services dans un rayon de cinquante milles, ce qui voulait dire que la clientèle, généralement pauvre et fière, n'avait absolument pas le choix. S'il devait y avoir augmentation des prix, la population locale devait s'en accommoder.

Et justement, dès la transaction effectuée, la World avait majoré ses prix de cinquante pour cent, alléguant que la marge bénéficiaire brute n'était pas conforme à ses standards. Pourtant, à l'époque où

---

8. **Note du Réviseur :** Mais quelle délicatesse dans le jeu de mots, quelle force dans le maniement des deux langues ! Le Plus Meilleur doit certes l'envier à ce moment-ici.

Willowbunch en était le propriétaire, l'entreprise était rentable. Mieux encore, comme la World payait beaucoup moins pour ses cercueils et autres fournitures, ce seul avantage aurait dû gonfler de façon importante ses profits.

Il avait eu beau protester que la population locale était pauvre et ne pouvait se permettre de payer de tels prix, que lui-même avait honte d'exiger ces prix, le siège social lui avait répondu cavalièrement que, si les locaux n'étaient pas contents, ils n'avaient qu'à aller mourir ailleurs ou à ne pas mourir du tout, ce qui coûtait encore moins cher [9]. Et que, s'il n'était pas disposé à suivre les politiques internes de la World, il pouvait démissionner. On se ferait un plaisir de résilier son contrat d'emploi.

C'est en assistant à une séance de formation en « marketing » qu'il s'était rendu compte que la World pratiquait la même approche chaque fois qu'elle se retrouvait seule dans un marché local.

Le mot « marketing » était bien sûr un euphémisme pour des séances de formation en vente sous pression. L'idée générale était d'attirer la « famille éplorée » avec un prix relativement peu élevé pour la gamme de services désirés et d'« amener » ensuite ces gens à choisir un ensemble de services où la World faisait une marge bénéficiaire beaucoup plus importante.

Par exemple, on attirait le client en lui proposant une bière à huit cent quatre-vingt-dix-neuf dollars, pour laquelle la Société ne faisait que trois cents dollars de profit. On lui montrait ensuite deux autres cercueils, beaucoup plus attrayants mais aussi beaucoup plus coûteux, l'un à trois mille et l'autre à quatre mille cinq cents dollars, et qui avaient le mérite de fournir un profit de près de cinquante pour cent à la Société ! La clef du succès était de déceler correctement la corde sensible du client – fierté, amour filial, orgueil ou vanité – et, une fois celle-ci mise à nu, la jouer à fond. Le client n'avait plus qu'à signer et à vous remercier [10].

---

9. La devise du croque-mort en situation de monopole local aurait été «Copulez hors tension et décédez ! », devise que les cablôdistributeurss* canadiens s'approprièrent jusqu'à l'arrivée de la télé par satellite. Merci à Bell et à Star Choice !
   * Chez Rogers, on a traduit cette expression en langue vernaculaire, ce qui a donné « *Fuck off and die !* »
10. D'aucuns m'ont affirmé que cette approche étapiste ne serait pas exclusive à l'industrie croquante et mordante. Celle du char, entre autres, pratiquerait aussi cette petite danse à trois stepettes. Je ne peux en témoigner moi-même, puisque j'effectue la plupart de mes déplacements en BMW (Bus, Métro, Walk).

Willowbunch avait alors eu la naïveté d'intervenir pour expliquer que, dans son patelin, la plupart des gens ne pouvaient payer plus de mille dollars pour un cercueil, donc qu'il serait inutile de les « amener » vers des modèles plus coûteux. Déjà faire passer le prix de base de huit cent quatre-vingt-dix-neuf à mille quatre cents dollars, comme on avait exigé qu'il le fasse, avait été très mal reçu localement.

Le directeur du marketing avait alors demandé combien de participants n'avaient aucune concurrence locale. Plusieurs avaient levé la main. En bon prédateur, il avait alors expliqué aux employés qu'ils n'auraient plus désormais à se prêter à tout ce cinéma. Le siège social proposait une approche plus expéditive. La solution était fort simple, le modèle de base disparaissait tout simplement pour céder la place à un modèle de deux mille cinq cents dollars. Willowbunch avait été atterré par le sans-gêne impitoyable de son nouvel employeur.

Le jury aussi. Celui-ci avait scrupuleusement suivi l'interrogatoire. Plusieurs membres prenaient même des notes et leur visage en disait long. Même le juge ne pouvait s'empêcher de penser que, puisque les salons funéraires de la localité voisine, Abbeville, venaient de passer sous la gouverne de la World, les prix allaient bientôt connaître à Bayou Vermillon une forte augmentation. Et sa vieille tante qui se mourait… « Sainte fornicante compagnie de merde ! » grommela-t-il sans s'en rendre compte.

Il n'y avait pas grand-chose que Me 169 pouvait faire pour limiter ces nouveaux dégâts. Mais le peu qui s'offrait à lui, il le prit sous les regards incendiaires de McMurtry.

Il força Willowbunch à admettre qu'il ne pouvait prouver que les autres salons funéraires en situation de monopole avaient été forcés d'adopter les mêmes barèmes de prix que l'entreprise qu'il dirigeait, qu'il racontait des ragots sous serment comme si c'était la vérité pure et qu'il était probablement un employé déloyal envers une organisation qui l'avait rendu millionnaire.

Mais juge et jurés ne semblaient pas porter grande attention à ces aveux. Tous avaient parfaitement compris les agissements de la World et ajoutaient foi au témoignage du grand escogriffe. À la fin du contre-interrogatoire, le juge décréta l'ajournement.

Lors de leur conférence de fin de journée, Amélia se rendit compte que, pour la première fois depuis le début du procès, elle n'éprouvait plus aucun pincement à la poitrine en revoyant McMurtry. Au contraire, même s'il se trouvait à quelques pieds d'elle, le souvenir de ce qui s'était passé entre eux semblait s'être estompé pour ne laisser place qu'à l'indifférence.

À sa plus grande surprise encore, elle se rendait compte qu'elle trouvait Wilbrod Landry, le jeune avocat qui représentait Cormier, de plus en plus sympathique. Athlétique, charmeur, intelligent, il tirait son épingle du jeu de façon impressionnante face aux deux New-Yorkais. Au cours du déjeuner, la veille, il avait été établi qu'Amélia était célibataire et Cormier avait même blagué à son endroit, disant que si lui, Cormier, avait seulement dix ans de moins, il ferait une cour si assidue à cette belle femme qu'elle ne quitterait jamais Bayou Vermillon. À moins qu'on ne soit gay, bien sûr.

Le jeune avocat avait rougi jusqu'à la pointe des oreilles, ce qui avait charmé Amélia. Et coïncidence, dès la fin de la conférence, Cormier et Annette prétextèrent d'urgentes obligations et quittèrent ensemble. Amélia resta seule avec Landry… qui l'invita évidemment à dîner. On ne peut, après tout, laisser une consœur montréalaise manger seule à Bayou Vermillon. Solidarité entre avocats oblige [11].

C'était maintenant à Vicky de jouer. La veille, elle avait visionné sur cassette le dernier film dans lequel avait joué Roméo Doucet, *Les Bayou Boys*. Le film était d'un ennui mortel. Il racontait la vie quotidienne de jeunes machos originaires de la Louisiane qui, transplantés au Québec, se réunissaient chaque soir dans un garage pour jouer de la musique zarico [12], se raconter des histoires à la con et s'envoyer en l'air avec des bimbettes québécoises.

La principale caractéristique du film résidait dans le fait qu'on y baisait en moyenne toutes les trois minutes. Près d'un demi-million de Québécois avaient vu cette sottise. Vicky, originaire de Toronto, vit là une autre preuve de leur abrutissement. Quoique, devait-elle admettre, certaines scènes l'aient un peu émoustillée. Entre autres, la soirée où le Roméo se fait offrir par ses Boys pour la nuitée une superbe danseuse, histoire de

---

11. Pas seulement en matière de repas. Essayez seulement de faire admettre à un avocat qu'un de ses confrères a fait un travail de cochon et vous verrez illico (comme dit Vidéotron) du « patinage de fantaisie » de calibre mondial.
12. Mot cadien pour « musique zydeco », un rythme populaire en Louisiane.

fêter adéquatement son anniversaire. Le personnage était certainement équipé pour faire du ravage auprès des femmes... la soirée ne serait peut-être pas aussi déplaisante qu'elle aurait pu le penser.

On avait dit à Vicky qu'à la fin de chaque jour de session du tribunal, le beau Roméo aimait aller se détendre au *La Fromille* [13], un bistro de Bayou Vermillon réputé pour ses chevrettes [14] bien relevées. On pouvait l'y trouver, bien installé au bar de l'établissement, dès cinq heures de l'après-midi. Un récent et nième divorce lui laissait passablement de temps libre.

Il entamait sa deuxième Perche [15] lorsqu'il vit entrer une superpitoune. Juste comme il adorait les aimer. Grande, cheveux noirs lustrés, visage un peux anguleux, œil vif, nichons fermes, taille mince, miches bien arrondies, longues jambes, talons très hauts. Et, *über alles*, l'air déluré, le regard maquillé d'un soupçon de lubricité [16]. Le type de femme qui sait ce qu'elle veut et le prix à payer pour y parvenir.

Elle semblait chercher ou attendre quelqu'un. Elle s'attabla au bar et commanda une Perche, ce qui d'emblée plut à Roméo. Elle fit un brin de conversation au barman tout en continuant d'examiner le décor du bistro. Roméo contemplait sa Perche comme s'il n'en avait jamais vu, se demandant quelle stratégie lui permettrait de se rapprocher de la beauté.

L'homme barré lui fournit l'occasion parfaite. Il demandait en effet à la jeune femme si elle désirait comme amuse-gueule du tac-tac ou de la brème avec sa bière. En demandant des explications, elle ouvrait une brèche par laquelle le comédien-juré pensait bien s'engouffrer jusqu'à son slip, si elle en portait un, bien sûr. Sinon, elle irait même plus loin.

Affichant un sourire de calibre suffisant pour faire mouiller d'un seul tir tout un groupe de groupies, il lui expliqua qu'on lui offrait soit du maïs soufflé ou de l'aubergine panée et que les deux étaient délicieux et qu'elle pouvait aussi demander les deux à la fois et qu'elle

---

13. Mot cadien pour «fourmi». À noter que les vieux Québécois d'ascendance acadienne parlaient, eux, de «frémille».

14. Non, il ne s'agit pas du ministre Chevrette à cent trente-deux kilomètres à l'heure. Il s'agit plutôt du mot cadien pour «crevette». Alors, si dorénavant vous voulez vous adresser en français moderne audit ex-ministre des Transports, vous devez l'appeler monsieur l'ex-ministre Crevette. Il appréciera le geste.

15. Équivalent cadien de la Bass.

16. Un des khôls les plus efficaces, au dire de madame Zob-in... une grande tenancière de bordel que nous ne nommerons pas.

pouvait faire un choix en connaissance de cause et que d'où venait-elle comme il ne l'avait jamais vue icitte [17] avant ce moment-là.

Se tournant vers lui, la lèvre humide, les cils battants, elle expliqua qu'elle n'était pas d'Icitte mais plutôt de Toronto; mais qu'à bien le regarder ne serait-il pas le fameux comédien Roméo Doucet? Si tel était le cas, elle serait plus que ravie.

Prétentieusement modeste, gonflant la poitrine tout en resserrant les abdominaux [18], soucieux d'afficher l'angle de profil de mâchoire que Jacques W. Lina, son producteur québécois, lui recommandait toujours d'adopter face à la caméra, l'idole des foules confirma que sa conclusion était fondée (il faillit dire, corrompu par le jargon juridique des derniers jours, « en droit et en fait ») et qu'il était effectivement la source probable de son ravissement, étant bel et bien Joseph Bernard Roméo Doucet de son petit nom, BRD pour les intimes, cadeau de Dieu aux cinéphiles surtout québécois mais pour un certain nombre aussi, à l'évidence, torontois.

Vicky pour sa part se présenta comme avocate, un peu dilettante, en train de préparer un roman portant sur un procès. Comme elle voulait que l'histoire se déroule en pays cadien, elle était venue à Bayou pour s'imbiber de culture locale. Relativement à l'aise financièrement, elle pouvait se le permettre et, justement, pouvait-elle inviter Roméo à dîner? Ce serait une extraordinaire occasion pour qu'il l'imprègne adéquatement.

La Vedette n'en croyait tout simplement pas sa bonne fortune. Quelle coïncidence, il faisait présentement parti d'un jury et, incroyablement, il s'agissait d'une cause concernant une société de Toronto.

Comme elle insistait pour l'inviter, il proposa à Vicky un restaurant très recherché à quelques milles de là, *Le Moqueur*. Le restaurant en question avait quatre particularités, toutes complémentaires. D'abord, il était situé dans un endroit des plus discrets; donc, pas trop de risque de rencontres fâcheuses. Deuzio, le chef y était français et abominait la cuisine cadienne: donc l'endroit idéal pour impression-

---

17. Mot cadien pour « ici ». En langue chaoui-niganaise « icitte avant ce moment-là » se traduit par une seule locution : « à ce moment-ici ». Quelle langue efficace.

18. Une posture qui n'est pas sans rappeler celle de l'ineffable ministre des Choses industrielles du Québec, alors qu'il essayait désespérément de fournir aux journalistes la définition de récession. Il ne le put. Heureusement qu'à l'impossible nul n'est tenu.

ner une dame de Bayou ou réconforter une étrangère brûlée par la cuisine locale.

Troisièmement surtout, on y offrait quelques chambres cossues aux invités désireux de faire la sieste après un repas bien arrosé. Et, si un invité décidait de faire la sieste avant le repas, le service aux chambres était évidemment disponible et impeccable. Le quatrième point était la résultante des trois premiers : les prix étaient astronomiques ! Inutile de préciser que *Le Moqueur* faisait des affaires d'or.

En arrivant au *Moqueur*, Vicky, qui n'entendait pas faire traîner les choses jusqu'au lendemain, demanda à la réception une suite, histoire de se rafraîchir avant le dîner. Comme c'était la chose la plus naturelle du monde, on lui offrit la suite Lola Montès.

– Et bien sûr que monsieur trouvera tous les rafraîchissements désirés en attendant la fin des ablutions de madame, précisa le pingouin, en accompagnant le tout d'un regard discrètement égrillard.

Avant de se rendre dans la salle de bain du luxueux appartement, elle déboucha un bouteille de Laurent Perrier Rosé Brut, en servit une à Roméo, emportant l'autre avec elle en lui glissant par-dessus l'épaule :

– *Chin ! Chin !* Installe-toi à ton aise !

«Et si c'était ça, le paradis, y aurait une liste d'attente chez les croque-morts !» pensait Roméo en retirant ses bottes de cow-boy et en avalant sa première gorgée de Vrai Perrier.

Une quinzaine de minutes plus tard, Vicky, de la salle de bain, lui demanda de rafraîchir son champagne. Elle finissait de s'essuyer le corps et, lorsqu'il entra dans la pièce, se contenta de s'assurer que son corps était à peu près couvert. Roméo sentit un profond tiraillement au niveau de l'équateur. Il en était étourdi. Pour prendre la flûte qu'il lui tendait, elle dut laisser tomber un pan de la grande serviette, ce qui malencontreusement (!) lui dégagea un sein. En essayant de recouvrir l'un, elle ne réussit qu'à découvrir l'autre. Apparemment en désespoir de cause, Vicky laissa tomber la serviette. C'en était trop. En une fraction de seconde, notre homme était en érection.

En ravalant sa salive, il déposa son verre sur une table de chevet et s'approcha de Vicky. Celle-ci déposa son verre et entraîna le comédien vers le lit.

Alors qu'il commençait à lui caresser les seins, elle entreprit de le dévêtir, lui déboutonnant lentement sa chemise. C'est vrai qu'il était beau. La poitrine musclée, encore bronzée du soleil de l'été, un ventre

219

presque plat, du duvet presque plutôt que du poil. C'était bien le Bayou Boy. Autant en jouir. ♋♓●♏♏●❑⌧■♏⬥☜[19].

> Le passage qui suit comporte des scènes érotiques qui risquent de provoquer chez l'utilisateur (trice) mouillement et bandage, à des degrés divers, selon son âge et l'état de son équipement. Le lecteur(trice) qui s'y aventure le fait donc à ses risques et périls, conscient qu'il peut manquer de papier mouchoir, que ses disjoncteurs peuvent sauter, sa patate flancher ou pire encore, se rendre compte qu'il (elle) ne sent plus rien ou que son conjoint(e) par la suite ne l'attire plus ou provoque moins de réaction que lesdits passages. En aucun cas, les moins de dix-huit ou plus de soixante-dix-huit années (de même que les gays) ne doivent prendre connaissance desdits passages érotiques sous toute peine que de droit.
>
> Avant de continuer le lecteur doit indiquer son choix dans la case appropriée :
>
> Conscient des risques, je désire continuer ❑ oui ❑ non
>
> Je désire que cette portion du texte soit verrouillée à l'épreuve de mes ti-prouts ❑ oui ❑ non
>
> J'ai dûment pris connaissance de la présente mise en garde et me déclare satisfait ❑ oui
>
> De toute façon, je renonce, en conséquence, irrévocablement, à toute réclamation relative aux présentes envers l'Auteur, l'Éditeur, le Réviseur, leurs Imprimeur, Diffuseur, avocats et ayants droit.
>
> Et j'ai signé ce _____ jour du mois de ________ en l'an 200____,
> à _____________ dans le district judiciaire de ______________.
>
> _________________________________
>
> (Lettres moulées, svp) Formulaire disponible sur www.traitdunion/video/croque-dead.html

19. **Note de l'Auteur :** Cette fois-ci, j'étais prêt. Lorsque l'Éditeur a commencé à sabrer dans mon texte, je lui ai servi copie d'une requête en injonction que Me Marchand avait concoctée à la suite des derniers incidents et qu'il s'apprêtait à déposer en Cour supérieure. Comme d'habitude soucieux pour ses fesses, le brave censeur a obtempéré et nous avons réglé pour la mise en garde ci-haut, rédigée par moi à partir d'un vieux texte de Me Marchand.

Elle prit son pénis dans sa main droite et le caressa [20] lentement. De son autre main, elle lui caressait les testicules, poussant un doigt mutin en direction nord. Tout en gardant ses yeux fixés sur lui, elle accéléra le tempo. Pour interrompre la manœuvre aussi subitement et promener sur son corps excité les pointes de ses seins.

Puis elle revint vers le sud et reprit son manège, encore plus doucement. Après quelques minutes de nursage, le patient s'arquait les reins, impatient de lui donner encore plus de latitude.

Elle cessa de nouveau la manœuvre et se redressa. Du geste elle le fit s'étendre complètement sur le lit. Elle s'agenouilla entre ses jambes et prit sa queue entre ses deux mains et lentement, mais tellement lentement, l'introduisit dans sa bouche. Ses seins lourds ponctuaient désormais chacun des mouvements de sa bouche. Jamais mais jamais Roméo n'avait eu de semblable fellation.

Elle ralentit encore une fois sa cadence pour prendre une gorgée de champagne et reprendre son œuvre [21], laissant couler le liquide encore pétillant de sa bouche sur le membre prêt à exploser. Elle le prit ensuite complètement dans sa bouche. Il explosa alors que d'une main elle lui serrait les bourses au rythme des saccades de son éjaculation. L'homme crut que tout son cerveau s'évaporait dans un nuage éclatant de lumière.

La table était mise, on passait maintenant au plat principal. Le moment idéal pour une discussion sérieuse.

Histoire d'offrir un moment de répit à son compagnon, Vicky commanda un léger goûter constitué de spécialités de la maison, huîtres Malpèque, esturgeon fumé, un peu de foie gras et une bonne louche de caviar de béluga. Du buffet, elle reprit une bouteille fraîche de Laurent Perrier [22] Pour une fois, McMurtry ne pourrait lui reprocher sa note de frais qui devait déjà dépasser deux mille piastres [23].

Elle revint vers son amant et raviva son verre de champagne, tout en lui expliquant le menu délectable qui les attendait. Doucet, qui sentait son hémisphère sud se raviver, vivait tout simplement l'extase et était prêt à tout pour que la béatitude continue. Même s'il voulait croire

---

20. Comme le disait Lama, « comme si ce n'était plus le sien ».
21. Et à ses pompes, bien sûr !
22. Le rosé, assurément, un des meilleurs qui soient. Importé au Canada par la maison Philippe Dandurand inc., 321 rue de la Commune, Montréal. Nous acceptons les dons à la caisse.
23. Mot cadien pour « dollar », introduit sans doute au Québec lors du Grand Dérangement, dénomination que nos cousins de France trouvent toujours fort « sympa ».

que cette rencontre n'était que fortuite, un petit doute jouait à cache-cache dans ses méninges. Comme on le lui avait répété souvent, il n'y a rien de tel qu'un déjeuner gratuit. Et quel déjeuner il avait eu ! Et, de surcroît, on lui offrait maintenant un copieux dîner.

Mais il en voulait encore, quelle que soit la note. Il était allongé sur le lit, nu sous un drap de soie. Vicky était allongée à ses côtés, lui fournissant le panorama exquis de ses seins légèrement courbés jusqu'à la pénombre du triangle d'or. Histoire de bien capter son attention, elle laissait au fur et à mesure de son récit glisser un doigt sur la peau de son compagnon.

De fait, expliqua-t-elle, une autre raison l'amenait à Bayou Vermillon à ce moment-ici [24]. Sa famille et leur fiducie familiale – dont elle était l'unique bénéficiaire – détenait un fort pourcentage des actions de la World. La presse financière rapportait depuis quelques jours que le procès tournait mal pour la Société et qu'il fallait craindre une lourde amende en dommages-intérêts. Certains commentateurs évoquaient même un montant de cent millions ! Une telle amende ferait évidemment un tort incalculable à la World. Sur la foi de ces seules rumeurs, son titre avait déjà perdu dix pour cent de sa valeur.

Par contre un simple verdict défavorable à la World, ou encore, une amende de l'ordre de dix à quinze millions ne ferait pas trop de tort à la Société. De fait (elle poussait alors un peu fort), ce ne serait là qu'un avertissement salutaire à McMurtry de nettoyer en hauteur ses agissements [25].

De toute façon, aucune preuve réelle n'avait été apportée que McMurtry avait effectivement floué le vieux Cormier. Pour mettre l'accent sur cette partie de son argumentaire, Vicky recommença son délicat travail de malaxage du pôle sud de son interlocuteur.

Sur une telle lancée, le beau Roméo ne pouvait que branler du chef, d'autant plus qu'on lui administrait la réciproque. C'était vrai qu'aucune preuve n'avait été apportée et le vieux Cormier voulait probablement récupérer en cour ce que son ivrognerie lui avait fait perdre. À tout le moins, c'était ce que le jury entier croyait à la fin du témoignage du plaignant.

---

24. Elle aussi s'inspirait du Plus Meilleur ? Étrange. Non, ce doit être la traduction : elle voulait dire « *at this time* ». D'ailleurs, je crois avoir remarqué que de plus en plus de commentateurs et blablateux de Radio-Can utilisent cette remarquable expression… une directive provenant sans doute de Toronto.

25. « *To clean up his act ?* »

En guise de récompense, Vicky accorda un baiser humide au pôle en érection, qui accusa le coup.

Et bien sûr que, si le tout ne se terminait pas trop péniblement pour la World, Vicky se ferait plaisir de faire prendre un virage à la carrière du comédien. Fini les films débiles pour auditoires québécois. Comme il parlait anglais sans aucun accent, ce serait Toronto et, ensuite, Hollywood, rien de moins. Elle avait beaucoup de contacts dans le milieu du cinéma et il pouvait considérer que la chose était faite.

Bandé à hurler de désir, Roméo, haletant, ne put que confirmer qu'il se chargerait de Cormier et que celui-ci ne récolterait pas grand-chose en cour. Il en faisait son affaire. Ce faisant, pensa-t-il, il ferait une bonne action tout en se faisant du bien. « Y a pas d'mal à s'faire du bien ! »

Rassurée, Vicky l'enfourcha et lança la charge finale alors que Joseph Bernard Roméo Doucet, président du jury dans l'affaire Warren Cormier contre World Funeral Home & Fredrik McMurtry [26] hurlait de plaisir.

Deux heures plus tard, les deux amants quittaient *La Fromille*, Vicky (ou, pensait-elle, la World) plus pauvre de deux mille huit cents dollars mais plus que proportionnellement enrichie.

Exalté par sa nuit et les perspectives tant sexuelles que cinématographiques qui s'offraient désormais à lui, le beau Roméo prit le chemin de Bayou Vermillion.

Vicky pour sa part avait demandé un taxi. Épuisée mais fière de sa nuit d'efforts, elle décida de donner un coup de fil à McMurtry. Il méritait bien de se faire réveiller pour apprendre qu'il avait désormais une nouvelle présidente et chef de l'exploitation.

Excitée à l'idée d'accéder finalement au poste qu'elle convoitait, elle ne porta aucune attention à ce que le chauffeur de taxi lui radota quand elle lui demanda si elle pouvait faire un appel.

L'appareil qu'il lui passa était bizarre et ressemblait plus à un walkie-talkie qu'à un appareil cellulaire.

Elle lui redemanda si ce truc fonctionnait. Il l'assurait du chef que oui. Ce devait être, pensa-t-elle en examinant l'appareil vétuste, le premier modèle de téléphone portatif mis sur le marché au début des années quatre-vingt. Une antiquité, quoi. Mais enfin, un téléphone est

---

26. **Note de l'Auteur :** La torridité de ce qui suit est telle que mon propre conseiller juridique, dont je vous ai déjà parlé, m'informe qu'aucune mise en garde ne saurait me protéger adéquatement. Je dois donc m'abstenir. Par contre, dit-il, sur le Web, je peux faire ce que bon me semble. C'est un rendez-vous, alors ?

un téléphone et, dans un bled semblable, il faut se contenter de ce qu'on nous offre. Dans son anglais créole, le chauffeur lui demanda de lui donner le numéro qu'elle voulait composer.

En cadien, il demanda le numéro requis. Après quelques secondes d'attente, il lui remit l'instrument de communication. De fait, cet outil était un appareil CB trafiqué, au mépris des règles de la Federal Communications Commission, pour être branché au central téléphonique de Bayou Vermillon. Efficace et peu coûteux, il avait cependant un désavantage. Tous ceux qui s'étaient branchés sur le réseau à ce moment-là pouvaient entendre la conversation entre la nouvelle promue et son patron.

Elle put obtenir la suite présidentielle au Château Cajun. Intimidée par les grincements de l'appareil qu'elle utilisait, elle décida de limiter la conversation le plus possible.

Par malheur pour elle, son premier auditeur fut son beau Roméo. Pressé d'aller dormir et conduisant à cent quarante kilomètres à l'heure, dans la crainte de rencontrer un shérif sournois à cette heure tardive, il mit la radio de sa Cherokee sur une fréquence Citizens' Band.

Il avait mis l'appareil en fonction détection-balayage[27] afin d'être renseigné par un autre automobiliste de la présence de patrouilleurs sur la route. Et la première conversation qu'il syntonisa fut le rapport de son amante d'un soir.

– Fredrik, c'est Vicky.

– Euh...

– Fredrik, c'est Vicky. Réveille-toi. Je viens de laisser notre ami...

Il était devenu « notre ami » ! Il ralentit son véhicule et augmenta le volume, tentant de diminuer les grincements hertziens de l'appareil.

– Comment ça s'est passé ?

– Très bien, très bien, il est tombé dans le panneau...

Sidéré, Roméo décida d'arrêter son véhicule sur l'accotement.

– Je l'ai amené au *Moqueur*, tu connais ?

– Oui, Sanivan m'a dit qu'il y était allé avec une ou deux de ses bimbettes... Ç'a dû coûter un bras et une jambe[28]...

---

27. Comme à cette heure fort tardive il ne risquait pas d'être suivi par un autre automobiliste et que conséquemment il ne pourrait invoquer en défense, s'il se faisait arrêter pour vitesse excessive, l'argument du ministre Crevette (vous vous souvenez : « Je dépassais les limites de vitesse parce que j'étais suivi ! »), il n'avait pas d'autre choix que d'essayer de se mettre hors de portée d'un radar.

28. L'anglais, plus généreux, ajoute une jambe au bras pour exprimer un prix élevé : « *an arm and a leg* ».

– T'occupe pas du coût, j'ai du t'économiser bien des millions…
Il va nous aider, je l'ai convaincu que ce trou de cul de Cormier essaie
de récupérer en cour ce que son ivrognerie lui a perdu.

L'hostie de vache [29].

– Va-t-il nous aider ?

– Oui, oui, il m'a promis qu'il le ferait.

– A-t-il signé un engagement, je n'ai aucune confiance en ces fornicantes cadiennes grenouilles…

Le tabarnak de chien [30].

– Fais pas l'idiot… Me verrais-tu à demi nue lui demandant de
signer avant de partir…

– Et s'il change d'idée demain ?

– Il ne changera pas d'idée avant la fin du procès… car, si le
montant en dommages-intérêts imposé par le jury n'est pas trop élevé,
je lui ai promis de l'aider à percer à Hollywood…

Rires épais de McMurtry.

– Comment vas-tu faire ça ? Tu ne connais personne à Hollywood
et, tu sais, des filles qui sucent bien, ça ne manque pas là-bas…

– Laisse faire. Une fois que nous aurons le jugement, il sera toujours temps de lui dire de se copuler lui-même dans son bayou de
merde [31].

La copulante chienne. Il s'était fait avoir. Et Dieu sait combien
d'imbéciles écoutaient présentement, dans tout le bayou, leur conversation. La géhenne soit de la copulante chienne ! Heureusement que,
avec les bruits statiques et l'absence de noms, tout auditeur aurait de la
difficulté à savoir précisément de quoi et surtout de qui il s'agissait. Il
avait frôlé la catastrophe !

– Comme ça, ce ne fut pas trop désagréable… Somme toute, ton
nouveau job ne t'aura pas coûté trop d'efforts…

– Copule hors tension, Fredrik [32] ! Ce fut tout un boulot… j'ai dû
perdre deux ou trois livres à me démener pour le faire jouir…

C'était le dernier coup porté à l'amour-propre de Joseph Bernard
Roméo Doucet. Il lança un violent coup de pied dans le tableau de bord

---

29. Expression québécoise que Doucet avait dû ramasser lors d'un de ses tournages
au Québec, signifiant «une vache d'une vacherie intégrale». Puisque Doucet, à
l'instar du juge, était originaire de Bayou Vacherie, il s'y connaissait donc en la
matière.

30. *Idem ac precedenter.* Signifie un chien excessivement canin.

31. L'anglais a plus de punch : «*to fuck himself in his shitty swamp*».

32. «*Fuck off*» ?

225

de la jeep, ce qui eut le mérite de faire taire l'offensant appareil. Il démarra sur les chapeaux de roues, laissant quatre traces de quarante pieds de longueur sur la chaussée. Fornique le shérif de merde !

De retour à la maison, il composa le numéro du Château Cajun. On lui donna la boîte vocale de Vicky, qui, sans doute percluse, avait donné des instructions pour qu'on ne la dérange sous aucun prétexte.

– Fornicante putain [33] ! J'ai entendu ce que tu viens de dire à ton patron de merde. Tu peux te fourrer ta présidence dans le con, fornicante chienne. Toi et ton McMurtry, vous ne perdez rien pour attendre.

Atterrée en prenant ce message enceint [34] de lourds et sombres présages, Vicky se rendit compte que sa présidence n'aura duré que ce que durent les roses, l'espace d'un matin [35].

---

33. Oui, oui, je sais qu'il s'agit d'un pléonasme vicieux ! Mais l'anglais, langue des protagonismes, ne s'embarrasse pas de telles subtilités : « *Fucking slut !* »

34. Oui, oui, je sais que l'adjectif « enceinte » n'a point de masculin, ce qui en fait un mot sexiste que je n'utiliserai plus, étant très *politically correct.*

35. **Note de l'Éditeur :** N'en déplaise à Ronsard, dans le cas présent, il eût été plus juste de dire « l'espace d'une nuit ».

25

# L'avalasse empire et emporte

Bizarrement, à l'ouverture du tribunal ce matin-là, McMurtry eut le vague pressentiment que tout irait particulièrement mal. Le président du jury, ce connard, le fixait avec des yeux meurtriers. Tout au long de l'interrogatoire du témoin, sa physionomie n'avait exprimé que de la sympathie. Sourires, hochements de la tête, compréhension.

Dès l'arrivée de M$^e$ 169, son expression avait changé de cent quatre-vingts degrés : ennui profond, incrédulité, coups de coude à son voisin, rires sous cape… Pour un « ami », le président du jury avait un comportement pour le moins bizarre. Peut-être qu'il craignait que McMurtry ne lui enlève sa conquête de la veille. Si seulement il savait.

Même le juge semblait, Dieu était-ce possible, encore plus irritable que d'habitude. Sur une simple question de procédure soulevée par M$^e$ 169, ce dernier reçut une telle mercuriale qu'il en resta bouche bée. Même l'huissier trouva façon de se faire rabrouer sérieusement pour une peccadille. La journée commençait plutôt mal.

Le témoin suivant était de New York. Ce qu'il venait raconter ferait frémir le juge, le jury et l'auditoire.

Il s'appelait Flatcoffin, un nom décidément prédestiné à la croque-morterie. Il avait remplacé à la direction d'un salon funéraire le propriétaire précédent qui avait préféré démissionner plutôt que couper les salaires de ses employés de vingt pour cent, comme l'exigeait le directeur responsable de l'est des États-Unis.

Lui, Flatcoffin, n'avait pas eu d'autre choix que d'obtempérer. Déjà affecté par la réduction de son propre salaire et avec deux familles sur les bras, il ne pouvait se permettre de perdre son emploi. Impitoyable, le directeur en question lui avait suggéré des façons de récupérer le montant de salaire perdu. La première façon consistait à abolir le plus de postes possible. La moitié des économies ainsi réalisées sur le dos de ses subalternes serait ajoutée sous forme de boni à sa rémunération.

L'autre façon, une pratique, semblait-il, répandue, consistait à vendre sous le manteau du formaldéhyde à ceux qui en voulaient et à garder les bénéfices.

Le juge qui trouvait que M$^e$ Landry procédait trop lentement à son goût ce matin-là et qui, de surcroît, n'avait aucune idée de la direction que prenait l'interrogatoire, décida de prendre vigoureusement les choses en main. Il avait rendez-vous chez le dentiste en fin de journée et l'arracheur de dents était la seule créature de tout le bayou, homme ou animal, qui pouvait le terroriser.

Tellement que, depuis deux jours, il n'avait guère fermé l'œil à l'idée du traitement de canal qui l'attendait. Constamment, il pensait à toutes ces instruments ensanglantés s'attaquant avec l'indicible son de la douleur à ses gencives et sa mâchoire. Il était atterré aussi par la perspective, s'il était une chose dont il n'avait pas besoin, d'une autre description dégueulasse de vidange d'artères et d'intestins, de sang dans des dalots, de mutilation de chair de cadavre et autres scènes du genre. Il en avait assez entendu à ce chapitre et on n'allait pas lui en resservir de nouvelles tranches ce matin-là. Il questionnerait lui-même le témoin, car il ne voyait aucunement le rapport annoncé entre le formaldéhyde et le procès en cours. Le magistral visage disait tout.

– Qu'est-ce que c'est que toute cette histoire de liquide à embaumer ? aboya-t-il pour entrer en matière.

Le (funeste) mélange funéraire avait une grande valeur dans la rue. Les drogués l'utilisaient pour se confectionner des supercigares qu'on appelait, entre autres, « Friture » ou « Papa-mouillé [1] ».

---

1. **Note de l'Éditeur :** Mais quelle incroyable sornette ! Le moins qu'on puisse dire, c'est que cet auteur a l'imagination fertile, tellement que le cerveau lui en fume ! Il n'a pas besoin de *wet daddies* pour se procurer un effet équivalent ! Ha ! Ha ! Ha !
**Réponse de l'Auteur :** Si cette histoire est aussi débile que vous le dites, un petit pari, alors, qu'elle est fondée ? Un lunch au Cherrier peut-être ?
**Aparté de l'Éditeur au Lecteur :** Appel à tous ! L'Auteur est tellement radin que, s'il me propose de parier, c'est qu'il pense m'avoir. Aurait-il raison ?
**Réponse d'un lecteur (aimable) :** L'Auteur a tristement raison. J'ai trouvé sur Internet « A study of Adolescents' Use of Embalming Fluid with Marijuana and Tobacco » par le professeur William N. Elwood, Ph.D. une étude effectuée en 1998 pour le compte de la Texas Commission on Alcohol and Drug Abuse. Quelle horreur !

Le liquide en question, la formaline, était constitué à plus de cinquante pour cent de formaldéhyde et de méthanol auxquels s'ajoutait un puissant cocktail d'autres solvants.

Entre les questions du juge et les réponses du témoin, on entendait une grosse mouche se cogner, monotone, contre une fenêtre du vieux Palais de justice. Probablement qu'elle non plus n'en croyait pas ses oreilles et voulait déguerpir devant tant d'horreur. Le visage et surtout les sourcils du juge exprimaient sa stupéfaction totale.

Le témoin continua son histoire.

Au mélange déjà passablement nocif (l'alcool de bois est un poison violent!) on ajoutait, dans la rue, la cerise sur le gâteau, soit du phencyclidine (PCP), un anesthésiant comportant de fortes propriétés hallucinogènes, abandonné dès les années cinquante comme anesthésique à cause de ses effets secondaires persistants. La substance en question était relativement facile à obtenir, car elle peut se fabriquer facilement dans des laboratoires de fortune, avec toutes les impuretés que comporte un mélange artisanal.

Alors que Flatcoffin reprenait son souffle, le juge, exprimant le sentiment général, lui demanda pourquoi les trafiquants de drogues n'achetaient pas directement ces substances des distributeurs de semblables produits.

Ces produits, excluant le PCP bien sûr, étaient mis en marché par des grossistes spécialisés qui, craignant des problèmes éventuels, refusaient de vendre à des clients autres que ceux dûment accrédités comme utilisateurs légitimes. Le coût, en petite quantité, pour les acheteurs industriels était de quatorze dollars le gallon.

Comme il était impossible aux fabricants de supercigares de s'en procurer directement, il leur fallait soit voler le liquide, par effraction ou autrement, soit compter sur un réseau d'approvisionnement surtout composé d'employés complaisants de salons funéraires, de morgues gouvernementales et de laboratoires. Le prix payé pouvait atteindre vingt-cinq dollars pour une bouteille de deux onces. Comme la formaline arrivait à la morgue en barils de cinquante-cinq gallons, en mettre un peu de côté représentait un jeu d'enfant et le revenu d'appoint pouvait devenir important, d'autant que libre d'impôts puisque jamais déclaré!

Juge et jury voyaient maintenant où s'en allait le témoin.

---

**Aparté de l'Auteur au Lecteur :** Si l'Éditeur savait seulement que le Web contient autre chose que du cul, il perdrait moins de gageures ! Mais, comme Aznavour, il ne sait pas.

La Friture pouvait être vendue sous forme de cigarette, pour le prix d'environ dix dollars, ou de cigare «Castro», pour entre quinze et vingt dollars.

Pour fabriquer un tel barreau de chaise, on se procurait un cigare de piètre qualité[2] et on en défaisait, délicatement avec une lame de rasoir, la couche extérieure des feuilles de tabac. Le cigare une fois ouvert, le tabac qu'y s'y trouvait était remplacé par de la marijuana et l'extérieur, recollé.

On plaçait ensuite les «cigares» sur une plaque à biscuits qu'on déposait dans un réservoir, habituellement un simple aquarium, de formaline «améliorée».

Une fois les cigares bien imprégnés du puissant liquide, la plaque était retirée du mélange et mise au séchage. Si on désirait un produit plus puissant, on recommençait le processus de trempage et de séchage.

Quoiqu'il ait été possible d'obtenir le produit directement d'un réseau de revendeurs de rue, les vrais connaisseurs préféraient le fabriquer eux-mêmes et le consommer en groupe dans une Maison de la Friture, accompagnant l'inhalation de la mixture de consommation de bière ou de cognac pour «améliorer» la sensation d'engourdissement, tout en utilisant des jeux vidéo pour fouetter des sens engourdis.

Et le goût de cette marinade chimique? De l'aveu des utilisateurs, la fumée vous laissait en bouche un goût d'alcool à friction et au nez, une forte odeur de gazoline.

Autant Flatcoffin n'avait pas eu le cœur de remercier des employés pour arrondir ses propres fins de mois, autant il n'avait jamais voulu vendre de formaline. Chimiste lui-même, il s'était renseigné sur les conséquences de l'inhalation de ce tabac du diable et il avait été horrifié.

Le juge désirait savoir. Il le sut.

L'euphorie durait habituellement une heure ou deux et elle était puissante. Hallucinations, onirisme et psychose en étaient les résultats les plus communs. Un fumeur gelé voyait le ciel jaune, les nuages pourpres et les arbres rouges. L'autre voyait des images constituées d'une série de points multicolores, s'étirant sans cesse comme de la gomme à mâcher. À l'euphorie succédaient des crises de panique, de paranoïa, la perte de l'orientation, des accès de colère et l'inconscience[3].

---

2. Le Très Honorable aurait probablement dit « le plus pire » !

3. **Note de l'Éditeur :** J'ai tout lieu de craindre le plagiat. L'Auteur aurait-il copié une description du comportement d'un nouveau ministre ?

Lorsque cessait l'effet immédiat, le fumeur commençait à éprouver de sérieux problèmes de vision, pouvant causer de graves accidents. Un tel fumeur se serait jeté devant une automobile, la croyant à des centaines de pieds alors qu'elle lui arrivait dessus.

À long terme, les effets du pétard sur le corps humain étaient désastreux. Problèmes ambulatoires, déviation de la colonne vertébrale, accès de fièvre, problèmes cardiaques de toutes sortes et, si l'habitude était conservée pendant une longue période, une mort certaine dans des circonstances horribles.

Il termina son témoignage sur cette note réconfortante.

Me 169 était lui aussi horrifié mais pas pour les mêmes raisons. Il se rendait bien compte que le témoignage de Flatcoffin pouvait laisser croire à un jury stupide que son client était le responsable de cette horrible pratique et Dieu seul savait jusqu'à quel point ces jurés grenouilles pouvaient être stupides.

Il fallait donc clarifier cette situation. Comme il lui avait semblé peu approprié d'interrompre le juge alors qu'il interrogeait personnellement le témoin, il s'attaqua à la tâche de rétablir les faits. Malgré les conseils de McMurtry, qui lui suggérait d'y aller mollo puisque tout cela n'était que de la merde dont le jury ne saurait tenir compte, Me 169 décida d'y aller avec vigueur.

Pourquoi le témoin n'avait-il pas dénoncé de telles activités, pourtant à la limite de la légalité, à son employeur?

Parce que son employeur immédiat, c'était son directeur régional, qui lui avait lui-même suggéré de le faire pour arrondir ses fins de mois.

Pourquoi n'avait-il pas ignoré les directives de son supérieur régional pour s'adresser directement au siège social et dénoncer la pratique?

Parce que ceux qui faisaient de telles embardées perdaient habituellement leur emploi.

Avait-il des preuves à donner?

Non, il n'en avait pas, mais il avait une autre raison de ne pas le faire.

Laquelle?

Il n'avait pas de preuve formelle qu'il y avait commerce illégal de formaline dans son établissement.

Comment? Était-il aveugle ou tout simplement incompétent? On lui vide ses barils[4], au vu et su de tous, sauf de lui?

---

4. Monsieur le Premier ministre, pour y mettre des roches?

Impossible de contrôler rigoureusement combien un cadavre consomme de formaline, c'est une question de volume, de pression et d'état général des artères.

Me 169 lui dit de répondre par oui ou non et le juge intime à l'avocat de se taire. Si ce que dit le témoin n'intéresse pas Me 169, sa déposition intéresse le juge !

On ne peut pas dire combien de cadavres on fait avec un baril. Si quelqu'un en subtilise un gallon sur cinquante-cinq, impossible de le prouver à moins de surveiller les barils en tout temps.

Pourquoi ne pas les surveiller ?

Il n'avait pas les budgets nécessaires.

Tout ce que Me 169 réussit à faire admette au témoin, c'est que, lors d'une réunion de la multinationale, les cadres nationaux de la World avaient dès 1991 mis leur directeurs des funérailles en garde contre le vol de formaline et qu'il y avait une procédure en bonne et due forme interdisant non seulement ce genre de larcin, mais obligeant le directeur régional à faire en sorte que cela n'arrive tout simplement pas.

Qu'il était donc un mauvais employé et que son témoignage ne devait être considéré et retenu par le jury que sous ce seul éclairage.

Le juge ordonna alors à l'avocat de cesser de malmener le témoin. Que le tribunal avait, fort heureusement, assez de jugeote pour faire le tri entre la vérité et la bêtise et que souvent le meilleur contre-interrogatoire était le plus court, voire celui qu'on ne fait pas.

Ainsi varlopé, Me 169 n'eut d'autre choix que de retourner s'asseoir. Au moment où il prenait place, il lui sembla avoir vu du coin de l'œil le président du jury lui montrer son médius, l'agitant du bas vers le haut, dans un geste qui n'était pas sans rappeler une incitation à la fornication. Le temps de le regarder carrément et déjà le jury-man semblait tout simplement se gratter le visage de son médius. Pourtant, les onze autres jurés avaient tous un grand sourire aux lèvres. Qu'avait-il donc fait de si drôle ?

Au cours de l'exposé du témoin, le juge en avait oublié sa dent malade. Avec la fin du témoignage, l'angoisse le reprenait de plus belle et il ajourna jusqu'au lendemain. Deux ou trois martinis ne nuiraient pas avant la torture.

McMurtry, pour sa part, était estomaqué de l'attitude de Roméo Doucet. Tout au long de la matinée, il l'avait observé avec attention, surtout au cours du contre-interrogatoire, histoire de voir comment se comportait « son » investissement. Autant il semblait amical quand le témoin radotait des choses nuisibles à la cause de la World, autant il semblait devenir hostile lorsque M<sup>e</sup> 169 posait les plus insignifiantes questions au témoin.

Par contre, chaque fois qu'un témoin réussissait à esquiver une question, ce Roméo de merde poussait son voisin du coude, faisait semblant de s'esclaffer et se livrait à toutes sortes de facéties. À moins que ce ne soit sa façon de maquiller sa partialité future, ce débile avait un bien drôle de comportement. Peut-être que Vicky, cette connasse, s'était tout simplement fait baiser[5].

Il croyait, lui aussi, avoir aperçu le geste fornicateur du président du jury à l'égard de l'avocat new-yorkais. Il décida d'aller au fond des choses et téléphona à Vicky. Comme il était presque midi, il se dit qu'elle avait dû avoir le temps de se remettre de son batifolage de la veille. À sa surprise, il tomba cependant sur sa boîte vocale. Interloqué, il lui intima sèchement de passer le voir dans sa suite le plus tôt possible.

Atterrée par le message que lui avait laissé Doucet au terme de sa malencontreuse conversation téléphonique, Vicky avait passé ce qui restait de nuit et toute la matinée à se triturer les méninges pour essayer de se sortir de l'océan de merde noire qui menaçait de l'engloutir. Elle avait envisagé toutes les options. Tenter de re-séduire Roméo était impensable. Au mieux, il se paierait sa tête sur-le-champ et, au pire, il prendrait son plaisir et se paierait sa tête par la suite.

Elle pourrait prétexter un malaise et quitter tout de suite Bayou Vermillon pour Montréal. C'était peut-être l'approche la plus sécuritaire. Au moins, lorsque le procès tournerait au vinaigre, elle serait loin de McMurtry et pourrait, une fois sa colère apaisée, le ramener à de meilleurs sentiments.

Elle avait aussi envisagé de remettre sur-le-champ sa démission, mais un tel geste impliquait qu'elle n'aurait aucune indemnité de départ et qu'en plus (ajoutant l'insulte à la blessure) elle devrait défrayer elle-même la note de sa nuit d'amour avec le beau Roméo au *Moqueur*. Elle en était à cette étape de ses réflexions lorsque l'appel de McMurtry entra. Se doutant bien de la source de l'appel, elle le laissa tomber dans la boîte vocale.

---

5. **Note de l'Éditeur :** Je suis moi-même confus… Selon l'Auteur, McMurtry aurait intimé à sa vice-présidente de coucher («baiser!») avec le président du jury. Alors pourquoi McMurtry devrait-il craindre qu'elle ne l'ait fait? Je ne comprends tout simplement pas. Encore une fois, l'Auteur est confus. Nous prions le lecteur de nous excuser car, au moment de publier, il était introuvable et nous n'avons pu obtenir d'explications. Peut-être s'expliquera-t-il lors du lancement.

Quelques minutes plus tard, elle vérifia le message : c'était malheureusement son bourreau qui l'attendait. Résignée, elle se dirigea vers son appartement.

Quand elle entra, il était au téléphone. D'un geste brusque, il lui fit signe de lui verser un café. Il était en train de clouer un de ses malheureux vice-présidents au pilori. Accueil chaleureux, songea Vicky, qui se sentait tout simplement étourdie d'angoisse.

Pour se donner contenance, elle ramassa une copie du *Wall Street Journal* et fit semblant de s'y intéresser. Son cerveau était tout simplement déconnecté de son corps. Elle comprenait maintenant comment devait se sentir la condamnée au moment fatidique d'avancer sur la trappe, la corde de chanvre au cou.

McMurtry raccrocha brusquement l'appareil téléphonique. La jeune femme n'eut même pas le loisir de saluer son patron que déjà il était monté aux barricades.

– Quoi de la copulation est la matière avec cette maudite grenouille de Doucet ? Ce pénis nous est maintenant hostile ! Quoi de la fornication lui as-tu fait [6] ?

Déjà les larmes au yeux, Vicky tenta de lui expliquer le malheur qui lui était arrivé. À son âge, 32 ans, elle ne pouvait pas savoir ce que c'était qu'un « CB », un Citizens' Band. Elle pensait qu'il s'agissait d'un vieux modèle de téléphone cellulaire. Bref, que la technologie, ou plutôt l'absence de, l'avait copulée, car elle avait tout fait ce qu'il fallait faire et que, si on lui avait fourni une limousine et un chauffeur, rien de tout cela ne serait arrivé... Elle voulut continuer.

McMurtry l'interrompit en balayant d'une main tout ce qui se trouvait sur sa table de travail, histoire d'avoir une aire de lancement adéquate pour se placer en orbite.

– Toi, con fornicant ! hurla-t-il. Donne à un copulant avocat quelque chose qui marche et il te le fornique à l'endroit [7] ! Tout ce que tu avais à faire, c'était de souffler son richard et même ça, tu l'as copulé debout [8]... ! Prends ton pied hors d'ici !

---

6. **Note du Réviseur :** Passage d'une adaptation particulièrement rébarbative : « *What the fuck is the matter with this goddam frog ? This prick is now hostile to us ! What the fuck did you do to him ?* »

7. McMurtry savait de quoi il parlait : il avait, après tout, lui-même une formation juridique. Comme on dit en langue saxonne : « *It takes one to know one !* »

8. **Re-note du Réviseur :** Autre passage difficile : « *You fucking cunt ! Give a lawyer something that works and he'll fuck it up on the spot. All you needed to do was to blow his dick and even that, you were able to fuck up... ! Get the fuck out of here !* »

La jeune femme s'enfuit en pleurant. McMurtry dut se contenter de se défrustrer en martelant furieusement des poings sur son bureau, tout en psalmodiant : « Ô Jésus copulant Christ ! Ô Jésus fornicant Christ[9] ! » Il aurait en effet besoin d'une intervention divine pour éviter la descente aux enfers.

Effectivement, car la poursuite sentait qu'elle avait le vent dans les voiles. En termes de témoins, on en avait désormais plus qu'on en désirait. Il s'agissait tout simplement de choisir quelle était précisément la turpitude de la World qu'on voulait exposer au jury et de décider lequel des témoins était le meilleur communicateur.

Amélia, qui non seulement travaillait très étroitement avec Wilbrod mais encore passait désormais presque tous ses moments de loisirs avec le jeune avocat, proposa un bémol. Son argument était que le pire des règlements valait peut-être mieux que le meilleurs des procès. Qu'il fallait peut-être profiter du momentum de la preuve et proposer une entente à l'amiable à l'autre partie. On se trouverait ainsi à déterminer soi-même le niveau de compensation acceptable plutôt que de laisser cette tâche au jury. Ce dernier pouvait donner beaucoup mais aussi accorder peu. D'autant que les gens qui siégeaient étaient de condition modeste et pourraient bien décider qu'un ou deux millions suffisaient amplement.

Landry soutenait le contraire. Il avait longuement observé le jury lors des divers témoignages. Il avait décelé un courant croissant de sympathie envers la poursuite. Et, chose qu'il ne s'expliquait pas, le président du jury affichait désormais une attitude carrément hostile à la défense. Pour lui, il n'y avait aucun doute, on voguait vers une victoire et gros temps[10] !

La discussion tourna alors sur le montant qu'on pensait pouvoir obtenir du jury. Cormier connaissait bien ses concitoyens. Il était d'avis que dix millions serait le maximum des maximums qu'on lui accorderait en dommages punitifs et exemplaires. Landry n'était pas d'accord. Lors d'un procès tenu quelque temps auparavant, une victime était allée chercher cinquante millions.

Mais par contre, dans cette cause précédente, la Cour d'appel de la Louisiane avait ramené les cinquante millions à dix millions

---

9. Chez nos compatriotes anglophones, après une supplique sans succès à « Jesus H. Christ », il convient d'invoquer « Jesus Fucking Christ ». Sinon, on s'adresse à saint Jude. Ou est-ce le contraire ? Si saint Jude ne tient pas promesse, vous invoquez Jesus H. ?

10. « Big time » ?

Et, toujours selon Amélia, on pouvait être sûr que la World irait en appel de tout jugement porté contre elle.

Mais Landry leur rappela que, pour porter une cause en appel en Louisiane, il fallait déposer une caution équivalant à cent vingt-cinq pour cent du montant adjugé [11].

Par contre, pour la World, fournir une garantie de dix ou quinze millions serait un jeu d'enfant. Lorsque votre capitalisation boursière dépasse le milliard, un tel montant n'est que de l'argent de poche !

Et si la Cour d'appel devait tout simplement casser un jugement favorable obtenu ? D'autant que le président du jury avait une attitude qui pouvait amener une cour de révision à mettre en doute son impartialité.

La discussion dura une bonne partie de l'après-midi. Vers quatre heures, on arriva à un consensus. On proposerait à l'autre partie un règlement hors cour pour un montant global de cinquante millions, dix millions comptant et le solde, en actions de la World. Landry proposerait l'arrangement à la partie adverse, mais ce serait à prendre ou à laisser : la poursuite était convaincue que le verdict des douze lui serait favorable.

Vers deux heures de l'après-midi, McMurtry s'était enfin calmé, faute de combattants. Par le biais du siège social, il avait demandé à Vicky de revenir tout de suite à Montréal et de se présenter aux Ressources humaines pour recevoir ses indemnités de départ. Elle était congédiée. Son départ coûterait cher, histoire d'acheter son silence.

Il songea un instant qu'il devrait peut-être aussi aviser ses deux avocats de ce qui s'était passé entre Vicky et le président du jury, mais il se ravisa rapidement.

Ces deux hypocrites ne feraient que faire semblant de se scandaliser de sa tentative, brandiraient leur soi-disant code de déontologie [12] ou, pire encore, se paieraient sa tête. De toute façon, qu'est-ce que

---

11. **Note de l'Éditeur :** Je n'avais pas cru l'Auteur avec son histoire de *wet daddies* et, vérification faite, ça m'a coûté un lunch (plutôt liquide) au Cherrier. Aussi, avant de me moquer de lui au sujet de cette invraisemblable histoire de caution, ai-je eu la prudence d'appeler Me Dévoué au sujet de cette exigence. Vous serez stupéfait d'apprendre que c'est vrai… Pour aller en appel dans le procès en question, il faut fournir une caution de cent vingt-cinq pour cent. Câline ! Quel pays de sauvages !

12. Le code de déontologie d'un avocat, c'est théoriquement aussi inviolable que ses comptes en fiducie. La seule différence entre les deux, c'est que les derniers sont garantis par le Barreau, alors que le premier ne l'est pas.

cette confidence pouvait-elle changer à l'issue du procès ? Probablement rien. Si la chose devait lui coûter quelques millions, *so what ?*

En arrivant chez ses avocats, il repartit de plus belle en orbite à l'annonce de la proposition de règlement de l'adversaire. Il en bavait de rage à entendre ce prétentieux de Sanivan de merde lui dire qu'il fallait peut-être y songer un peu avant d'envoyer chier Landry. Non, mais quels incompétents ! Cinquante millions ? Mais ils étaient tous tombés sur la tête ? La chose éclaterait comme une bombe dans les milieux financiers canadiens. La valeur boursière de la World risquait de chuter de dix, peut-être même vingt pour cent. Et ces deux connards qui lui proposaient, sans oser le dire franchement, d'accepter. Si seulement il pouvait les remplacer à ce moment-ici [13], il les retournerait à New York à bord d'un autobus Greyhound à grands coups de bottes au derrière.

Jesus H. Christ [14] ! Il n'était entouré que de copulants incompétents qui lui coûtaient une fornicante fortune ! C'était tout simplement à désespérer de l'humanité. Pourquoi un président devait-il être entouré d'incapables et obligé de ce fait de tout faire lui-même [15] ? Il ne devait jamais connaître la réponse à cette profonde interrogation.

Le point de vue de Mᵉ SHIT IV était pourtant fort limpide. Quand il avait accepté de prendre la cause, on ne lui avait pas parlé des pratiques « particulières » et des agissements un tantinet « équivoques » de la World aux États-Unis. On lui avait juré que peu ou pas de témoins viendraient soutenir le bonhomme Cormier. Et maintenant qu'on faisait face à une avalanche de témoignages, tout aussi hostiles que dommageables à la World, on avait l'outrecuidance de lui faire des reproches.

Et Dieu seul savait quelle serait la prochaine calamité qu'un témoin viendrait déballer devant le tribunal. Si la partie adverse proposait cinquante millions, il était convaincu que c'était pour avoir vingt-cinq millions. Il fallait régler.

McMurtry reprit son orbite.

Il hurla son irrévocable intention de forniquer MM. Cormier, Landry, 169 et SHIT IV ainsi que toutes les ouaouarons [16] de la Louisiane

---

13. N'oubliez pas que McMurtry était canadien, donc influencé par les habitudes verbales de son PM qu'il voyait chaque soir à la télé.

14. Je me trompais. Les Anglos invoquent d'abord « Jesus Fucking Christ » pour se rabattre, plus poliment, sur « Jesus H. », si le Premier reste sourd.

15. Grande question existentielle qui afflige un grand nombre de P.D.G. de sociétés.

16. Mot cadien pour « grenouille ».

et, à bien y penser, la Louisiane de merde aussi, tellement il était enragé. Il envisageait même de leur prodiguer d'autres pratiques sexuelles, pratiques que le brave Marquis n'eût point désavouées. Il exigeait finalement qu'on l'attachasse, sinon il avait l'intention de passer carrément aux voies de fait sur tous et toutes, sans autre forme de procès.

Ayant ainsi établi clairement sa position, il sortit de la suite SHITienne en claquant la porte avec une telle vigueur que le tableau facturateur électronique se détacha du mur et s'écrasa au sol en mille miettes. M$^c$ Sanivan n'en fut pas ému outre mesure, car il se rendait bien compte qu'il était sur le point de perdre le premier procès de son éblouissante carrière. Et comme il ne pouvait facturer que vainqueur… le tableau pouvait bien se forniquer lui-même !

Obéissant rigoureusement aux instructions spécifiques de son client, il fit ensuite un appel à M$^c$ Landry pour l'informer que son client désirait qu'il aille chier sur-le-champ.

# 26

# Rien ne va plus

Et le procès reprit.

Un autre homme d'une région rurale de la Caroline du Sud vint témoigner pour la poursuite ; il disait qu'à la suite de la vente de son entreprise à la World, on avait exigé de son successeur à la direction de l'entreprise qu'il augmente les prix de cent pour cent. Pour justifier cette mesure, on alléguait que son volume d'affaires était peu élevé et qu'il était le seul croque-mort disponible pour toute une population. Autant en profiter.

Mais son volume d'affaires était faible pour une raison fort simple : son cimetière était bondé et le gouvernement lui imposait toutes sortes de tracasseries [1] pour l'empêcher de l'agrandir. La World résolut le problème de façon fort simple : on le força à excaver toute parcelle de terrain qui ne comportait pas de monument, à placer les ossements dans une fosse commune et à revendre les emplacements [2]. On avait eu beau faire valoir que ces terrains avaient été vendus à perpétuité et que la pratique serait connue des familles des « clients », rien n'y fit.

Pire encore, quand son incinérateur s'était brisé, on lui avait suggéré de pousser les cadavres dans une fosse commune et de remettre aux familles des urnes remplies de cendre de bois ! Ce qu'il avait évidemment refusé de faire.

En contre-interrogatoire, M$^e$ 169 essaya en vain de démontrer que le témoin avait quitté la direction de l'entreprise avant que les présumées

---

1. Jamais le gouvernement du Québec ne ferait une chose semblable ! Alors, avant d'aller ailleurs voir si l'herbe est plus tendre, pensez bien.
2. **Note de l'Éditeur :** Ça doit être vrai si l'Auteur le dit ! Il m'a assez plumé comme ça.

pratiques n'aient lieu et que par conséquent il ne faisait que répéter des racontars calomnieux.

Mal lui en prit. Le témoin relatait les faits à partir de son expérience personnelle, car la sépulture de sa propre grand-mère venait tout juste d'être saccagée par la World.

Vers midi, le témoin termina sa déposition. De crainte d'ennuyer la cour, la défense décida d'annuler les autres témoignages qui ne pouvaient que répéter, à des degrés divers, des expériences semblables. Me Landry était pour sa part persuadé que le jury s'était formé une opinion définitive sur l'enjeu du procès. À continuer, on risquait même d'amenuiser l'impact de ce qu'il avait entendu. Si une des parties devait ennuyer le jury, mieux valait que ce soit la défense.

Le moment de vérité [3] était arrivé pour Me SHIT et son acolyte. Plusieurs témoins avaient établi que la World avait l'habitude de renier ses engagements, de se livrer à des pratiques dépradatrices et d'agir de mauvaise foi. Exactement ce qu'alléguait le plaignant. Conséquemment, ses allégations ne pouvaient que sembler plausibles au jury. Et, si ce dernier devait conserver cette impression, il rendrait un verdict de culpabilité.

Et, selon la même logique, si Cormier avait raison, il fallait lui donner pleine compensation pour les dommages subis et, en plus, lui accorder des dommages punitifs et exemplaires pour dissuader la World de se conduire aussi lamentablement avec d'autres.

Il était donc absolument nécessaire que la défense puisse convaincre le jury que les faits rapportés durant les témoignages n'étaient que des cas isolés, sans rapport avec les accusations de Cormier, et que, en règle générale, la conduite de la World et de son personnel cadre était impeccable. Donc, que rien ne prouvait que Cormier avait raison. Et, si le jury jugeait que Cormier avait raison, il lui fallait conclure que ce n'était qu'un cas isolé ou presque, histoire de minimiser les dommages punitifs et exemplaires.

Comme premier témoin, les deux plaideurs choisirent un vieux croque-mort de Boston, véritable incarnation du brahmane de la Nouvelle-Angleterre. En le voyant, on ne pouvait qu'imaginer son ancêtre, en redingote, descendant du *Mayflower* et débarquant sur la rive de la Nouvelle-Angleterre, huché sur les épaules de sa Camilla Parker-Bowles d'époque, histoire d'éviter de mouiller ses chaussures à boucles et ses bas golf.

---

3. Chez le commun (la plupart) des avocats, ce moment n'arrive habituellement que lors de la facturation.

Le visage en biseau, couperosé comme du linoléum, maigre comme un casseau, on se demandait ce qu'il faisait encore chez les vivants et pourquoi il n'avait pas encore rejoint la clientèle de son entreprise. Mais il avait presque figure d'honnête homme.

Mᵉ 169 lui fit établir ses lettres de créance. Il avait été le premier Américain à vendre son entreprise à la World, en 1973. Il possédait à cette époque la plupart des salons funéraires de Boston. Il était resté gestionnaire de son propre établissement, ce qu'il était encore d'ailleurs à son âge avancé, préparant toutefois la relève. Difficile de trouver une bonne relève aujourd'hui, les jeunes n'étant pas très attirés par le métier de croque-mort...

Rappelé à l'ordre par l'avocat de la World, il coupa sa digression et expliqua que les augmentations de prix qu'il avait affichées depuis la vente de son entreprise n'avaient jamais dépassé la croissance de l'indice des prix à la consommation. Il avait d'ailleurs avec lui copies des documents le démontrant. Et la World ne lui avait jamais demandé d'agir autrement.

Comment s'était comporté McMurtry ? En véritable gentleman, en homme d'honneur respectueux de la parole donnée. À telle enseigne qu'il avait recommandé à plusieurs de ses confrères de vendre leur entreprise au Canadien plutôt qu'à son concurrent.

Pour la première fois depuis le début du procès, quelqu'un parlait en bien de McMurtry et de sa société. Et le bonhomme semblait si fragile, si mortel, si près de son créateur, qu'il se devait de dire la vérité. Les jurés, sauf leur président, semblaient passablement impressionnés par son témoignage. Peut-être pouvait-on penser parmi les jurés que les témoins précédents avaient exagéré leur déposition, tout n'étant jamais complètement noir ou blanc...

Fier de sa performance, Mᵉ 169 regagna sa place, offrant d'un geste ample et généreux son témoin à son confrère pour le contre-interrogatoire.

Durant l'interrogatoire, Amélia avait quitté l'enceinte du tribunal et relié son ordinateur portable à la fameuse base de données « Coccyx & Factyx », celle qui « vous dit tout sur tous ». Elle voulait savoir qui, exactement, était le gérontologué[4].

---

4. **Note du Réviseur :** Admirez l'élégance de langage de l'Auteur, tout comme on dit « homologué », il dit « gérontologué ». J'admire.
   **Avertissement (sévère) de l'Éditeur :** Réviseur ! Trêve de commentaires téteux et révisez, qu'on en finisse.

Elle était revenue avec de puissantes munitions pour son collègue.

Après une dizaine de minutes de conciliabule avec sa collègue, Landry s'attaqua au patricien.

Il fit d'abord exposer au témoin ses antécédents, ou plutôt ceux que Mᵉ 169 avait passés sous silence.

– Monsieur Scuttlebutt, n'êtes-vous pas un important actionnaire de la World ?

– Pas vraiment.

– Combien d'actions détenez-vous ?

– Trois millions quatre cent mille, environ.

– Ah bon ! Vous avez bien raison. Vous n'êtes qu'un actionnaire parmi tant d'autres. Et par hasard, auriez-vous une petite idée du nombre d'actions émises par la World ?

– Euh…

– Nous pouvons facilement obtenir ce renseignement, monsieur Scuttlebutt…

– Euh, environ cinquante millions d'actions…

– Vraiment ! Donc, vous n'avez, somme toute, que cinq ou six pour cent des actions de la World…

– Exact.

– Monsieur Scuttlebutt, qui est le plus important actionnaire de la World ?

– M. McMurtry.

– Et quel pourcentage détient-il ?

– Euh, euh, je ne sais pas, peut-être quinze pour cent…

– Ah bon ! Et quel serait le plus important actionnaire de la World, après vous et McMurtry ?

Si-lence.

– Monsieur Scuttlebutt, voulez-vous que je répète ma question ? L'avez-vous bien comprise ?

– Euh, oui, je l'ai comprise… euh, je pense que c'est la Caisse de dépôt et placement du Québec⁵…

---

5. **Note de l'Auteur :** La Caisse est vraiment fourrée partout. Qui aurait pensé la retrouver dans ce roman, en compagnie de croque-morts et de malfrats de tous acabits ? J'espère que, conscient des répercussions de ce procès, Michel Nadeau fera en sorte que la Caisse vende à temps les actions qu'elle détenait dans la World. Autrement, c'est notre bas de laine qui va écoper. Si ce n'était d'enfreindre les lois des valeurs mobilières, je lui confierais d'ores et déjà l'issue de ce procès pour que la Caisse puisse se conduire en conséquence et faire, ne serait-ce qu'une fois (« Une fois n'est pas coutume ! » avait l'habitude de dire ma maman),

– Et combien cette institution possède-t-elle, en pourcentage, j'entends...

– Trois ou quatre pour cent... peut-être moins... la Caisse a tendance à prendre ses profits rapidement...

– Tiens, tiens ! Voulez-vous dire, monsieur Scuttlebutt, que vous seriez le deuxième actionnaire en importance de la World ?

Re-si-lence.

– Il n'y a pas de honte à être le deuxième actionnaire de la World, monsieur Scuttlebutt...

Me Landry se tourne vers le jury... il s'avance vers lui, tournant le dos à son témoin.

– Aucune honte, monsieur Scuttlebutt, sauf que lorsqu'on témoigne...

Le président du jury, Doucet, lui fait un clin d'œil, tout en poussant du coude son voisin.

– Il est peut-être même recommandable de le dire... Autrement, monsieur Scuttlebutt, ça risque d'entacher votre crédibilité comme témoin. Alors, êtes-vous, et répondez par oui ou non, le deuxième actionnaire en importance de la World ?

Piteusement.

– Oui.

– Et que vaut la position du deuxième actionnaire de la World ?

– Aujourd'hui ?

– Ou hier, monsieur Scuttlebutt, ou la semaine dernière, le tribunal fera les nuances nécessaires...

– Plus de cent trente millions...

– Serait-il possible que votre portefeuille ait aujourd'hui une valeur de...

Il consulte un bout de papier qu'il a tiré de sa poche.

– ... cent trente six-millions de dollars ?

Encore plus piteusement.

– C'est possible...

– Cher monsieur Scuttlebutt, si la World devait perdre ce procès...

Me 169 tonitrue son objection totale, fondamentale et irrévocable à cette question. D'un coup de marteau, le juge lui ordonne de se taire. Sa

---

un profit. Alors, si jamais elle devait se fourvoyer dans un Quebecor quelconque (Dieu nous en préserve !), elle pourrait alléguer en défense les juteux profits réalisés avec la World.

**Note du Réviseur :** Quelle prescience de la part de l'Auteur !

dent fraîchement-traitement-de-canalisée lui fait horriblement mal et il aimerait bien se défouler sur quelqu'un. Me 169 s'en rend compte et s'efface promptement.

– Je disais, cher monsieur, si la World devait perdre ce procès, serait-il possible que la valeur de votre portefeuille baisse, disons, de dix pour cent ?

Me 169 glapit que son client n'est pas un expert en valeurs mobilières [6] et que conséquemment il ne peut répondre à cette question.

Avec regret, le juge lui grogne qu'il a raison. Landry reprend avec une nouvelle approche.

– Avec votre permission, Votre Honneur, je vais reformuler ma question : depuis le début du procès, est-ce que les actions de la World ont baissé ?

Scuttlebutt regarde le juge, qui lui fait signe du doigt de répondre.

– Oui.

– Monsieur Scuttlebutt, si la Société devait perdre ce procès, est-il possible que sa valeur en Bourse chute encore davantage ?

Le Fleur du May [7] est coincé.

– Oui.

– Parlons-nous simplement [8]. Baisseraient-elles de peu ou de beaucoup ?

Très piteusement.

– Tout dépendrait du montant en dommages que le jury allouerait.

– Ah ! enfin ! Et si cela arrivait, ne perdriez-vous pas vous-même de l'argent, beaucoup d'argent ?

Défait. Il vieillit, Dieu est-ce possible, de minute en minute.

– Oui.

– Par exemple, si elles baissaient, très hypothétiquement bien sûr, de dix pour cent, vous perdriez combien ?

Anéanti. Il veut se transporter lui-même à son crématorium.

– Treize millions de dollars.

– Et si le montant en dommages accordé par le tribunal était très élevé et que vos actions baissaient de, disons, cinquante pour cent, vous perdriez combien ?

---

6. **Note de l'Auteur :** Je sais. Je sais. Cette expression est une contradiction dans les termes, voire une impossibilité métaphysique.

7. **Note du Réviseur :** Quel délicieux jeu de mots : « Mayflower », « Fleur du May », « Fleurs du Mal ». Définitivement très doué.

8. Une première pour un avocat, habituellement rompu aux seuls artifices de la langue de bois.

Il préférerait être dans la boîte de carton ultime, sous les feux des chalumeaux [9], bien au chaud dans son incinérateur, plutôt que d'être obligé de répondre. En vrai patricien qu'il est, il préférerait causer de ses hémorroïdes, même vous les montrer, plutôt que de parler de ses piastres, c'est bien connu !

– Plus de soixante millions.

– Il est donc logique de conclure que vous n'avez jamais eu intérêt à ce que les actions de la Société baissent, ni auparavant ni surtout maintenant ?

Il implore du regard le juge, évoquant en un seul coup d'œil son ancienneté, son prochain trépas, ses ancêtres glorieux, sa bonne femme à la mâchoire à la Camilla... Rien à faire. Il faut répondre.

– C'est logique.

– Et qu'en témoignant contre la World ce serait finalement contre vous-même et vos propres intérêts que vous témoigneriez ?

Le plus discrètement qu'il peut, c'est-à-dire à l'insu du juge et au su et vu de tout l'auditoire, Roméo Doucet fait semblant d'étouffer d'une main son rire et montre un médius fièrement en érection à McMurtry, l'agitant de haut en bas en un mouvement rapide et généreux, indiquant un orgasme imminent pour le membre ainsi excité.

Me 169 voit la scène, s'excite le poil des jambes et veut protester. Le juge, qui n'a rien vu du manège, le calme d'un coup de marteau. Sa magistrale gencive lui fait terriblement mal. Il fumerait même un Wet Daddy si ça devait calmer sa douleur. Il ne veut surtout pas entendre les élucubrations de Me 169. Il lui faut un exutoire et ce sera le pauvre plaideur [10].

De façon torrentielle, il lui explique son fait. Il en a ras le bol de lui, de ses objections, de ses formidables [11] jérémiades, de la façon dont il emm... (il se reprend encore à temps !), de la façon dont il enquiquine les honnêtes gens qui ne cherchent qu'à renseigner la cour, et seule son immense et incorrigible bonté, voire sa mansuétude extrême, l'empêche de le sommer de venir lui expliquer pourquoi il ne devrait pas être condamné séance tenante pour outrage au tribunal. Et, s'il veut visiter la prison municipale, il n'a qu'à continuer. Et lui, le juge n'a qu'un conseil à lui donner : « SE TAIRE ! »

---

9. Qui sont, vous en conviendrez, les derniers feux de la rampe !

10. **Note de l'Éditeur :** Ce passage est surréaliste : jamais un juge ne se défoulerait sur un avocat ! Quel non sens !

11. Le juge avait failli employer le mot « fornicable », motif suffisant pour se rendre en Cour d'appel. Heureusement qu'il avait pu se reprendre à temps.

Alors que M[e] 169 se terre sous sa table de travail, le juge se rend subitement compte que sa dent a cessé de lui faire mal. Il a beau rouler la langue dans la molaire crucifiée, plus aucune douleur. La thérapie de choc avait porté ses fruits. Il pourrait donc reprendre au cours de l'après-midi les heures de sommeil perdues depuis deux jours.

Landry consulte brièvement Amélia. Elle lui souffle :

– Pars quand tu es en avant [12] !

Il revient vers le juge et lui dit qu'il peut renvoyer Scuttlebutt.

Se tenant la mâchoire de peur que la douleur ne reprenne, le juge martèle l'ajournement des travaux jusqu'au lendemain. Une chance inespérée pour la défense de réévaluer sa stratégie, car le plus crédible de ses témoins venait de s'effondrer.

Tout au long de l'après-midi, on discuta fort entre les avocats new-yorkais et McMurtry. On dressa la liste des témoins qu'on voulait amener à la barre.

McMurtry voulait que le témoin suivant soit son Éminence Urblat cardinal Crankcase de Toronto [13]. Ce dernier se disait prêt à venir témoigner de l'infinie probité de McMurtry, sa véritable nature d'homme d'Église [14]. Il était le confesseur (ou presque) du croque-mort depuis plusieurs années. Jamais, affirmerait-il sous serment, McMurtry ne serait capable de telles vilenies. Et, si la World les avait effectivement commises, c'était certainement à l'insu de son président qui verrait non seulement à rectifier le tir à la première occasion mais à punir sévèrement les coupables.

Encore humilié par la déroute du jour précédent, M[e] 169 s'enquit des liens, autres que confessionnaux, que l'Éminence aurait pu entretenir avec McMurtry. McMurtry était catégorique : il n'existait aucun lien d'affaires entre la World et son Éminence. Par contre, puisqu'il

---

12. **Note du Réviseur :** L'Auteur voulait probablement dire en langue du procès : « *Quit while you're ahead !* »

13. **Note de l'Éditeur :** Enfin, on vient d'apprendre qui avait convaincu Jean-Paul II d'intercéder auprès de Me SHIT pour qu'il prenne McMurtry comme client. L'Auteur aurait pu nous le dire plus tôt, non ?

    **Réponse de l'Auteur :** Je viens moi-même de l'apprendre ! Pourquoi l'Auteur devrait-il connaître avant son lecteur les dénouements ou péripéties de son ouvrage ? Celui qui paye (sauf à titre de contribuable) n'a-t-il pas droit à tous les égards ? Une simple question de respect du Lecteur.

    **Commentaire de l'Éditeur :** Je crains qu'il n'ait raison. Avouons qu'il est fort en déontologie !

14. Terme d'époque (les années cinquante) pour désigner quelqu'un qui « rongeait les balustres ». Duplessis, par exemple, était reconnu comme un homme d'Église.

fallait tout dire, il se souvint que la World donnait chaque année au moins un million de dollars pour les bonnes œuvres du cardinal. De plus, toutes sortes de rumeurs n'avaient jamais cessé de courir sur les tendances baladeuses du brave cardinal envers ses enfants de chœur ! Sa candidature fut rejetée illico.

Il fut décidé que, comme le jury semblait un peu xénophobe, on éviterait les témoins canadiens. Les témoins mexicains furent rejetés avec encore plus de célérité par Mᵉ Sanivan, sans que personne lui demande de se justifier [15].

Du côté américain, la moisson n'était guère impressionnante. Si la poursuite grattait le moindrement dans les antécédents des témoins qu'on voulait amener, elle trouverait facilement matière à les récuser.

Après quatre heures de débats, chicanes, insultes et menaces, on arriva à la conclusion définitive que la défense ne ferait ni témoigner McMurtry ni personne d'autre. Mieux valait préparer sa plaidoirie finale et s'efforcer de convaincre le jury que rien n'avait été prouvé plutôt que de continuer à faire défiler des témoins qui se tourneraient eux-mêmes en bourriques lors du contre-interrogatoire. L'argument final de McMurtry l'avait emporté : « On ne peut tout de même pas être condamné à payer dix millions dans une poursuite de deux. Ça n'aurait aucun sens ! Alors, copulons-les tous ! »

Du côté de la poursuite, on sentait aussi que la fin était proche et on décida de passer l'après-midi à préparer la plaidoirie finale.

---

15. **Note de l'Éditeur :** Je me demande bien pourquoi je passe deux semaines chaque année à Acapulco et trouve les Mexicains fort sympathiques. Il doit s'agir d'un autre des nombreux préjugés racistes de l'Auteur. Nous nous en excusons, évidemment.

# 27

# Le dernier droit

Mardi matin. La dernière étape du procès était arrivée : les avocats des deux parties présenteraient leurs plaidoiries au cours de la journée, ensuite ce serait aux jurés de rendre leur décision. Pour une première fois depuis la séance de torture buccale sur le fauteuil à bascule, la gencive triturée du juge l'avait laissé dormir douze heures d'affilée.

Il était donc presque de bonne humeur au moment où s'amorçait ce dernier droit. Un long week-end approchait et, si le procès se terminait mercredi soir, il pourrait prendre quelques jours de repos dans son bayou, à l'affût de quelque cocodril téméraire. Il ne fallait surtout pas que les deux procureurs viennent tout gâcher en se faisant aller inutilement le clapet pour le bénéfice de leurs honoraires [1]. Il avait l'intention de bien se faire entendre sur le sujet au moindre dérapage.

Il expliqua donc aux avocats des deux parties qu'il ne tolérerait pas qu'on répète en plaidoiries tout ce qui avait été raconté lors du procès. Que ni lui ni le jury ne souffraient, à sa connaissance, de la maladie d'Alzheimer et qu'à son avis une plaidoirie qui dépassait deux heures comportait une heure de trop et qu'il souhaitait ardemment livrer la cause au jury en fin de journée.

Bref, son souhait le plus cher était que Me Landry ait fini à midi et que son collègue ait terminé sa rhétorique en fin d'après-midi. Ce n'était bien sûr qu'un souhait, mais ses yeux avaient repris la cruelle apparence d'une paire de canons juxtaposés de calibre 10 dont on aurait

---

1. On me dit que de telles pratiques de la part des distingués Bar-men n'avaient cours qu'en la Louisiane. Ouf ! On l'a échappé belle.

posé l'extrémité sur des lunettes demi-lune et dont la mire chercherait une cible. C'était tout dire. Les deux avocats double-cliquèrent [2] du bonnet pour exprimer leur complet accord avec le magistrat.

Les instructions du juge coïncidaient parfaitement avec les intentions des avocats de Cormier. Ceux-ci voulaient limiter leurs interventions aux aspects les plus percutants des témoignages entendus. Et Wilbrod Landry était en excellente forme pour entreprendre son travail. Tout au long du procès, il avait travaillé côte à côte avec Amélia. Alors qu'il se sentait vivement attiré par la jeune femme, cette dernière lui semblait prendre ses distances dès que la conversation quittait le domaine juridique.

Puis, le dimanche précédent, les deux avocats avaient pris congé de leurs dossiers pour faire une longue balade dans le bayou, promenade qui s'était terminée dans un petit restaurant champêtre, *La Pagogie* [3] tout près de la Pointe-aux-Loups. Comme la saison touristique était presque terminée, ils s'étaient retrouvés pratiquement seuls dans la salle à manger. La combinaison de l'atmosphère chaleureuse de l'établissement, de la qualité de la cuisine et des vins, semblait avoir fait fondre la timidité de la jeune femme.

Elle lui avait raconté un peu sa vie, même son aventure avec McMurtry. Il avait fait de même. En prenant la décision de revenir vivre et pratiquer le droit à Bayou Vermillon, il avait perdu sa copine, que seule la grande ville, La Nouvelle-Orléans, intéressait. De retour à son hôtel, Amélia s'était montrée très affectueuse en lui souhaitant bonne nuit.

Et puis la veille, alors qu'ils finissaient la préparation de leur plaidoirie et qu'il se plaignait de raideurs dans le cou, elle lui avait prodigué un long massage. Le geste lui avait semblé traduire un certain présage. Du moins le pensait-il car, en la raccompagnant à pied à son hôtel, il avait senti que, s'il s'était lui-même invité à sa chambre pour un bonnet de nuit [4], les choses n'en seraient pas restées là.

Le jeune avocat était gonflé à bloc et déterminé à l'emporter lorsqu'il s'approcha du jury pour aborder sa plaidoirie. Il avait le pressen-

---

2. Le code de déontologie du Barreau interdit formellement aux avocats de branler publiquement le chef, car une telle pratique pourrait éventuellement leur bloquer l'accès à la magistrature. Le double-clic du bonnet est par contre pleinement recommandé aux Bar-men comme succédané. Pas prétentieux pour deux sous, ce geste fait « high-tech » et confère à son agent un je ne sais quoi de style nouvelle économie.

3. Pagogie : mot cadien pour « nénuphar ».

4. « *Night cap* » ?

timent que de l'issue de ce procès dépendrait toute sa vie, tant professionnelle que personnelle, et que, s'il gagnait son procès, sa vie prendrait un incroyable virage. Plutôt que de se servir de notes comme il l'avait toujours fait, il avait au cours de la nuit rédigé et appris par cœur son texte. Il était maintenant seul sur scène, face à son public. Tout à gagner et rien à perdre. Il s'avança vers le jury et, immobile, en fit le tour du regard.

– Messieurs les membres du jury. Au cours des deux dernières semaines, vous avez été témoins du récit d'une des plus sordides histoires de cupidité jamais exposées, l'histoire de la cupidité d'un homme...

Sans le regarder, les yeux toujours fixés sur le jury, il désigne McMurtry du revers de la main.

– ... et de la rapacité d'une société, la World Funeral Services Incorporated, société qu'il dirige et contrôle comme si elle n'était qu'une extension de lui-même. Une société étrangère. Vous avez entendu comment le défendeur s'en est pris à Warren Cormier. Et pourtant, comme vous avez pu l'entendre des autres témoins, ce que le défendeur a fait ici à Bayou Vermillon, ce n'était que la pointe de l'asperge [5].

Il se tourne et, du geste, présente Warren Cormier au jury, comme si ce dernier ne le connaissait pas.

– Warren Cormier, c'est un des nôtres, un descendant direct d'une des premières familles déportées de Port-Royal, en Acadie, qui fondèrent Bayou Vermillon. Un pilier de notre petite communauté. Un homme qui a passé sa vie chez nous, qui y a bâti une entreprise, payé ses impôts, qui a partagé les chagrins et les deuils de presque chacune des familles de notre communauté [6].

» Quelqu'un qui sait ce qu'une famille qui vient de perdre un père, une épouse, un jeune enfant, espère obtenir : le réconfort de savoir que

---

5. Autant les icebergs sont rares dans l'estuaire du Mississippi, autant l'asperge y pousse facilement. D'où probablement l'utilisation de cette expression, dont la paternité est parfois, certainement à tort, attribuée à l'inénarrable Jean Perron.

6. **Note de l'Éditeur :** Ma foi, l'Auteur déraille. Ceci n'est pas une plaidoirie. Le discours qu'il fait prononcer n'a aucun sens. Le moindre juge lui aurait intimé de se taire.
   **Note de l'Avocat de l'Éditeur :** « Lors d'une cause semblable à Biloxi, au Mississippi, la plaidoirie du plaignant se résuma à peu près à ce genre de propos, aussi incroyable que cela puisse sembler. J'ai même à un moment donné craint qu'il n'ait purement et simplement traduit et copié... »
   **Commentaire in petto de l'Éditeur :** βαπτεμε δε βαπτεμε! Comme dirait pôpa !

251

la personne qui va accueillir l'être cher au salon funéraire le fera comme si c'était son propre père, son épouse ou son enfant. Messieurs les jurés, cela veut dire accueillir la personne décédée avec...

Il effectue une pause comme s'il devait retenir un sanglot.

– ... accueillir la personne décédée, disais-je, avec amour et respect, comme vous le feriez, messieurs les jurés, avec le corps de vos parents, de vos enfants, de vos amis...

» Imaginez, au contraire, si en plus de supporter votre douleur, il vous faut craindre l'éventail de supercheries et bassesses de croque-morts irrespectueux, que les témoins sont venus vous exposer au cours de ce procès...

» Mais, avec Warren Cormier, vous n'aviez aucune de ces craintes. Il partageait votre chagrin et votre respect.

» Warren, c'est un homme que vous connaissez tous pour sa probité, pour son honnêteté, pour son dévouement pour ses concitoyens.

» Warren Cormier, c'est aussi le descendant d'une lignée de véritables patriotes, de véritables Américains. Son arrière-grand-père combattit les forces du Nord sous les ordres du général Beauregard [7]. Grièvement blessé à Baton Rouge, il fut incarcéré pendant deux terribles années à Camp Sumter avant de revenir chez nous.

» Le père de Warren Cormier, pour sa part, se porta volontaire le 11 décembre 1941, lors de l'attaque sur Pearl Harbor. Il fit toute la Deuxième Guerre et ne fut rapatrié qu'après avoir été gravement blessé [8] lors du débarquement en Normandie.

» À l'époque où plusieurs se réfugiaient au Canada, pays des défendeurs, pour ne pas se battre, Warren Cormier, lui, a répondu à l'appel de son pays et s'est porté volontaire pour combattre au Vietnam. Blessé à trois reprises, il fut décoré pour bravoure [9].

---

7. **Note de l'Éditeur :** À ma demande, l'Auteur m'a remis ses travaux de recherche. L'ancêtre Cormier avait bel et bien servi sous les ordres du fameux général français et héros des Confédérés, P. G. T. Beauregard, mais comme cuisinier. Il fut grièvement blessé lors d'une rixe, probablement dans un tripot de Baton Rouge. Comme il avait gravement estropié trois autres soldats, on lui offrit le choix entre la Cour martiale ou un poste de cuisinier au camp de concentration Sumter pour soldats confédérés.

8. **Autre note de l'Éditeur :** Mobilisé comme commis aux écritures, il fut gravement blessé lors d'un accident d'auto en Normandie. L'alcool aurait été en cause. **Réplique de l'Auteur :** Et pi après ? Il s'agit d'un roman, non ?

9. **Précision de l'Éditeur :** Il ment comme il écrit ! Ce n'est qu'après avoir épuisé tous les recours possibles et imaginables que ce Cormier se rendit, et bien à son corps défendant, au Vietnam. Une fois là-bas, il fut effectivement blessé trois fois, mais dans de nombreuses bagarres dans les bas-fonds de Saïgon. Il ne fut point

Landry savait que sa façon de présenter les choses au jury dépassait ou, au mieux, se trouvait à la limite de l'acceptable. Il venait de sortir le procès du contexte d'une simple dispute commerciale, pour l'établir comme le juste combat du «p'tit gars de Bayou Vermillon [10]» contre le méchant étranger. Tout au long de sa tirade, Landry n'avait osé regarder le juge, craignant de se faire tancer vertement. Quand finalement il lui jeta un coup d'œil, ce fut pour constater que le magistrat, lui-même ancien combattant, buvait ses paroles.

M[e] 169 fut d'abord estomaqué que le juge ne rappelle pas son confrère à l'ordre. Sa deuxième réaction aux propos plus que tendancieux de son confrère, qui invitait carrément le jury à la xénophobie, fut, fidèle à son habitude, de bondir sur ses pieds et de hurler son objection à de tels propos. Me Sanivan le retint du geste et lui glissa à l'oreille :

– Laisse faire le vieux fornicateur… Son attitude est tellement partiale et grossière, ça va nous aider en appel !

Landry continua sur sa lancée.

– Et qui est cet étranger qui vient ici spolier un des nôtres ? Heureusement qu'une courageuse dame est venue nous dire qui était cet individu. Un personnage tiré de la pauvreté extrême par un homme au cœur trop grand, un homme qui fait en sorte qu'il puisse même fréquenter l'université, qui lui offre un poste de cadre au sein de son entreprise, en fait même son associé.

» Et comment cet individu s'acquitte-t-il de sa dette envers Robert Poirier ? Âpre et rapace, il ne se contentera pas longtemps de sa part de cinquante pour cent dans l'entreprise de Poirier, part que la veuve lui avait elle-même donnée. Il lui faut tout posséder.

» Vous avez entendu le témoignage de la veuve. Vous savez qu'avant le décès de Poirier il y avait eu une violente querelle entre le défendeur et son presque père adoptif. Le juge vous a demandé d'ignorer les circonstances de ce tragique décès…

Ceux qui avaient oublié l'incident viennent de se les faire rappeler subtilement. La colère se lit sur plusieurs visages.

– Nous acceptons évidemment la décision du tribunal et nous n'évoquerons pas ces circonstances troubles, pour graves qu'elles aient été.

---

décoré, mais cité pour avoir terminé au premier rang de son groupe sa formation de technicien croque-mort. Tant de fabulation chez un seul homme ! Incroyable !

10. À ce jour on ne sait toujours pas si Landry était tout simplement tombé par hasard sur cette pittoresque expression ou si Amélia la lui avait suggérée.

Une nouvelle pause permet aux plus ralentis du bulbe au sein du jury de se rappeler la sortie de la Vieille. Leur conclusion est facile : pour s'emparer de sa fortune, ce fourbe avait probablement assassiné son associé ou l'avait laissé crever comme un chien. Les visages deviennent encore plus longs. Landry navigue au près et en eaux dangereuses. Le juge ne dit mot. Sanivan retient M<sup>e</sup> 169 du regard. On ne peut, après tout, faire interdire une pause parce qu'elle est éloquente !

Landry poursuit.

– Que fait notre homme ? Avec le concours d'un notaire véreux [11], il fait disparaître un document, signé de sa main, par lequel il s'engageait à payer à la veuve et à la pauvre petite orpheline quinze millions en franchise d'impôts. Bref, il prend le bien de quelqu'un contre son gré et à son insu. Et vous savez comment on appelle le fait de prendre le bien de quelqu'un contre son gré ou à son insu ? C'est ce que le dictionnaire donne comme définition précise du mot « voler ».

» Vous avez en effet, membres du jury, entendu la veuve témoigner, preuves à l'appui, qu'en 1970 le défendeur dans le présente cause, Fredrik McMurtry, lui avait volé – et je dis bien volé –, à elle et à sa petite-fille de sept ans, orpheline de père et mère, la somme de quinze millions de dollars.

» Soit dit en passant, une telle somme vaudrait probablement aujourd'hui deux ou trois fois sa valeur de l'époque.

» Je disais donc, messieurs les jurés, que le défendeur pour assouvir sa cupidité n'a pas hésité à voler une personne qui aurait pu être sa mère et qui se considérait probablement comme telle, l'abandonnant à une vie de pauvreté alors que lui se vautrait dans le stupre et le lucre.

Jamais les membres du jury ne comprendraient ces deux derniers mots, mais leur seule sonorité les impressionnerait. Et effectivement, cette dernière sortie pesait lourd au yeux du jury. Tous, sans exception, avaient maintenant la mine grave, le sourcil froncé et le regard fixé sur l'avocat de la poursuite.

Excédé, M<sup>e</sup> 169 fit mine de se lever. M<sup>e</sup> SHIT le força à se rasseoir. Bien faire et laisser braire favoriserait une requête en appel, lui susurra-t-il. McMurtry, pour sa part, avait repris la contemplation d'un point imaginaire. Landry continua dans la même veine, désireux de glisser une autre vacherie dans son plaidoyer.

---

11. Variété qui n'existe que dans les romans, bien sûr… Vous connaissez, vous, un notaire véreux ? Oui ? Ah bon, oublions tout cela d'abord.

– Et ce n'est que vingt ans plus tard et grâce à un concours extraordinaire de circonstances (il devait maintenant peser soigneusement ses mots), alors que le défendeur réussissait à séduire l'orpheline qu'il avait spoliée, que la veuve se remit à la tâche pour poursuivre le défendeur pour ce qu'il était : un voleur. Malheureusement, les pitoyables lois du Canada empêchent désormais la veuve de réclamer son dû en justice… Le crime, messieurs, demeurera impuni.

Le message était clair : sauf si vous, membres du jury, décidiez de le punir. Et le jury le comprit d'emblée.

– Et si le défendeur a pu se conduire ainsi avec ses parents adoptifs, qu'est-ce qui l'aurait empêché de faire pareil, ou pire, avec le demandeur, Warren Cormier ? Pourquoi se gênerait-il, en territoire étranger, alors qu'il négocie avec des inconnus ? Poser la question, honorables membres du jury, c'est y répondre !

» D'autant plus que nous avons eu de nombreux exemples du comportement odieux, du comportement prédateur de la World ici dans notre pays.

Me Landry rappela en peu de mots l'essentiel du témoignage de Mackinaw, ce croque-mort du Mississippi. Celui-ci avait perdu l'exclusivité de la vente des préarrangements grâce à une manœuvre de la World. Lorsqu'il s'était rebellé, il avait reçu des menaces, son camp de chasse avait été incendié et sa meute, empoisonnée. Il prit la peine, finement, de préciser que rien ne liait la World ou son président à une telle atrocité. Mais clairement le jury comprenait le contraire.

Il résuma par la suite les agissements de la World au Tennessee. Pour faire encore plus d'argent, la Société n'avait pas hésité à doubler ses prix, profitant qu'elle n'avait pas de concurrents locaux pour voler les familles éplorées.

Il passa ensuite aux horreurs décrites par Flatcoffin de New York, la vente de formaline pour fabrication de cigares mortels. Le tout encore présenté si finement au jury qu'on voyait partout la main sinistre de McMurtry empochant les dollars.

Il fit ensuite état de l'ampleur de la présence de la World, cette société étrangère implantée aux États-Unis, décrivant la chose comme une calamité présente et future si rien (ou personne) ne l'arrêtait. La Société valait maintenant des milliards, résultat de pratiques éhontées. Quelqu'un se devait d'avoir assez de force de caractère pour dire : « Assez ! Ça suffit ! » Et Landry croyait que le jury qui lui faisait face, un jury d'honnêtes Cadiens, sans peur et sans reproche, aurait la force de poser le geste requis.

– Je vous demande donc, messieurs du jury, de conclure en faveur du demandeur Warren Cormier, d'ordonner que lui soit remis ce qu'on lui a enlevé. Je vous demande aussi de donner un avertissement à la World et à son président : qu'ici, en Amérique, terre des braves et de la liberté [12], on ne peut impunément tout saccager et retourner dans son pays les poches pleines de nos billets verts.

» Messieurs du jury, la famille Cormier est une famille de patriotes et de bagarreurs. Lorsque le grand général Beauregard, que Dieu ait son âme, demanda des hommes pour repousser l'envahisseur, la famille Cormier était au premier rang. Lorsque les Japonais nous attaquèrent traîtreusement à Pearl Harbor, à la barre du jour, le père du demandeur s'en fut le même jour au premier bureau de recrutement pour aller se battre !

» Dans les années soixante, alors que d'autres allaient se cacher au Canada, pays du défendeur, une voix intérieure disait à Warren Cormier qu'il devait aller se battre contre le communisme au Vietnam. Il n'avait que dix-neuf ans mais, comme son père, il répondit immédiatement à l'appel de son pays sans poser de questions.

» Il est donc normal que, lorsque Warren Cormier, en brave Américain, se rendit compte que McMurtry lui avait menti, il ne put qu'écouter cette même voix qui lui disait « Défends-toi ! » Quand la World décida de renier ses engagements, cette voix lui dit de contester, de ne jamais se soumettre. Et cette voix, vous savez, messieurs du jury, comment on l'appelle ? Cette voix, ici à Bayou Vermillon, on l'appelle "fierté", "patriotisme", "amour de notre pays" [13].

---

12. « *Home of the brave and the free !* »

13. **Note de l'Éditeur :** Clairement, je le répète, l'Auteur n'a jamais assisté de sa vie à un procès. Comme si un avocat pouvait invoquer tant d'arguments à la con pour gagner un procès. On s'approche du délire. Malheureusement, le contrat qui nous lie est spécifique : sauf pour des scènes scabreuses (et encore là !) ou qui pourraient constituer matière à litige éventuel, je ne peux, ô horreur, le censurer. Je demande instamment à notre conseiller juridique (Me Dévoué) de modifier en conséquence notre contrat standard. Je vous assure que ce genre d'exaltation ne se reproduira plus dans cette maison que vous avez la bienveillance d'honorer de votre patronage. Merci, chers lecteurs, de votre compréhension. Vous savez, moi, j'apprends mon métier sur le tas dans une jeune maison d'édition… enfin, je suis sûr que vous me comprenez. Encore une fois, merci.
**Extrait d'une note (confidentielle) du conseiller juridique (Me Dévoué) à l'Éditeur :** « […] fait suite à ma première note sur le sujet. Contrairement à vos conclusions, je désire vous aviser que l'Auteur s'est certainement inspiré d'un procès survenu il y a quelques années aux États-Unis et lors duquel les avocats

» Messieurs du jury, et je termine sur cette note, au début du présent procès, vous vous êtes déclarés disposés à imposer des dommages punitifs et exemplaires importants si la conduite d'une des parties le justifiait. Nous, de la poursuite, pensons avoir fait une éclatante démonstration de la nécessité d'imposer des dommages qui feront époque et qui dissuaderont Fredrik McMurtry, sa société milliardaire et leurs pareils, où qu'ils se trouvent, de s'enrichir aux dépens des veuves et des orphelines de ce pays. Cette société, la World, est, je vous le répète, une société milliardaire. Il faut que la pénalité soit à la mesure de l'agresseur.

« Vous seuls pouvez rétablir la confiance des plaignants et des nombreuses victimes de la World en notre système démocratique et judiciaire. Vous êtes aujourd'hui le bras de Dieu. Je prie qu'il vous donne la force de punir adéquatement les coupables ! Nous vous demandons donc, messieurs du jury, d'accorder à ce héros, Warren Cormier, des dommages compensatoires de l'ordre de cent cinq millions de dollars [14].

Et vlan sur la gueule de McMurtry !

Avec des gens de cet acabit, songea Landry en revenant vers son siège, seul un imbécile aurait mis des gants blancs. Il avait non seulement mis des gants de boxe mais, en plus, il ne s'était pas gêné pour frapper carrément en bas de la ceinture. Juge et jury restaient encore bouche bée à la suite du réquisitoire auquel il s'était livré. Si les membres du jury se considéraient comme de véritables patriotes, armés par Dieu pour dispenser Sa justice, le verdict serait impitoyable.

La conférence de la défense au cours de l'ajournement du midi fut plutôt sombre. Assurément, il n'y avait aucun semblant d'impartialité à espérer de ce ouaouaron magistrat [15], ni de cette bande de grenouilles

---

de la poursuite ont plaidé, grosso modo, un peu comme le rapporte l'Auteur. Comme je ne croyais pas qu'il avait assez d'imagination pour inventer de telles lubies, j'ai passé quelques heures sur le Web et voilà. Il ne fabule pas, bien au contraire : il a probablement tout simplement traduit et adapté ce qui s'est dit en cour... »

14. **Extrait d'une note (confidentielle) de l'Éditeur à son conseiller juridique (Mᵉ Dévoué) :** « [...] avec tout le respect que je dois à vote éminente compétence, cher Maître, je ne puis tout simplement pas croire que de semblables élucubrations aient pu être articulées par un de vos savants confrères lors d'un procès dans la vraie vie. Pourriez-vous, s'il vous plaît (et à moindres frais), me fournir la référence exacte de ce quoi au sujet duquel vous me causez... »

15. « *Bull Frog Judge* ».

à qui on suggérait de jouer aux intégristes et de venger l'humanité pour des pratiques commerciales qui partout ailleurs seraient considérées comme normales. Ce procès n'aurait jamais dû avoir lieu à Bayou Vermillon.

Comme c'était devant la Cour d'appel que se jouerait le véritable procès, Mᵉ SHIT IV avait fait les vérifications requises. Aucun des membres de ce tribunal, Dieu merci, n'avait un nom de consonance grenouille ou n'était de cette ascendance. Comme certains de ces batraciens avaient anglicisé leurs noms au fil des ans, il avait poussé plus loin sa vérification diligente : aucun danger en vue. La plupart des juges étaient de « vrais » (c'est-à-dire comme lui) Américains, plusieurs avaient été avocats d'affaires [16] et on pouvait espérer qu'ils aient même un préjugé défavorable pour tout ce qui était du niveau du « déchet blanc [17] ».

Il s'agissait donc de présenter un plaidoyer empreint de dignité, qui rappellerait à tous qu'on n'avait aucune preuve que McMurtry ait doublé Cormier, au contraire. Que tout le reste n'était que de la poudre aux yeux qu'un jury sensé avait l'obligation de rejeter.

Dès le retour du lunch, Mᵉ 169 s'attela à la tâche. Mais il ne partit pas du bon pied.

– Messieurs du jury. Comme mon savant confrère, Mᵉ Landry, je crois que vous avez entendu ici une histoire incroyable. Mais, contrairement à lui, je trouve que cette histoire est tellement incroyable que, de fait, vous ne devriez pas la croire !

La plupart des jurés semblent l'écouter, mais distraitement. Quelques-uns regardent leur montre, d'autres cherchent d'invisibles poussières sur leur complet, l'un se taille les ongles, l'autre fait semblant de réfléchir les yeux fermés, alors que leur président roule des yeux d'un air exaspéré. Le juge, lui, digère, les yeux mi-clos comme un cocodril au soleil.

Il sait qu'il en a pour une bonne heure de platitudes new-yorkaises. Sa longue expérience du baratin qu'il faut faire semblant d'écouter, sinon-gare-à-la-Cour-d'appel, lui avait permis de maîtriser au cours des ans la technique du sommeil l'œil à demi ouvert. Seul son greffier était

---

16. Dits « d'affaires », car ils font habituellement leur affaire de facturer plus que tous les autres. Mᵉ SHIT IV et son souffre-douleur, Mᵉ 169, étaient tous deux avocats d'affaires.

17. « *White trash* ». Terme fort péjoratif pour désigner des Blancs qui vivent pauvrement dans des quartiers à prédominance noire.

au courant de cette magistrale technique, acquise par de longues heures d'audience, et il se chargeait de réveiller le juge en temps utile par un discret éternuement. Pour bien montrer qu'il avait bien suivi le débat, le brave juge interrompait alors le processus judiciaire en cours avec une question neutre, du style : « Répétez s'il vous plaît, je n'ai pas compris ! »

Pour la première fois depuis qu'on lui avait charcuté la gueule, il avait pris, ce midi-là, un repas léger, mais convenable pour un déjeuner de jour de semaine. Histoire de bien réveiller un appétit somnolant depuis quelques jours, il avait d'abord commandé deux douzaines d'huîtres [18] bien grasses pour accompagner un double martini ultrasec (« l'ombre d'une goutte de vermouth est plus que suffisante à un bon martini ! » se plaisait-il à répéter). Suivit une douzaine de grosses chevrettes [19], accompagnée évidemment d'un grand verre (ou deux, comme ce jour-là) de Fumé Blanc. Comme plat principal, il engouffra une entrecôte d'une livre et demie, accompagnée de patates douces. Le tout fut poussé par une demi-bouteille (la modération a bien meilleur goût) de Château Lamothe 90, un petit bordeaux qu'il jugeait tout à fait approprié pour le repas du midi. Pour clôturer la séance, une énorme pointe (effectivement, le tiers) de tarte à la pacane [20] et au giraumont [21], une spécialité du bistro *La Fromille*. Café, pousse-café et hop, on retourne en cour, fin prêt pour un après-midi de labeur !

Ignorant de ces circonstances pourtant fort atténuantes, l'avocat continue.

– En effet, la poursuite a été incapable de prouver une seule des assertions qu'elle s'était pourtant engagée à vous démontrer. Au contraire, elle s'est affairée à échafauder tout un ensemble de faits, de coïncidences, d'hypothèses et de conclusions tirées par les cheveux.

» Prenons par exemple le cas de Warren Cormier. Personne ne conteste qu'il n'ait été ivre mort au moment de conclure la transaction en question avec notre client. La poursuite soutient qu'il y a eu une entente verbale en sus de l'entente écrite. Pourtant, elle n'a apporté aucune preuve, je dis bien aucune preuve, d'une telle entente.

» Tout ce que la poursuite a réussi à faire, ce fut d'amener une série de témoignages totalement dénués de pertinence pour ce qui concerne la transaction entre la World et Warren Cormier. Par exemple, quelle

---

18. Beaucoup mieux pour la santé que des croustilles ou du tac-tac !
19. Ici, on n'en prend qu'un seul Chevrette à la fois et déjà c'est trop ! Pauvre juge !
20. Mot cadien pour « pécan ».
21. Mot cadien pour « citrouille ».

était la pertinence d'évoquer dans le cadre de ce procès les ventes de blé canadien à des consommateurs américains, rendant la pizza moins patriotique qu'elle ne l'eût été avec du blé américain [22] ?

» Autre exemple, prenons le long témoignage que nous avons dû subir sur les augmentations de prix dans l'État du Tennessee. En quoi les pratiques commerciales de la World à des centaines de milles d'ici seraient-elles pertinentes à une entente survenue entre notre client et la poursuite ?

» D'autant plus que le même témoin a lui-même indiqué que, dans d'autres régions du Tennessee, la World avait diminué le prix de ses services. Alors, je vous le demande, en quoi les politiques de prix de notre cliente doivent-elles influencer votre décision ? Je vous demande respectueusement de ne pas en tenir compte.

» La poursuite a fait grand état de menaces subies par d'anciens employés de la World, histoire de montrer le caractère implacable de notre client. On a même évoqué, chose incroyable, l'empoisonnement de quelques sots clébards…

L'expression passe mal la rampe auprès de certains jurés qui ont une haute considération pour le meilleur ami de l'homme (surtout) sudiste. Le juge dort toujours.

– Encore là, malgré tout le chichi que la poursuite a créé autour de l'incident, a-t-elle été capable de le relier de quelque façon à des agissements de notre cliente ?

Me 169 est maintenant planté devant le jury, attendant présumément sa réponse. Personne ne le regarde sauf son patron, Me SHIT, qui semble en avoir assez de son petit théâtre amateur.

– Non, messieurs les jurés, malgré tous les efforts, d'aucune façon n'a-t-on pu relier cet incident, ni aucun autre incident d'ailleurs, à notre cliente.

» On a longuement fait état, pendant toute une journée, je crois, de l'utilisation de formaline par des drogués pour se faire sauter la cervelle. Encore là, a-t-on pu relier de quelque façon cette pratique fort déplorable à une directive de la World ? Non, jamais. Toujours le ouï-dire et l'insinuation.

---

22. **Courriel du conseiller juridique (Me Dévoué) :** La transcription du procès en question est disponible… Le cabinet d'avocats exige une traite bancaire avant de nous envoyer la transcription du procès… Comme vous avez de nombreux comptes en souffrance, s'il vous plaît me faire parvenir *un chèque visé* de 4 832,37 \$US. Entre-temps, sachez que les choses se sont passées comme l'Auteur les raconte : on a effectivement invoqué l'origine canadienne du blé des pizzas américaines… »

» La poursuite a-t-elle pu démontrer que notre cliente avait de quelque façon profité de ce trafic éhonté ? Évidemment que non.

La physionomie de plusieurs jurés indique clairement qu'ils aimeraient l'entendre dire qu'il va se taire. Le président du jury scribouille une note qu'il fait circuler parmi ses collègues. L'un après l'autre, ils font signe que non. La note se lisait : « Qui gage un lunch avec moi qu'il ne parlera pas de l'histoire de la Vieille ? »

Me 169, lui, a cru que les jurés venaient de répondre, avec quelque retard, à son hypothétique question. Encouragé, il continue.

– Encore là, on laisse entendre, on insinue, on ne prouve jamais. On évoque le fait que notre cliente aurait exhumé des cercueils dans un cimetière pour faire de la place. Par contre, la poursuite se garde bien de dire que la World a nié de telles allégations et qu'elle a entamé des poursuites contre les médias qui ont rapporté la chose. Des travaux d'excavation se font constamment dans tous les cimetières pour s'assurer que les emplacements demeurent conformes à la réglementation appropriée. La poursuite le sait bien et continue d'insinuer que notre cliente saccage des tombes pour faire plus d'argent.

» Pour défendre la réputation de notre cliente, nous aurions pu faire témoigner des dizaines de citoyens aussi éminents que monsieur Scuttlebutt. Encore là, tout ce que la poursuite a su ou pu faire, c'était d'essayer de discréditer le témoin. Pourtant ce dernier affirmait sous serment que jamais un directeur de funérailles ne s'était plaint à lui d'avoir été floué par notre cliente. Qu'il soit un actionnaire de notre cliente ne change, à mon avis, absolument rien.

Le jury semble d'avis contraire.

– Je termine donc sur cette note.

Roméo aurait gagné son pari s'il avait eu preneur. Il devra donc payer lui-même son prochain lunch à *La Fromille*.

– La poursuite a misérablement échoué dans sa tentative de prouver qu'il y avait eu une entente contractuelle entre notre cliente et Cormier. Vous devez donc, et c'est là notre requête...

Le greffier toussote en direction du juge qui ouvre complètement un œil, puis l'autre [23].

---

23. **Avis aux juges qui seraient intéressés par la technique :** J'offre des séances de formation sur mon site Web : www.traitdunion/video/croque-dead.html. Pour quelques dollars, vous et votre huissier ou greffier, pourrez maîtriser cette technique qui vous permet de sortir d'une éprouvante journée de prétoire frais

– Qu'est-ce que vous dites, Me 169 ? Parlez plus fort, quand vous avez le dos tourné, je ne vous entends pas.

Coupé dans ce qui devait être son dernier envol, Me 169 ne put qu'essayer de se reprendre.

– Mes excuses, Votre Seigneurie. Comme je disais, messieurs les jurés, la poursuite a misérablement failli à sa tâche et nous vous demandons en conséquence de rejeter cette cause avec dépens. Merci de votre attention.

Il retourna s'asseoir.

Le juge se racla la gorge et s'adressa au jury.

– Vous avez entendu la preuve soumise par les deux parties. Vous aurez donc à décider s'il est plausible qu'il y ait eu, de fait, entente entre le plaignant et les Canadiens, entente stipulant que Cormier avait une option d'achat sur la division qui faisait la vente de préarrangements. Et je vous rappelle que, comme il s'agit d'un procès civil, la poursuite n'avait pas à démontrer au-delà de tout doute raisonnable sa version des événements.

» Dans le cas d'une preuve circonstancielle, vous devez arriver à une conclusion, votre conclusion. Si vous arrivez à la conclusion qu'il y a eu entente entre les Canadiens et Warren Cormier, vous devez accepter sa requête et décider du montant des dommages subis. Par la suite, vous devrez décider s'il doit y avoir dommages punitifs et exemplaires et, le cas échéant, du montant de ces dommages. Vous pouvez commencer vos délibérations, il fait beau et nous avons tous hâte que ce procès finisse. Le greffier va vous remettre les feuillets d'instructions pour vos délibérations. Que Dieu vous vienne en aide !

Le message était clair : décidez qui, du bon Américain ou du méchant Canadien, a raison, accordez des dommages et que ça saute ! Le Bayou n'attend pas.

---

comme une rose. Alors quand madame vous accueillera avec journal, pantoufles et pipe, vous serez d'attaque !

P.-S. : La formation est déductible d'impôts.

# 28

# Douze hommes en calvaire [1]

Le greffier remit au président du jury les instructions et formulaires, soixante-huit pages en tout [2], qui devaient les aider à allouer un montant en dommages, si dommages il y avait, et les jurés se retirèrent pour délibérer.

L'heure de Roméo Doucet était venue. Il commença par faire le tour des douze membres du jury pour déterminer leur sentiment quant aux conclusions du procès. Il se rendit vite compte qu'il n'aurait pas à intervenir. La plaidoirie de Me Landry avait réussi à déchaîner le jury. Le premier juré exprima l'avis qu'on se trouvait clairement en face d'une compagnie étrangère rapace, déterminée à arracher leurs derniers sous aux familles américaines éplorées, et que le jury avait une obligation patriotique de la punir sévèrement.

Un autre émit l'opinion que les États-Unis s'étaient saignés à blanc au cours de nombreuses guerres pour que le monde garde sa liberté et que ces pays qu'on avait défendus mordaient constamment la main qui les avait nourris en venant leur livrer une guerre économique sans

---

1. **Note de l'Auteur :** Le harceleur réviseur n'avait rien à craindre. Pour ne point lui donner prise, j'ai préféré cette version bien québécoise et de souche, s'il vous plaît, de *Douze hommes en colère*, le titre de la fameuse pièce de théâtre de Reginald Rose.

2. **Note de l'Éditeur à son adjointe, Hélène :** Pour voir si cette approche a de l'allure, s'il vous plaît appeler Me Dévoué et demandez-lui s'il s'agit d'une autre aberration de l'Auteur.
   **Réponse de madame Noël :** Il veut savoir quand sa note d'honoraires de l'an dernier sera payée… De quoi parle-t-il ?

merci. Il ajouta qu'il en avait marre de voir des agriculteurs américains en chômage au profit des fermiers canadiens. Il était donc temps de servir une leçon exemplaire à tous ces ingrats.

Un troisième considérait que Warren Cormier était un héros et qu'un héros, ça ne ment tout simplement pas. S'il disait qu'il s'était entendu avec la World, c'était donc vrai. D'ailleurs la tête de McMurtry ne lui revenait absolument pas. Il avait une tête d'hypocrite et de menteur, voire de masturbateur [3]. Si on ne lui bottait pas les fesses, qui le ferait et quelle autre infamie irait-il perpétrer sur les dos des veuves et des orphelins ? Quand on est sans foi ni loi, il faut s'attendre à recevoir son juste châtiment, c'est la loi de Dieu. Et, s'il n'en tenait qu'à lui, McMurtry regretterait le jour où il avait posé son cul merdeux [4] à Bayou Vermillon.

Pour un autre, l'affaire était close. Quelqu'un qui vole veuve et orphelin devrait passer par la chambre à gaz et il était déplorable que les lois soient aussi forniquées en hauteur. À ce seul titre, la World était coupable. Et probablement qu'on ne connaissait qu'une infime partie des vilenies auxquelles la World avait dû se livrer ! Il fallait donc châtier et lourdement.

De l'avis d'un gros bonhomme rondouillet, seul un idiot pourrait croire la version de la défense. En ce qui le concernait, son opinion était faite, et ce, depuis la toute première journée du procès. Il connaissait Warren Cormier depuis le Vietnam. Dans un bar, celui-ci lui avait sauvé la vie. Comme si quelques verres de vin pouvaient faire oublier quelque chose d'aussi important qu'un contrat. Quelle sottise ! Il avait vu Warren Cormier boire plusieurs bouteilles de vin, marcher droit et conduire sa camionnette en champion. C'était tout un gaillard, un vrai. Le culot de McMurtry de venir raconter ça à des honnêtes gens. Copulateur incestueux, va !

Le sixième juré était hors de lui. On ne lui en passerait pas, car il avait, lui, tout compris. Le juge avait beau dire qu'il fallait ignorer les circonstances de la mort du gars de Montréal, il avait bien compris que ce salaud de McMurtry avait probablement tué son bienfaiteur, celui qui l'avait sorti de sa merde originelle. Probablement même qu'il avait dû prendre au préalable une police d'assurance sur sa vie. Il connaissait ce genre de cochon et il était déplorable que le juge ait fait preuve d'une telle complaisance envers McMurtry. Ce type, il en était sûr, était un fornicant meurtrier. Il fallait qu'il paye.

---

3. « *Jerk* ».
4. « *Shitty ass* ».

La réaction de son confrère était beaucoup plus modérée. Il n'avait pas eu besoin, lui, de tout un procès, d'une batterie de questions et réponses, pour arriver à sa conclusion. Warren Cormier, il le savait parfaitement, ne mentait pas, point à la ligne. Par contre, l'autre enfant de chienne était un menteur et un fornicateur, c'était écrit dans son visage. Pas nécessaire d'être un copulant psy pour savoir cela, un quotient intellectuel supérieur à quatre-vingt et la chose devenait évidente [5]. Cette sortie récolta l'assentiment général.

Le suivant avait aussi une opinion limpide sur le sujet. Si on ne donnait pas une sentence exemplaire à la suite du récit de telles horreurs perpétrées contre les leurs, jamais plus il n'oserait se montrer la face à Bayou Vermillon. Même, l'Amérique au complet serait embarrassée du manque de couilles de ce jury. L'honneur de tous était en jeu. Car, leur rappela-t-il, la nation entière suivait l'issue de ce procès et lui ne serait certainement pas volontaire pour être épinglé par Laurent Roy, en Vie. Non, merci. Et, si le verdict devait être timoré, il s'assurerait que toute la ville et le monde entier [6] sachent lesquels d'entre eux avaient été pris d'incontinence passagère.

Le neuvième juré arrivait aux mêmes conclusions que les autres, mais d'une perspective différente. La veuve avait été flouée, c'était clair. Or, les lois débiles de son patelin lui interdisaient de poursuivre le malfaiteur sous prétexte que plus de trois années s'étaient écoulées depuis la commission du crime, ignorant le fait qu'elle n'avait que récemment obtenu la preuve de l'escroquerie de McMurtry. Puisque la Vieille ne pouvait plus le faire, c'était donc à eux qu'il incombait de le faire.

Le dixième était sans conteste un « rassembleur » : succinctement, il déclara qu'il était d'accord avec tout ce que les autres avaient dit, qu'il faisait très beau et que le plus tôt on sortirait de là, le mieux ce serait. On avait déjà assez perdu de temps avec toute cette affaire et il fallait désormais passer aux choses sérieuses : la perche qu'on ne pêche pas aujourd'hui est à jamais perdue [7].

---

5. On me dit que, à la suite de la parution de cet ouvrage, la corporation des psy songerait à rendre un tel « qu-i » obligatoire pour tous les aspirants à cette noble profession.
P.-S. : Avis à ladite corpo : ce n'est point le doc Mailloux qui m'a dit ça, inutile donc de le convoquer !

6. « Urbi et orbi », comme disent le Très Saint-Père et Jacques W. Lina.

7. À la fin du procès, ce juré se lança en politique et connut un extraordinaire succès, abordant toujours les problèmes de son électorat avec le même degré de réalisme.

Le onzième était aussi du même avis. Mais il voulait rappeler à ses confrères un témoignage qui l'avait grandement ému. Les gens d'origine africaine et cadienne exigeaient habituellement d'être embaumés par leurs compatriotes. Or, la preuve avait démontré que, pour économiser, on regroupait les morts en un point central et que ce n'était alors que le fruit d'une coïncidence si les volontés de la famille étaient respectées. Un vrai scandale ! McMurtry était une charogne telle qu'un cocodril affamé[8] n'en voudrait même pas. N'importe quel châtiment serait trop doux pour un fornicateur de cette espèce.

Le douzième juré, le président Roméo Doucet, résuma bien le sentiment général en déclarant que le juge aurait dû leur remettre chacun un revolver, avec ordre de s'en servir[9], plutôt que de se livrer à toute cette mascarade.

La première étape était franchie, le jury donnait raison au plaignant. Restait à déterminer le nombre de coups que recevrait le perpétrateur.

Histoire d'en finir et avec le procès et avec la compagnie, le rondouillet proposa que, puisque la compagnie valait plusieurs milliards de dollars, l'on impose des dommages d'un milliard de dollars, montant qui serait probablement adéquat pour la dissuader de récidiver. En plus, un milliard de dollars, ça sonne bien, ça se compte facilement et ça se comprend bien par les Daniel Plutôt et Laurent Roy, en Vie, ainsi que par le public. À l'agréable surprise du président du jury, sept autres jurés se rangèrent immédiatement à cette opinion. Si un milliard ne calmait pas les ardeurs de la World, rien ne le ferait.

Le rassembleur, étant par définition rassembleur, proposa une stratégie plus réaliste. Il s'y connaissait en procès car, étant retraité et son épouse étant acariâtre gros temps[10], lorsqu'il n'était pas sur le bayou ou dans la cyprière[11], on pouvait le trouver flânant au Palais de justice. À son avis, il ne fallait pas, mais surtout pas, forcer le juge à intervenir contre le jury à cause d'un verdict hors de toute commune mesure. Ce serait le forniquer.

---

8. Comme on le verra par la suite, le juré en question avait tort... le cocodril bouffe n'importe quelle charogne !

9. **Autre courriel de l'Avocat de l'Éditeur :** Je n'ai toujours pas reçu votre chèque... mais, quand même et par bonté, je vous fais parvenir un extrait du *Time Magazine* du 9 décembre 1996 où on y décrit les délibérations d'un jury déchaîné : « *It was bad... if we'd had guns in there, we'd have probably been shooting !* » L'Auteur ne semble donc pas trop divaguer pour le moment.

10. « *Big time* ».

11. Mot cadien pour désigner un marais où pousse le cyprès.

Personne ne voulait forniquer le bon juge.

D'après les états financiers, la compagnie valait à peu de choses près sept cent cinquante millions de dollars ; la condamner à payer plus de la totalité de sa valeur pouvait contraindre le juge à rabrouer le jury. Par contre, si le jury demandait un demi-milliard, la pénalité devenait plus réaliste, donc plus acceptable au juge. De toute façon, renchérit-il, quelle compagnie pourrait se relever d'une telle pénalité ?

Son argument recueillit l'assentiment de la plupart des jurés. De fait, seul Roméo Doucet persistait à demander le milliard. En vertu des lois de la Louisiane, les dommages devaient être déterminés en deux étapes. La première étape consistait à fixer les dommages compensatoires aux pertes subies, la deuxième à allouer des dommages punitifs et exemplaires. Désireux de reprendre son leadership, le président du jury proposa une stratégie machiavélique. On demanderait des dommages compensatoires extravagants, ce qui forcerait le juge à les diminuer, se faisant ainsi une belle jambe. Par contre, le lendemain, on reviendrait avec la différence entre ce que le juge aurait accepté la veille en dommages compensatoires et un demi-milliard.

Comme la poursuite avait demandé des dommages compensatoires de cent cinq millions, un juré proposa qu'on lui accorde le triple, soit trois cent quinze millions, ce qui donnerait au juge l'opportunité de charcuter à son goût. Un des ses collègues proposa qu'on s'en tienne au double, soit deux cent dix millions. Comme chaque position recueillait un assentiment à peu près égal, le rassembleur, démontrant encore une fois ses qualités, proposa de couper la poire en deux à 260 millions. L'unanimité se fit sur-le-champ. Ce serait deux cent soixante millions, et fouette Nelly [12] !

Quand le jury revint pour annoncer son verdict, le juge n'eut point à marteler le silence. Le seul bruit qu'on pouvait entendre dans le prétoire venait d'un taon qui bourdonnait autour de Mᵉ SHIT et des caméras qui, fixées sur président du jury, ronronnaient d'anticipation.

Fixant McMurtry, le président déclara au juge que le jury s'était formé une opinion unanime en faveur du demandeur, Warren Cormier.

---

12. Extrait d'une conversation entre l'Éditeur et son Avocat à *L'Express* : « Est-ce qu'il y a eu semblables décisions de la part d'un jury ? Sinon, nous allons passer pour de beaux imbéciles à publier semblables insanités ! »

**Son Avocat :** L'article du *Time* faisait effectivement état de dommages de cet ordre... Et si on parlait du paiement de mes honoraires maintenant...

**L'Éditeur :** Je dois partir... Vous vous occupez de l'addition n'est-ce pas, cher Maître...

**Son avocat :** ⊠•❑⌘■⇨↙↙🗁 δε μαρδε δε ταβαρνακ !

Après une pause théâtrale, il annonça ensuite le montant demandé : deux cent soixante millions de dollars en dommages compensatoires [13] ! Un salve d'applaudissements éclata dans l'enceinte. Les ancrésmen Plutôt et Roy, en Vie, auraient matière à se mettre sous la dent ce soir-là. L'honneur de l'Amérique était sauf et le mécréant, puni.

Estomaqué, le juge en oubliait de marquer le rappel à l'ordre. Amélia, avant l'annonce du montant, avait posé sa main sur l'avant-bras de Wilbrod Landry. Lentement, elle posa son autre main sur sa bouche, comme si elle voulait s'empêcher de hurler de joie, alors que leur regard se croisait.

Les deux avocats de la défense semblaient figés dans le temps au sein d'un ordre contemplatif et, si le regard de McMurtry avait pu tuer, la Trickover & Others aurait perdu deux de ses éminents associés.

Reprenant son esprit, le juge se mit à la lecture de la note que lui avait remise le président du jury.

Rédigée de façon confuse à dessein, la note parlait d'un montant de cent millions pour « dommages compensant les pertes » et la différence, soit cent soixante millions, pour des dommages punitifs, précisant que ce dernier montant était le résultat d'un compromis au sein du jury entre les montants de cent et de trois cents millions.

Le juge n'avait pas terminé sa lecture que déjà Me 169 hurlait au « *mistrial* [14] », alléguant que le verdict était partial et excessif. Irrité de l'interruption, le juge rejeta sur-le-champ sa requête tout en précisant que le jury avait erré en octroyant des dommages punitifs lors de cette première étape de la sentence. Conséquemment, il allouait des dommages compensatoires de cent millions au demandeur et on se reverrait le lendemain pour les dommages punitifs et exemplaires [15]. Et bang de la magistrale mailloche ! Le Palais de justice se vida dans une cohue indescriptible.

---

13. **Note de l'Avocat de l'Éditeur :** « Merci, cher client de nous avoir fait parvenir votre chèque couvrant les intérêts sur nos honoraires d'il y a deux ans. Effectivement, le 1er novembre 1995, un jury de Biloxi au Mississippi imposait des dommages compensatoires de deux cent soixante millions de dollars à la société The Loewen Group de Vancouver, la deuxième société de services funéraires en Amérique du Nord, à la suite d'une dispute avec un entrepreneur local concernant certains contrats non respectés... le tout étant un simple compromis entre cent et trois cents millions... »

14. « *Mistrial* » signifie un procès fondamentalement entaché d'un vice de procédure, auquel le juge doit mettre fin.

15. **Suite de la note de l'Avocat de l'Éditeur :** « [...] et le lendemain, le jury se réunissait à nouveau pour décider des dommages punitifs et exemplaires... »

De retour à son hôtel, McMurtry étouffait littéralement de rage. Il se disait qu'il rêvait, qu'il allait se réveiller, que tout cela n'était qu'un horrible cauchemar. L'absurde jugement n'avait pas été rendu depuis plus de trente minutes que déjà les messages entraient : actionnaires, analystes financiers, employés, tous exigeaient des commentaires de sa part.

Le lendemain promettait d'être un désastre : soutenir le regard narquois d'Amélia, voir ses deux connards d'avocats se débattre devant ce juge hostile, fuir les caméras de télé, se promener dans cette ville merdique qui lui faisait lever le cœur... Il prit la décision de rentrer immédiatement à Montréal.

Me SHIT IV essaya bien de le convaincre qu'il faisait là une erreur capitale qui serait utilisée contre lui par la poursuite, rien n'y fit. McMurtry ne pouvait tout simplement croire que la sentence finale irait au-delà de deux cent soixante millions et, de toute façon, le vrai procès aurait lieu en Cour d'appel : à tout le moins, c'est ce que les deux copulants bar-men lui avaient toujours dit, n'est-ce pas ?

Les maîtres durent admettre qu'effectivement, c'est ce qu'ils avaient toujours soutenu. Les invitant une dernière fois à se forniquer mutuellement, McMurtry prit congé de ses conseillers pour s'en retourner à Montréal. Une seule chose comptait désormais pour lui : rassurer la Bourse et, surtout, ses investisseurs institutionnels. Avec leur appui, il pouvait s'en sortir. Par contre, si les zinzins [16] décidaient de se débarrasser de son titre ou, pire, de le vendre à découvert [17], il était fini.

Le lendemain ne devait malheureusement ni rassurer la Bourse ni les investisseurs. La stratégie de la poursuite était relativement simple : démontrer la capacité de payer de la World et rappeler au jury à qui on avait affaire. La parade de la défense était aussi simple : l'entreprise ne pouvait payer plus, sinon elle risquait le désastre financier, voire la faillite.

Ce fut Wilbrod Landry qui attaqua la dernière journée du procès avec le plus d'enthousiasme. Toute l'équipe de la poursuite avait

---

16. Surnom que se donnent leSINvetisseurSINistitutionnelS.

17. Pratique boursière qui consiste, lorsqu'on pense qu'un titre va baisser en Bourse, à l'emprunter pour le vendre, dans le but de le racheter (« couvrir la position ») lorsque le cours sera tombé. Un courtier en valeurs mobilières prêtera le certificat d'actions requis. Par contre si le titre monte, une fois que vous l'avez vendu, au lieu de baisser comme vous le prévoyiez, vous êtes dans la merde noire.

évidemment célébré cette première victoire et, à la fin de la soirée, il s'était retrouvé, passablement éméché, dans la chambre d'Amélia. Était évidemment arrivé ce qui devait arriver [18].

Il pétait maintenant d'enthousiasme, convaincu que l'attrait qu'il éprouvait envers Amélia était pleinement partagé. S'il obtenait gain de cause comme il le pensait dans cette affaire, il deviendrait l'avocat le plus renommé de l'État. Non seulement aurait-il la gloire, mais il n'aurait plus jamais de souci matériel, ayant pris cette cause sur une base de trente-cinq pour cent des dommages obtenus. Sur la seule base des dommages déjà alloués par le juge, il empochait trente-cinq millions de dollars !

Il n'entendait donc pas y aller de main morte ce jour-là. Un témoin expert démontrerait la valeur de la compagnie. Ensuite il ferait un petit rappel au patriotisme, puis déposerait sa demande de dommages punitifs et exemplaires d'un milliard de dollars ! On verrait bien ce qui en sortirait.

Dès l'ouverture de la séance, Landry fut stupéfait de constater l'absence de Fredrik McMurtry. Quelle belle ouverture pour convaincre un jury déjà attisé que son absence ce jour-là était le symbole de son arrogance et de son mépris pour le tribunal.

Le seul témoin de la poursuite vint déposer le rapport d'un analyste financier de la réputée firme de courtage Abraham Brothers, de New York. Ce rapport prévoyait que les actions de la World augmenteraient considérablement au cours des prochaines années grâce à un énorme contrat qu'elle venait de signer avec une organisation religieuse. De l'avis de l'expert, la World valait au bas mot trois milliards deux cents millions.

Landry entreprit ensuite son dernier réquisitoire.

– Messieurs du jury, vous venez d'entendre un expert vous dire que vous faites face à une société étrangère d'une valeur de presque

_____

18. **Note de l'Auteur :** Pressé comme vous de connaître le dénouement de cette histoire, je ne m'attarderai pas à décrire les ébats de ce couple. Par contre, j'envisage de faire un vidéoclip de la chose. Figurants demandés.
Rendez-vous donc avec votre carte de crédit et vos papiers mouchoirs sur mon site web, www.traitdunion/video/croque-dead.html, site, comme disait l'autre, présentement en érection.
**Note de l'Éditeur :** Il doit vraiment être pressé pour ne pas sombrer dans son habituelle lubricité.
**Réponse de l'Auteur :** Effectivement, car j'ai hâte de savoir comment cette histoire fort rocambolesque va finir.

quatre milliards. Une société qui vient avec arrogance prendre, chaque jour, dans chaque État de l'Union, les derniers dollars de milliers de familles américaines éplorées pour remplir ses coffres à l'étranger, ne laissant même pas de miettes derrière elle.

» Ce monstre, car il s'agit bien d'un monstre, ne se contente pas de se livrer à toutes sortes de pratiques commerciales abominables, écrasant tout sur son passage dans sa recherche de plus de profit, mais il vous méprise, il méprise ce juge, ce jury, cette ville et l'État de la Louisiane au complet. En effet, au moment de connaître votre verdict, le verdict d'un tribunal démocratique, Fredrik McMurtry est absent [19] !

Landry marche maintenant vers la table de la défense. Un bras levé vers le jury, de l'autre il indique le siège vide. Il répète évidemment ses simagrées pour le bénéfice du juge. Le coup porte et les figures s'assombrissent. Surtout celle du juge qui s'étant empiffré derechef la veille, a passé une fort mauvaise nuit. Il le prend personnel. Landry en remet.

– Le message que vous envoie McMurtry est clair : décidez ce que vous voulez, imposez les dommages qui vous passeront par la tête, je m'en fiche éperdument. Je suis trop puissant pour que vous puissiez me faire mal. Vous êtes la bouse de vache et moi, je suis le toit [20]. Vous ne réussirez jamais à m'éclabousser. Vous n'êtes que des ploucs cadiens ! De ses somptueux bureaux de Montréal, ce matin, Fredrik McMurtry vous dit d'aller au diable !

» Alors, messieurs du jury, au nom de l'Amérique, frappez ! Au nom des milliers, des centaines de milliers de familles éplorées, qui ont été bafouées par McMurtry et la World, frappez ! Au nom de toutes celles qui se font voler alors même que se déroule ce procès, frappez ! Au nom de la famille Cormier, cette famille de héros qui a donné, à chaque génération et sans hésitation, son sang pour l'Amérique, frappez ! Au nom de votre propre dignité, frappez [21] ! Vous êtes le bras vengeur de la Justice, vous seuls avez le pouvoir de lui dire, une fois pour toutes : "Finies, les folies [22] !"

---

19. **Toujours la suite de la note de l'Avocat de l'Éditeur :** « [...] et la poursuite fit grand cas auprès du jury de l'absence du défendeur au moment du prononcé de la sentence, donnant ainsi un exemple suprême de son mépris envers les honnêtes gens de la place... »

20. Comme l'Auteur, Landry devait être un adepte d'Erich Maria Remarque.

21. **Note de l'Auteur :** Landry frise ici le plagiat : il paraphrase cet autre héros américain, Douglas McArthur (celui qui voulait lâcher une bombe H sur les Chinois) lors de son retour aux Philippines !

22. Il me semble avoir déjà entendu cette phrase quelque part...

» Et il n'y a qu'une seule façon de lui faire entendre raison, c'est de lui faire mal. La douleur, c'est malheureusement le seul langage que comprennent les individus de l'acabit de McMurtry. Et, pour qu'il comprenne vraiment sa douleur, il faut nous accorder un montant exemplaire, un montant inédit : un milliard de dollars en dommages punitifs et exemplaires[23]. Un milliard, vous croyez peut-être que c'est beaucoup, mais je vous rappelle que ce n'est qu'une infime partie de ce que cette infâme société a arraché à nos concitoyens en deuil. Vous avez une chance de réparer aujourd'hui des milliers et des millions d'injustices. Forcez-la au moins à dégorger une partie, une petite partie, de ce qu'elle a impunément gobé et vous aurez la gratitude éternelle de la Nation.

Une salve d'applaudissements accueillit la fin de sa diatribe. Le président du jury, qui avait renoncé avec regret à son chiffre magique d'un milliard, faillit se lever pour se joindre à l'ovation. Son voisin le retint par la manche.

Le juge se contenta de demander du maillet le silence.

M$^e$ 169 était atterré. Le départ de McMurtry pour Montréal avait littéralement enfoncé le clou dans le cercueil de la World. Dans le climat d'hystérie qui régnait au Palais de justice de Bayou Vermillon, toute intervention de sa part pour calmer les choses ne servirait à rien.

Pour la forme, il amena le plus célèbre comptable de la célèbre Rice, Powermouse & Ass., Frank U. C. Kolum[24], témoigner (à deux mille cinq cents dollars l'heure + déboursés) : si la World avait une capitalisation de plus d'un milliard et demi, ce serait, à son avis, la ruiner que de lui imposer plus que ce qu'elle avait déjà reçu comme sentence. Pire encore, elle devrait emprunter pour payer ne serait-ce qu'une partie des seuls dommages compensatoires, si elle était forcée bien sûr de les payer !

Ce témoignage fut reçu dans l'indifférence générale et monsieur Kolum, un peu mortifié, s'en retourna bisouner chez Enron. En guise de plaidoirie, M$^e$ 169 tenta de rappeler au jury que le fond du litige entre les parties était hors de proportion avec les dommages compensatoires accordés, qu'en ajouter constituerait un déni de justice et que le juge et le jury avaient tout simplement l'obligation de rendre justice de

---

23. **Re-suite de la note de l'Avocat de l'Éditeur :** « [...] et l'avocat de la poursuite implora le jury de lui "donner" un tout petit milliard... »
   **Question de l'Auteur à l'Éditeur :** Z'auriez pas été mieux de me le demander ? Ça aurait coûté moins cher !

24. Ce comptable à l'acronyme prédestiné devait connaître sept ans plus tard son jour de gloire dans la débâcle de la Enron Corporation, s'avouant le principal fornicateur des registres comptables de la susdite société.

façon impartiale. Mais il causait inutilement et décida de mettre fin à son intervention après quelques minutes. Les dés étaient jetés.

Le jury se retira pour délibérer ou plutôt pour se vider le cœur, eu égard à l'affront que leur avait fait McMurtry en quittant avant la fin du procès. D'emblée, Roméo Doucet revint à la charge avec sa proposition du début : un milliard, et rien de moins, mettrait le trou de cul au pas [25], une fois pour toutes [26] !

Le rassembleur argumenta pour sa part qu'il était convaincu que le montant sur lequel on s'était mis d'accord la veille suffirait à ruiner la World et que charger du même bord risquait de faire basculer la charrette ! En effet, il ne fallait pas mettre le juge dans la position d'avoir à annuler les dommages, pour maintenir ne serait-ce qu'un semblant d'équité. Par contre, si on limitait les dommages à quatre cents millions, théoriquement, la compagnie pouvait s'en sortir et le juge n'aurait pas à intervenir.

On finit par régler sur cette base-là. Après quinze minutes à peine de délibérations, le jury revenait dans l'enceinte [27].

Amélia, Landry, Cormier, 169, Trickover, juge et auditoire étaient tous bouche bée : ils venaient d'entendre la président du jury déclarer qu'à l'unanimité le jury demandait des dommages punitifs et exemplaires de QUATRE CENTS MILLIONS DE DOLLARS [28] ! Tout simplement inouï !

À sa sortie du tribunal, Roméo Doucet eut son moment de gloire. Devant tous les réseaux de communications assemblés sur le parvis du Palais, il grava l'épitaphe de McMurtry en déclarant qu'il n'était qu'« un riche et débile politicien canadien qui pensait qu'il pouvait venir en Louisiane passer une entourloupette à un Cadien et s'en tirer impunément. Eh bien, ça n'avait pas marché [29] ! »

---

25. Grosse commande !

26. **Suite de la note de l'Avocat de l'Éditeur :** « [...] et le président du jury réclama avec insistance des dommages de l'ordre d'un milliard de dollars... »

27. « [...] après à peine quinze minutes de délibérations, le jury revenait avec un verdict... »

28. **Fin de la note de l'Avocat de l'Éditeur :** « [...] le 2 novembre 1995, soit le lendemain de sa première décision d'allouer cent millions en dommages compensatoires, le même jury demandait des dommages punitifs et exemplaires de l'ordre de quatre cents millions de dollars contre la société, portant le total des dommages alloués à cinq cents millions... »

29. « [...] en guise de conclusion, le président du jury émit l'opinion que ces gens étaient venus de l'étranger pour passer une entourloupette aux gens de la place et que la chose n'avait tout simplement pas marché... »

# 29

# … et le châtiment [1]

Sanivan Horatio Issoudun Trickover, quatrième maître en autant de générations de Trickover, avait perdu son premier procès. Il s'était rendu à Montréal, dès le lendemain, pour s'expliquer. Constamment interrompu par McMurtry proférant une avalanche d'injures, il tentait de le convaincre que ce jugement n'était le fait que d'une bande de sauvages et que c'était une bonne chose, finalement, que le jury se soit montré aussi grossier. Lui, Sanivan, mettait sa réputation en jeu, car il était absolument sûr que la Cour suprême balaierait du revers de la main un jugement aussi inique.

McMurtry, pour sa part, soutenait que Sanivan était le plus gros trou de cul de la terre [2], trop stupide pour se rendre compte qu'on ne se rendrait pas en appel ! Que sa fornicante compagnie n'avait pas les six cent vingt-cinq millions que la loi de la Louisiane exigeait pour qu'il puisse aller en appel [3]. Qu'il venait de parler à une société de cautionnement et que celle-ci ne fournirait la caution que si elle était garantie par une lettre de crédit de six cent vingt-cinq millions ! Et que, dans les délais imposés par ces fornicantes grenouilles, il était impossible d'emprunter une telle somme ! Bref, qu'il était totalement copulé !

---

1. Le crime a été commis au premier chapitre de cet ouvrage… vous vous souvenez ?
2. « *World class arse hole !* »
3. **Note de l'Éditeur :** Je n'ose demander à Mᶜ Dévoué si la chose est plausible. Il va encore me demander de lui payer ses honoraires. Tirez donc vos conclusions. Personnellement, je crois que l'Auteur, pour citer notre valeureux Premier ministre, débloque tout simplement.

Sanivan songea un bref instant à rappeler à son client qu'on lui avait conseillé de régler dès le début du procès. Craignant pour sa vie, il décida de se taire.

Entre deux averses de merde de la part de son client, Sanivan essayait de lui faire comprendre que les lois de la Louisiane prévoyaient justement des cas d'exception à cette obligation de fournir une caution équivalant à cent vingt-cinq pour cent du montant de dommages adjugés. Et que, de surcroît, la Cour fédérale avait conclu que, si l'application d'une telle exigence devait avoir pour conséquence de mettre l'appelant en instance de faillite, elle devait être mise de côté. On était donc certains de gagner.

«Certain de gagner!» McMurtry l'avait déjà entendue, cette phrase-là. Il se remit à hurler que tout copulant avocat n'a qu'une seule idée en tête, aller jusqu'à la Cour suprême et plaider jusqu'au dernier dollar de ses clients! Et qu'il avait un plan bien précis en tête, plan qui ne nécessitait aucun fornicant bar-man. Et que Sanivan devrait quitter Montréal en direction de la Grèce[4] toutes autres affaires cessantes et que lui, McMurtry, avait assez vu sa sale et copulante gueule. Ramassant ce qui lui restait de dignité, Sanivan Horatio Issoudun Trickover, quatrième de cette grande lignée de gens de robe, grand patron de la Trickover & Others, Attorneys at Law, reprit le chemin de New York. Tôt ou tard, le client reprendrait ses esprits. Mieux valait le laisser refroidir.

Ce que McMurtry avait en tête était bien différent d'une requête en appel. Sa conclusion était ferme : toutes ces grenouilles de robe couchaient ensemble et il n'obtiendrait jamais justice dans ce pays de merde. Aller demander à cette grosse grenouille de merde de Breaux de lever l'exigence de caution ? Sanivan était complètement cinglé. Le juge leur rirait au nez et McMurtry ferait encore une fois la manchette chez les Plutôt et Roy, en Vie. Pourquoi aller se faire humilier quand on pouvait agir autrement ? Il avait déjà eu Cormier et il l'aurait encore une fois. Cette affaire se réglerait entre quatre yeux, un point c'est tout.

Quelques appels téléphoniques plus tard et il avait établi que Warren Cormier était à son chalet dans le bayou. Excellent, l'endroit

---

4. **Note de l'Éditeur :** J'ai demandé à l'Auteur la signification de cette bizarre invitation à se rendre en Grèce. Il s'est contenté de me lancer un regard bizarre et de ricaner. Je suppose donc qu'il essaie encore d'obtenir de la république hellénique un voyage gratuit ou quelque autre avantage du genre. Dans son prochain contrat, si contrat il devait y avoir à nouveau, j'interdirai carrément ce genre de pratiques honteuses qui font qu'il se vend à tous vents.

idéal pour ce qu'il avait en tête. Dans une heure, il pouvait être à Dorval, donc à Lafayette au début de l'après-midi. Il arriverait donc chez Cormier vers le crépuscule. Surprise ! Un invité pour le souper !

Alors que le Falcon 900 prenait sa vitesse de croisière en direction de la Louisiane, McMurtry mijotait son plan tout en se trempant les lèvres dans son Laurent Perrier favori. Sous ses allures de dur à cuire, Cormier n'était qu'un gros toutou. Il n'aurait pas le courage de refuser de le recevoir.

Une fois la glace cassée, il lui expliquerait qu'il avait été gardé dans l'ignorance de ce qui s'était passé par son personnel, que, lorsqu'il l'avait su, il n'avait pas voulu que son personnel de haute direction perde la face et enfin que son conseil d'administration l'avait forcé à se défendre plutôt que de régler à l'amiable. Il apporterait avec lui une caisse de Laurent Perrier. Connaissant l'appétit du bonhomme pour la dive bouteille, ça devrait être relativement facile de l'enivrer, ce qui faciliterait le règlement hors cour.

Mais comment contourner l'histoire d'Annette Poirier ? Bah, peut-être qu'il ne soulèverait pas la question. Et, s'il le faisait, il trouverait bien une réponse. Que la Vieille était hystérique ? Non, ça ne marcherait pas. Mieux valait broder et convaincre Cormier que, comme il avait été, lui, l'architecte du succès financier de la compagnie, il n'était que raisonnable qu'il en soit récompensé. Au pire, il attribuerait l'épisode à une folie de jeunesse et laisserait couler quelques larmes de repentir. Bonne approche. Sûr de lui, il posa sa flûte et décida de fermer l'œil.

On atterrissait à Lafayette quand McMurtry se réveilla. Ayant déjà franchi les frontières américaines à Dorval, quelques minutes plus tard, McMurtry descendait de son avion. Se souvenant de l'état des chemins qui menaient au bayou, il avait réservé une Jeep Cherokee. Comme il n'aurait personne pour lui faire traverser le marais, il devrait se rendre par route. Cormier lui avait expliqué que c'était possible, mais long et passablement compliqué. Certainement qu'à Bayou Vermillon il pourrait trouver une carte qui lui permettrait de s'y rendre sans trop de difficulté.

Au volant de son véhicule, McMurtry se demanda ce qu'il ferait si le bonhomme refusait d'entendre raison. Chose fort possible, connaissant sa tête de cochon. Une idée lui vint. Lors de leur dernière rencontre, la fameuse soirée de la transaction, Cormier, une fois saoul, s'était endormi sur sa galerie. McMurtry avait dû le réveiller et le traîner jusqu'à sa chambre. Alors, ce qu'il pourrait faire, si le bonhomme s'obstinait, ce serait de le saouler à nouveau. Au champagne, la chose serait facile, l'impact de ce vin se produisant subitement.

Mais, cette fois, il laisserait le bonhomme cuver son vin à l'extérieur. Ce serait alors un jeu d'enfant que d'aller au parapet qu'il avait fait construire pour empêcher les cocodrils de monter sur la galerie, et d'ouvrir la barrière qui donnait accès aux berges du bayou. Pour plus de précaution, il arrêterait chez un boucher pour acheter un ou deux poulets, histoire d'attirer les sauriens vers la maison. Cormier lui avait expliqué que le poulet était irrésistible pour Croque-Dead, le plus gros des cocodrils du bayou. Ce monstre devait bien mesurer vingt pieds et il ne ferait qu'une bouchée du bonhomme [5]. Bon débarras ! Il serait plus facile de négocier avec une succession qu'avec une vieille grenouille teigneuse !

McMurtry ne put obtenir de carte routière pour se rendre à destination. Ce pays de merde était vraiment un pays de merde. Chaque fois qu'il prenait un nouveau tournant, il se retrouvait littéralement le bec à l'eau sur la berge d'une cyprière. Plus de route. Vingt fois il dut reculer sur plus d'un demi-mille avant de pouvoir remettre le véhicule dans la bonne, espérait-il, direction. À deux ou trois reprises, c'est avec difficulté qu'il réussit à extirper son véhicule de profondes fondrières. Il comprenait maintenant pourquoi tant de véhicules arboraient de puissants treuils ! Il était sur le point de rebrousser chemin pour de bon, quand il remarqua un bout de route qui semblait en meilleur état que ce sur quoi il avait roulé jusqu'alors.

Effectivement la route était en bon état et plusieurs véhicules y avaient laissé leurs traces. Pressé d'arriver, McMurtry accéléra. La nuit était tombée et il ne fallait pas qu'il arrive trop tard.

Une dizaine de minutes plus tard, il arriva enfin au chalet de Cormier. À sa stupéfaction, au bout du faisceau de ses phares, il crut discerner la présence de plusieurs véhicules. Il stoppa et décida de reculer. Sa première réaction fut de rebrousser carrément chemin. L'idée de retourner bredouille en pleine nuit dans ce bayou de merde ne lui plaisait guère.

Il décida de stationner sa Jeep et d'aller à pied voir ce qui se passait au chalet de Cormier. Peut-être s'agissait-il de véhicules que leurs propriétaires stationnaient chez Cormier pour se rendre par bateau plus avant dans la cyprière. Si tel était le cas, il pourrait toujours revenir et débarquer de son véhicule tout juste à l'entrée de la maison. D'ailleurs,

---

5. **Note de l'Éditeur :** Je veux bien admettre que je me suis trompé en ce qui concerne la plausibilité du procès mais, quand même, qu'un stupide alligator mesure vingt pieds…
   **Réponse de l'Auteur :** Une autre p'tite gageure ?

un sentier le long de la rive semblait conduire à l'arrière de la maison. McMurtry chercha une lampe de poche dans le véhicule. Il n'y en avait évidemment pas. Réflexe de citadin qui ne laisse jamais son porte-documents sur le siège avant d'une voiture, il prit sa mallette de peau d'autruche et s'engagea sur le sombre sentier.

À une centaine de pieds de là, Croque-Dead, l'empereur du bayou, sortait sans bruit de l'eau noire. Il était fort ombrageux, car il n'avait rien mangé depuis deux semaines au moins. Depuis le début de la soirée, il avait loupé à deux reprises de grosses perches somnolentes. Il se faisait vieux et était devenu passablement myope. Il chassait maintenant plus à l'odorat qu'à la vue. Peut-être trouverait-il sur la berge quelque gros et gras chaoui à se mettre sous la dent. Il se mit à renifler l'air humide.

Il leva la tête pour mieux capter l'odeur d'une proie familière. Le premier effluve qui parvint à ses naseaux lui rappela vaguement quelque chose de familier et de dangereux à la fois. Dans son cerveau brumeux, il cherchait à identifier la créature. Il prêta l'oreille [6] : effectivement, il s'agissait de bruits de pas.

Il huma plus profondément. C'était un homme, mais pas Cormier, car Croque-Dead connaissait bien tant sa démarche de lourdaud que son odeur. Si ce n'était Cormier, il fallait que ce soit un braconnier. Sa première réaction fut de filer : mieux valait déguerpir avant d'être aveuglé par un projecteur et vaporisé d'un coup de calibre 10. Sa femelle favorite, Mabelle, que Cormier avait élevée et apprivoisée, avait écopé à peine une semaine auparavant. Quand Croque-Dead était arrivé, alerté par le coup de fusil, déjà le braconnier était en train de l'écorcher. Il s'apprêtait à faire demi-tour quand finalement ses neurones connectèrent : l'individu qui avançait sur le sentier, c'était le meurtrier de Mabelle, sa belle femelle blanche aux yeux bleus, celle qui avait fait l'envie de tous les autres mâles du bayou. Il reconnaissait l'odeur de l'ennemi. Pas de doute possible.

La bête fut prise d'une rage suicidaire. Au risque de se faire tuer, elle vengerait Mabelle. Silencieusement, Croque-Dead retourna se mettre à l'affût dans l'eau. D'où il se trouvait, l'infortuné promeneur ne pouvait que passer à portée de ses mâchoires. Avec ses griffes, il s'arc-bouta solidement au fond pour mieux bondir sur sa proie. Seuls ses

---

6. **Note de l'Éditeur :** Quel farceur ! Avez-vous déjà vu les oreilles d'un crocodile ?
   **Réponse de l'Auteur :** Avez-vous déjà vu un éditeur avec un bonnet d'âne entre les oreilles ?

yeux et ses narines dépassaient de la surface de l'eau boueuse. L'horrible senteur s'amplifiait. Pas de doute, c'était le braconnier qui revenait.

En se frictionnant le visage avec de l'Azzaro ce matin-là, McMurtry avait signé son arrêt de mort. Par un incroyable hasard, le braconnier et lui utilisaient la même lotion après-rasage [7].

Préoccupés de chasser les moustiques qui semblaient eux aussi raffoler de l'Azzaro et de ne pas trop salir ses souliers fins, McMurtry ne vit jamais le coup venir. Du coin de l'œil, il lui sembla qu'une énorme masse grisâtre explosait de la surface de l'eau en sa direction. Puis il sentit une épouvantable douleur aux genoux, comme si on venait de les frapper avec une barre de fer.

Ayant solidement verrouillé les genoux broyés de McMurtry dans ses mâchoires, Croque-Dead retourna dans l'eau avec sa proie aussi prestement qu'il avait bondi hors de l'eau. L'homme disparut dans un énorme bouillonnement alors que le cocodril géant l'entraînait vers les profondeurs du bayou. La dernière pensée qu'eut McMurtry avant de perdre conscience fut bizarre : lui qui avait « présidé » à des millions d'embaumements au cours de sa carrière finirait sans aucun cérémonial du genre, dans le ventre d'un cocodril…

Après plusieurs tentatives, le cocodril réussit, poussant du groin et de la patte, à enfouir le cadavre de McMurtry sous une énorme souche de cyprès qui constituait, dix pieds sous la surface de l'eau, son garde-manger personnel. Il reviendrait le bouffer lorsque faisandé à point [8]. Sa tâche accomplie, il revint vers la rive, à quelques centaines de pieds de là. Seul restait sur la berge le porte-documents en peau d'autruche de McMurtry.

À l'intérieur du chalet de Warren Cormier, une fête extraordinaire battait son plein. En effet, au cours de l'après-midi, le juge Breaux avait sommairement rejeté la requête de la World de suspendre l'application de la fameuse caution de cent vingt-cinq pour cent. Cormier avait invité toute l'équipe juridique, non seulement les avocats mais aussi les enquêteurs, commis, secrétaires. Même le greffier était heureux de s'y retrouver. Le juge, pour sa part, avait décliné, disant que dans les circonstances, il n'avait tout simplement pas le choix mais qu'il comptait bien qu'on l'inviterait de nouveau une fois cette affaire classée [9]. Cormier l'avait assuré que tel serait évidemment le cas.

---

7. Mot cadien pour désigner ce que les Français appellent « after-shave ».
8. Pas bête, il savait que la vengeance est un plat qui se mange froid.
9. Enfin un juge qui connaît son devoir de réserve.

Histoire d'impressionner Amélia et surtout Annette, qu'il trouvait fort attrayante, Cormier se mit à leur raconter ses histoires de cocodrils. Qu'il avait réussi à apprivoiser une femelle blanche aux yeux bleus qu'il avait recueillie dès sa naissance et protégée des prédateurs puisqu'elle ne pouvait se camoufler.

Mais la femelle était mystérieusement disparue depuis quelque temps, tuée probablement par un braconnier, la peau des cocodrils blancs étant fort recherchée, ce qui horrifia les deux femmes. Il leur expliqua par la suite que le compère de Mabelle, Croque-Dead, était la plus grosse bête qu'il ait jamais vue sur le bayou, mesurant près de vingt pieds de longueur.

Amélia n'avait jamais vu d'alligators ailleurs qu'au jardin zoologique et surtout, jamais de cette taille. Elle demanda à Cormier s'il serait possible qu'il lui en fasse voir un le lendemain. Non seulement serait-ce possible, mais la chose pouvait se faire le soir même. Croque-Dead revenait habituellement de la chasse vers cette heure et il serait probablement possible de le voir déguster son repas, comme Cormier ne l'effrayait pas.

Lampes de poche en main, Cormier, suivi d'Annette, d'Amélia et de Landry, se rendit au muret, ouvrit la porte, puis la referma derrière ses invités. Le groupe prit le sentier qui menait à la plage. Cormier émit un sifflement. Un grognement lui répondit.

– Vous êtes chanceux, mes amis, Croque-Dead est là et il est en train de prendre son souper ! annonça-t-il en leur faisant signe de s'arrêter.

On entendait en effet les grognements de la bête et certains bruits qui n'étaient pas sans rappeler des craquements d'os. Intimidées par ce qu'elles ne pouvaient qu'imaginer, les deux femmes restèrent en arrière tandis que Cormier et Landry se dirigeaient vers l'endroit où semblait se trouver le saurien.

– Croque-Dead ! Croque-Dead ! Où es-tu ? Viens voir daddy ! cria-t-il tout en le cherchant avec le faisceau de la lampe de poche.

Il perçut un nouveau grognement. Croque-Dead apparut au bout du rayon de lumière

Le monstre se trouvait derrière un bosquet, en train de mastiquer un porte-documents de cuir. Des billets de banque s'en étaient échappés et s'éparpillaient sur la plage. Intrigués, les deux hommes se rapprochèrent du gigantesque cocodril. Celui-ci émit un tel grognement de rage que, effrayés, les visiteurs ne purent que reculer. D'un dernier claquement de mâchoires, le cocodril happa d'une seule bouchée tout un côté de la mallette. Deux billets de cent dollars lui tombèrent de la gueule. Il ne restait plus du porte-documents que la poignée et un bout de cuir. Où de la fornication avait-il bien pu trouver cette chose ?

Cormier appela les deux femmes.

– Croque-Dead est en train de finir son lunch ! Venez vite avant qu'il ne retourne dans l'eau. Vous ne devinerez jamais ce qu'il était en train de bouffer : le cuir d'un vieux porte-documents ! Quand je vous disais qu'un cocodril mange n'importe quoi. Je me demande où il a bien pu trouver ce truc-là. J'espère seulement qu'il n'a pas avalé le propriétaire de cet attaché-case… ah, ah, ah !

Les deux femmes arrivaient. Amélia éclaira le corps du saurien. Dérangé par la lumière, Croque-Dead poussa un puissant rot et se retourna vers elle. Il  tourna ensuite la tête vers les deux hommes. Chose surprenante, sous les faisceaux de lumière, le saurien géant semblait sourire, comme s'il était fier de ce qu'il venait d'accomplir. Après leur avoir fait ce qui sembla être un clin d'œil à tous, il fit pesamment demi-tour pour se glisser silencieusement dans l'eau glauque du marais. Annette et les deux hommes s'approchèrent de la rive et se mirent à chercher sa silhouette à la surface du bayou.

Amélia, restée en arrière, eut un horrible pressentiment. Elle éclaira ce qui restait de l'attaché-case. Horrifiée, elle porta la main à sa bouche : sous la poignée de la mallette déchiquetée, on pouvait encore déceler cinq lettres dorées sous le reflet de la lumière : «urtry» ! Amélia savait une chose : McMurtry ne se séparait jamais de son attaché-case. De surcroît, il y transportait toujours au moins cinq mille dollars américains en espèces. Quelques billets de cent dollars s'éparpillaient lentement sur la plage. Comme pour confirmer son pressentiment, elle se pencha pour en ramasser un. Près du billet, mâchouillé, elle trouva ce qui semblait être les restes d'un passeport. Elle le prit et en secoua le sable : c'était bien celui de McMurtry.

Sa première réaction fut de hurler d'épouvante. Ses trois autres compagnons, inconscients de sa découverte, avaient croisé au centre des faisceaux de leurs lampes de poche un petit chaoui grimpé dans un cyprès et rigolaient de sa déconfiture.

Si la mallette de McMurtry se trouvait sur la plage, c'est que celui-ci gisait au fond de l'eau. Pas de doute possible, Croque-Dead lui avait réglé son compte.

– Amélia, viens voir le chaoui, ce qu'il est rigolo ! cria Landry en dirigeant le faisceau de lumière vers la jeune femme. Qu'est-ce que tu fais là ?

Amélia se ravisa. Si le sort en avait ainsi décidé, pourquoi réveiller les morts ? McMurtry ne ferait plus de mal à personne. Discrètement, elle ramassa le passeport et ce qui restait du porte-documents. De la pénombre, elle lança les deux objets dans l'eau.

— Que fais-tu, Amélia ?

— Oh, j'ai tout simplement remis à Croque-Dead le restant de son repas. J'aime mieux qu'il déguste le cuir d'une mallette que celui de ce pauvre chaoui ! Retournons au chalet, j'en ai assez vu pour la soirée.

Elle lui prit le bras et le couple s'éloigna en direction de la maison alors que Cormier et Annette s'amusaient toujours aux dépens de l'infortuné raton laveur. Il serait toujours temps, une fois de retour à Montréal, d'apprendre à Annette que McMurtry ne ferait jamais plus de mal à personne.

Ce n'est que le lendemain matin qu'on remarqua la présence d'une Jeep Cherokee stationnée sur le bord de la route à bonne distance de la maison. Comme la jeep était fermée à clef, Cormier se contenta d'appeler la compagnie de location du véhicule, pensant qu'il s'agissait probablement d'un camion abandonné par un braconnier qui s'était fait pincer par les gardes-chasse plus loin sur le bayou.

— Braconnier de merde ! Coriace copulante merde [10] ! Qu'il se fornique lui-même ! conclut-il.

Deux jours plus tard, on signala à Montréal la mystérieuse disparition de Fredrik McMurtry, probablement survenue lors d'un voyage de pêche en Louisiane. Malgré de longues recherches dans tout le bayou, on ne trouva jamais aucune trace du corps du croque-mort. Les rumeurs commencèrent à circuler.

Bientôt, à Bayou Vermillon, on se mit à raconter aux enfants, pour leur faire peur, qu'un cocodril géant bouffait ceux qui étaient trop méchants. Pour incroyable qu'elle était, plutôt que de les terrifier, l'histoire fit bien rire les petits Cadiens [11] !

---

10. « *Though fucking shit !* »

11. **Note de l'Auteur et du Directeur de collection au Réviseur :** Vous êtes congédié pour manque de respect envers votre supérieur immédiat et, contrairement au frère Untel, vous n'irez pas vous refroidir le bulbe à Fribourg mais bien à l'assurance dite « emploi ». Et tant qu'à y être, prière de forniquer en sortant (ou est-ce de sortir en forniquant ?). Enfin, vous me comprenez : *fuck out !*

# Épilogue

À la fin d'un procès marqué de xénophobie et de racisme, le 1<sup>er</sup> et le 2 novembre 1995, un jury de Biloxi, au Mississipi, condamnait la société de frais funéraires Loewen de Vancouver à verser à un croque-mort local la somme incroyable de cinq cents millions de dollars en dommages compensatoires, punitifs et exemplaires.

Le 24 janvier 1996, la Cour suprême du Mississippi ordonnait à la société Loewen de fournir une caution de l'ordre de six cent vingt-cinq millions de dollars dans les sept jours de sa décision, à défaut de quoi elle ne pourrait entendre son appel.

Incapable de fournir une telle garantie, la société fut obligée de verser au demandeur la somme de cent soixante-quinze millions de dollars en guise de règlement hors cour. La société ne se releva jamais de cette poursuite, voyant ses actions passer en Bourse de cinquante-trois dollars à quelques sous. Le 30 octobre 1998, la société Loewen déposait contre le gouvernement des États-Unis une poursuite de sept cent cinquante millions de dollars, alléguant qu'en vertu des accords de libre-échange, il avait une obligation d'empêcher un tel déni de justice.

# Table

*Croque-Dead inc.*
composé en caractères Times corps 12
a été achevé d'imprimer
sur les presses de Marc Veilleux imprimeur
à Boucherville
le quinze avril deux mille deux
pour le compte des ÉDITIONS TRAIT D'UNION.

*Imprimé au Québec*